[美] 杰夫·阿伯特——著

宇尘——译

消失的时间

BLAME

百花洲文艺出版社
BAIHUAZHOU LITERATURE AND ART PRESS

图书在版编目（CIP）数据

消失的时间 /（美）杰夫·阿伯特著；宇尘译 . 一
南昌：百花洲文艺出版社，2018.8
ISBN 978-7-5500-2953-8

Ⅰ . ①消… Ⅱ . ①杰… ②字… Ⅲ . ①长篇小说－美
国－现代 Ⅳ . ① I712.45

中国版本图书馆 CIP 数据核字（2018）第 177358 号

江西省版权局著作权合同登记号：14-2018-0148
BLAME by Jeff Abbott
Copyright © 2017 by Jeff Abbott
Simplified Chinese translation copyright © 2018
by Beijing HongTaiHengXin Culture Communication Co., LTD
Published by arrangement with Curtis Brown Ltd.
through Bardon-Chinese Media Agency
ALL RIGHTS RESERVED

出 版 者　百花洲文艺出版社
社　　址　江西省南昌市红谷滩世贸路 898 号博能中心 A 座 20 楼　　邮编：330038
电　　话　0791-86895108（发行热线）　0791-86894790（编辑热线）
网　　址　http://www.bhzwy.com
E－mail　bhzwy0791@163.com

书　　名　消失的时间
作　　者　（美）杰夫·阿伯特
译　　者　宇　尘
出 版 人　姚雪雪
出 品 人　连　慧
责任编辑　陈　园　胡艳辉
策划编辑　李　艳
封面设计　力　珲
经　　销　全国新华书店
印　　刷　北京中振源印务有限公司
开　　本　880mm × 1230mm　1/32
印　　张　13
字　　数　300千字
版　　次　2018 年 8 月第 1 版
印　　次　2018 年 8 月第 1 次印刷
书　　号　ISBN 978-7-5500-2953-8
定　　价　46.00 元

赣版权登字：05-2018-328

谨将此书献给霍莉·弗雷德里克

"一切都会好起来的，真的会更好的。这就是生活，它永远在向前走。我们必须跟上它的脚步，不断前进。"

她永远不会想起她失去的生活，但她知道她现在是谁。她曾经是谁，她可能会成为谁。这就足够了。

1

两年前

　　她将永远不再记得：他们在说着"我爱……""我恨……"时，突然变成了破碎的尖叫声，身体拉扯着安全带猛然前冲，随着SUV冲出公路，她不能相信眼前发生的事情，这太不真实了。在车头灯的照射下，恐怖的山坡汹涌而来，他紧握住她抓着方向盘的双手，撞击声轰隆而至，驾驶座位上的安全气囊在她脸上爆开，车子不停地翻滚，灯光变得昏暗，无情的岩石汹涌而下，然后随着头部的猛烈撞击，她感觉自己进入了一个新的、纯净的世界。

　　曾经的简死了；关于大卫的一切也都随之而去了。而新的简，是这个漆黑夜晚愤怒而悲剧的产物。四天后醒来，她什么都不记得了。她的名字、她母亲的面容、车祸、她躺在医院病床上所发生的事情，以及她过去十七年中的一切都烟消云散了。渐渐地，记忆开始在她脑海中浮现：她儿时的生日会，甜腻柔软的蛋糕粘在她的嘴唇上；她祖父烟斗里散发出的浓郁的烟熏味儿，与她肘部带有皮革补丁的花呢外套的羊毛味道很相配；她母亲最喜爱的薰衣草香皂；她写满了一个夏天的简短又离奇的冒险故事的笔记本，她还曾骄傲地读给她的父亲听；她老师的脸；在暑期阅读计划中给过她贴纸的图书管理员的微笑；她的小手放在父亲手掌里的感觉；她儿时伙伴们的脸庞与笑声。

有时记忆能够瞬间连成片段；有时又像她在电影里看到的一样，近在眼前却远在天边，仿佛与现在的她没有任何关系。

除了刚过去的三年。

简已经十七岁了，但是随着记忆的涌现，她被困在了十四岁这一年。最后的三年不见了，她高中生活的所有欢乐与戏剧性事件都迷失在了车祸的旋涡中。包括那神秘的、无法解释的最后几个小时，当时她正和一个不该在一起的男孩儿待在一起，没有人知道她在外面做了什么。她活了下来，并且最终一瘸一拐地回到了明媚的阳光之下。但是那男孩儿却死了，他躺在冰冷的地上，带着秘密永远地沉睡了过去。

因此，她所认识的世界开始对她充满敌意。

但有一个人在观望着，等待着，想知道关于那一夜，简·诺顿到底还记得多少。

2

简·诺顿想努力回想起她生命中那个最重要的时刻，哪怕是一个细节。今天是车祸的两周年纪念日。她躺在床上，目不转睛地盯着天花板，仿佛在等待着照片的出现。但她上方的天花板只是一个没有图像的屏幕。

她6点14分就醒了，独自一人，瞥了一眼宿舍里的另一张床，看来亚当又在他女朋友家里过夜了。最好在宿舍里的人们起床之前做好准备。她穿上睡袍，收拾好洗漱用品，将房门打开一条缝儿，往空空荡荡的走廊望了一眼。她走到宿舍的浴室里开始刷牙。浴室里空无一人，所以镜子里的女孩都没有什么奇怪的表情。洗漱完毕，她回到房间，换上了她背包里最后一套干净的衣服，她必须尽快弄清楚在哪儿可以洗衣服。很多学生在地下室的机器旁边徘徊，试图与人交谈。但她并不喜欢聊天。

她下楼去吃早餐，挑选了几样自己喜欢的东西，走到一位年长的收银员那里，她认出了她，并朝她笑了笑。她用的是她的旧学生证，亚当曾从他自己的账户里取钱为她支付过伙食费，看起来他似乎想通过这种办法慢慢花光这笔钱。其他学生坐在一起，围着圆桌亲切地交谈着。她独自一人坐在角落里，享用着自己的炒鸡蛋、培根和咖啡。其他早起的独自用餐的孩子们盯着他们的智能手机，仿佛世界所有谜语的答案就在那里。但是她没有，她不想让她那不稳定的大脑充满了对屏幕的记忆。她向窗外望去，感受着这里的生活。圣米迦勒的教授和学生们从路上走过，她望着温暖的天空和在11月的微风中轻轻摇曳的树枝。她默默吃着饭，试图压抑着一天的情绪，然后又回到亚当的房间。当圣米迦勒的钟声响起时，她打开一扇窗，从窗户溜了出去，留下半掩着的没有关严的窗户。

她想，"你可以去享受他的恩典。你可以带上一束花。"

这是奥斯汀的一个温暖的秋日早晨，天空中点缀着朵朵白云，与明亮的蓝色拱顶相互映衬。她走进了一节讲美国历史的课堂，教授似乎从来没有在意过她那不稳定的出勤率。她去年上过同样的课，但不是同一位教授。

她总能在前排找到座位，并大胆地坐在教授的眼皮子底下。学生们都清一色地带着笔记本电脑，只有简将笔记写在了厚厚的素描本上，那是被设计用来绘画的，而不是写字的。但她喜欢这样。曾经，笔记本上写满了她已经恢复的记忆和人们告诉她的那些她不记得的事情。这是她的"记忆之书"。这是K医生的主意，不过除了去上课之外，她已经放弃了这个想法。有时在课堂上，她会在新页上随意涂鸦。她经常画出无尽的迷宫和华丽的盖尔模式，迷宫令人无法逃脱，她会想象某些有趣的人物试图逃离迷宫的故事，如被困在电子游戏中的英雄。今天她没有画，她的脑海里满是大卫。她的手微微颤抖。

今天的讲座是关于早期新英格兰的葬礼习俗。当然，她并没有教学大纲，她想，"感谢，命运"，当教授开始播放马萨诸塞州的破旧墓碑的幻灯片时，她咬紧了嘴唇。他们通常是些儿童或青少年死者，天使的翅膀贴在头骨上，既可爱又可怕。她两次在墓碑上看到了大卫的名字。她的心在胸腔里收紧。她眨了眨眼，大卫的名字从屏幕中的墓碑上消失了。她开始觉得自己喘不过气来。她在讲座中途离开了，忽略了伴随她走出门时的目光与嘲笑。教授并没有在意她。

她在大楼外面停了下来，在明媚的阳光下眨着眼睛，呼吸着新鲜、凉爽的空气。她在背包里摸索着，戴上了母亲送给她的太阳镜。它们有着圆形的镜片和金属镶边，很难看，但阻挡了光线直接刺入她的眼睛和大脑。今天的阳光很刺眼，犹如一场审判。

她可以回到亚当的房间，拉上窗帘，然后睡上一小天。她在床垫下面藏了一些药丸，这些药丸是她离开家时从母亲那里偷来的。流落街头的时候不能服用镇定剂，因为这样做太危险了。而失忆症患者通常都伴有失眠，就像被他们无法想起的事情所唤醒一样。但她在这里很安全。它们就是单纯的药丸。

回到宿舍楼，简走过前门，绕着大楼的一侧来到一扇曾被她打碎的、面对着一小片草地的窗户前。她把自己拖进房间，倒在地上。

亚当穿着长袍走进来，他刚刚洗完澡。"嘿，优雅点。"他说道，并迅速关上了身后的门。

"嘿。"她站起来，转过身去背对着他，他正在穿衣服，如果她有个哥哥的话，她会这样做的。她忙着降下窗帘。

"贝蒂娜怎么样？"简问道。她是亚当就读于德克萨斯大学（距离北部几公里）的德国研究生女朋友。亚当经常在她的公寓里过夜，这让简更容易躲在他的宿舍里。

"挺好的。嘿，我今天没有意识到，你懂的，今天。我今早本该在这儿的。"

"亚当，我不需要你特别照顾我。"

"好啊，正好我也不太会照顾人。"

"我很冷静。"

简想，但是你让我留在这里，为我买吃的，而且从未要求过任何回报……除了让我找回过去的生活。

她查看着自己的手机，避免看向他，就好像她收到了除亚当以外的其他人打来的电话一样。一条来自妈妈的短信："你今天好吗？我不知道我为什么会给这个电话充值，你从来不打电话给我。我爱你，亲爱的。让我来帮你，至少让我知道你过得好不好。"

简删除了信息，瘫倒在床上。她突然很想去看看他的坟墓。她从来没有去过，因为她无法面对。但是她真的很想念他。

"我现在还不错，"亚当说。他收好了上课的装备，穿上了牛仔裤和印有圣·迈克尔机器人团队标志的T恤衫，他曾为这些机器人编写过软件。"你要知道，即便今天发生了什么不好的事情也没关系的。"

"喂，你听起来像个心理医生。"简讨厌心理医生。他们会撬开你的大脑，在里面窥视，并给你虚假的希望。

他坐在她的旁边，抱住了她，轻轻地。起初她并不喜欢这样，但那是亚当，她的假哥哥，所以她接受了他，拥抱让她感到安心，仿佛她并不是一个人生活在世上。他抱了她一会儿，时间稍微有些长，让她感到有点不舒服，他将脸靠近她，她下意识地向后躲了一下。然后他突然变得像兄长般严厉起来。

"你必须重新登记。如果你能耐心地坐上一节课，你就能通过五门课程。但如果政府机构发现你留宿在这里，他们可能会永远将你拒之门外。更不用提我的麻烦了。"

"你是要把我踢出你的房间了吗？"她将无处可去，除了回家。但这不在她的选项之内。

"我不是故意要说这些刺耳的话，简。"他的声音柔和起来，"你知道我只想要对你好的。"

"我今天不想谈这个。"她知道让他闭嘴的方法就是将注意力集中到事故上。这是一种绝对的魔法，它使每个人都变得沉默。简起身走到他放在桌子上的iPad旁。

她打开一个浏览器，输入了Faceplace的地址，这是她在事故发生前使用过的社交媒体网站，在她之后试图回忆和熟悉她在哈文湖的高中生活时，这也给了她一些简单的帮助。她每天都会看到这些面孔，却并不认识他们。

"你在干什么？"亚当说着，注视着屏幕，意识到了什么。"放下吧。"

她登录到Faceplace，停下来回忆她的密码——"password"。她有一种毫无根据的恐惧，失忆突然夺走了她当前的记忆，她受损的颞叶摧残着她，她的痛苦变得如此的赤裸裸。她已经有十个月没有登录过她的网页了。简的页面上出现了一张旧的头像照片，她在哈文湖高中的一场足球比赛中微笑着。在事故发生的几天前，她的最后一张好照片。她妈妈曾说，如果她把头像换成一张她躺在医院里从昏迷中醒来的照片，人们会对她好一些。

她没有新的好友请求。亚当排在好友列表的前面。她在搜索栏中输入"大卫·霍尔"。第一个链接是大卫的页面。他的父母没有注销它。

"简，不要这样做。"亚当将手臂越过她的肩膀。她点击了那条链接。

他的主页上已经有了许多新的帖子。鲜花、大卫一生的照片、还有一幅生动的横幅，上面写着："我们永远不会忘记你。"数以百计的人喜欢他。她认识帖子上的名字，这些人曾是她的朋友。

"大卫，我们永远不会忘记你。我们永远爱你。"

"大卫，兄弟，我还在想念你，想着你和所有美好的时光。"

"没有你，世界变得更空虚，大卫。"

"真不敢相信已经两年了。我知道你在主的陪伴下是平安的。"

"不要。"亚当重复道。但他并没有关闭iPad，也没有将其拿走。

简看了写给大卫的其他悼词，没有人提到她的名字。亚当靠在她的肩上。然后她返回到了自己的主页上。顶部有一则今天的新帖，来自一个她不认识的用户名：丽芙·丹吉尔。

她心头一震。这是她的真实姓名吗？

帖子上写道：

我知道你不记得的那些事情，简。我知道那天晚上发生了什么。我打算说出来。所有人都将付出代价。

"这是在开玩笑吗？"

"丽芙·丹吉尔是谁？"亚当问道，"你认识她吗？"

"我不知道。"一个不成熟的想法在她的心头荡漾。就像一个永远无法形成的记忆。简的双手开始颤抖。突然她感到肚子一阵绞拧。她沿着走廊跑到卫生间。她感到很不舒服，这已经是第二次了。她洗了把脸，凝视着镜子里黑眼圈内的眼睛。刷完牙，她回到了房间。亚当从iPad上抬起头来。

"这个丽芙·丹吉尔看起来像个冒牌用户。上个月设立的账号，其他正常的账号大多都有着巨大的好友数量。"

"我没有同意过任何新朋友的申请。"

"那就是有人入侵了你的主页，并接受了她的申请。"

"入侵我？"

"你的密码是password，简。"他转了转眼睛，但声音很平静，"他们可以从黑客网站上购买你的密码。当一个网站出现漏洞时，他们会得到数千名用户的账号信息，因此他们会在你所有的网站上使用相同的密码：银行、社交媒体、网上商店等等。你所有的密码都是password吗？"

"是的。很容易记住，"她辩解道，"如果我的记忆再次丢失，我就不用担心了。"

他放低了声音："这只是个诱饵，简。你应该解除与她的好友关系并删除她。"

但是她没有，相反，她又读了一遍。简知道，有些人认为她应该为这次事故受到惩罚。"丽芙·丹吉尔，"她说，"听起来像个笑话。"

"用Google搜索一下。"亚当说。

简照做了。还有另外两个社交媒体账号使用这个名字，她猜测这是一个叫作"危险生活"的文字游戏。这些都有一种假名的感觉，而不是真实姓名。她点击了各个账号的"关于"选项卡。一个住在加利福尼亚，另一个住在纽约。奥斯汀这里没有她认识的人。

简慢慢浏览着自己的Faceplace页面。几个月来她的网页上都没有来自于任何人的帖子。然后，两年前，出现了很多以"想你""为你祈祷，简"以及"快好起来吧"开始的帖子，不过很快就变成了令人难过的消息，比如，"你这个骗子和杀人犯"。这是一个她不记得的高中朋友写下的，因为她不记得车祸之前的高中生活了。事故已经照顾到了这一点。

那是她离开Faceplace的时候。当简看到这个帖子的时候并没有删除它，不是因为她觉得不应该，而是因为她觉得她的朋友们会团结起来。在下面的评论中，有几个人说没有任何证据能够证明这一点，并表达了对简的关心。最后一条评论来自亚当，写着，"当着她的面说，或者是我的。放过她。"

亚当摸了摸她的肩膀："你应该删掉这个账号。保留它，除了会在你的背上画上一个靶子之外，别无所获。"

简盯着那几句话：

我知道你不记得的那些事情，简。我知道那天晚上发生了什么。我打算说出来。所有人都将付出代价。

说给谁？她想知道。说什么"所有人都将付出代价"？这是什么意思？她感到脊背发凉。

亚当的声音变得柔和起来："你知道，如果几乎不可能的事情发生了，你记起了什么，任何事情，无论发生什么……你都可以告诉我。你可以告诉我任何事。"

即便是我能了解的关于我自己最糟糕的事情？也许他们说的关于我的一切都是真的？她摇了摇头。

"不。我没有什么可说的。但也许有人知道一些我不知道的事情。有人看到了什么……"

"事故现场没有目击者。如果有，就会站出来了。"亚当抚摸着简的肩膀，"忘了吧。抹去它。至少要换掉你的密码。"

"不。我想看看他们有没有说别的什么。"她在亚当拿着平板电脑开始删除之前，退出了Faceplace。她站了起来，"我一直在想，"她说，"不管发生了什么，它仍然停留在我大脑中的某个地方，我必须将它解开。"

"你知道这跟失忆症没关系，简。"

她知道他并不是有意居高临下，以恩人自居，但他确实这样做了，她曾在一本失忆回忆录中看到过这种"不确定性的负担"。这是千真万确的。于是她转过身来。

"亚当。我每天都过着这样的日子。我明白你的意思。我是说，我无法动摇这个想法，我会记住这一点。"

"已经两年了。大多数的记忆，如果能够恢复，六个月内就恢复了。"

"即便我们对大脑了解得再多，也依然有很大的未知领域。"这是她的神经科医生K告诉她的，点燃了一根火光微弱的希望之烛。

"难道你不明白它给你带来了什么样的阻碍吗，简？这种毫无意义的希望。"

她转过身去，脸上泛起红晕。

"你告诉自己重新获知整个事件的方法就是通过回忆。但我告诉你，这是不可能的。你最好找到另一种方法让自己振作起来。"

她把拳头按在眼睛上。

亚当哑声："对不起。我不是故意的，我只是想帮忙而已。我今天逃课，留下来陪着你。"

"我很感激，"她说。突然，可恶的泪水涌出眼眶，她用手背抹去了它们，"但是不用了。去上课吧，做个好学生。我……"

我要去看看大卫的坟墓。也许可以找回一些记忆。仿佛靠近他会在她的脑海中产生一点魔力。"我要休息了。"她撒了谎。

"我可以查出她是谁，"他说，"去找我的黑客朋友帮忙。"

"好啊，"她说，"让我们把她找出来。"让她感到害怕的是帖子的结尾：我打算说出来。所有人都将付出代价。好像她已经稳操胜券一样。

他点了点头。"我下课后就开始。"亚当再次拥抱了她，然后离开了。

她再也没有开过车，但是有一些共乘服务，她的妈妈让她用自己的贝宝账户进行付款。但她并不常用，因为她不想让妈妈知道她在哪里。她从宿舍窗户爬出，穿过绿荫和学院的停车场，向国会大道走去，在离学校几个街区远的地方，她向APP发出了一个请求，她咬着嘴唇，一想到要看到大卫的坟墓就紧张得要命。

3

佩里·霍尔醒来后大哭了一场，然后她去冲了个澡，现在仍在花洒下抽泣。当她停下来的时候，她告诉自己：已经结束了，不能再这样下去了。

然后她准备好了面对这可怕的一天。她从冰箱里取出冷冻过的勺子，来缓解眼睛的浮肿，她躺在沙发上，将勺子扣在眼皮上，电视上早间节目里喋喋不休的声音传入她的耳中。她选择了一件端庄的黑色上衣，搭配了一条略带花纹的灰色休闲裤和一条银项链，那是大卫在中学时挑选出来的圣诞礼物。佩里仔细地化了妆。她想，她虽然看上去有些忧郁，但很优雅。现在她必须坚强起来。为了她记忆中的大卫，也为了期待从她这里得到力量的每一个人。她看着镜子里的自己，确保她的下唇不再颤抖。

她和即将成为前夫的卡尔在一家名叫Baconery的餐厅会面，这是一家标志性的哈文湖餐厅，全天供应早餐，而且总是很忙。早上孩子们开始上课后，她的一些朋友总是会聚集在这里，组织社团会议，而更多的人是在哈文湖的校园内。这是一个全国性的模范学区，家长们自愿花很多时间来支持老师和教练，支持它曾是她的生活。她和卡尔在柜台点餐后，走进了餐厅，房间里一阵骚动，人们陆续缓慢地转过头来。佩里深深地吸了一口气，平复着自己的情绪。"你还好吗"（就像她能变得更好一样），"你看起来真可爱"（这不重要），而更可怕的是，"他去了一个更好的地方"（这对我来说并不重要，我只想让他回来）。佩里相信，这是一群口是心非的人，她们私下里的想法跟这些表面上的陈词滥调肯定不是一回事。很遗憾，她是那么的优雅，永远不会受伤，永远不会微妙地暗示她的悲伤，让别人感到不舒服，或者谢天谢地，这不是他们的家庭，他们的孩子还活着，而她英俊、聪明、慷慨的儿子却躺在坟墓里。

罗尼·杰维斯，一位在哈文湖组建了募捐机构的当地名人，拥抱了他们，并说出了佩里预想到的几乎所有的陈词滥调。

"我会在下星期的联欢晚会上见你。"佩里低声说，她急切地想要单独待着。

"当然可以，"罗尼说，"坚强点，亲爱的。"

他们坐下来吃饭。卡尔看起来并不好，一副疲惫不堪的样子，但当他们喝完咖啡时，他握住了她的手，她已经摘下了结婚戒指的手。

早饭后，他们开车去了墓地。卡尔，这个大学足球场上的体育健将，又在商场上叱咤风云的身体健壮、意志坚定的家伙，在走向墓地时却显得异常艰难，就好像他无法忍受靠近大卫一样。他摇摇晃晃地走在草地上。佩里紧紧握住他的手，带着他走了过去。

起初，当她说"墓碑上有东西"时，他说，"不，那只是光"，因为树枝确实在花岗岩上留下了阴影。但当他们站在墓前，她看到了写在墓碑上的白色粉笔字：所有人都将付出代价。

"那是什么？"她气喘吁吁地说。这些字很小，很整洁，上面刻着他的名字：大卫·卡尔霍恩·霍尔。

卡尔跪了下来。

"粉笔……"他用拇指刮了一下。字被弄花了。

"这是什么意思？"一阵彻骨的愤怒涌入她的胸口，使她悲痛欲绝。

"这只是某个傻瓜干的蠢事。"他说。

她跑回车里，拿了一个水瓶和一包纸巾，在大卫死后的很长一段时间里她仍然准备着，仿佛她还有孩子随时需要使用一样，然后她将这些字洗得雪白一片。

"我应该拍张照片。"他看了看四周，"其他墓碑上并没有。只有大卫的有。"他拥抱着她，而她紧紧地抱住了他。

"这是什么意思？"佩里控制着自己的声音。

"可能是个不懂事的孩子。我会打电话告诉管理部门。让我们去看看大卫吧。"他试图将早上的气氛恢复正常。

"你好，宝贝。"佩里说。她把鲜花放在墓碑前，温柔得像把毯子盖在熟睡的儿子身上一样。她忽略了白色的污迹，跟大卫聊了几分钟，说了一些他们生活中发生的事情，但并未提到即将离婚的事儿。她知道卡尔做不到这一点——仿佛大卫还活着一样跟他聊聊天。她的母亲在她父亲墓前曾经就是这样，令她不知所措。没有交流，取而代之的是更加糟糕的沉默，自从她的孩子离开之后，世界就变得安静了。

她结束了独白，卡尔咳嗽了一声。她伸手去抓他的手，过了一会儿，他拉住了她的手。

还有什么好说的呢？维系他们婚姻的粘合剂被埋在了他们的脚下。过了一会儿，他放开了她的手，用手帕擦了擦脸和眼睛。手帕上绣着大卫名字的缩写字母。这是在大卫完成沙龙舞会（哈文湖的一种传统舞蹈课和礼仪，虽然大卫很反感，但对其报以一贯的微笑）时，佩里送给他的亚麻布料。而卡尔则给他买了一个电子游戏机。显然她的礼物更好一些，现在仍然可以使用。

"你不想待在这儿。"她对卡尔说，仿佛他那沉重的呼吸和不稳定的姿态背叛了她。

"我不认为这件事儿会变得更容易，哪怕是一点点。"

"这原本就不是件容易的事儿。"她抬高了声音。

"我知道，佩里，看在上帝的分儿上。能让我表达一下我的悲痛吗？不是每个人都和你一样。"

佩里不敢相信，今天，在这里，他儿子的墓前，他竟对她厉声斥责。

"我不想离婚。"他有气无力地嘟囔着，声音细不可闻。

"别在这里，也别在现在提这种话题。"

"为什么不呢，你喜欢在他面前说话。难道他不该知道我们的生活中发生了什么吗？你觉得离婚是他想要的吗？"

"不要再说了，拜托，卡尔。"她匆忙地向车子走去。上了车，她觉得自己闻到了一股不同于她的香水味，一种薰衣草的香味，依然萦绕在乘客座位上，她的胃部一阵绞拧。是她要求的分居，然后离婚。如果他在别人那里找到了安慰，那么她没有资格抱怨。但她有一点点恨他，因为他还能向前迈进一步。

"带我回去。"当他进入车内时，她说。

"我希望我们能一起度过这一天，"他平静地说，"我不想一个人待着。"

但今天不是这一天，薰衣草告诉我你并不孤单，她想，"我需要一些独处的时间。很抱歉。"她心想，我为什么要道歉？她没什么可惋惜的。墓碑上的涂鸦在她心中酿成了最原始的愤怒。

所有人都将付出代价？

只有一个人需要付出代价，那就是简·诺顿。

她曾试着不去想那个女孩。但假装简·诺顿不再存在是不可能的，诺顿一家就住在隔壁。

劳雷尔·诺顿的生活依旧如故。根据哈文湖的八卦链——一个速度和错误率都无与伦比的通信网络——据说简已经变得神志不清，可能陷入了精神错乱，并住在奥斯汀南部的大街上。佩里听到了一些关于简的生活现状的疯狂传闻。劳雷尔似乎无法将她带回家。简的父亲布伦特三年前就去世了，也就是在发生车祸的一年前，所以没有其他家人来帮忙。劳雷尔·诺顿独自在那座她拒绝出售的大房子里喋喋不休。现在，佩里将成为独自住在她隔壁的另一个喋喋不休的人。

曾经，两个家庭是那么幸福，那么完整……可如今，两个家庭都陷入了因缺失而给他们带来的困扰中。在今天的某个地方，那个不计后果的小贱人正在呼吸着，她在散步，阳光照在她的脸上，而不是躺在一个冰冷的坟墓里。

"佩里。"卡尔没有发动汽车，"我很抱歉。对不起。对不起。"他双手捂着脸。没有哭泣，而是强忍着在眼圈里打转的眼泪。

"你不需要……"

"我没有保护好我们的儿子，是我将你们带回了哈文湖。如果我们留在旧金山；如果我们没有回到这里；如果我把他送进私立学校；如果我只是……"

"你不能责怪你自己。没有人知道她会试图伤害他。"

"我知道。但我觉得我辜负了他。"

"我曾经想过最糟糕的情况，"她缓缓地说。他转过身来面对着她，"最糟糕的情况。他被卷入火灾，或意外事故，或染上某种可怕的疾病。你知道的，我相信，真的相信，因为我想象的这些可怕的事情，它们永远不会发生。我的想法是大卫的盾牌。我从来没有想过要让他远离那些决定自杀或和他一起自杀的人。"

他凝视着她，表情变得柔和起来。他仍然爱着你，她想，他爱你，而你却要将他推开。你已经失去了儿子，现在你又要放弃你的丈夫。但是她已经什么都感受不到了。这使她的心停止了跳动。她朝坟墓望去，那是她的依托，她的导航。

佩里说："我想去取车。然后你大约6点过来吃晚饭，这样可以吗？"

"当然。"他清了清嗓子，"我想用大卫的名字建立一个导师计划，帮助弱势背景的孩子们进入软件行业。"他曾是两家软件初创企业的CEO，一个是成功的，另一个是失败的，但他很快就从那次商业挫折中恢复了过来。她害怕他们会失去房子，但卡尔很快就找到了新的工作。现在卡尔独立工作，在全国各地进行私人风险投资。他说那才是金钱真正的所在地。如果大卫还活着，他父亲的个人投资实践可能就是他的。她又看了看窗外。这一切都已经成为了过去，再也回不来了。

"这是一个纪念他的好方法。"她告诉自己不要哭。

他将车停在了Baconery停车场里，她的雷克萨斯旁，说："6点钟见。我会带些酒来。"

"听起来不错。"她俯下身，拥抱了他。她不希望他把这看作是鼓励。他并没有真正地拥抱她。然后她钻进自己车里，等着他开走。

她没有开车回他们曾共同居住过的地方。

她在一家商店停下来，买了些清洁用品，然后开车回到了墓地。

她回到大卫的墓前，跪在清凉的草地上。她把清洁剂喷在墓碑上，开始擦洗那些可恶的言语留下的污迹。

"宝贝，"她一边打扫，一边小声对大卫说，"我太想你了。这是什么，写在你墓碑上的垃圾？这是谁干的？"

墓碑清洗干净后她感觉好多了。佩里悄悄地对坟墓说了几句话，谈到了她每天的日常生活，他的朋友们都在做什么，尽管她只听到了一点点。然后还有关于卡玛拉·格雷森、特雷弗·布林等人的事情，她发现她如果想太多他们现在在大学里的欢快生活的话，她心中的结就会开始收紧。

她听到了汽车驶近的声音，并对它的闯入感到厌烦，然后她抬头看了一眼。一辆轿车正行驶在与大卫坟墓平行的右侧道路上，并放慢了速度，然后又开始加速，通过后座的窗户，她看见简·诺顿正在盯着她。

佩里的情绪突然爆发了出来。

简倾身向前，与司机说着什么。汽车迅速向前驶进，但为了走出"纪念山墓地"，它不得不沿着U型弯道行驶，于是佩里跑向左边，并在汽车转弯时拦住了它。她走到前面的单行道上，站在中间，举起手来。汽车放慢了速度。司机是一个头发灰白的老女人，她探出头来，说："不好意思，夫人，有什么可以帮您的吗？"

简·诺顿并不知道她曾做过的那些愚蠢、轻率、鲁莽的事情。佩里怒气冲冲地向汽车冲去。当简试图将车门锁上时，她已经打开了车门。

"你为什么会在这儿？"她将简从车里拖出来，并对她尖叫着。

"我报警了。"司机喊着，举起一部智能手机。

"不，不要。"简说，佩里不确定这个女孩儿是在对她还是在对司机喊。佩里想：她看起来很可怜。也许她真的无家可归了。

"你想见他？你想对他说点什么吗？"佩里说，"你是不是已经来过，在他的墓碑上写下了那些垃圾的话？"

简脸色苍白："什么？求你了，让我离开……"

"哦，不，过来打个招呼。来看看你做了什么。"她一手抓着女孩儿的头发，一手挽着她的胳膊，将简拖过冰凉、洁净的草地，向大卫的坟墓走去。"亲爱的，看看谁来了，是简。你还记得吗？她杀了你。"

"霍尔太太，住手……"她壮着胆子试图将她拉开。

佩里想也没想，一巴掌打在了简的脸上，将简重重地推倒在了草地上。

"我不知道你会在这里……"简说。

这句话像一记重重的耳光打在她的脸上。"你以为我还会在哪儿？修指甲？购物？即使我人不在这里，我的心也在这里。在我心里，他从未离开过。你把他从我身边带走了，还认为我不会在这里，尤其是今天？"

简将手掌按在坟墓上，挺起身子，然后越过肩膀回头瞥了一眼佩里，泪流满面地说："对不起……我只能无数次地向你道歉。"

"这是你妈妈告诉你的吗？如果你说够对不起，我就会原谅你？"

简说："你想从我这里得到什么？我不能把他带回来。我们就不能一起怀念他吗？"

她颤抖着转过身来，摇摇晃晃地离开了简。跪在另一个坟墓前，它属于别人的孩子、母亲、姐妹或爱人。"求求你，别再回来了。我不希望你来这儿。"

"警察正在来的路上！"司机在寂静的墓地里对着她们尖叫着，手里仍然拿着电话。

佩里·霍尔僵住了。她问自己："什么……我在做什么？在大卫的墓前，攻击了一个大脑受伤的年轻女子。"

愤怒开始消退，但仇恨犹在。它就像一粒她能感受到的种子，长在她的身体里，犹如一根黑色的藤蔓，如果她愿意，它就会滋生出自己的生命。这是一种能让人痴迷的仇恨。在某个可怕的时刻，她曾想这样做。简从未对她对大卫所做的事情付出过代价。从来没有。

远处传来一阵警笛声。

"霍尔太太。"简站在她身边，眼睛发红。

佩里想：冰冻过的勺子可以解决这个问题。简的头发比之前更加凌乱了。我做了什么？佩里感到疑惑。哦。对，我揪着她的头发往前走。

简捡起了佩里从她脸上打掉下来的难看的太阳镜，重新戴上了它。"警察马上就到了。我要回到车上去等他们。我有一个证人，我可以起诉。"

佩里什么也没说。她只是想哭，蜷缩起来，等着死去。她今天早上非常小心与克制，是简毁了她。

"可以起诉。你听到了吗？走吧。"佩里说。

简站起身，朝汽车走去。这时，一辆巡逻车闪着灯停在司机旁边，司机正在挥手示意巡逻车停下，并指着她们两人。

慢慢地，佩里站了起来。

"女士们，"走下巡逻车来的警官说，佩里完美的套装和简皱巴巴的衣服映入眼帘，"这里发生了什么？"这是一位年轻的女警官，头发被挽成了一个古板的发髻。

"那个疯女人，"司机指着佩里说，"袭击了我的乘客。把她从我的车里拖了出去。"

"是个误会，"简说，"她不想让我去探望她儿子的坟墓。所以我不会去的。如果你不逮捕我，那我就走了。"简钻进车里，司机跟了上去，开车离开了。警官没有阻止她们。

佩里看着她们离开。她打了个寒战。愤怒消失了，取而代之的是无尽的空虚，仿佛心里被戳了一个洞。

"夫人，"警官说，"你还好吗？需要我打电话找人来吗？"

佩里整理了一下她的西装，检查了指甲，并把头发梳理回原位。

"我没事儿，"她撒了个谎，强迫自己露出平静的表情，"谢谢您及时赶到。"好像她才是那个报警的人。

"夫人，我不知道你和那个女孩之间有过什么样的过去，但你不能把人从车里拖出来。"

"他们告诉我，他们把我儿子从车里救出来后，还活了两分钟，"她说，"他们试图救他，但他们无能为力。我想知道，他们能更努力些吗？你想过吗，警官？你可以更努力些吗？"

"我每天都在努力，夫人。"

"我相信你认为你在努力，"佩里说，"我没有不尊重你的意思。但如果是你的孩子躺在肇事车辆的残骸中，你会有多努力？你想过吗？"她的声音微微颤抖，"我的意思是，你可以试着……确保你的儿子不会和像她这样的女孩儿在一起，她本想结束自己的生命，却反而害死了你的孩子……"她的声音渐渐低沉下去，完全听不到了，"我永远都不会原谅她。永远。"

"夫人，我为您感到遗憾。"

"这不是你的错。这是她的错！"她指着汽车离开的方向。"她太可怕了。我的儿子……"

但是警官什么都说不出来，对于现在的佩里来说，说什么都是徒劳的。

佩里想，所有人都将付出代价。如果那是真的就好了。如果她能将它变成现实就好了。但她不能。

佩里转过身，优雅地走回到了她的雷克萨斯旁。她钻进车里，双手颤抖。如果简将佩里攻击她的事情说出去怎么办？她曾做出一副永远不会说关于简的任何坏话的姿态。她曾为自己的优雅感到如此优越。人们认为佩里是个仁慈的圣人。她心想，那个司机有我将她从车里拖出来的视频。我打了她，虽不严重，但仍然存在。

不过，也没关系。在哈文湖，简·诺顿是个贱民。一个被孤立的杀手。而佩里永远都是"那个死去男孩儿的母亲"。这就是为什么佩里恨简·诺顿——她不仅偷走了大卫，还偷走了她的正常生活。从她知道大卫在她体内生长的那一刻起，佩里就将自己定义为一个母亲，而简却偷走了她的身份。

她所做的不仅仅是杀死了大卫。她还谋杀了曾经的佩里。

4

简的《记忆之书》,写于车祸后的
几天和几周内

写给这篇文章的读者们：

自从车祸以来，我的记忆正在缓慢恢复，除了过去的三年，所以虽然我现在是个十七岁的人，但是感觉却像一个十四岁的孩子，K医生说我应该写下我记得的东西，这会对我有所帮助。她说，因为我的失忆症可能有两个原因：身体损伤和情感冲击。可能会有。但是我们不确定。如果有情绪上的冲击阻碍了我的记忆（这里有几个词被划掉了），那么写作可能会有助于我的恢复，并解决我的问题。当我提出"问题"时，卡玛拉便会旁征博引地引导我。我很感激她一直陪在我身边。

还有些时候，当失忆症患者记不起来时，他们会编造故事来填补空白，这就是所谓的"虚构"，不过我记录下的都是我所记得的真实事件，并未在我的记忆空区填写错误信息。我可以欺骗自己，永远不去寻找真相。但K医生不希望我进行虚构。

因此，我记得我十四岁之前的大部分生活细节。我的家人、朋友、学校。但是高中时代是一片空白的。我不记得当我还是新生时我的父亲就去世了。我不记得他死后我的感受。显然我有一些"问题"。K医生认为父亲的离世和车祸是我丢失的这几年中的主要事件。有时从那个丢失的时期中……会出现一个转瞬即逝的影像，一个短暂的记忆，我并不总是知道它意味着什么或我记得什么。

因此我应该写下我所记得的我生命中的重要时刻，如果我回忆起了什么，也要写下来。

因为我喜欢写作，所以K医生让我写下了这本日记，而不是录入我手机里的数字录音机内（尽管我认为妈妈可能也吹嘘自己是一名作家，因为她总是说这是遗传的，我一点都不像我爸爸）。因此，以下是我记得的一些事情。

1. 我将永远记得，在我醒来后，当妈妈意识到我不知道她是谁时，她脸上的表情。你绝不会想再看到第二次。我花了几个星期的时间重新恢复了关于她的所有记忆（直到我十四岁左右）。我最初对她的回忆是她读给我的，我坐在她的腿上，她的嘴紧贴着我的脸颊，抱着我读。我还有一些其他的记忆，是她写在"妈咪博客"上的关于我小时候的样子，但大多都是很尴尬的。我以后可能会写下这些事情。但我看着自己的母亲，就像她是个陌生人。对不起，妈妈。没有人一开始就知道该如何成为失忆症患者。这太尴尬了。我假装在从昏迷中醒来的几天后记起了她。这是我们新生活中的第一个小谎言。毫无疑问，她将这些都写在了博客上。

2. 妈妈说，在我发生车祸后的第二天，还在昏迷的时候，霍尔太太来看过我，也就是佩里，当我刚刚到了可以直呼她名字的年龄时，她便让我喊她的名字。然后她坐在我身边，对妈妈说："我们的孩子。我们的孩子。"然后她们相拥而泣。之后在车祸残骸中发现了这张纸条，她们就再也没有说过话。当然，我第一次见到霍尔太太时，根本不知道她是谁。你无法想象，我甚至到现在还写不出来。

3. 我六岁的时候就学会了骑自行车。爸爸去了很多地方，而妈妈不喜欢自行车（你可以在她的"妈咪博客"上，找到一篇关于她抱怨自行车的安全性的文章，直到她得到了一个自行车赞助商），所以是霍尔太太和大卫教会我的。夏天天气很热，我担心如果我摔倒在路面上，路面会灼伤我，所以我决定不要摔倒。我们完成后，霍尔太太给了我一杯柠檬水。

4. 我在中学时最喜欢的老师是马丁内斯太太，她是教英文的，在我昏迷时和醒来后，她都来医院看望过我。我不记得她，这个世界里的每个人对我来说都是陌生的，她强忍着眼泪，但还是哭了出来。几周后，当我想起她时，我知道她曾鼓励我成为一名作家。当我还是个孩子的时候，我的笔记本里就装满了糟糕的故事，但我喜欢写。我不确定我现在是否能成为一名作家。

你必须了解别人。但对我来说，很多人都已经死了。

5. 特雷弗说，我们上一年级时，他吻了我，并在课间休息时假装结婚，但我想他这样说只是为了让我感觉好受一点，因为现在几乎每个人都讨厌我。他们对我的仇恨就像浓雾一般，我每天都避免不了地要去应付。在我回到学校两周后，他在自助餐厅告诉了我这些。然后他就走开了。他很奇怪，他是一名足球运动员，而我认为我只是有一些脑震荡。（就像我能说话一样。）

6. 我七岁的时候，卡玛拉是我最好的朋友。大卫死去的时候，他们正在约会。她可以恨我，但她没有。她坚持跟我在一起，在学校帮我。我需要和她一起写下一堆的回忆。

7. 我高中时最喜欢的电影是《卡萨布兰卡》，但在我迷失于"黑洞"中的那段时间里，我又看了一次。它的海报仍然挂在我的房间里。我并不排斥再看一遍。我喜欢电影里的"那个女孩儿"。如果不这样还能怎样呢？就算我讨厌那张海报，我也没有什么可以贴在墙上的了。

8. 我不记得我爸爸的去世。它仍处于"黑洞"之中。妈妈告诉我的是：他自杀了，但那是一场意外，用枪。他的生意出了问题。他是一名会计，正在开拓一项新的业务，在一个缺乏服务的社区里设立办公室做簿记工作。（所有这些话都不是我说的，是妈妈从他的网站上打印出来给我看的。）他有一把枪，他正在处理它时，枪走火了，他没有意识到它被装上子弹了。但是事情发生时只有他一个人。因此，人们说他是自杀的。妈妈暂时停止了写"妈咪博客",开始写"一个寡妇的博客",但赞助者并没有那么好,这太令人沮丧了。

我应该多说一些关于我爸爸的事情,但不是现在的。我知道在我还小的时候,他经常微笑,似乎没有什么事情可以悲伤到能够让他自杀。但在过去的几个星期里,我记起了一些发生在我很小的时候的一些事情:当我们搬进Graymalkin Circle的房子时,他是多么的兴奋;当他与卡尔·霍尔创办的公司倒闭时,他是多么的艰难。他们首先是创业伙伴,然后是邻居,妈妈和霍尔太太是最好的朋友,也许是她们太亲密了。爱与恨,就像是一个硬币的两面。最艰难的事情是不记得爸爸的离世。但妈妈说我已经经历了这么多,应该把它看作是一种祝福。妈妈是好意。

9. 我只记得大卫升到了八年级。高中时,他长得很高,并且英俊得一塌糊涂。他早期戴上的牙套已经不见了。妈妈有一张去年音乐剧结束后我和他一起拍的照片,在River City的关于父母的合唱团里(他们知道如何拼写"麻烦"),我们俩还都穿着戏服。我看起来很生气,并不是很愿意待在那里,当然我也不记得我为什么不喜欢待在"The Music Man(音乐人)"里。他当然是很高兴的,并且我得知他被称为"Popular先生"。但他在初中时代就已经为此奠定了基础:足球明星、班级主席、学术成就者、冬季合唱团音乐会的独奏者。我翻看着年鉴中的照片,想看看高中时我是否曾在他身边。我发现了一张:当他在合唱团前唱歌时,我站在他身后注视着他。我没有看向观众,而是看着他。真的很令人痛心。在中学的最后一年,我们在一起拍了十二张照片。形影不离。然后高中时锐减到了只有一张。我试着记住:事情是会改变的。

10. 我记得夏天，上学时我们一起跑步，但一到暑假大卫就又回到我身边。我常常独自一人步行去图书馆。穿过棒球场，我会在那里看到大卫和特雷弗。有时卡玛拉和我一起走，我们谈论我们喜欢的书。我们会（或我会，如果我独自一人的话）在凉爽的书架下读书，借阅书刊。我非常喜欢马德琳·恩格尔写的《时间的皱纹》，爸爸给我买过一本，所以我不会将书带出图书馆（如果它被放在书架上，我会坐下来读一整天，如果没有，我会读"时间五部曲"中的其余书籍和维琪·奥斯丁的书）。我喜欢爱德华·伊格、劳埃德·亚历山大、乌苏拉·K·勒·吉恩，后来我沉迷于"英国的秘密"（我从来都不喜欢"神探南希"或"哈迪男孩"）。我对暑期阅读挑战的竞争很有兴致，当我走出昏迷状态回到家时，妈妈给我看了我塞在床底下的所有这些彩色的，粘满了贴纸的，我曾完成的暑期阅读计划。我全部都完成了。在海报的一角有一个锯齿状的撕裂，妈妈说是卡玛拉干的，因为我完成了，而她没有，所以她像发疯了一样，她不喜欢输。然后她向我道了歉并用胶带重新粘好。之后我想起了我们暑期在图书馆里的那些日子，一直到高中，我问妈妈我是否仍在参加，但她说我年纪太大了，然后她趴在海报上哭了起来。在一个角落里，大卫用他那小而狭窄的笔迹写道："别再像个书呆子一样了，简，出来玩儿吧。"他没有签名，但我知道那是他的笔迹。他和他的朋友们在炎热的天气里打完篮球后来到图书馆。来看我，并找到我。

11. 哈文湖有两所中学：Hilltop和Ridgeway，之后全部并入哈文湖高中。我去了Ridgeway中学，大卫、卡玛拉和特雷弗也是。我的大多数朋友都是Ridgeway中学的。高中时，我在法语课

（我不记得我学过的任何法语）和合唱团（我不记得任何歌曲）里，结交了一些来自于Hilltop的新朋友。但那些新朋友已经从我的记忆中消失了。包括唯一的亚当，他必须重新向我介绍自己，并且永不放弃。每个人都喜欢大卫，他死后我就变成了放射性人物。

我本可以和他们打一架，或挽留下一个朋友。我是周围最大的胆小鬼，我没有勇气向朋友倾诉。我没有告诉卡玛拉和亚当关于我记忆的真相，以及我有多么的失落。感觉就像我大脑的一部分消失了，我的心也是如此，一去不复返了。记忆是我们情感的发动机。

5

"你想让我带你回圣迈克尔学院那里吗？"共乘司机问简。她把车停在离墓地半英里远的路边。

是的，那简直太好了，简心想，我有一张床，我可以藏在下面。但是她的手停止了颤抖。于是简想，可以稍后再藏，先在这里看一看。"你知道高橡树路在哪里吗？"

"不知道，我可以在GPS上搜一下，不过……"

"我只能告诉你，那不是太远。"

"我报警后拍了一段她攻击你的视频，"司机说，"你想要吗，免得她又来找你的麻烦。”

过了一会儿，简说：“是的。”

“把你的电子邮箱地址给我，我发给你。”

简照做了，“谢谢。”她说。

简将那个女人带到了出事地点。她在回家后的几周里，只来过一次。她凝视着她刚刚经历过的车祸证据：路面上的喷漆标志，用来指示汽车方向和估算速度；缺失的防滑标志；陡峭的山坡上被撕裂的土地；破碎的橡树树苗、雪松和被撕裂的草地，以及汽车前面被砸碎的沉重岩石。有一次，医生说这也许能帮助她恢复记忆——但它没起到任何作用。妈妈看着她，仿佛在期待着一场戏剧性的回忆。她站在阳光下，等待着记忆的奇迹。但是什么也没有发生。道路两旁十分陡峭，陡到难以建造房屋。这里只有三座房子，都是宫殿式的建筑，但是在出事地点的马路对面，在它们之中，只有一个叫作詹姆斯·马克林的居民听到了车祸声。

这条路沿着马克林庄园一直蜿蜒到山下，再次与古老的特拉维斯大道相交，这条大道贯穿整个小镇，一直延伸到奥斯汀伯德夫人湖的南部。高橡树上有许多弯曲的树枝，延展到了悬崖边，而它的两个端点，相隔有一英里远，最终消失在了古老的特拉维斯大道中。有时，在高峰时段，它会被用作一条通道。但大多数时候，这条路是孤独而安静的。

简在想：为什么大卫和我会出现在这条空旷的马路上呢？我们在这里不认识任何人。我们要去哪里，放学后的几个小时，我们不是应该回家做作业，或等待大学的招生决定，或在社交媒体上看朋友的照片吗？

共乘司机将她放下，简给了她一些额外的小费和一个五星好评。那个女人说："你确定你在这里可以吗？"简点点头，她开车走了。

高橡树路非常狭窄，被橡树和香柏树环绕着，尚未经过开发。这是一条自西向东的道路。在这条路的北边，有三座偏远的房屋耸立在陡峭的山坡上，南侧从一个慢慢陡降的斜坡开始，然后是跌落的巨石和更多的橡树与雪松，最后是悬崖边缘。两年前，她的小型SUV曾在这里走过，那时这里还是一条清晰的小路。她从这里走下来，穿过树荫，微风轻拂着她的脸颊。

她和大卫没有理由到这里来。除非他们将车开到这里来独处，不然的话，如果自杀的消息是准确的，她会试图将车从悬崖上开下去。但她并没有到达悬崖边缘。当然，也许大卫意识到了她的意图，抓住了方向盘，他们拼命争夺，然后在汽车坠落悬崖之前，旋转着撞到了岩石上。

她不喜欢想这些事情。

一束枯萎的鲜花挂在橡树群里的其中一棵树上，靠近简的SUV曾停留过的被压垮的树的顶端。一块从草丛中凸起的巨大岩石的表面正是SUV前部受到撞击的地方。如果他们再滑落二十英尺，就会越过边缘，跌入四十英尺深的山谷里，下面是岩石、雪松和橡树。一束泄了气的银白色气球躺在花丛中，仍用丝带束在一起，已经被太阳晒得褪了色。是去年的纪念日吗？还是为了大卫的生日？

她跪倒在地。

"记起来，"她告诉自己，"记起来。"她的想法变得更加强烈、坚定、甚至是命令式的。她用意志驱使自己的大脑放弃它的秘密。

她把手指扣进泥土里。就像她能将秘密从地里挖出来一样。或者是大卫，大卫就死在这里。她之前三年的记忆也被埋葬在了这里。

她站了起来，走到悬崖边上。她感到眩晕，但仍然强迫自己向下看。如果她想结束自己和大卫的生命，就像那张字条所暗示的那样，那么……这将是个不错的选择。

她再次跪下，默不作声地哭了起来。尽管日光很刺眼，但她还是摘下了那副防止她因日光刺激而引起头痛的蒸汽太阳镜，她让眼泪从脸上掉下来，冲刷着粗糙的石头。

"哦，简。你还好吗？"一个年轻女人的声音从她身后响起。

简猛地转过身，慢慢爬起来，才意识到自己离悬崖边缘有多近。一个迷人的年轻女子站在她和大道之间，手里握着一束鲜花和一个足球。她将黑色的头发高高束起，扎着一个利落的马尾辫，她有着高高的颧骨，小小的嘴巴和一口整齐的牙齿。她穿着一条昂贵的牛仔裤和黑色上衣，显得非常合身。是卡玛拉·格雷森。她的母亲曾是一位来自印度的选美皇后，在二十五年前的第四届全球选美大赛中获得了亚军，并且利用她的奖学金在德克萨斯州获得了医学学位。卡玛拉的父亲来自一个古老的哈文湖家族。

她的笑容很温暖，充满了同情心与爱心。简差点儿尖叫起来。

* * *

在简从昏迷中醒来的四天后，这个可爱的女孩儿带着鲜花走进了她的病房，微笑着对她说："嗨，医生说你可能不记得我了。我叫卡玛拉·格雷森，我们就像姐妹一样。"而简的妈妈，看到简的社交圈里除了她，还有一个人愿意笑脸相迎，显得有些兴高采烈，她说："你好，卡玛拉，见到你真好。简的记忆还没有完全恢复，不要怪她。"好像简犯了一个社交错误似的。

"我听说了，"卡玛拉说，"你还记得我吗？"

简摇了摇头。"对不起，"她说，"我不记得。"她的声音很小。每一次交流都像是一次失败的试验。

"好吧，我们从二年级开始就认识了。我们一起上完了初中，现在上高中。我们一起遭受着蒙托亚夫人的西班牙语课的折磨。"

"OK。"这句话简说了很多次。这似乎是一个万能的回答，从来没有让任何人失望过。

"卡玛拉，你想来杯可乐吗？我正要去买。"妈妈主动说道。

"别麻烦了。"卡玛拉没有看向妈妈。

她的目光紧紧注视着简。

"也许你和简说说话会对她有所帮助，"妈妈说，"到目前为止，她还不记得任何人，但我知道只要她看到更多友善的面孔，她就会很快好起来的。"简听到她的声音有些紧张，"我去给你们弄些可乐来，你们俩聊聊天。我发现这家医院的空气很干燥。是我的问题吗？"

"不，夫人，"卡玛拉说，"我赞同你的看法。我父母说诊所里总是这样。妈妈说得对，你确实需要增加一些水分。"

"是的，绝对需要。"妈妈说道，仿佛保湿才是最大的医疗需要。

"你感觉怎么样？"妈妈离开后，卡玛拉问道。她把花放在其他鲜花的旁边。

"痛。所有事情都让我感到痛苦。"

"但你还能感觉到，不是吗？"

"是的。"

"那就好，你还有感觉。"卡玛拉站在她的床边，"你可怜的手臂断了。"

"是的。"

"等你回到学校时，我会让每个人都在你的石膏上签上名字。你什么都不记得了？"她小心地抚摸着简的肩膀，"我想抱抱你，但我知道你受伤了。而且……你真的不认识我了，对吧？这不是借口。"

"很抱歉，我不记得你了。"

卡玛拉看了她一会儿，好像简的脸是张地图。

"你看起来有点冷漠，我想这是副作用。"

"OK。"简又说了一次。

"有很多朋友来看过你吗？那一定很尴尬。我的意思是，因为你不记得他们了。"卡玛拉看着她。

"不，真的没有。"

"你确实没有很多朋友。"

她的话触动了简，但卡玛拉立即说，"哦，我不是说那样不好，你倾向于走自己的路。我一直很羡慕你。我能帮你点什么呢？"

"我不知道。告诉我每个人都是谁。我不知道我是否还会回到学校。"

"你会的。我们会一起渡过难关的。"然后她问，"为什么你和大卫会一起坐在你的车里？"卡玛拉坐在床边。

简扭搓着手中的床单，问："大卫是谁？他们不停地提到他的名字，却没有人告诉我他是谁。"

"你确定你没说谎，一点都没有？你可以告诉我。失忆症？得了吧。如果真是这样，还真成了我没见过的夜间肥皂剧。"她几近温柔地轻声说道。

"我真的不记得了。"

"大卫不是那种你可以忘记的人。"卡玛拉收起了她的凝视，露出了微笑，"但是你的脸没有受伤，这太好了。你很漂亮。"卡玛拉伸手抚摸着她那乌黑的秀发，"我听说大卫的脸部严重受损。葬礼上选用的是封闭式棺材。"

简蜷缩在床上，远远地看着她。葬礼？

"我不知道失忆症有多大影响。你还记得你所生活的文化中的基本知识吗？你知道葬礼是什么，'封闭式棺材'是什么吗？当有人死了，我们会把他们放在地上，棺材是支撑身体的东西。'封闭式'用于当身体被毁坏、破坏时，没有人忍心去看的情况下。"

简无言以对。自从醒来以后，她觉得自己一直生活在阴霾之中，但她知道，如果她按下床头的控制按钮，就会有漂亮的护士赶过来，而这位漂亮护士将是一个膀大腰圆，约有一米九身高的人，她将拎起卡玛拉·格雷森并将她带到很远、很远的地方。她的手慢慢伸向控制按钮的方向。而卡玛拉的手几乎轻轻地握住了她的手。

卡玛拉靠过来，将嘴唇贴到简的额头上。"我们现在只是有些生疏，但我们永远都是朋友，我爱你。如果你想起了你和大卫之间发生的事情……告诉我，而不是其他人。我保证一切都会好起来的。"

妈妈回来了，拿着两杯可乐。"我想你可能会想要一个，卡玛拉？"

"我……杀死了大卫？"简用沙哑的声音低声问妈妈。

"对不起，诺顿太太，"卡玛拉说。她的声音温柔而富有安抚感，"简很激动……我试图使她镇静下来。我应该呼叫护士的。我不假思索地提到了大卫，真的很抱歉。"

"大卫是谁？"简抬高了声音，"我杀人了吗？"劳雷尔冲到她身边。

"简，对不起，一切都会好起来的……"卡玛拉从床边往后退几步，"我该走了。诺顿太太，如果有什么我能为您效劳的，请给我打电话。如果简回到学校，我很乐意帮她重新适应起来。"

卡玛拉离开时，拿起了劳雷尔因试图拥抱简而放下的可乐，离开房间时，她大大地吸了一口。

简必须要镇静下来。

＊＊＊

卡玛拉如她说的一样好。哦，她真是帮了个大忙。

现在她站在简的面前，靠近悬崖边缘，而简的第一个念头是：这里只有我们，周围没有其他人。只有她和我，还有很长的一段坠落距离。

卡玛拉微笑着。简抬起头，看见在高橡树路那边，停着一辆汽车，一个女孩透过车窗向外看着。

"你还好吗？"卡玛拉问，"我一直很担心你。听说你被圣迈克尔学院开除了。"

"你听错了，"简撒谎道，"谢谢你的关心。你在德克萨斯大学的生活怎么样？"

"简，现在不要拿我们的生活作比较。我听说你过得不好。我能帮你些什么？"

她向简迈近了一步。慢慢地，简从卡玛拉身边走开，向山上爬去，离开了悬崖边。

卡玛拉悲伤地摇了摇头。"我希望你能重新让我成为你的朋友。"

"离我远点。"

"简，如果你不为自己的生活负责，你怎么会变得更好呢？"

"我知道你的笑容背后，温柔的话语背后，虚假的关怀背后隐藏着什么。"简说。

卡玛拉只是微笑着摇了摇头，"我原谅你。我想你是无法原谅你自己。"

"听起来真像个治疗师的脱口秀。"简转身向陡峭的山坡上走去。

"简，我真的想帮你，"卡玛拉对她说，"你为什么要拒绝呢？"

"我终于看清你了，"简说着，转身面向她。

"你甜蜜的微笑背后满含着对我的恨意，你虚假的关心只是一场戏，你就像个明星。玩弄我，毁掉我，这就是你。你带着你的朋友过来看我，这样她就能告诉你的好姐妹们，你是多么的善良和高尚，对吗？"她的话在寂静的微风中显得如此刺耳。而卡玛拉只是温柔、怜悯地盯着她。

"我不仅失去了大卫，"卡玛拉说，"我也失去了你。我只是不明白你为什么这么恨我。"

卡玛拉。她一定是那个丽芙·丹吉尔，她留下了令人毛骨悚然的Faceplace消息。这完全是她要耍的那种恐吓手段。"所有人都将付出代价。"尤其是杀死了卡玛拉的男朋友的人。简转过身，开始朝山上走去。

"我们还没有谈完，"卡玛拉说，"你过得并不好，简。你难道没有意识到我和你妈妈在乎的，只是想让你变得更好？"

简停下脚步，转过身来看着这位多年来一直作为她最好的朋友的年轻女子。"你不要叫我疯子。你不能！"

简跌跌撞撞地爬上陡峭的山坡，回到了高橡树路。一辆宝马停在路边，旁边站着一个年轻的女人，注视着简。

"你在看什么？"简厉声斥责那个女孩儿，她什么也没说，又回到了车里。

简心想：哦，太棒了。她意识到她不得不站在这里，等待搭车司机回应她在APP上做出的请求。她无法忍受当卡玛拉离开时，她仍然在路边徘徊。

卡玛拉曾经很受欢迎，而且非常漂亮，在德克萨斯州最具竞争力的高中里，她也是最出色的。如果她试图拥抱简，简会认为她要揍她。

她无处可去。然后，她在路的尽头的左边，看到了通往私家车道的大门。她知道，那所房子就是曾经听到了车祸的声音并报了警的那个人的。她从报纸上得知，他的名字叫詹姆斯·马克林。

她还没来得及思考就开始向那儿走去。司机可以在马克林的住所处接她。这将是GPS上的一个地址，她和卡玛拉之间哪怕相距一百码远，也比擦身而过要好。

当她听到宝马车发动引擎的声音时，正走在半路上。

她低头研究着她的手机，虽然她知道这是一个蹩脚的伪装，但还是控制不住。

宝马车几乎在她身边减速下来。卡玛拉坐在乘客座位上。

"当然，你没有开车，是吗？我们载你一程吧。你是住在收容所吗？"卡玛拉问。

每个字都像一把尖利的刀子插进简的心里。她继续往前走。

"简，你已经无家可归了是吗？我想知道真相。"

简停了下来，俯下身子靠向窗边。"那就让我们来谈谈真相。你知道你的朋友是个什么样的怪物吗？"她对正在开车的另一个女孩儿说道，"我当时住在医院里，因为脑部受损而失去了记忆，她发起了一场运动，让全校师生都敌对我。她假装关心我，将我的生活变成了地狱。"

"哦，简。"卡玛拉压低了声音，"你糊涂了。你喝多了吗？还是嗑药了？我妈妈今天下午可以带你去诊所。让我……"

简握紧拳头。"如果你再不离开……"然后她转过身，捡起一块儿石头举了起来，好像要将它砸向那辆崭新的汽车的黑色引擎盖上。

另一个女孩儿突然加速，从简身边飞驰而过，而通过后挡风玻璃，简看到卡玛拉从座位上转过身来看着她。露出了短暂的微笑。

简想把石头扔向那辆驶离的汽车上。眼泪涌出她的眼睛。她能够想象，卡玛拉现在正在说，"你看，我试着帮她。即便在她杀死大卫之后，我依然努力站在她身边。我试过了，但无能为力。"她不停地走着，想把脑子里的那些话都说出来。她想告诉卡玛拉的朋友，"她会让你觉得你是世界的中心，她是你的姐妹，是与你一脉相连的亲人，是你可以放心倾诉的朋友，然后她会看着你被凌迟而死。而她正是那个制造伤口的始作俑者。"

简停了下来。她想：忘了卡玛拉，想想车祸，回忆起来。她再次往马路上看去，然后又回到事故现场，在那里，汽车已经严重偏离了方向。不是转弯，也不是曲线。

我和大卫在这里干什么？

她来到了詹姆斯·马克林的房子大门口。大门很大，钢质华丽，比她还高，自动化的，很精致。街道门牌号是大门的艺术部分。现在没有什么能够阻止她打开共乘APP并将这个地址告诉他们的理由了。

她凝视着那座巨大的房子。这是经过精心设计的，三层楼的托斯卡纳式建筑，真是令人惊叹。她站在门口的嵌板前，那里有一个安全触摸板和一个扬声器箱，她犹豫着要不要按门铃。只是想问问那天晚上他听到了什么，看到了什么。感谢他打电话救了她的命。他现在很可能在工作。

她的手指慢慢向蜂鸣器靠近，她朝房子看了一眼。一个摄像头注视着她，并微微移动到一个更好的位置。她的手在蜂鸣器上方停了下来，向后退了一步。

她轻轻挥了挥手。摄像头依旧注视着她，一动不动。

"你好？"一个声音呼唤着她。一个男人走近大门，穿着牛仔裤和一件漂亮的T恤。他四十岁上下，有着黑色的头发，黑色的眼睛，面带微笑。他手里拿着一块巨大的海绵，上面滴着肥皂水，她可以看到他刚刚正在车道上清洗一辆跑车。

"你好。你是马克林先生吗？"

"我是。"

"我是简·诺顿。嗯，这听起来有点奇怪，但我两年前在这里出过车祸。是你报的警。"他脸上露出醒悟的表情，点了点头，"我想谢谢你。你救了我的命。"

"很高兴见到你。"他似乎不知道该说些什么。他的声音很温柔，带着一点她很难辨别的口音，西班牙语，也许是意大利语："你现在康复了吗？"

康复，她想，多么可爱的字眼。"我失忆了。嗯，只是一部分。车祸之前的三年……"她讨厌解释。对很多人来说，失忆症是只有电影里才有的东西。它如此罕见，以至于见过她的人永远都不会忘记她，就像见到了五胞胎或宇航员一样。她再次重复了一遍她的谎言，"我就读于圣迈克尔学院，我是那里的大二学生。"

"啊，"他说，"也许在这条路上走一走会帮助你恢复记忆。"

"我相信，"她说，因为很难向他解释这没有起到任何作用。好莱坞曾训练过观众，希望他们认为失忆症是暂时的，就像感冒一样，"我只想问你，大卫，那个死去的男孩儿，他受苦了吗？你看到我们了，对吧？你来到了我们的车上。"她的声音变得柔和起来。

他按下一个按钮，华丽的大门打开了，几乎没有声音。他走出来，靠近她。"他没有受苦。请放心。"

相比于匿名的威胁，相比被佩里粗暴地拽出车外，相比卡玛拉恶毒的微笑，相比这糟糕得不能再糟糕的早晨，他的善良差点儿让她哭了出来。

"谢谢你为我们报了警。我只是想知道……"尽管她确信卡玛拉就是丽芙·丹吉尔，但是"我知道你不记得你说的那些话了，我知道发生了什么"这些话在她脑海中响起，"……这是个愚蠢的问题。你那天晚上在这里还看到其他人了吗？另一个人，另一辆车？"

"你的意思是另一个目击者？不，只有我一个人。我听到撞击声时，刚从国外出差回来，只有一个小时左右。"

"我的意思是你在车祸现场，或路上看到其他人了吗……"这个问题听起来很愚蠢，好像有人在等着他们来到那条路上。是他们吗？他们应该在悬崖上那片黑暗的地方与人见面吧？

他摇了摇头。"没有，我没看到任何人。"

"你说你出差了？"她抬头瞥了一眼这个华丽的家，"你是做什么的？"

"哦，我在国际金融公司工作。我今天休假，因为我一直在出差。今天能够看到你，看到你恢复得这么好，我很高兴，也很愿意回答你的问题。"

"好吧。再次感谢您。"她转身走开了。

"诺顿小姐？"

她停下来回头看着他。

"祝你快些好起来。希望你能找回你的记忆。哪怕是痛苦的。"马克林勉强地笑了笑。

"谢谢。"

他沿着马路扫视了一眼。"没有车？你没开车吗？"

"自从车祸以后，我再也不喜欢开车了。我使用共乘服务。"

"如果你愿意，我可以带你去你想去的地方？我几分钟内就能洗完车。在这期间你可以喝杯咖啡。"

"不用了，先生，谢谢你。我很感激。"

"好吧。祝你好运。"他退回到车道上,漂亮的钢门开始关闭。简用她的共乘APP叫了一辆车到这里。他看了她一会儿,然后挥挥手离开了她的视线。

当然没有其他人了。丽芙·丹吉尔是一个谎言,目的是让她在已经很艰难的日子里感到不安和恐慌。她要证明这是卡玛拉干的,如果不是,她会找到那些罪犯,让他们看着她的眼睛坦白一切。

共乘汽车很快就到了,当她回到圣迈克尔学院时,她意识到追踪丽芙·丹吉尔是她几个月来第一个真正意义上的目标。

6

"简?简·诺顿?"

简朝着亚当的宿舍走去。她本想回家,跑回家里去找妈妈,不管她能给她什么安慰,但她不忍心看到隔壁的霍尔家,也不想再次见到霍尔太太。她必须弄清楚她的下一步行动,以证明卡玛拉是丽芙·丹吉尔的幕后黑手。但她需要按照亚当为她制定的膳食计划去吃午餐,她没有多少现金。她本想绕过宿舍门口,从窗户进入亚当的房间,就像平常一样,但是门口附近站着一个二十出头的年轻人,迟疑地朝她微笑着,走过去拦住她,并叫出了她的名字。

"你不是简·诺顿吗？"他的口音很柔和，不完全是英式口音，还有其他的什么东西。他走近她，仍然带着微笑。黑色的皮肤和头发，灿烂的笑容。英俊极了。

"是的。"她鼓起勇气说道。

"你好，我是凯文·恩戈塔。"他伸出了手，但她没有回应。过了一会儿，他放下手，但看上去并没有生气。

"我应该认识你吗？"她端详着他的脸。当在校园中有陌生人过来跟她搭讪时，她会感到不安。有时感觉他们像是在试探她，试图用谎言来抓住她。

"我们从未见过面，但我知道你是谁。我正在圣迈克尔学院做一项关于心理咨询的毕业论文。我特别感兴趣的是事故后的记忆恢复情况。"

"所以，你理所当然的选择在今天来跟我谈话。"她转身快速走开了。

凯文·恩戈塔匆匆跟了上去。"是的。因为我认为今天对你来说可能会很艰难，所以你会乐意接受一种新的方法。"

"请别打扰我。"

"我相信我会对你有所帮助的……"

这时，简停了下来。"哦，谢天谢地。我的英雄，你就是我一直在等待的人。其他人都试图治疗我，但都失败了。不过，万岁，交给你了。"她举起双手庆祝。

"我没有冒犯你的意思。我知道的是你现在并未接受任何治疗师的诊治。"

她退后一步："那么，一个心理顾问和一个跟踪者。你是个双重威胁。"

"不，不，我只是从周围打听来的。我以前从来没有这样做过。我的表现很拙劣，但我真的很想帮你。"他露出迷人的微笑，简看得出来，但并没有因此而动摇。

"我不感兴趣。"

"通过交谈可能会唤起记忆……"

"而且还能够引用到你的硕士论文里去。"她转身走开，然后停了下来，又转过身来面对着他，"你是怎么知道我的？"

"我开始在奥斯汀寻找患有创伤性失忆症的病人时，了解了你的事故。我读了那些题为'失忆女孩儿'的文章。"

"是的，不是那些故事的粉丝。马特奥·瓦斯奎兹对这个标题上了瘾。"

"嗯，我读了她的文章，了解到你是这里的学生。"

"你应该理解我为什么不想谈这个。我认为你接近我是不道德的。"她发现，几乎所有心理学家或医生都会因为被指责不道德而自动退缩。这通常会转移他们的注意力，使他们处于防守状态，然后她便得逞了。

"如果你正在接受治疗师的诊治，那么我是不道德的，但你不是。你的朋友，亚当，告诉我你不再接受治疗了。我有信心能够帮到你。这对你来说是一个新的开始。"凯文递给简一张纸条，上面写着他的电子邮件和电话号码，"你可以考虑一下。只需要你来讲述，我来倾听。"

亚当总是试图帮忙，但却让事情变得更糟。她感激他为她所做的一切，但有时她也希望他能退后一些。"什么，所以你的耳朵比任何人都厉害。医生们说，如果我现在还没有恢复所有的记忆，我可能永远都想不起来了。"

"这可能是身体原因造成的。但你有可能是情感障碍，因为你失去了朋友，而且你缺失的记忆开始于你父亲去世之前。许多失忆症患者都能够重新找回失去的记忆。在伦敦，我成功地帮助过一个失去了十年记忆的男人。而你只失去了三年。"

他设法使她的病情听起来温和一些，通常她会生气，但现在她笑了。在与佩里·霍尔和卡玛拉·格雷森一起渡过的早晨之后，她笑了。

在她微笑的支撑下，他继续说道："如果你在情感上压抑它们，记忆也可能会回来的，简。这很可能不是身体伤害。你难道不想知道吗？"

"我不记得了，"她说，声音像石头一样平静，"你可以假装我的记忆会重新回到原位，但它们没有，也不会回去了。"

他压低了声音说道："简，人们说这次车祸是你企图要杀死你自己和大卫·霍尔。因为这张在废墟中发现的字条上，有你的笔迹。这一定是你在那天晚上的早些时候写下的，然后就付诸行动了。"

她盯着地面。她可以一走了之，但她必须得想办法劝阻他。"我显然已经不记得那张字条了。不管别人怎么说。"

"那还好，简。"凯文·恩戈塔一遍又一遍地提及她的名字，就像他从书中得到了一个窍门，并创建了某种联系，"我们可以尝试一系列的方法。你可以谈谈不记得的经历，你的失忆症给你的生活、你的选择带来了哪些影响……"

"你帮不上我的。"

"希望很可怕，不是吗？它能把你压得喘不过气来。"她没有回答。

"如果你想试试，请与我联系。"

当她证明了卡玛拉对她的骚扰之后，她打算做什么呢？人生的下一步是什么？她不能再试一次吗？她的日程表还没有排满。

"当然。我会试试的。"

钟楼在正午时分敲响。对于她的同意，他并没有表现出特别的惊喜。那个"Persistent先生"已经变成了"Cool先生"。

"今天三点，可以吗？我在弗莱彻大厅，2-11号房间。"

"今天我去了朋友的墓前。去了车祸现场。那里……有的人根本就不喜欢我。他们仍然在责怪我，他们认为这不是意外。其中一个人试图伤害我，另一个则在网上诽谤我。"这句话一说出口，她就知道自己听上去有些偏执，她能听到她话语中的恐惧。

凯文·恩戈塔收起了笑容。"如果你愿意的话，我们就来谈谈这个话题吧。"

她点了点头。然后他转身离开了。

"如果你愿意。"也许她会去，也许她不会。

简从窗户爬进了亚当的房间，他在上课或正在吃午饭。她躺在床上，凯文·恩戈塔的话令她发抖。

"希望很可怕，不是吗？"他有着迷人的微笑和完好无损的大脑，他的自我意识从未受到过干扰，关于绝望，他又能知道些什么呢？

她摘下太阳镜，小心翼翼地把它放了在亚当床边的桌子上，将胳膊搭在脸上。美丽的黑暗，没有人注视着她，也没有人指指点点。

更没有人责怪她。

简睁开了眼睛。

希望，希望能够将你摧毁。

7

简的《记忆之书》,写于车祸后的
几天和几周内

这是我回到家的第一个晚上。就像睡在一个你从未去过的旅馆里一样,墙上挂满了别人的照片。可他们告诉你,这就是你的生活。但是,这是他们为你编造的故事吗?

我记得有一位名叫瓦斯奎兹的记者,一个来自奥斯汀报社的令人讨厌的年轻人,他等在我们的房子外面,问我是否记得任何有关于我杀死了我的隔壁邻居这次事故的事情。妈妈下了车,尖叫着斥责他是非法入侵,而她将提出一份限制令,我的头突然疼得厉害,我想我将不得不爬到门口。疼痛令我头晕目眩。我刚刚回到这个世界,而现在我就要离开它了。我跪了下来。瓦斯奎兹对妈妈说:“夫人,你女儿晕倒了。”于是妈妈不得不停止对他的吼叫,过来帮我。她不停地向瓦斯奎兹怒吼着,尽管她那样做的时候,我的脑子里就像有根钉子一样。

瓦斯奎兹问她关于遗书的事。那已经成为了一个故事,因为他们没有马上找到它,警察是在第二天才找到的。警方将它作为证据保管了起来,并未进行讨论,但后来这个故事被泄露了。到处都是关于这场车祸的新闻。哈文湖的孩子。孩子们的父母都是高科技社区中的突出人才，奥斯汀的商业珍宝。几年前，一位著名的"妈妈博主"曾吸引了成千上万的读者。隔壁的邻居。童年的朋友。瓦斯奎兹最后写了三篇关于我的文章，一个被他称之为"失忆女孩儿"的报纸系列。当所有这些文章的标题中都含有"女孩儿"的时候，我猜他是想驾驭这股潮流。或者以我的痛苦为代价写成一本书。我敢肯定他对认识他的人都很好。

我们进入屋里，妈妈"砰"的一声关上了门。我的脑子里钻进了更多的钉子。我什么都认不出来，这太可怕了。我对早年生活的记忆才刚刚开始恢复，像一个个小气泡一样浮现在我的脑海里。现在我（稍稍）认识了我的母亲，她告诉我，我的父亲已经去世了，在我想起他之后，我问了两次关于他的事情。

我盯着楼梯和墙壁，这只是一个不同于医院的新地方。妈妈开始喋喋不休起来："你过去常常在这扇窗户前等待我和爸爸下班回家。那时我们有一个保姆，她来自瑞典。你知道有一个叫瑞典的国家吗？"

我大概点了点头。

"这就是你从楼梯上摔下来撞到了头的地方……这件事情发生后，我在博客上写了一篇很受欢迎的文章……哦，天哪，你觉得你伤到大脑了吗？也许这就是你的记忆到现在还没有恢复的原因，哦，我要告诉医生，我完全忘记了，"好像她才是那个患了失忆症的人一样，"那么，这一切看起来是不是很熟悉？"这最后一句话里蕴含了太多的期待。

"有一点，"我说，因为这对她来说似乎意义重大。K医生曾警告我不要在回忆上撒谎，但她需要试着和这位"妈妈"一起生活，她经常要求我测试自己的记忆，就像抽烟一样。

妈妈走到窗边，向外望去，透过窗帘，看看记者是否还在那里。

"我不喜欢他。一点都不。"她平静地说。

我想问问那张纸条，但我决定等我们安顿好再说。

我站在书房里，环顾四周。突然间，我仿佛看到了地板上的玩具和角落里的圣诞树，一幅模糊的画面……但我不知道我的房间在哪里。

我漫步到厨房，来到了早餐桌旁。这儿似乎更让人熟悉——食物的味道，我坐在餐桌旁，而妈妈在她的办公室里打字。是的，在那里，通过法式门，她的古董桌和电脑映入眼帘。我想起了她的办公室，心中涌起一阵喜悦。

"你还在写妈咪博客吗？"我不是凭借记忆问起的，在我躺在医院病床上的时候，她曾提到过这件事，并以一种奇怪的自豪感谈论着它。

"你总是这样称呼它。从不说'博客'或微博名'绽放的劳雷尔'。"她的声音中带着一种优越感。

"对不起。博客。"我认为她的微博名有点太过矫揉造作，但我不想伤害她的感情。

"自从事故发生以来，太多的人认为我不是一个好母亲……"然后，她停了下来，"我厌倦了写它，写关于你的事情。随着你渐渐长大，你也不喜欢它。"

每当我想起她的博客时，都感到一种莫名的不安，我不知道为什么，但这是以后要担心的。我回到前面，记者还站在外面，但离开了我们的院子。

　　我朝着楼梯迈了一步，妈妈觉察到了，或许我应该早就考虑到这一点。我看着她，想知道在过去的一周里，她是否睡过觉。

　　她把我搂在怀里。"我敢肯定，你还记得你的房间。我们去看看吧。"我跟着她上了楼，在墙上挂着家庭照片的地方停了下来。我，作为一个婴儿，作为一个蹒跚学步的孩子，作为一个小学生，还有一个男人。

　　"那是爸爸吗？"我问。她还没有给我看过一张照片。她手机里没有，也没有带一张到医院里去。

　　她点了点头。"你还记得他吗？"

　　"我问你之前，知道这是他。但是……我还不了解他的任何事情，就像记忆中的电影一样。"

　　我的爸爸，留着些许的金色胡须，而其余地方则刮得干干净净。

　　"简？你还记得我吗，还是因为我告诉过你，所以你才叫我妈妈？"她的声音很紧张。

　　"我记得你，妈妈。"我撒了谎，因为这似乎很重要，而且她就是我现在所拥有的一切。随着时间的推移，她过去的一些小瞬间开始成形，清晰地显现了出来。她的办公室，厨房里晚餐的味道，但只是些零星的碎片。

　　"告诉我一些你记得的事情。"她的声音很迫切。

　　我努力收集脑子里散乱的记忆，说道："你坐在办公桌前，在我吃晚饭的时候，你在电脑上写你的博客'绽放的劳雷尔'。"

　　虽然很模糊，但已经足够了，而且显然很准确。妈妈勉强露出了一个灿烂的微笑，然后拖着沉重的脚步向前走，决心把我送到房间去。

你可能认为我花时间最多的地方，会给我大脑中的记忆带来巨大的复苏。但其实这并没有多大意义。这个房间中等大小，里面有一张床和几张电影海报。我记得书架的位置，但墙上的电影海报对我来说毫无意义。

"你喜欢电影，"妈妈说，"你说过有一天你可能会成为一名编剧。或者编写视频游戏或电视节目。你是一个很有天赋的作家，简，和我一样，你会回来的。"好像我的所有天赋都会随着记忆而消失。

"你提到过。"我说。奇怪的是，当我身处危机中时，我觉得我必须使她保持冷静。这里有三张海报，一张是《卡萨布兰卡》的（一部黑白电影，多么奇怪），一张是《钢琴别恋》的（也许是一部音乐剧），还有一张是《此时此刻》的，三个女人盯着我看。这些电影我一个都不知道。我想知道我现在是否会喜欢它们。如果我不记得自己喜欢什么，我的口味是否也会改变呢？

我不记得房间的位置，但我马上就认出了我的床单。书架上的书摆放得整整齐齐，跟以前一样。我跪下来研究这些书名，并且全都认了出来。我猛然意识到，有一本书不见了。我最喜欢的《时间的皱纹》。我怎么会记得那本书，而不是我所有的朋友或我爸爸的过世呢？

但是那本书不见了。是我的想象让我觉得它应该在那里吗？这是一件很奇怪的事，但我还是紧紧抓住任何可以辨认的迹象，来表明这是我熟悉的那个家。为什么它如此重要呢？为什么？

"我那本《时间的皱纹》哪儿去了？"我问。

"我不知道，亲爱的，但我肯定它就在这附近。你还记得那是你最喜欢的书吗？"希望使她的声音变得更加甜美。

"是的。梅格和查尔斯·华莱士，还有野兽阿姨和卡马佐兹。我记得整个故事。"

我以为她会哭，或许是得到安慰。如果我能记住虚构的人物和地方，那么更多关于真实事物的记忆肯定很快就会回来。

书架下面是一排视频游戏：比第一人称射击游戏更多的解谜游戏。我随机抽出一个，封面上有两个卡通的大眼睛女孩儿，"间谍女孩儿！"我笑了笑。

"你和大卫过去经常一起玩视频游戏。"她说道，然后咬了咬嘴唇。

我盯着游戏看。"记起来，"我告诉自己，"记起来。这是你和大卫一起玩过的。"但是什么都没有。我把它放回去，离开了这些游戏。

书架上面有一些素描本。我拿下一本，这是为绘画而设计的，但我却在上面写满了故事。一连几页都满是带有讽刺意味的泰迪熊的三板连环画。

"你和大卫还小的时候，只是为了好玩儿而做了这些连环画。他画了画，然后你写下了故事。我想把它们寄到报社去，它们太可爱了。他画画很好，他想主修艺术，但卡尔和佩里都听不到了。"

我研究了这些图画：可爱的小熊、自信的超级英雄。他很有才华。

我走到房间的另一边。我和其他孩子们的照片被卡在桌子上方的一个蓝色软木板上。还有我爸爸的照片，他死于一次枪击事故。现在妈妈不得不再次告诉我他已经死了。我现在才意识到，她背负着一个多么沉重的负担。我想知道，她如何才能度过这场噩梦，如果她做不到，或无法应付的话，我该怎么做？她总是有着像风一样多变的力量。

"虽然我想给你买粉色的，但你让我买了蓝色的，"妈妈指着那块木坂说，"你现在可能更喜欢粉色了。"好像我的失忆是一个强制执行她的装饰选择的好方法。

"蓝色挺好的。"我说。我不想让她改变这个房间里的任何东西。这是我过去生活的一个片刻，自从事故发生后，就再没动过。这是我和我过去几年的一张地图。我最后一次待在这里的时候，根本不知道我的生活即将蒸发。我看了看书架上的照片。那些被框起来的似乎是为成年人保留的，里面有我和爸爸，我和妈妈，但没有爸爸和妈妈在一起的。我想：他们的婚姻是什么样的呢？是彼此相爱还是遇到了麻烦？我一无所知。多么奇怪的事情。然后是蓝色的软木板，其中大部分都是我和我的高中朋友们的。我尴尬地站在一群穿着漂亮衣服的女孩儿们，以及穿着西装的男孩儿们之间，我们所有人都站在泳池边。

"同学会，"妈妈说，"你还记得吗？"

我认识我旁边那个身材高大，肩膀宽阔的金发男孩儿，他叫特雷弗·布林，我醒来后，他来医院看过我一次。他看起来很安静，有点儿怕我，好像不知道该说些什么，但他带了一束鲜花，我看着他给了妈妈一个尴尬的拥抱。我不想让任何人拥抱我。那次事故后，我的身体仍然很疼痛。他是我的一个老朋友，因为我记得中学时，他就已经变得又高又大了。

但他却惊起了我记忆的涟漪。

"哈士奇牛仔裤。"我指着特雷弗说，"小时候，一个头上戴着大大的红色蝴蝶结的女孩儿取笑特雷弗，因为他穿着一条哈士奇牛仔裤，我对她非常生气，我们在操场上打了起来，我从她的头发上抢走了那只蝴蝶结。我被送到校长办公室，孩子们取笑特雷弗，说我是为他打的架。是四年级吗？"

"是的，"妈妈点了点头，"你还记得。"

"嗯，我记得那件事。不要太激动。你来学校把我接走了。"这句话说得很突然，"你把我带回家，跟我谈了这件事，然后写在了你的博客上。但是你给我买了披萨当午餐，特雷弗的妈妈打电话来说她很抱歉给我惹了麻烦。"一个记忆，顺滑而清晰地新生出来，"然后大卫和我做了一个名为'Bowsnatcher'的连环漫画，讲的是一个女孩儿与恶霸打架的故事！"我觉得我快要晕倒了。我的记忆，鲜明、清晰、完整、势不可挡地涌现出来。

"你仍然很讨厌那只'弓头鲸'。"妈妈高兴地用手捂住嘴。

我不记得我在那个重要的时尚问题上的看法。我仔细地看了看同学会的照片。亚当在人群的另一边，傻笑着，我从他的医院探视中得知了他的名字，但却对他一无所知。我怎么能忘记那个帅气的傻笑呢？他说："我知道你不记得我了，但你会想起来的，我是你那个有点儿浑蛋的朋友。"

我旁边那个漂亮的黑发女孩儿是卡玛拉。我们的头几乎贴在一起，我们的微笑很有默契。（用不同颜色的墨水写在边上：再过两个星期，卡玛拉和特雷弗的童年记忆就会涌现回来，但当时我并不知道。）

然后是被我杀害的那个男孩儿，大卫。有两张他的照片，其中一张是我们小的时候，大概八岁，他微笑着，他的门牙不见了。我们都穿着蓝白相间的球衣。他的黑发中间有一绺翘起的头发，而我则戴了一条很细的与球衣相匹配的缎带，显然不是蝴蝶结。我看起来真的很可爱，我记得这些，它并未像电击一样袭来。记忆就在那里，仿佛在等待着我。

"我们一起玩夺旗橄榄球。我们是狮子队。"

"是啊！那时你还小，玩儿了一个赛季。你想玩儿是因为大卫玩儿了，而你不愿意在场外观看。"妈妈几乎拍起了手，每一个新的记忆都像在战场上赢得的一寸土地。

"有一个妈妈不想让我玩儿，"我说，"她想让我当啦啦队队长。"

妈妈点了点头。

"你和爸爸礼貌地告诉她我要玩儿，这就是结局。"

我们欢笑着。但后来我想起大卫死了，笑容也随之消失了。

"我最近的照片似乎不是很多。"我和卡玛拉微笑着像姐妹一样的那张照片，还是几年前的。

"你爸爸去世后，你退出了很多活动，你感到很沮丧。"

沮丧。我是谁，发生车祸前我是个什么样的年轻女孩儿？现在又将成为谁？

"妈妈，记者说的遗书是什么？"

她的表情僵住了："你别介意，这是个误会。"

"妈妈，告诉我。"

"让我们看看你的衣服和你的播放列表。我敢打赌，这些会唤起你的回忆。"

"妈妈，告诉我。"

她坐在床上，示意我坐在她旁边。我坐了下来，她拉着我的手。她的手很凉，却满是汗水。我想将手抽出来，但没有勇气。

她将手指放在我的下巴上，使我转过身来面对着她。"宝贝儿，他们说，他们在山下的草地上找到了一张纸条。好像是从车里掉出来的，你知道，后备箱里有些零七八碎的东西，可重复使用的购物袋、一个我带着去看足球比赛的可折叠帆布座椅、还有几本书……汽车翻滚时，车窗被砸碎了，一大堆东西掉了出来，这张纸条就在里面。他们说，是你写的。我看到了，看起来像是你的笔迹，但你们这些孩子从不用草书，你们都是用印刷体写字的，所以谁能确定是你写的呢。"

"纸条上写了什么？"

她从口袋里掏出一张纸。"这是他们给我的副本。所以，就像他们说的，如果你需要，我可以帮你。这不是原件，原件在警方那里，或者是为他们的律师工作的调查员那里，他和警察的关系很好，他就是那个四处散播谣言的人。"

"律师？"我等着她将纸条递给我。

"别担心。"我注意到妈妈有个习惯，每当提起不愉快的话题时，她就会欲言又止，让它们萦绕在你的脑海中，然后告诉你不要担心，"我想这张纸条可以等到你康复的时候再说。那个该死的记者。我讨厌他对你大喊大叫。"

我伸出那只没打石膏的手："它写什么了？"

她似乎在提防我，将目光放在了纸条上，大声念道：

"我不能这样做。我不能。真希望我已经死了。希望我们一起死去，我们俩。"

她叠起纸条："很明显这是伪造的。"

我站了起来，因为我想远离这些话。然后我又坐在了床边，我的腿，我的大脑，我的心都像水一样绵软无力。"所以，我带着这张纸条，撞坏了我自己的车……"

妈妈的手紧紧地搂着我的上臂："你听我说，简。这不是遗书。不可能是，它不是。"

难道我要在被我杀掉的照片中的男孩儿的注视下，睡在这个房间里吗？我感到疼痛，浑身都疼痛，我的头，我的肠子。我站起来，取下了大卫的照片。

"你这是干什么？"妈妈问，"简？"

"我想我需要躺下来休息一下。"我告诉妈妈。

"是的，当然。我去看看晚饭。你正在康复的时候，大家带来了一些食物……在他们听说纸条的事情之前……"

"然后他们就停了下来，"我猜想，这是剩下的半句话，"人们认为我杀了大卫，并试图自杀。"这话听起来感觉就像是我嘴里的灰烬。

她点了点头。我躺在床上，我想朋友或邻居们可能会打电话来找我们，但是并没有。我看着朋友们的照片，想知道卡玛拉和特雷弗是否会再来看我，是否还有人愿意来。最后，我睡着了。当我醒来时，并没有感觉到记忆浪潮的疯狂涌入。我不是被诅咒的公主，从梦中醒来就能回到我熟悉的生活。我听到了妈妈在外面跟邻居交谈的声音，很大声。后来妈妈告诉我，那是佩里·霍尔，她告诉妈妈让我远离她的家人。

8

"我很高兴你同意和我见面，"凯文说。在咨询部的一个办公室里，简坐在他的对面，"直言不讳地说，你现在真是个烂摊子，几乎无家可归，被指控企图自杀、谋杀，曾经前途无限的生活也变得一团糟。"

"你应该和孩子们一起工作。"简说。

他没有笑，也没有嘲笑她的笑话，她想，好吧，他不在乎花六周的时间与我建立融洽的关系。

凯文身体前倾，说道："我可以猜一猜吗？如果我错了，你就告诉我。你不喜欢治疗师的原因是他们蹑手蹑脚地围着你转。关于这起事故，如果是自杀未遂，那么大卫·霍尔为此付出了代价。我想我不会蹑手蹑脚地靠近你。我会采取更直接的方法。"

就像他曾经目睹了她那些无用的治疗一样。

"好吧。"她说。她现在仍然犹豫不决，等着看他接下来会说什么。

"也许你是在强烈的情感压抑下才失去了记忆。我认为你必须愿意去探索这种可能性，这不是由纯粹的身体伤害引起的。"

"我做过一次SPECT扫描。"她等着他问那是什么。

但在她停顿后，他说："单光子发射计算机断层扫描。测量流入大脑不同部位的血流量，看看是否有流向受伤部位的血流量减少的情况。还有吗？"

"我的颞叶受了伤。"

"长期记忆的驻留地，是的。但是你最初几年的记忆都慢慢回来了，对吗？至少在瓦斯奎兹先生的报纸文章中是这样说的。"

"是的。"

"Ribot定律。简单地说，最古老的记忆往往是最安全的。"

"是的。"她知道Ribot这个名字来自于K·Ribot医生，一位研究记忆的法国心理学家。

"除了你的高中时代。"

"是的。"

"所以这可能是情感上的，也可能是身体上的。你失去了你的父亲？"

"是的。"

"那就是失忆开始的时候，你进入高中时，他去世前的一段时间，包括车祸和大卫的死亡。你从两次可怕的悲剧记忆中逃了出来。"

简什么也没说。

"所以，你想从我们的合作中得到什么？"

在这么长的时间里，从没有人这样问过她。在他的注视下，她几乎有些发抖。"我想回忆起来。我想知道我没有故意杀死大卫，那真的是一场意外。我希望我能够应付的来，"她说，"我想完成学业，我想自力更生，我想要大卫……"

"大卫已经不在了。"

"我希望大卫不要总是困扰我的思想。我不想再被指责了。我讨厌我们居住的郊区和我上学的学校。我只剩下一个朋友了。如果是意外，我还可以被原谅，但自杀是不可原谅的。"

"人们对你会一直责备下去的。我们可以想出一些策略来帮助你解决这个问题，而不是让它来限定你，为你找出一个安全的办法。"

"这是一个很大的承诺，凯文。"因为她从来没有学会如何去应对责难。她做的只是将它塞在心底，让它在那里翻滚、愤怒和不安。

"你的问题很大，简。我认为我们不应该把它想得太简单。"

她用手掌在椅子的扶手上摩擦。"好吧，那么我们如何开始呢？你要从我出生的时候开始分析我吗？我有一个美好而无聊的童年。"

她研究着他脚上的鞋子。它们已经被穿坏，磨损了。研究生向来都很穷。

"告诉我车祸那天的事情。我知道你不记得了，对吧？"

"这是个恶作剧的问题吗？"

"不，但你一定已经从别人那里听说了一些事情。"

"那天，大卫和我在4点15分离开学校，有人看到我们一起离开了。他给他父母发短信说，他要和一个朋友在学校做项目，他们会一起吃晚餐。然后我们取走了我的车。"

"你是和他一起做作业了吗？"

"显然不是，我们只有两堂课在一起上，《合唱团》和《创业学》。"

"《创业学》是高中课程吗？"

"在哈文湖是的。"她停顿了一下，"一个朋友，特雷弗·布林，看到我们一起离开了。"

"你们是邻居。难道不能回家去聊吗？"

"当然可以。但我们没有。"

"那天你们俩之间没有文字或电子邮件通信吗？我知道美国青少年经常通过这种方式制定计划。"他露出了一个温柔的微笑。

"没有。"简在座位上挪动了一下身子。这让人觉得有点像审问。大多数治疗师都试图使他们的问题听起来更加柔和。也许这就是他的风格。"一个名叫阿玛丽·鲍曼的女孩儿说，他在《创业学》课上给我递了一张纸条，因为她坐在我们俩中间。我的意思是，如果我们可以发短信的话，是不会传纸条的，但是在那堂课上，我被告知，我们必须在开始上课时就将手机上交，并在下课后取回来。我们每个人都有一个手机插槽。"

"纸条上写了什么？"

"我没有保留，我不知道。"她的目光落在了地板上。

"你不知道这张纸条现在在哪儿？"

"我猜它被我扔掉了。或者是当他们在医院里将我的衣服剪下来时，弄丢了。"她一直盯着地板，"可能会写着'放学后来见我'。因为我们就是这么做的。"

"所以，你们两个出去了六个小时，没有人知道你们在干什么。这对你来说一定很困难。"最后，他的语气变得柔和起来。

"那天晚上，我们被看见出现在了镇上的很多地方。一次在吃晚餐，一次在五金店里，买了一根撬棍。收据在大卫的口袋里。"

"撬棍？"凯文将手指放到了下巴下面，"你们为什么需要撬棍？"

她耸耸肩。"在我们的车里没有发现它，所以我不知道它去了哪里。这就是我所知道的。四天后，我在医院里醒来，什么都不记得了。然而，我的记忆在下一周就开始恢复了，直到我十四岁。在那之后的就什么都没有了。"

"一点儿都没有。没有一个碎片，一个瞬间。"他的目光与她相遇。

"我没有任何记忆。"她目不转睛地盯着他。

他什么也没说，好像在等她坦白。哦，我只是在开玩笑，我当然记得细节，我只是把它们藏在了心里。

"你记得的事故发生前的最后一件事是什么？"

"上高中之前，我和爸爸去旅行。妈妈在工作，不能跟我们一起去。就我们俩，去迪士尼乐园。我们玩得很开心。"她的声音很温柔，没有丝毫的抗拒，"大卫很嫉妒。他也想去，但他的父母讨厌主题公园。我给他买回了一本关于华特·迪士尼艺术的书。他喜欢艺术，喜欢画画。"

"我很高兴你最后的记忆是幸福的。那么你对大一没有任何印象了吗？"

"不完全是。"但是她的目光从他身上移开了。

"请原谅我的直言不讳，简。你不记得任何能够支持这封遗书的合法性的东西了吗？"

"不记得了。"

"没有人告诉你，在你的生命中发生了什么事情，会让你在那个时候产生自杀的念头吗？"

"没有。我没有接受治疗，学校的辅导员没有我的危险记录。我想，在哈文湖，他们会监控这样的事情，尤其在父母去世之后。"

"你父亲去世时，你和他在一起吗？"

简又把手放在了椅子的扶手上。他看过关于她的文章，他一定知道关于他父亲去世的报道。但她假装没有意识到这一点。"他在奥斯汀市中心的一所房子里，那是他叔叔的房子，爸爸继承了它，打算将它投入市场。他的叔叔持有几支枪，一支步枪和几支手枪。爸爸正在处理其中的一支，结果枪走火，他被杀死了。"她揪起了手掌上的一点儿肉。

"我很抱歉。"

她耸耸肩。"我不记得了。我觉得这对我妈妈来说应该很痛苦。"

"那么我猜你不能告诉我你的反应了。"

"这是瓦斯奎兹的文章。有一阵子我发了疯，经常酗酒，但我显然已经清醒了。"

"你父亲有过任何想要自杀的迹象吗？"

简盯着他："警方调查说，那是个意外。"

"还有你的遗书。我的意思是，人们一定会将这两件事情上升到一个不幸的结论。"

"有其父必有其女。"她忘了手掌上的疼痛，站起身来，走到窗前，"我妈妈很有名，她是个网络红人，因为她以家长的身份记录了她的每一个决定。她失去了丈夫，又差点儿失去我。我听到有人说她从那以后就像变了一个人一样。"

凯文沉默了几秒钟，继续说："让我们回到车祸发生的那天。有任何来自大卫的消息吗？他没有给你发过电子邮件或暗示你俩会做什么的短信吗？"

"没有。我妈妈都看过了，然后我试着唤起自己的记忆。我们没有发过电子邮件、短信，也没有一起吃午餐。我们不像过去那样亲密。"

"我想他的父母会检查他的电子邮件吧？"

"我想会的。如果她能证明这是我的错，他妈妈会千方百计去证明的。但他们从来没有拿出过任何像你问的那样的证据。"

"你还记得他父母的事情吗？"

这个问题让她很惊讶。

"在我的成长过程中，他们一直对我很好。直到发生车祸。他妈妈现在很恨我，她今天早上在大卫的墓前袭击了我。"她讲述了这个故事。

"那么你有什么感觉呢？"

"我想打她。我狼狈得可怕。她是个悲伤的母亲，但我只想让她离开我。"

"你想向她证明你是无辜的，至少是自杀未遂吗？"

"我不在乎她怎么想。"她坐回椅子上，叹了口气，好像很无聊。

"我不知道这是否会有帮助。你能给我写下那天晚上的详细时间线吗？你给我讲了一个概况，但我想看看实际的时间，从目击者证词或事故调查中了解到了什么？你妈妈一定有报纸吧？"

她感到一阵灼热的电流穿过了她的身体："我从没想过要着眼于那个晚上。我以为记忆就要出现……"

"让我们，"他说，"试着给那个朦胧的夜晚强加一些命令。也许它会告诉我们，你并没有在某个地方感到不开心或想要自杀，对吗？你是在做事情。撬棍意味着活动、目的。而且这是个秘密。他没有告诉任何人，你也没有告诉任何人。"

她盯着他那双廉价的鞋子。

"那么，我们有两张纸条。一张是他递给你的，你不记得了，而另一张是在现场发现的。它说了什么？"

"我不能这样做。我不能。真希望我已经死了。希望我们一起死去，我们俩。"这就像是她记忆中一首病态的诗。

"什么是你'无法做到的'？"

"代数、吃西兰花、园艺，我不知道。"

"这张纸条对你毫无意义。"

"它让我感到不安，"她说，"因为我无法想象我把它写下来。"

他转换了话题："发生车祸后，"她注意到他不再称它为"事故"了，"你一定已经读完高中了吧？你得到GED证书了吗？"

"没有。"现在她的目光与他相遇，"我回到了哈文湖高中。我毕业了。"

他毫不掩饰地惊讶地看着她："为什么不去另一所学校呢？"

"我想过要重新开始，但我只剩下一个学期了……我在那里还有朋友，我以为他们会帮我渡过难关。有些人是这样做的。而且我妈妈认为……如果人们看到我这么可怜，也许会同情我。而反过来我也为她感到难过。她失去了友谊，和她在社区中的地位。她想回到从前。"

凯文清了清嗓子，好像很尴尬："但你不会记得你以前的课程了。"

"我设法应付了过去。重新学习了我必须掌握的知识。我想他们可能是可怜我，所以让我通过了。让我回去一年并不是我妈妈的选择。不过我并没有真正地为圣迈克尔做过准备，但他们仍然对我的录取表示敬意。"

他带着新的敬意看着她，"从社会角度来看，想不起你的很多朋友和老师，这一定是很艰难的。"

"当你杀死了隔壁的男孩儿，整个学校的人都希望你也自杀的时候，这就更难了。"

他从笔记中抬起头来看着简。

"你能让我查阅一下你的病历吗？我想了解你的受伤程度。"

"不行。"她说。

"为什么不行？"

"我不想，我说过我会和你谈，而不是揭开我的生活。你不是医生。"

不知什么原因，她觉得她在他的脸上看到了一丝沮丧，然后又恢复了自然。

"那么，你能描述一下你的伤势吗？"

"我昏迷了四天。手臂骨折，锁骨骨折，有严重的脑震荡和轻微的颞叶脑损伤。"

"大卫的伤势呢？"

她一时说不出话来。"他的胳膊和腿都断了，脸被严重撕裂，肋骨骨折，后背断裂，肺部被刺破。他当场就死了。"

"为什么他受了这么多处伤？"

"汽车驶离道路时一直在翻滚，从一个陡坡掉到了悬崖边缘。他坐在挨着撞上岩石的那一面。而且……"

他等待着。

"大卫没有系安全带。"简说。

"他平时都不系吗？"

"谁能忍受得了这没完没了的恶意揣测？他解开安全带就是

个暗示……"

"为了阻止你开车冲下悬崖？"

"是的，"她说，"这是个流行的理论，这要归功于那封遗书。"她喝了一口水。

"你醒来后的第一个记忆是什么？"

简站了起来，在地板上踱来踱去。"这样可以吗？我不想坐着。"

凯文点了点头。

"我在病房里。我不记得害怕，只是感到困惑。我不知道我一直处于昏迷状态。我不认识我的母亲，她和我一起待在房间里。她说，'噢，简，'然后就哭了起来，因为我醒了。我不知道那是我的名字，就好像我刚出生在这个世界上一样。"

"医生们进来检查了我，问了我一些问题。我记得什么，哪里疼？我惊慌失措，因为我什么都不记得了。然后他们开始测试我，问我年份、我的名字、总统是谁、我在哪里上学。我看着那个女人，我的妈妈，看着她心碎的样子。"

"有人说你的失忆症是在撒谎吗？"

"是的，霍尔太太。她认为我是装的，为了逃避责任。你知道，有人在网上嘲弄我，他们还记得我不记得的事。"她解释了Faceplace上的帖子，"这是我的痛处。我知道他们一定是在撒谎，但这激怒了我。"

"关于失忆，你撒谎了吗？"他凝视着她的眼睛。

他继续说道："如果是，我会理解的。这是一种防御机制。你可以告诉我，没有人会知道，我们的对话是有特权的。"他身体前倾，"如果你在说谎，我会深感震撼，因为你已经坚持了两年。

但这是个多么沉重的负担。"

沉默使人感到很不自在。最后她说："不，凯文，我没有说谎。"

"好吧。"

她不确定他是否相信她。"那个在网上威胁我的人，用我的失忆症对付我。当他们无计可施的时候，就假装知道我不记得的事情。"

凯文皱起了眉头，"第一，这可能在他们眼中是一种没有恶意的恶作剧或笑话。第二，可能是有人认为你根本没有失忆并试图激怒你。"

"为什么会有人认为我伪装了两年？"

"他们认为你从那天晚上就知道了一些事情，而失忆是一种掩饰。你知道是谁在嘲弄你吗？"

"我怀疑一个人。"她脑海中浮现出一个名字——卡玛拉。

"谁？"

"在我说之前，应该先找到证据。"

"这里都是保密的。"

她摇了摇头。她还没有完全信任他。

他没有强迫他，但在纸上做了个笔记。"你想念大卫吗？"凯文问。

没有人这样问过我。我想我不会想念他的。但她没有回答这个问题。

"好吧。在我们再次见面之前，你能将那天的时间线整理好给我吗？"

"可以。我该怎么对付我的骚扰者？"

"如果是我，我会忽略他们。如果你试图参与其中，那么你便给了他们力量，说明你关注了他们，并证实了他们的想法。你想要和平，想要得到宽恕吗？拿出行动吧。"

"也许我会告诉他们，去告诉世人他们所知道的一切。"她站起来，背上她的背包，"我想我今天已经完成了。"

"简？"

"什么？"

"从别人对你说过的任何话语来看，有没有可能会有其他人参与进来？"

"你什么意思？"

他犹豫了一下，说："有另一辆车使你偏离了车道；或者拐进了你的车道，然后你突然转向来错过它；或者有人在跟你赛车，又或者……在追赶你。你是否觉得有人在追你？或者想伤害你？"

"为什么会有人想要伤害我或大卫？我们只是高中生。"

"我相信没人想伤害你，简。"

"你认为曾发生过什么事情吗？"她问他。他为什么要问她这个？

凯文没有回答她，而是看了看笔记。"我们两天后再见好吗？"

9

那天晚上，在卡尔到达之前，佩里倒了一杯"白苏维浓"。她一整天都在接听电话和回复电子邮件。她感激那些向她伸出援手的人，但同时，她也感到有点儿负担。她本可以一个人安静地渡过这一整天。

卡尔发短信说他已经在路上了。她检查了一下烤箱里的晚餐，然后端着酒杯坐在了岛式厨房的花岗岩台面前。她深吸一口气，打开笔记本电脑，跳转到她的Faceplace页面，今天终于准备好读它了。有很多吊唁信，很多题为"想你"的私人信息。一个来自罗尼·杰维斯的关于晚会志愿者会议的提醒，并给了她一个虚拟的拥抱。她感激不已。然后她看到：

霍尔太太，我想知道我们是否可以谈谈。我知道今天是周年纪念日，这对你来说是个艰难的时刻，但我想写一篇关于你儿子和简·诺顿的失忆症的后续文章。很抱歉，我没有你的电子邮件地址。我已经不在报社工作了，但你可以通过我的 Faceplace 账户或 mv@now-mail.net 与我联系。谢谢，马特奥·瓦斯奎兹。

佩里不想被再次推到风口浪尖上。她看到另一篇关于她儿子的文章，仍然多半是关于那个尚未恢复的号称患有失忆症的卑鄙的谋杀犯的故事。如果他谈论简，那么简就会谈论她在墓地的行为，她有一个证人。所以她点了进去，写下"不用了，谢谢"，然后点击发送。

她关上电脑，再也不想看到那些文字，她拿起酒杯，上楼去了大卫的房间。她一直保留着它，就像他暂时离开了一样，仿佛这是一个被包裹在琥珀里的房间。她唯一拿走的东西是一张大卫和简·诺顿的照片，四年级，穿着他们的夺旗橄榄球制服。他们在一个男女混合的球队里打球。大卫是队里的主力，是个明星，简只是一个可怜的球员，但是在照片中，在他们白色的球衣中，你根本看不出来这一点，简惊讶地微笑着，胸前挂着和大卫一样的奖牌，不同的是，大卫还多了一个奖杯，貌似是最棒球员？最佳体育精神？是的，这是应该的。大卫被这种公平竞争的意识驱使着。她把这张照片摘了下来，因为她无法忍受当她独自走进这个房间，躺在大卫的床上时，还要看着简·诺顿的脸，让悲伤和寂寞充斥着她的内心。

她坐在床上，目光在房间里游走。他画画很有天赋。书架上摆满了书，有小说和绘画指南。虽然她和卡尔认为逐渐将他推向具有实用性的东西很重要，但他一直都是一个有才华的艺术家。艺术是美好爱好的产物，而大卫已经习惯了某种生活水平。

酒杯的杯脚突然莫名地断了。她猛地拉了一下，让酒没有溅到地板上，而是留在了没有杯脚的杯肚里。杯脚断得干干净净，使她无法放下酒杯，因此她吞下了整杯"白苏维浓"。酒杯划伤了她，她扔掉了破碎的酒杯，急匆匆地跑到洗手间，抹去了手上的血滴。

　　她强忍着眼泪。那么，如果他成为一名艺术家，做他想做的事会怎样呢？他可能会是一个非常成功的人，可能会过得很快乐。她和卡尔犯了一个多么大的错误，因为他们没有告诉他，"去吧，去做你想做的事，成为你想成为的人，去做一名艺术家。不，你不需要成为一个商业大亨，一个科技巨头。去做你自己。去画你的超级英雄。成为独一无二的你。"

　　她把手上的血洗掉，确保伤口上没有玻璃颗粒，贴上了他放在水槽下面的盒子里的创可贴。他的古龙香水，他的剃须刀，他的牙刷，还都在这里。她应该把它们扔掉，但她没有。

　　她回到他的房间，血从创可贴下面涌了出来。

　　在他去世前的几个月，他得到了一台iMac电脑，她触摸了一下键盘，将它从睡眠状态中唤醒了。她知道他的密码，这是她买给他的交换条件，她也想尊重他的隐私，却不愿意放弃访问他浏览过的地址和他的电子邮件——但他从未有一刻让她真正担心过。那幅熟悉的窗边码头的风景壁纸出现在了他的Mac屏幕上，她打开Faceplace，他的密码已经默认输入了。

　　她进入了他的页面。里面除了悼词就是悼词。她看到他分布在全国各地读大学的朋友们将大卫留在了他们的心里。今年的悼念信比去年少了一些，这在她的心里结下了一个坚硬的小疙瘩。随着时间的流逝，记得他的人会越来越少。他将被封存在人们的记忆里。

　　生活将继续下去。除了他的。

　　她想给一些女孩儿和大卫的其他球员们回复信息，他们留下了最动人的悼词。但她要在自己的页面上做这件事。在大卫的页面上回复太奇怪了，这会使她们产生幻觉，认为他还活着。

她在Faceplace搜索栏中输入：简·诺顿。

佩里点了进去。

最上面是一则新的帖子。来自一个名为丽芙·丹吉尔的佩里不认识的人。

我知道你不记得的那些事情，简。我知道那天晚上发生了什么。我打算说出来。所有人都将付出代价。

帖子是今天的。她盯着那句"所有人都将付出代价"。和她儿子墓碑上那几个潦草的字一样。她扫视了一下网页。在事故发生后的几天里，简本人没有发布过任何消息，之后简和她的母亲声称，简记得有一只鹿在汽车前窜了出来。不过考虑到简不记得这个悲剧性的夜晚，而且在灌木丛中以及陡峭山坡的潮湿的地面上没有发现鹿的踪迹或迹象，所以这个故事没有成立。尽管看起来好像有几个人联系过她，但网页上没有任何关于她重返哈文湖，或在圣迈克尔学院时的消息，也没有任何关于圣诞节、生日或其他事情的消息。就像大卫一样，在人们心中她已经死了。没有她在大学里的照片，没有朋友的互动，也没有照片、视频或其他人的帖子。

然后，在报纸上的一篇文章中，有人对简进行了精心的标记，随后发生了一连串不可避免的垃圾评论。

"他们在废墟中发现了一封遗书。她想死。她希望他们都死。你能相信吗？"

"那不过是哈文湖两个有钱的混混，谁在乎呢？"

她的心仿佛要在胸口炸开。

"简的父亲去世了，人们说这是自杀，现在她也试图自杀，而大卫却死了。我们会想念你的，大卫。"

"你知道她爱上了他，但他不爱她，所以她企图结束他们俩的生命。她一定以为自己开车冲下了悬崖，但事实并非如此。愚蠢自私的婊子，总有一天她会在地狱里下油锅的。"

"为什么不送她去监狱，为什么霍尔一家放弃了他们的过失致死诉讼，我闻到了金钱的味道！！！！！！！！！！！"

"她妈妈开了一个妈咪博客，而且有很多的浏览量，所以他们一定很有钱，所以她将被判缓刑，然后去北部一些有钱的婊子学校上学，就是这样。"

"哇，她妈妈从她小的时候就开始写关于她的事情了，她和她爸爸都是自杀的，我想，如果你在博客上对你的家庭生活进行剖析，那你就大错特错了。那个坐在她车里的白痴太不幸了。"

"我觉得这应该归咎于他们的父母。双方父母。如果你问我，那么我认为他们不应该酒后驾车，孩子们往往会效仿家长的做法。差劲的榜样！！糟糕的教养！！你不该上一个喝醉酒的孩子的车，你会死的！！！！！"

"没有证据表明他们喝了酒，傻瓜，但还是谢谢你的演出。"

"新闻在为他们做掩护，你这个傻瓜！"

"试着读读这篇文章吧。我知道有些绕口，但还是试试吧。"

佩里停了下来，闭上眼睛。她儿子的美丽人生，他的惨死，被对他毫无了解的陌生人拆解并讨论着，他们觉得他们可以象征性地为她儿子的尸体叫喊和争论。他们觉得只要他们有键盘，就可以并应该说出任何他们想说的话。

她回到页面顶部，点进了丽芙·丹吉尔的主页，这个人声称自己知道简不记得的事情。该账号只有几个朋友，其中有几个看起来像是假的垃圾邮件账号，只有一个她认了出来：简·诺顿。

所以这是一个虚假的账号吗？有人在跟简，还有她和卡尔开玩笑。亵渎他的墓碑比在简的社交媒体页面上发帖要恶劣得多。如果这个丽芙·丹吉尔说出了真相并且知道一些不为人知的事情，会怎样呢？

"所有人都将付出代价。"

"我可以试着找出这个人。"她想。

门铃响了。

"你必须做得更好。你可以做得更好。"她下了楼。

* * *

她做了大卫最喜欢的一道菜，烤鸡胸肉。里面塞满了乳酪，包在培根里，还有藜麦和沙拉，以及自制的柠檬葱酱。卡尔带来了一瓶产自于奥地利的冰镇绿维特利纳酒，并且没有征求佩里的意见，就给她倒了一大玻璃杯，然后又给自己倒了一杯。他没有意识到她已经打开了一瓶酒，现在塞在了冰箱门里，她想：好吧，这会让我们麻木的。她喝了一大口，然后放下酒杯，走进了他的怀里。他很吃惊，毫不犹豫地把她抱在怀里，亲吻着她的头顶。

"公墓管理会增加安全性。大卫的坟墓不应该再有问题了。"

烤箱响了一声。她转身走开了，在厨房里忙碌着，感觉有点儿不胜酒力，然后她做完了沙拉。就像他还住在这里一样。

"我花了一天的时间为大卫粗略制定了一个导师计划。"

"一个人吗？"

他点了点头，她感到很惊讶。

"因为你说你今天不想一个人待着，所以我想，"她想着他车里的香水味说，"也许你在和别人约会。"

"我没有，"他沉默了一会儿说，"如果有，我会告诉你的。"

她开始收拾餐桌，他说："不，我来做，你已经做饭了。"于是，在他打扫卫生时她坐下来喝着葡萄酒，然后他走过来坐在了她身旁，将她和他自己的酒杯重新斟满了冰镇的奥地利白葡萄酒。两杯是她的极限，况且他选择了被他戏称为大"图书俱乐部酒杯"的杯子，通常她只能喝一杯。今晚她不想将自己赊卖给已经开了瓶的白葡萄酒。这很容易减轻痛苦，也很容易让人迷失，但明天她就会感到恶心和疲惫。

他握住了她的手。她任凭他就这样握着。

"你最近对简·诺顿有什么了解吗？"她说。

她感到他的手变得僵硬了，然后稍稍用力捏紧了她的手指。"没有。不像你，我宁愿不去想她。"

"这就是你放弃诉讼的原因，你为她感到惋惜。"她心想，这也是我们婚姻的第一个裂痕。

他放下了已经送到嘴边的酒杯："你认为让我最好的朋友的遗孀和他大脑受损的女儿倾家荡产就能带回我们的儿子吗？不会的。"

"但它可能会让我们了解真相。强行调查他们是否隐瞒了她的失忆症，或者鼓励目击者站出来。"

"佩里。"他的声音听起来疲惫不堪。

很好，她心想。我不会告诉你，我和简的事情，或者这个叫作丽芙·丹吉尔的人。反正你也不会做任何事情，我了解你。你太容易放弃了，卡尔，承认吧。

"我爱你，"他说，"一直都会。"

我知道——但她无法说出来。

一种听天由命的痛苦掠过了他的脸。他告诉她，他累了，然后离开了。她关上了门，拿起她的酒杯，回到楼上。Faceplace的屏幕依然亮着。她点击了丽芙·丹吉尔的链接。

佩里心想，我要找出你是谁。然后她发送了一个好友请求。

10

布伦达·霍布森无法入睡。数字在她脑海中浮现：她还欠着她丈夫的信用卡债务，她儿子的大学学费不久也将到期。有时，她闭上眼睛，就能看到数字在天花板上滑动。里克死后，她努力工作来偿还她丈夫留下的债务；保险涵盖了一部分，但并非全部。他喜欢她拥有好的东西，他只是不喜欢为它们付钱。

她已经偿还了4万美元的债务，还有1万美元。但亨特考取的位于圣安东尼奥市的德克萨斯大学就要开学了，他将在那里学习会计学，而且他并没有获得全额奖学金，琳赛比他晚了两年，她想去艺术学校。想想艺术家那少得可怜的收入，你可能会认为艺术学校很便宜，但事实恰恰相反。她希望这只是一个阶段，而琳赛将要做出更实际的选择。可是她不愿对她的任何一个孩子说不，他们没有被宠坏，但是当他们失去父亲时，便意味着他们失去了很多。她的生活发生了巨变，她不得不为她丈夫的死而偿还债务，并不是所有的都是信用卡债务，她不想让孩子们知道有些债务是赌博欠下的。这些欠款是她最先还清的，当她在一个百货公司的停车场里去见一个赌徒代表，并交给他5000元现金时，她吓得发抖。里克喜欢赌博，因为他坚信生命是短暂的，然后他的心脏过早的出现了故障，他的生命定格在了四十四岁的时候，这证明他是对的。

黑暗的日子已经过去了，她慢慢地站了起来。去年，她买下了位于圣安东尼奥市郊区的一栋新开发的小房子，这是她和孩子们的新起点，更重要的是，她能够负担得起。奥斯汀对于她来说太昂贵了，在她失去了里克的收入并承担了他的所有债务后，她的生活里充满了太多糟糕的回忆。很快，她身边的房子都将被卖掉，似乎每个人都要搬到圣安东尼奥去，而新的更好的记忆将从这里开始。她买下了建在这条街上的第一幢房子。

"太小了。"琳赛皱着眉头说。

"但很舒适，"布伦达想了想回答说，"艺术家的阁楼将会更小，亲爱的。"

她将脸转向枕头，脑子里进行着数学运算，她可以挤出学费和抵押贷款。虽然车子很旧，但还能维修。她可以在YouTube上观看关于如何自己修理汽车的视频。她转过身来，已经凌晨2点了。然后，她算了一下在她下一次换班（作为一名医护人员）之前还能睡多长时间。没有里克的床上仍然显得空荡荡的，但她终于已经习惯了他的缺席。

她闭上眼睛，在这一整夜数学运算的折磨中睡着了。她梦见她穿过了一座巨大的玻璃房子。她伸手拿了一件精致的水晶雕塑，在灯光的照耀下闪闪发光。

她最先听到了玻璃破碎的声音，以为自己还在梦中。布伦达·霍布森坐了起来，没有出现更多的声音。一个遥远的粉碎声，也许就在隔壁。那是一栋空的、新的、尚未出售的房屋。她听说有人会闯入它们，偷走铜线并转售出去。那些不是她的房子，却是她的邻居，她新的最好的希望，一种未来邻居的房子遭到偷窃的想法使她发了疯。她要打电话报警——

突然，烟雾警报器响了起来。

她打开卧室门。

火焰像一阵风一样蔓延到整个房间的地毯上，汹涌地扫荡着，所到之处的窗户都被震碎了。房间的另一边是通往孩子们卧室的楼梯。

"亨特，琳赛！"她尖叫着，无法穿过大火去救他们。她跑回卧室，撬开窗户，爬进前面的院子里。她突然陷入了一种奇怪的平静中，她接受的训练，就是要在混乱中做好自己的工作。她从计划中的花坛边上捡起一块儿沉重的白色石头，把它扔在了楼上卧室的窗户上，那是亨特的房间。过了一会儿，他来到窗前，他的脸因恐慌而变得扭曲起来。

"叫上你妹妹爬到屋顶上去，"她尖叫道，"马上。你们不能下楼。"

他点点头，消失在了浓烟中。烟气会一直向上冲，朝着她的孩子们，阻塞他们的呼吸，最后让他们窒息……

　　她转身沿着房子的长度方向跑了过去。

　　她看到隔壁房子的窗户里闪过一道光，是火。她的脑海里闪过一个念头：隔壁的房子也着火了。对此她没有什么可做的，亨特和琳赛是她唯一的焦点。

　　她跑到后面的车库，打开门，拉出了一个梯子。她仿佛感觉不到手臂上的重量，拖着它朝房子前面跑去。

　　街对面的房子也是空的，同样在燃烧。火焰从楼上的窗户喷出。她脑海里再一次闪过了着火的念头，但她无暇顾及。她把梯子靠在窗户旁，迅速爬上楼，爬过了屋顶。没有孩子们的踪影，浓烟从敞开的窗户向外涌出。"不，不，"她想。然后，她看到琳赛从窗户爬了出来，咳嗽，呕吐着，亨特跟在她的后面。他们俩都滚到了屋顶上，剧烈地咳嗽着。她把他们拉到身边，同时听到屋里有一声巨响。

　　"快点，快点！"她尖叫起来。琳赛先从梯子上下来，落在了最后几英尺的新草坪上。布伦达将亨特送了下去，但他咳得厉害，他刚刚在浓烟中跟在了妹妹的后面，他从梯子上掉了下来，伸开四肢躺在草地上。布伦达能感觉到火在熊熊燃烧，火焰从屋顶上升起。亨特蜷缩在琳赛的脚边，发出一阵剧烈的咳嗽和呕吐声。布伦达从梯子上冲了下来，开始对她的儿子采取紧急措施。

　　"妈妈！"琳赛惊声尖叫，"所有的房子都着火了。"

　　他们周围的房子，一共五栋，都在着火，火焰吞噬着它们的空窗户。每个院子里的待售标志都随着火焰的上窜而发着红光。没有邻居拨打911。她的手机在里面，她的儿子即将窒息而死。

　　她开始猛拍她儿子的后背，试图把烟从他身上赶走，让他呼吸，挽回他的生命，她所做过的一切工作都是与烧伤有关的。

11

简的《记忆之书》,写于车祸后的
几天和几周内

这是我妈妈有史以来在Faceplace上发布的最不明智的一则帖子:

简现在记起有一只鹿冲到了汽车前面。

这是我妈妈的一个又大又恶心的,令哈文湖难以忘记的谎言。我想,她这样说是为了削弱遗书(徒然地)的证据。我也做了同谋,因为除了妈妈以外,这个世界似乎都不太喜欢我,那个关于自杀遗书的消息传遍了哈文湖。(最初并没有在新闻中报道。霍尔家的调查人员第二天在车祸残骸中发现了它,并把它交给了警方,但警方并未将其泄露给媒体,这是调查的一部分。然后,在进行某项法医鉴定的时候,这张纸条被毁掉了。但是律师的调查员,一个叫作兰迪·富兰克林的人,或者是霍尔夫妇,把纸条的消息泄露给了哈文湖的几个人,然后他们口口相传,就是这样。我成了那个该死的人。)

你可能会认为,鉴于我妈妈是个寡妇,同时又是一个自杀失忆症患者的母亲,人们会更加宽容。有些人是,但很多人不是。

如果她一直保持安静，也许对我和她来说会更好些，哈文湖或许会是个非常大度的地方。但这个愚蠢的谎言似乎永远地改变了我们和小镇之间的关系。他们会如何评论体育和名人丑闻？谎言比掩饰更糟糕。

另外，还有一种感觉就是她在保护自己的利益。她的博客，"绽放的劳雷尔"，使她在互联网上声名鹊起，因为她是一位杰出的母亲，并分享了她的见解。我年幼时的那些有趣、古怪的时刻，通常只会在喝咖啡、聚会或假日里分享给家人或密友们，而不是写在她那令人喘不过气来的散文中，张贴给世人。每一刻她都面临着作为父母的"重要选择"。然后每一件事都备受评论。当他们变得残忍或扭曲时，她终于关闭了它们。我模糊地意识到了她的博客，我对她的回忆像一股缓慢的潮水般涌上心头。然后在我出院后的第二天，在K医生的建议下，我读了几篇文章，因为这可能会有助于我的记忆恢复，但我感觉就像在读另一个女孩儿的故事，一个陌生人。在博客里，我是"The Blossom（花季女孩儿）"，从未被称为过简。那是她对我的保护，改变了一个细节，而不是用我的名字。有些作品很有趣，有些则令人感动，她的爱是显而易见的。但奇怪的是，我的生活就像一本小说，任何想读这本书的人都能看得到。她写了我的初恋，我的第一次月经，我第一次不及格。她是否曾问过我这对我来说是不是很酷呢？

回到鹿的话题上，这是妈妈最后一个"重要的选择"——选择说谎。

鹿从橡树和雪松林中跑出来，冲上哈文湖的公路，是一种真正的威胁。鹿的数量比土狼还要多，尽管奥斯汀的人口迅猛增长，房地产价格也在不断飙升，但鹿的数量仍在持续增长，它们在主要街道上的横冲直撞，尤其是晚上，仍然是个问题。每年都会发生几起DVC，除了鹿以外，通常都不会致命。（DVC的意思是"鹿车碰撞"，我在网上查了一下，平均每年有几百人死于车祸，他们将造成10亿美元的财产损失，这对我来说似乎太高了。）二十年来，哈文湖都没有发生过致命的DVC事故。

直到我和大卫的出现，据我的妈妈，故事讲述者所说，她不会用这个故事来欺骗哈文湖的人们。

"你只是告诉人们那是一只鹿。"她用严厉的声音告诉我。这是我从医院回来的第四天。前三天我一直在休息、散步和收拾东西，因为K医生说身体接触可能会唤起我的记忆。不过我想，如果我的失忆是由身体损伤引起的，那么我们将无计可施。但后来我消除了对K医生（一名神经科医生）的质疑，她是对的，我已经开始想起我的童年时代了。有时它们会突然涌现出来，就像我脑海里的一阵梦。我必须停下来，集中注意力，然后记忆就像一个粗糙的电影，浮现在我的脑海里。和大卫一起玩儿夺旗橄榄球、和爸爸妈妈一起在圣诞树下拆礼物、在屋子里奔跑欢笑、跟卡玛拉一起唱迪士尼频道的音乐剧。我知道每一个字，每一个音调的变化。

"我不记得有只鹿，"我说。她给我做了午餐，说我喜欢吃火腿三明治，但我并不确定。我想知道我的味蕾是否会因失忆而改变，"我说过有一只鹿吗？"

"是的，"妈妈一边洗盘子一边说，声音里充满了肯定，"你在昏迷时，睁开眼睛，说，'有一只鹿在我们前面跑，妈妈。'然后又闭上了眼睛。第二天你就醒了。"

"我说这话的时候，旁边有护士或医生吗？"

"没有，只有我。K医生刚刚离开。"她目不转睛地盯着我，"一定是有一只鹿，然后你突然转向避开它。这是个合理的解释。你的大脑知道这是真的。"

"有鹿又有什么区别呢？大卫还是死了。还有那张纸条……"

"你没有，你不可能。我发现你没有忘记的一件事就是你好争辩的态度。"但她说这句话时，把我抱在了怀里。

"妈妈。好吧，如果你说我说过那是一只鹿的话，那我相信你。"我这么说是因为我想相信她。

"是的，我要把它发布在我的Faceplace页面上。还有我的博客，我已经几星期没写了，因为你让我停一段时间。我要告诉教堂里的人们，还有一些更有同情心的父母，我要告诉霍尔夫妇，这样他们就能停止这场针对我们的运动了。"

"运动？"我不喜欢那个词，它似乎很有组织性。

"噢，他们很难过。我能理解。大卫是他们的儿子。但……显然，亲爱的，有人在诋毁你。与其说是他们，不如说是他们的朋友们，但谣言就像野火一样，蔓延得如此之快。谎言和错误信息被一天又一天地转发着，甚至是群发。我觉得霍尔一家可以站在我们这边，去制止这件事。"

"但我什么都不记得了，我还会记得那只鹿吗？"我感到一阵恐慌。

"当然。这是你记得的最后一件事，记忆是有选择性的。"

"妈妈。我不知道人们会不会相信我们。"

"但这是事实。"（此处添加了一条蓝色墨水笔的注释：在这篇文章中，我确信妈妈相信这是真的。她相信我的心和灵魂，不相信我会自杀，留下她孤零零一个人。）

"这是因为爸爸吗？"

"你这个小傻瓜。这是两个不同的事故。"

"我不能说谎，妈妈，我不能。"

"他们会将你钉死在那所学校的十字架上。大卫是个很受欢迎的男孩儿，简，他们已经将他埋葬了，所以悲伤正在转变成愤怒。真正的愤怒。我去杂货店的时候感受到的。人们盯着我看。一位母亲告诉我，应该是你……好吧，没关系。我被迫辞去我参加的每一个志愿者职位。你的朋友圈很紧密，但请原谅我，亲爱的，它太小了。大卫是个重要人物。我在学校里不像你，我很受欢迎，我知道怎么应付。但人们会相信你最糟糕的一面。"

"妈妈，如果我是个被孤立的人，我为什么要和这个超级受欢迎的男孩儿在一起呢？"这是我第一次听到我们各自的社会地位。

"你们不在同一个圈子里活动了。你爸爸去世后，你离开了你的很多朋友，你变了。"她咳嗽了一声，仿佛最后两个字哽住了她。

"变了？"

"你远离人群，退出了课外活动，不再和你的朋友们一起出去玩儿。"她轻轻地拍了一下我的肩膀，"我要把鹿的事情发布到Faceplace上。我要打几个电话。"

"妈妈，我不能把故事讲清楚。"

"当然不能，你有脑损伤。"妈妈说，好像这是一种优势。

我想哭，真的。我讨厌哭泣，但还是哭了出来。我只是感到茫然，害怕，疲惫，一直以来，它把我吓得魂飞魄散。我睡不着觉，我觉得整个世界都是陌生的，我觉得我不懂规则。当你生病的时候，人们不应该善待你，支持你吗？我病了，妈妈却说人们讨厌我。内心深处的恐惧蜷缩在我的脊背上，我意识到我的生活发生了多么大的变化。

"不，妈妈。"

妈妈靠在我身边。"你记得事故发生时的那一瞬间，有一只鹿冲到了你们前面，你想避开它。跟着我重复一遍。"

"有一只鹿，冲到了我们前面。我不记得别的了。"我说。整个过程中，我都觉得有个绞索在我的脖子上滑动。

"是的。你告诉卡玛拉。她会把事情告诉那些孩子们。"

"妈妈……"

她在电脑前坐下来，打开了Faceplace页面，写下了这段简短的，将我从自杀风波中解救出来的关于鹿的记忆碎片。她标记了我，这样它就会出现在我的Faceplace页面上。

我应该为这次事故向霍尔一家道歉，但是我没有。所以我给世界的第一个公开声明是一个借口，是妈妈讲述给我的一个廉价的谎言。

当然，妈妈没有考虑到，霍尔家的律师，富兰克林先生和警长的事故调查小组中的调查人员，会查看车祸地点周围潮湿的泥土，并且没有发现一丝鹿的痕迹。她没有意识到这是标准的操作程序，因为在山里发生的车祸，都会搜寻DVC的迹象。更不用提他们咨询的神经科医生将我神奇完整的记忆贬损得一文不值。

但是，一旦调查人员将没有鹿的存在的调查报告告诉给霍尔一家，那么我就不仅仅是一个撞坏了车并害死了大卫的笨蛋，我还是个骗子。我将被钉死在十字架上。

果然，他们告诉大家我们说了谎。

12

佩里把"办公室妈妈"这几个字放在了她的名片上，因为她不关心头衔，而在Hylist软件公司内有一种无处不在的幽默感。她仍然是一个母亲，在她的心中，那是一个不变的形象。Hylist是一家刚刚成立十个月的公司，有三十名精明强干的员工，设立在一个俯瞰奥斯汀湖的办公楼里。从她老板的办公室里，佩里可以看到沿着Loop 360公路横跨奥斯汀湖的Pennybacker桥高耸的拱门。但这位新上任的HR主管，一个名叫黛博拉的一本正经装腔作势的女人，似乎没有一点儿情趣，她告诉佩里，这是不专业的，并将她名片的头衔换成了"CEO的行政助理"。佩里僵硬地笑着说："好吧。"她知道她可以去找她的老板，保留原来的名片，但那并不是她想与黛博拉开始的方式。

她开始正式为这位CEO工作，他是她高中时代的老朋友，名叫迈克·奥尔德森，曾与她一起在哈文湖长大。她和迈克一直都是富家子弟学校里不那么幸运的孩子：他和祖父母住在一所老房子里，那是最早建在哈文湖的房子之一，当时这里还是乡下而不是郊区；她和她的母亲住在哈文湖学区的公寓里。她的母亲从事保洁工作，并最终开设了一个有十几个工人的家政服务机构。迈克获得了全额奖学金，以及大学计算机科学学位和工商管理硕士学位，而佩里也获得了奖学金，留在了离家不远的德克萨斯州，并获得了英语学位。她开始在中学教书，后来遇到了卡尔，他是迈克的朋友，她六个月后嫁给了他。他们搬到了旧金山，成立了他的第一家创业公司，几年后，当她怀上大卫时，他们决定留在家乡，于是便搬回了奥斯汀。

所以，这是她多年来第一次外出工作，她很喜欢这种感觉。她主要负责照料办公室。有四位高管——迈克、市场营销，销售总监、工程师、人力资源副总裁，但大多数员工都是软件设计师，他们负责研究代码，以完成他们的第一个产品发布。他们正在研发一种产品，来简化公司发布的手机与计算机网络的整合，使他们更容易管理和安全地共享信息。许多研发人员都很年轻，他们的工作时间很长。佩里对他们很温柔。她除了负责管理迈克的日程安排，还负责向冰箱里储存食物，然后在晚餐时间将它们带给这些工作到很晚的"孩子们"（虽然她知道自己不该这样想，因为有些人几乎比大卫现在还要大，但她还是这样做了），以及协调周五下午的啤酒休息时间，这是鼓励他们努力工作的一种奖励。她曾带两名急需时尚建议的研发人员，去购买适合与高端客户会面的服装。还曾帮两名从旧金山搬来的工程师找到了居住的地方，帮另一个家庭找到了幼儿园。她有条不紊地处理着这些事情，而迈克和他的高管们则忙着开发潜在客户，程序员们进行编码，并在白板上画了一些难以理解的图表，他们靠她订购的披萨饼为生。

大卫死后，佩里需要这样，用活动和闲聊来填补空虚的时间。她喜欢这些人，而且她知道他们也喜欢她。在这里，她很受重视。

在和卡尔那顿尴尬的晚餐后，她不顾宿醉的头痛，第二天一大早就去了公司。她一刻不停地忙碌着：煮了两壶咖啡（研发人员通常会自己做这些，因为他们喝得太快了）、在冰箱里放了几罐新的苏打水、清理了会议室、重新订购了供应品。

"早上好，"迈克·奥尔德森说着匆匆走过了她的办公桌。他是个英俊的男人，身材修长，头发稀疏，已经离婚好几年了，有着棕色的头发和浅棕色的眼睛，脸上挂着大大的微笑。她曾劝他带上一副更时髦的眼镜。他一直试图说服她共进晚餐，似乎不单单是朋友之间的晚餐。这是长期友谊和孤独的副作用，但她无法回应他，至少不是现在。她非常喜欢迈克，但她还没有准备好。"你还好吗？"他问道，"很抱歉我昨天离开了。你和大卫，还有卡尔，充满了我的脑子。"

他们一起走进了他的办公室。她关上门。"我很好。我不想在这里讨论这个问题。"

"当然。"

"但我确实需要你的帮助。我要揭露一个匿名的互联网用户。"迈克·奥尔德森是大卫的教父。他为这个人的残忍而感到愤怒，解决问题，为她解决问题，但他正忙于创办一家可能非常成功的公司。她不想让他参与进来。

"有人骚扰你吗？"他朝她迈进了一步。

"不，不是的。"她没再说什么，他等着她，但她仍然什么也没说。

迈克犹豫了一下。"是卡尔在纠缠你吗？"对于他们的分居，迈克一直保留着自己的看法。

"当然不是。那么，你能帮我推荐一个人吗？"

"你在寻找的这个人想要隐藏自己？玛吉，我想说。"

她恨得咬牙切齿，但脸上却露出了灿烂的笑容。"谢谢，我会去问她的。"

"我还能帮你些什么吗……"他窘得满脸通红。迈克是大卫的教父，他记得他的每一个生日，总是在艺术、体育和学习方面鼓励他，参加他的足球比赛，嘲笑他画的漫画。她不会告诉他墓碑上被写了"所有人都将付出代价"这件事。

"如果你愿意的话，我们这周可以一起吃晚饭吗？"

佩里犹豫了一会儿，然后说："当然。"她心里的声音告诉她，他是你的老朋友和你的老板。他很担心你。

"今晚怎么样？"迈克问。

"可以，但是今天下午晚些时候，你需要和旧金山的产品测试员们召开电话会议，他们比我们晚两个小时，而且他们总是开得很长。"他因为经常忘记自己的日程安排而臭名昭著。她笑着说，"但是和朋友共进晚餐听起来不错。"他似乎没有注意到她的重点。

"你和布莱德在十分钟内有一个电话会议，他会打电话给你，"她提醒他道，他点了点头。她关上了他身后的办公室门，以便他能够安静地准备笔记。

玛吉。人们可能会期待或希望，在一个满是二十多岁的程序员的软件公司工作的两名四十多岁的女人会快速成为朋友，但她和玛吉几乎没有任何共同点，而佩里发现玛吉总是拒人于千里之外，她是个怪人。

她走下大厅，来到了最黑暗的办公室，那里的灯光一直都很昏暗，那个独处的程序员借着显示器的光线打着字。电脑上轻轻地播放着20世纪60年代埃迪·阿诺德的歌曲《让世界走开》。玛吉·查韦斯的品味很有趣，也不喜欢戴耳机，不过她的音乐声音很小，也并不干扰别人。然而，这首歌的选择并没有让佩里在敲玛吉敞开的屋门时感到更舒服。

"早上好，玛吉。"

玛吉不停地敲击着键盘，眼睛并没有离开过她的屏幕。显然她没有回应佩里的问候，而是等待着进一步的数据。

"我有个技术问题要问你。"

"你试过重启系统吗？"她仍然没有抬头。

"不，我知道如何修理自己的电脑。"她从玛吉的备用椅子上移开了一大堆Java和Python编程书籍，上面是一本关于正则表达式和算法的巨著。她确信，玛吉将它们放在那里，是为了阻止访客们坐下来和她聊天。大多数其他程序员都没有保存图书库，佩里看到他们在屏幕的角落窗口里，查找代码示例。但玛吉的编程时间却更长了。音箱里埃迪·阿诺德的声音已经换成了佩茜·克莱恩的《疯狂》。

这是一个自我描述性的播放列表，佩里想。她坐在那里，等待着。一分钟过去了。

玛吉·查韦斯一直在键入代码，但她意识到佩里并不打算离开。"对不起，好吧，有事吗？迈克需要什么东西吗？"

"我怎么才能知道在Faceplace上创建账号的人是谁？他们用的是假名。"

玛吉停止了打字，竟然将视线从电脑屏幕上移开，专注于佩里。"是使用你的名字创建的假账号吗？"

"不是。"

"他们欺负你了吗？"

佩里向她解释了事情的经过。玛吉带着震惊的表情听完了她的讲述。

"所以，我怎么才能找出这个叫作丽芙·丹吉尔的人是谁？"

"你需要为你的目标设置一个小陷阱。"

佩里等着她继续往下说，玛吉叹了口气，告诉她解释起来比较麻烦。"你需要让这个以'丽芙·丹吉尔'的名字发帖的人点击一个链接。它将把他们带入一个专门设计的页面，这是个陷阱用来收集他们的电脑数据。"

"我给'丽芙'发送了一个好友请求，但是对方还没有回复。"

"好吧，如果他们这样做了，你就给他们发送一封带有该链接的私人信息。当然你可以问问他们是谁，但他们可能会说谎。"

"我觉得她不会傻到去点击链接。她不会起疑心吗？"

"你需要给丽芙·丹吉尔一个充分的理由去点击它。"

佩里想不出这样的理由，她把这个想法抛到了一边。"一旦他们访问了这个网站……"

"这个自定义页面将会收集正在查看该页面的电脑的相关信息。它会告诉你是计算机访问的还是电话访问的，还有操作系统、IP地址……"

"什么？"

"IP地址。每台接入互联网的设备都有一个唯一的地址。同一台电脑并不总是从服务提供商那里获得相同的IP地址，但提供商会知道某台计算机在某个特定时间内的特定IP地址。不过他们不一定愿意告诉你。"

"那他们会告诉我是谁在访问这个页面吗？就像社会保险号？"

"是的，服务提供商会知道该账号的账单地址，这可能与计算机访问网络的位置相同。他们可能不会与你分享，但这足以让你向Faceplace投诉说丽芙·丹吉尔是个虚假账号。然后你可以向他们发送信息请求，比如谁创建了它，什么时候创建的，他们使用的计算机的IP地址等等。"

"这样就可以了吗？"

"我想是的。"玛吉转身回到了电脑前，开始重新释放她的智慧，准备开始编程。

"等等，我在哪里可以得到这段代码……我该如何设置这个陷阱页面？"她很尴尬，因为她对如何建立网站一无所知。

"哦，你想那样做？"她继续敲击着键盘，"我以为你只是想获取信息。"

"不，玛吉。我想知道是谁在这样说我的儿子。求你，帮帮我。"在说出最后一句话的时候，她的声音变得沙哑。

玛吉停止了打字，她看着佩里，仿佛第一次看到她。"当然，佩里，我可以帮你。我也可以帮你制定信息，这样这个丽芙·丹吉尔就会想要点击它。"

"谢谢。这对我来说意义重大。"

"如果我能以你的名义登录Faceplace并得到丽芙的回应的话，将会事半功倍。"

"当然。"佩里在一张便利贴上写下了她的账户名和密码。

玛吉把纸条塞到一边。"今晚我会为你准备一些东西。这样可以吗？"

"可以，玛吉，谢谢你。"她情不自禁地绕过办公桌，给了玛吉一个飞快的拥抱。玛吉说："噢，不管怎么样，好吧。"但在显示器的反射下，佩里看到她轻轻地笑了。

她回到办公桌前，感觉好多了，玛吉会找到这个恶作剧的人。佩里转向她的电脑，回复了五封在她离开时发送进来的电子邮件，它们来自不同的公司，都是想要约见迈克的。她很擅长处理邮件。她的话总是让人听起来既温暖又愉悦。当她用温和的语气回复电子邮件时，脑子里已经想好了对破坏他儿子坟墓的那个家伙要说或要做的事。

13

简睡在本应分配给亚当室友的床上。新学期很快就要到了，圣迈克尔学院可能会安排一个新同学来分享这个房间。她仿佛听到了时钟在滴答作响，让她感觉到了自己的存在，而这种状态并不能维持很久。亚当在他的德国女友终于睡着以后，开始在电脑上打字，试图弄清楚是谁创建了丽芙·丹吉尔的页面。

第二天早上，当她醒来时，他已经醒了，并且冲了澡。电视上播放着当地新闻。简从床上坐了起来，注意到了亚当从学生食堂给她带来的咖啡、培根和烤面包片。

"我看到了床上的早餐。我很感动。"她说，"谢谢。"

"那么，你今天打算做什么呢？"

"我要去我妈妈家里，看看她有什么关于车祸的档案，以及调查人员说了什么。"她吃着培根，看着新闻。主持人开始谈论发生在距圣安东尼奥90英里之外的一起奇怪的纵火案，五座刚刚建成的房屋，被大火烧毁了。有一家人已经搬了进去，他们采访了那个女人，她显得心烦意乱。她的名字出现在了屏幕的底部：布伦达·霍布森。她的儿子因吸入烟尘而住在医院里，她乞求如果有人知道关于火灾的任何信息，请与警方联系。

"这简直是疯了，烧毁了所有的房子。"亚当说。

我知道她的名字，简想。她眨着眼睛，然后盯住了电视屏幕。

她曾经整理了一份车祸后帮助过她的人员名单，当时她想写感谢信，但妈妈说没有这个必要。布伦达·霍布森是应对这次事故的护理人员之一。

"我要去，"她说，充满了决心，"去圣安东尼奥。"

"什么？"已经停止了在电脑上打字，正在看新闻的亚当说道。

"那个女人在车祸中是个护理人员，她和她周围的房子都被烧毁了，而现在不是有人在我的Faceplace主页上说'所有人都将付出代价'吗？这不可能是巧合。"

"你没有车，而且我今天有课，"他提醒她，"我不知道跟她说话是不是个好主意。她不会待在她的房子里，你怎么才能找到她呢？"

"我妈妈有车，"她说，"你知道，如果你真的是我的好朋友，那么你可以把你的车借给我。"

"不，简。你不能再开车了，"亚当说，"这不是个好主意。"

她决定暂时放下了这件事，她有了一个主意。当他转身离开时，她穿上了牛仔裤和一件长袖T恤，然后抓起背包向门口走去。

＊＊＊

她并没有花两个小时徒步穿过南奥斯汀去哈文湖，而是从距离圣迈克尔学院几个街区之外的地方搭乘了一辆共乘汽车到她家附近的一个购物中心，这样她妈妈就不会知道她还待在校园里。她决定最好还是步行接近它，这样她可以更好地借用她妈妈的备用汽车，去圣安东尼奥看布伦达·霍布森。她看起来生活得很艰难。在共乘汽车开走后，她开始了去往她妈妈家里的短途步行。

哈文湖并没有太大的改变。Lava Java还是在主要的购物中心里；在麦当劳的汽车穿梭餐厅里，仍然停着一排挂着高中停车贴纸的汽车（尽管哈文湖有严格的标志控制，快餐店冰冷的大理石接头上都精美地标记着醒目的字母，但汽车贴纸上仍然没有金色的拱门标志）。那一定是一个迟来的早晨；她想起了学校里那些稀有日子里的欢乐，那时老师们开会，学校就会晚两个小时上课。她走过了一些为敦促大规模学校债券的赞成与否进行投票的标语牌。她目不转睛地盯着人行道，不想抬头看。当她路过写着"哈文湖，Pop.3,975"的标语时，感到很紧张。

这是她长大的地方，但现在却感觉像是敌人的领地。

她走进了离高中不远的一个老社区。两条下坡路之后是个死胡同，Graymalkin Circle环形路。她站在圆圈的入口处。自从去年圣诞节以后，她就没再回来过。两幢房子就在前面。诺顿家的和霍尔家的。她想到了莎士比亚的《罗密欧与朱丽叶》中的台词：两个家庭，有着一样的尊严，在美丽的维罗纳，我们已经铺设好了我们的场景……高三的时候，为了完成她的课堂作业，她不得不重读这本书，大一的时候，为了完成莎士比亚荣誉英语的高级论文，她又读了一遍。从莱纳德·怀汀和奥利维亚·赫西的经典版本到莱昂纳多·迪卡普里奥和克莱尔·丹妮斯的现代风格，她不记得自己看过任何版本的电影，或读过这本书。

突然，大卫走到她身边，笑着走在这条人行道上，他的笑容像太阳一样灿烂，陪她走回家并不是因为他是她的男朋友，而是因为他们是邻居，他们粗声粗气地说着他们那天作为新生在序言里学到的话：古老的怨恨！新的叛变！公民的血！和致命的欲念！不只是欲念，简，是致命的欲念！有毒的欲念。我们最好小心点。你认为我们今天会听到用英文说出的欲念吗？

她用手捂住嘴。大卫已经走了。

这是一个新的记忆。是真的发生过吗？还是她的想象力正在跨越鸿沟，受到了"虚构"永久可怕的威胁？她不知道。她站在人行道上，颤抖着，他的话语和笑声在她耳边回响。那是大一的时候，黄昏时分，她的记忆开始缺失的地方。

这是否意味着她正在闯入她失去记忆的边缘？

如果是情感上的障碍，那么现在她正在直面那场车祸，它会被击碎吗？或者只是一段记忆，循序渐进地回到原位，而不是被重复？

哦，拜托，她想，请快回来。

她凝视着死胡同尽头的那两栋房子。"埋葬他们父母的冲突。"莎士比亚曾经写道。但这并没有实现。

两个院子都被建在一块儿满是橡树的斜坡上。即使按照故事里哈文湖的标准，这两栋房子也很大。她妈妈的砖房前面有一个环绕式的前廊，现在空着。霍尔家的房前有一个石灰石外墙，稍微大一点。简走到她家房前，但眼睛却一直盯着霍尔家的前门。这样，一旦佩里出来走向她，她就能立刻做好准备。

她走过一辆停着的汽车，向里面瞥了一眼，后座上有一床毛毯和一个行李袋，驾驶座位上有一名男子正拿着平板电脑工作。她继续往前走，听到了身后开车门的声音。

"简？"

她停下脚步，转过身来，屏住了呼吸。是马特奥·瓦斯奎兹，那个记者。她最后一次在这里见到他是她妈妈从医院带她回家的时候。她们帮他完成了关于她的第一个故事，但不是他的"失忆女孩儿"系列中的最后两个故事。

"嗨，你还记得我吗？"

"是的，"她说，"我记得你。你想干什么？"

"我正在写关于你的后续报道。已经两年了，我想给你做个采访，看看你过得怎么样。人们想知道你在做什么。"

"我不信。离开我家。"

"我在大街上，这里是公共场所。"他笑着说。她意识到，他看起来很糟糕，发红的眼睛，需要修剪的头发，他很邋遢。

"我不想和你说话。"

"你住在哪里？"他问道，"你已经不再是圣迈克尔学院的学生了。我打过电话。"

"这里。"

"我已经在这里等了两个小时了，没看见你出去过。"

"你就不能放过我吗？"

"我不在报社上班了，"他说。声音又细又长，他习惯于在句子的结尾提高语调，好像他一直在采访，在问问题，"我是自由职业者。所以，你知道，像你这样的故事，我可以把它卖给一个更大的报社。"

"我没那么有趣。"

"你的记忆恢复了吗？"

她决定回答他。"没有完全恢复。过去三年的记忆还是空白。"

"所以你的记忆只能追溯到你父亲去世的时候。看，这就是它的伟大之处。这是一个很好的架构，你的两个悲剧……"

这时她转过身去。他急忙追过她。"我不是有意惹你生气的，简。"

"好了，你已经惹我生气了。我没什么可说的。"但随后她意识到，她确实是没什么可说的。如果她把丽芙·丹吉尔和布伦达·霍布森的事告诉瓦斯奎兹会怎样呢？当然，布伦达的不幸也可能是巧合。她不知道，如果她错了，这听起来将会很疯狂。最好等一等。派一名记者去调查卡玛拉，那个躲在丽芙·丹吉尔名字后面的人，这将是个很令人满意的主意。但她没有这样做，也不能这样做，除非她有证据。

"如果我去跟佩里·霍尔谈谈会怎样呢？你不想知道她会怎么说你吗？"

"我对她的话不感兴趣。"

"你们俩都住在家里，这真是太棒了。"她认为他在试图激怒她。如果他在这里露营，或许他也在等佩里·霍尔，"你知道，关于你的另一篇文章可能会帮上大忙。"

"怎么帮？你写我爸爸是自杀，但他没有。你又写我也想要自杀，但我也没有。你告诉世界我有多可怕。"

"我从来没有对你做出过任何判断。"他说。

"你做了。你让更多的人知道了我的事情……"就好像他把她赤裸裸地暴露给了一群不友好的观众。

"简。许多电影都来源于杂志文章。比如,《周末夜狂热》《速度与激情》。如果我能写出你故事的结局,你就会超然于现在所发生的一切,好莱坞就会对你产生真正的兴趣。"

她心中想道,超然于所发生的一切?超然于大卫的死和我的失忆,以及带着一个时好时坏的脑子徘徊在一群无家可归的人身旁。她想知道如果她告诉他,她刚刚恢复了一段记忆,他会说什么。当他走近她并递给她一张名片时,她仍然站着没动。名片上奥斯汀报纸的名字被划掉了,上面有一个手写的手机号码和电子邮件地址。"如果你改变主意的话。"他说。

"阳光刺得我头疼。对不起。"她走过前院,来到了门廊处。

她在门前犹豫了一下。感觉到了马特奥·瓦斯奎兹对她沉重的凝视。这还是她的家,对吧?她不应该按门铃进去,尽管她知道这是她妈妈喜欢的方式。如果简直接走进去,她妈妈会生气的。但是,但是,这是简的家,是她长大的地方。她仍然保留着房子的钥匙,希望它还能有用。她感到一种短暂的恐惧,妈妈可能已经换了锁。她曾威胁说"你住在大街上,拿着钥匙和驾照,可能会让一些疯子直接闯进来?不能这样!"但是钥匙还能用。门被打开了。没有响起"呼呼呼"的警报声,所以劳雷尔·诺顿一定在家。她回头看了一眼瓦斯奎兹,他站在车旁,将堆满后座的行李袋挖开一条缝,抬头看着她,满怀希望地打量着她。

就像一个需要进行电影交易的家伙?"自由职业者"对他意味着什么?他失去了工作?她知道无家可归者警惕的样子。马特奥·瓦斯奎兹住在他的车里吗？他可能比以往更渴望一个大故事。

她"砰"地一下关上了门。

"妈妈？"她大声喊道，"妈妈？"

没有回答。

"妈妈？"她朝楼上喊道。仍然没有回答。

简走进厨房。她渴了，给自己倒了一杯水，慢慢地喝了下去。冰箱里没有太多食物，半份砂锅菜，几个半满的调料瓶，四瓶冷藏的白葡萄酒，对于一个独自生活在这里的人来说，这似乎很重要。

她在厨房柜台上发现了她妈妈的记事本。劳雷尔一直保持着用纸质记事簿的习惯。她认为这比总是敲击手机屏幕要优雅得多，就像她曾经说过的"像一只啄木鸟"。简看了看今天的日期。妈妈有个约会，她一小时后回来。字迹小巧工整。她翻阅了前几周和即将到来的几周的内容。她妈妈有几个商务预约，通常用她要见的人的首字母标记。除了写她的"妈咪博客"外，她在过去的几年里还经营着一家慈善机构，帮助需要资助的海外学生获得所需的书籍和学习用品。简想知道她妈妈到底筹募了多少钱。当她在哈文湖学校担任志愿者领导时，她非常擅长让人们捐款。

她走进她妈妈的家庭办公室。曾经，在一切分崩离析之前，当她的博客一个月获得了近二十万名独立访客时，它出现在了奥斯汀的设计杂志上。古董桌发出微弱的光亮。书架上摆满了书。桌上只有几个文件。以前，上面总是堆满了与她在学区的志愿工作有关的文件夹，或者她自愿去帮助其他的慈善机构。但劳雷尔似乎不再做志愿者了。在她精心准备的记事簿上，没有一个这样的条目。现在只有她的慈善事业。

简想，当然不是。没人想要她。当你撞毁汽车时，就已经确定了这一点。

简打开了一个精致的木制文件抽屉（劳雷尔·诺顿从来没有在家里放过金属文件抽屉）。最上面的抽屉里装满了她的博客文章的打印件；当她想要重温一篇文章时，她喜欢纸质的阅读材料。简翻遍了抽屉，在底部抽屉的下面塞了一个文件夹，上面标着"意外事故"。这不需要进一步的解释。她感到一种令人作呕的宽慰感，简直找到得太容易了。最前面是新闻简报，细节很少，然后是马特奥·瓦斯奎兹的"失忆女孩儿"。还有一捆当霍尔家临时决定起诉诺顿时，她妈妈保留的律师笔记（卡尔·霍尔之后放弃了诉讼，突然，在他的律师的建议下，诺顿保险公司的相关事务也得到了迅速解决，没有进行惩罚性赔偿）和一组医学报告及照片。

没有警方与简的面谈记录，因为她妈妈拒绝了他们。作为一个未成年人，在宪法第五修正案的保护下，简不能被迫与警方交谈。反正她也不知道什么是对他们有用的东西。还有一份简在社交媒体上发布的帖子的完整档案，大概是由律师为霍尔和诺顿两家提供的，以评估简是否有自杀倾向或暴力行为，或者是否谎报了自己的失忆症，即使她在车祸后几乎没有出现在社交媒体上。她仔细阅读了她在车祸发生前为数不多的帖子：与卡玛拉聊天的帖子（她一直鼓励她找男朋友），还有一些关于大卫和特雷弗在学校小组作业上落在后面的帖子，以及一则和大卫一起谈论"为他们的秘密计划努力"的帖子。不管什么事，一定是与学校有关的事情，她猜。没有抑郁的迹象，没有喝醉酒的帖子或自拍。没有发泄，没有愤怒。没有任何迹象表明她想要自杀，或者想要杀死大卫·霍尔。

简从抽屉里拿出一张新纸。

她给凯文写了一个详细的时间线，内容来自她从别人那里听说的事情，调查人员的报告和电话记录，与高中学生交谈的报社记者，以及至少两个当晚在哈文湖看过他们的人，还有调查人员整理的关于那个晚上的更详细的记录。

3:00——在我们的创业课上，我们必须在上课期间上交手机，大卫通过坐在我们中间的阿玛丽·鲍曼给我递了一张纸条。我读了纸条，没有给他写回信，但阿玛丽看到了我向他点头。我不知道这张纸条在哪里。事故发生后，阿玛丽将这件事告诉了她的父母，之后他们联系了霍尔家。（根据调查人员档案中的说明）

4:05——学校放学。

4:15——特雷弗·布林告诉警察他看见我和大卫开着我的车一起离开了学校。他看到我们走向我的车并打算走过来跟我们打招呼，但我们似乎在争论或进行情感上的讨论，这使他与我们保持了距离。开车上路之前，我给妈妈发了短信，告诉她我和朋友一起在哈文湖的图书馆学习，然后去参加一个数学小组的学习会，我遇到了一些麻烦。这些都是谎言。大概我们做的所有事都和他递给我的那张纸条有关。

4:20——大卫给他妈妈发短信说，他放学后和朋友一起打篮球，然后和另一位朋友一起去参加一个科学项目，然后出去吃晚饭。我不打篮球，我们也没有在一起的科学项目，所以这是个谎言。

4:30——大卫和我都没有回复卡玛拉·格雷森的课后短信。卡玛拉告诉调查人员，这很不寻常。

6:00——大卫给他妈妈发短信说他很好，但可能会晚点回去（他会在学校待到 10:00 才回家）。他没有提到我的名字。在过去的两个小时里，我们去了哪里，我完全不知道。

7:30——我们拐下老特拉维斯路，在 Happy Taco 餐厅吃晚餐，我的钱包里有一张带有时间戳的现金收据。我付了晚餐的钱。我们点了一盘墨西哥煎玉米卷，一盘玉米卷饼和两杯苏打水。我们坐在后面的餐台上。后来，调查人员从 Happy Taco 餐厅得到了监控视频，显示我们进入餐厅，并在 8:00 之后不久离开。（调查人员从 HT 经理比利·辛那里得到了声明。）

7:40——卡玛拉·格雷森收到了一条来自阿玛丽·鲍曼的短信（是的，来自那位创业学课上的同学），说大卫和我一起在 Happy Taco 餐厅。在调查人员给霍尔家的报告中收录了这条短信：

大卫和简在一起，他们坐在餐台的同一侧，低声耳语。简看起来好像在哭。大卫在抚摸她的头发！这是什么情况！

卡玛拉的回答是：我相信一定有一个合理的解释。他们是老朋友了。

7:55——卡玛拉发给大卫的短信：宝贝，怎么了？

7:58——他回复卡玛拉：没什么。在帮一个朋友做项目。

8:00——她回复：跟我听到的不一样。

8:03——他回复：我明天再跟你谈。

8:04——她回复：不，大卫，我们现在就谈谈。你，简，

Happy Taco？

8:06——他回复：告诉阿玛丽，我能看见她发短信给你。晚安。我明天再跟你谈。

她试图打电话给他，留下 7 个语音信箱（最后一次是晚上 9 点，他从未回复过。）

8:10——大卫收到了特雷弗·布林的短信：嘿，怎么了？我需要和你谈谈。

大卫没有回复特雷弗的短信。特雷弗也没有再给他打电话或发短信。

8:15——我给妈妈发短信说图书馆关门了，但我要去卡玛拉家学习。

8:43——大卫的口袋里有一张现金收据，上面印着这个时间，表明我们在"哈文湖的工具仓库"买了一根撬棍。车里没有撬棍。我们为什么要买撬棍，它去了哪里？

10:12——911 接到车祸的报警电话，派出警察和救护车。车祸现场没有目击者，但是一个住在高橡树路上方山脊上的名叫詹姆斯·马克林的人，听到了车祸声，起初并不确定是撞车事故，几分钟后，他穿过山下的街道找到了我们的车。沿路只有另外两栋房子，一个邻居在城外，另一个邻居没有听到。大卫当场死亡，一半在车里，一半在车外。我还在车里，系着安全带，不省人事。

救护车和事故调查小组赶到，我被送往医院。我妈妈和霍尔夫妇到达了现场，然后妈妈又去了医院。我昏迷了四天。

简在想，六个小时，我们都干了什么？我们去了哪里？根据文件显示：吃了一顿满含热泪的晚餐，买了一根撬棍，这留下了大量的时间。一个半小时后，我们出现在了车祸现场，从家里出发，不知去向。

她一直在写，大部分来自调查人员的报告：

在现场发现的物品：我的手机，掉在车外，屏幕碎了。大卫的手机，在他的口袋里，车祸发生时两个手机都没有拨打电话。还发现：学校背包、体育场的折叠座位、可重复使用的购物袋、空瓶装水、图书馆的书。第二天发现：疑似我的笔迹的自杀遗书，与车内托盘上的零钱放在一起，是从车祸现场掉下来的，夜间没有注意到。

她认为会有更多，但是很遗憾。

道路干燥，驾驶条件好。在德克萨斯州发生的致命汽车事故中，有39%都只涉及到一辆车。一年有一千三百人死亡。简的事故就发生在这个庞大的群体中。

从哈文湖的观点来看，关于自杀遗书，他们达成了一致意见。

这封遗书也意味着人们可能会对她深恶痛绝。两年后，不会有人向她敞开大门，案件已经结束了，她不得不考虑如何找出她想要的东西。

她整理了她想要进行交谈的人员名单，比如目击证人特雷弗·布林、霍尔家的律师和他的调查员兰迪·富兰克林。也许他们可以帮助她。他们可能会说不，但她突然有了一种想要采取行动的冲动。

她翻阅了文件的其余部分。大部分是她妈妈的律师写的电子邮件，在霍尔家出人意料地放弃了他们的诉讼之前为她制定的战略。文件夹的背面有一个塑料袋，贴在厚厚的马尼拉纸板的内侧。她僵住了，纸边上好像有血迹。现在是褐色，不是红色的，折叠着，所以她看不清纸上写了什么。她把它从文件夹里抽出来，小心翼翼地展开。这是一张非常精美的薄纸，被沿着一条边撕开，但不是从螺旋笔记本上撕下来的：

　　放学后来主停车场见我。不要告诉任何人。我需要你的帮助，但这关系到我们两个人。我遇到了麻烦。你能帮我吗？

　　这是一种工整、方正、非草书的笔迹，跟大多数同龄的孩子一样，简和大卫并没有学会草书，因为他们能够熟练地应用键盘和屏幕，而且他的印刷体和他们早期学生时代的书法并没有太大区别。或者说，事实上是她的。

　　"我遇到了麻烦。"

　　她盯着那张纸条看了一会儿，仿佛这是一件奇怪的工艺品。大卫在课堂上传给她的纸条？一定是。上面有血迹……是来自于车祸现场吗？是她的血吗？

　　她妈妈怎么会有这个，为什么她从来没有给她看过？或者是任何人？

　　"这关系到我们两个人。"这是什么意思？听起来很正式，但这是大卫在他们很小的时候就说过的话，就像他向老师或教练求情。他是认真的，经过深思熟虑的。

　　简把纸条折上，放回了塑料袋里。

　　她听到车库门开了。妈妈回家了。她快速地把装有纸条的塑料袋塞进了她的前衣口袋，然后将文件夹塞回了抽屉里。她将写有时间线的纸折叠起来，放在了她的另一个前衣口袋里。

当她从办公室走进厨房时，她喊道："妈妈，我在这里。"

"亲爱的！"劳雷尔·诺顿站在水池边，快速地喝下了一杯水。她穿着一件时髦的衬衫和外套，一条休闲裤，她的头发干净漂亮，妆容完美无瑕。她放下杯子，赶紧给了简一个温柔的拥抱。简能听到她轻柔的吸气声，她在检查她的气味。

"我想见你。你去哪儿了？"

"我去给我的慈善机构开了个会。如果你给我打过电话，我可能将它挂断了。"劳雷尔紧紧地抱着她，大概是为了增强说服力。

"对不起。"简说。劳雷尔放开了她，看着她女儿的脸。

"好吧，"劳雷尔说，"你要留下来吗？"她的声音里充满了紧张和希望。

如果简拿着这张纸条质问她的妈妈，她可能不会得到那辆车。而她需要那辆车。她想要问，但她决定先聊一会儿，看看发生了什么，看看她们能否正常交谈。她认为，对于审问她的证人，这是一个很好的做法。

"我告诉过你，如果我晚上没有安全的地方睡觉，我会打电话给你。但是我有。OK？"

"OK。在你身上我似乎闻到了肥皂和洗发水的味道，所以我相信你。"劳雷尔用手抚摸着女儿的头发。

"我同意帮助一个正在研究记忆丧失的心理学研究生。他对我的态度比第一个治疗师更直接。我有一段记忆，之前从来没有出现过的，是大卫和我从高中步行回家的路上。也许我开始记起来了。"这有点儿夸张，但她妈妈认为她的病情正在好转，这可能是个好兆头。

"哦，亲爱的。"劳雷尔叹了口气，"那太好了。"

"但是不允许你将它写出去。"

劳雷尔努力使自己看上去很伤心。"宝贝，我已经暂停写博客了。这个学生是谁？"

"他的名字是凯文·恩戈塔。"

"那是什么名字？"

"他是英国人。"

"如果你想重新接受治疗，为什么不找一个真正的医生，而是学生呢？"

"这是免费的。他正在写论文。"

"这正是我们所需要的，写更多关于你的文章。"讽刺的是，她在博客上迷失了方向，"但我希望他能帮上忙。你饿了吗？"

她总是很饿，但她心中的反感促使她说："没有。"

"你看起来很瘦。吃午饭了吗？"

"没有。"

"好吧，至少吃一个花生酱三明治吧。"不等简对她的提议说"是"或"不"，劳雷尔转过身去，从储藏室里拿了些配套食品。

"我可以自己做三明治，也可以给你做一个。"简说。与她现在的谎言相比，这将是件美好的事。

"我来做，"劳雷尔说，"让妈妈来照顾你。"

简坐了下来。劳雷尔把三明治放下，又端上一杯冰茶。看着简吃了起来。

三明治的价值变得更加清楚了。"如果你正在接受治疗，那么也许你应该考虑一个更长久的方案。去看各种各样的专业医生，并且别再露宿街头了。"

"我不需要去精神病医院，妈妈。"

"这不仅仅是失忆症，还是抑郁症，是自我毁灭。"每说出一种疾病，劳雷尔就竖起一根手指。然后她合上手，将它们放在了简的手上，"你可以回家，别再露宿街头了，或者住在南部国会大街的任何地方，"她一直在监视着共乘汽车的轨迹，"他们可以给你需要的帮助。"简等着她去提她乘坐共乘汽车去墓地和高橡树路的事，但她妈妈决定什么也不说。

"我和一个朋友在一起，你不需要担心我。"

"我当然担心。我要你回家，要你安全，在这里我可以看着你。"

没有说出口的话是：因为你脑子坏掉了，你受伤了，并变得漫无目的。

简一边吃着三明治一边说："你知道我的条件。"

劳雷尔嘴唇抽动着，说："这是我的家，我们的家，简，我不会卖掉它的。霍尔家可以卖。"简可以看到她妈妈咬牙切齿的样子。

没什么好说的了。简也吃完了她的三明治。"当我在事故发生后处于昏迷状态，你和我待在房间里时，我有没有说过什么，你知道，当我没有意识或者睡着或者什么时候？"

"除了鹿的事情？"即使是现在，她妈妈也没有放弃她的谎言。

"关于大卫有危险之类的？"

时间仿佛停顿了一下。劳雷尔·诺顿的嘴唇微微颤抖，然后平静了下来。"没有，你没再说什么。为什么这么问？"

"是那个新的治疗师，他问我的。"她编造了一个小小的善意的谎言。

"好吧，我不确定这个研究生疗法是不是个好主意。"劳雷尔引用了"研究生"这个词，然后合上了她的双手，"我希望你回家，求你了。"

我看了一个治疗师，有可能对我的恢复有帮助，偏偏在这个时候，她突然想让我回家。简想着，心中不禁产生了一丝波澜。

"妈妈，不。我不能住在他们隔壁。我不知道你是怎么忍受的。"

"你当然不知道我忍受和背负了什么。那根本无法形容。"

"你说得对，我是不知道，"简说，"因为我不能跟你住在这儿，也不可能待在你身边，而你也不关心我，甚至不知道我住在哪儿。"

劳雷尔说："这不公平，你知道我在乎。不回家是你的选择。这所房子是我留给你爸爸和你的，那个当初的你。"她的声音渐渐变低了，"对不起，简。我不是那个意思。"

"我要到我的房间去一下，然后就不打扰了。谢谢你的三明治。"

她妈妈跟着她上楼去了房间，好像担心她的记忆会突然跳出来，给她一个突然袭击。她走进她的房间，很干净，很整洁，已经被打扫过了，但从她离开这里去圣迈克尔学院的那一刻起，它就没有变过，然后，当她被退学，再也无法忍受隔壁的霍尔家时，就开始了露宿街头。她的床边放了一堆书，去年夏天，她终于鼓起勇气读完了那些完全丧失记忆的人的回忆录：一位德克萨斯州的家庭主妇被吊扇砸了头；一个亚利桑那州的商人在办公室的卫生间里滑倒了；一个挪威人从梯子上摔了下来。这些看似可笑的事情让人患上了毁灭性的失忆症，但它们却真实得令人心碎。他们记不起事故发生前的任何事情。有时，他们的身体被治愈了，家庭也完整无缺，而有时则并非如此。她想知道她的故事会如何结束。

她感觉到妈妈跟着她进了房间。她几乎转过身去问她，为什么你会有那张纸条？你为什么不告诉我？你知道大卫遇到了什么样的麻烦吗？

如果她知道，而她从未告诉过简呢？为什么，保护她吗？好像事情会变得更糟。劳雷尔曾试图保护她，编造了一个在公路上奔跑的鹿的谎言，却适得其反。

"你看，房间已经为你准备好了，"她妈妈说，"我希望你留下来。这不是比医院更好的选择吗？你可以假装住在隔壁的不是霍尔家。我们都很善于避开对方。"

"我明白了，"简转过身面对她说，"爸爸去世时，你身上有些东西也跟着消失了，它也死在了你的身上。我猜你可能觉得我给你带来的痛苦已经远远超出了你的想象，对此我很抱歉，但就像我讨厌我的生活不能如我所愿一样，我不能和你住在一起。我不能住在霍尔家的隔壁。我很遗憾，你选择了房子而不是我。"把它烧掉吧，她想。烧掉房子，妈妈就不得不搬家了。这简直是疯了，但有时候，这种想法似乎意义非凡，这使简感到害怕。

她从她妈妈身边走过，劳雷尔说："如果你进入那家医院，我会给你钱。如果你让他们帮你的话。"

"医院治不好我的。"

"你郁闷是因为你无家可归，"劳雷尔说，"如果你住在医院里就不会无家可归了。你可以写你的故事，我每天都会去看你，你可以让你的生活重回正轨。"

简趁机将话题引了过来："你知道你能给我什么吗？丰田。"那是她买给简的车，当时她们都乐观地认为她很快就能开上它。"我现在就可以使用了。"

"为了什么？"

她不想解释自己的想法或Faceplace主页上的帖子。她不想让她妈妈看到它。

"我想，既然我有地方住，我可能会找份工作。我需要一辆车。"谎言脱口而出，那么简单，那么大胆，而且一定会得到劳雷尔的认可。

"我把丰田卖了。我们不需要它，你不开车，也不住在这里。"

干得漂亮，简心想。她开始下楼。

"你跟我讲了一个善意的谎言，简。你并不是想找工作，你为什么需要一辆车？"

简没有回答。她走到车库。果然，那里只有她妈妈那辆正在变旧的红色沃尔沃。

"如果你不能振作起来，我就只能采取行动。简，我宁愿你恨我，也不愿意看到你流离失所。"劳雷尔对她说，声音异常坚定。

简转过身来面对着她，说道："你真的会这么做吗？"

"为了你自己好。在你的生活重回正轨之前，任何学校都不会再接纳你。如果不接受教育，你会做什么？因为变成街头妓女或吸毒者，或者我不知道的什么，而撞得头破血流。"她停了下来，仿佛意识到自己扯得太远了。

"信任是能够鼓舞人心的。"她走出前门，想要呼吸新鲜空气。马特奥·瓦斯奎兹走了，她想知道她妈妈是否在他的车里看见过他。她认为没有，否则她妈妈会提到的。

"简？"她妈妈喊道。

"什么？"

"我爱你。请不要走。求你了。"但是她没有向前走，也没有顺着车道去追赶并拥抱简，"我所做的一切，或者正在做的，都是为了保护你。"

在做什么？这个问题在简的脑海中闪过。"我也爱你，妈妈，我真的爱你，"她说。但她想：我不信任你。

大卫的纸条意味着什么。必须藏起来保存着。她还没有准备好告诉妈妈她已经将它拿走了。也许她可以充分利用名单上的人以及各种各样的护照。大卫遇到了麻烦，她想弄清楚那是什么麻烦。

14

夏洛·鲁克终于挑好了戒指。他已经在珠宝店前停留了三次，终于鼓足勇气。对他来说，买戒指和向咪咪求婚一样美好。这是无法收回的一步，一旦戒指装进他的口袋，就会戴在她的手指上，直到永远，他将从一而终。他喜欢这种新奇。

他走了进去，售货员对着他那熟悉的面孔微笑着。他买了戒指，颤抖着将戒指放在了口袋里。

"她会喜欢的，"女售货员说，"你做了一个深思熟虑的选择。"

"深思熟虑。"这话对夏洛并不适用，但他喜欢这种声音。他甚至没有对女售货员眨一下眼睛，这本该是他的标准反应。父亲告诉他，婚姻是改变一个男人的最佳方式，现在他想要相信这一点。他停在一家他不经常购物的高端食品杂货店前，拿起他事先点好的定制便当：布里干酪、烤面包片、虾仁蛋黄酱、烤牛肉配三明治辣根、薯片，都是手工制作的，还有一瓶粉色的玫瑰红酒，但是这位餐饮女士承诺它会很美味，不是甜的。

他和咪咪都是工作狂，但今天白天和晚上他们都休息，所以……择日不如撞日，现在就开始吧。他开车来到咪咪的公寓，敲响了她的门。

她开了门，他把篮子举过他的脸，然后又带着兴奋的笑容放了下去。她看起来很生气，脸上写满了愤怒。他露出困惑的微笑。

"嗨，宝贝，"他说，"我来晚了吗？"

"你来得正是时候，"她说，"我正要请你从这里滚出去。我再也不想见到你了。"

"呃？"

"我知道你所有的其他女人，"咪咪说，"我看到你的性爱录像了。"

他感觉地球要炸开，他就要被吞噬了。他试图说话，结果却尴尬地笑了起来，从她的表情中，他看到了熊熊怒火。否认？还是承认？她怎么会知道？他试图逃避，"发生了什么事？"

"发生了什么事？有人给我寄来一个带有你的性爱录像的闪存盘。夏洛，我们结束了。"

但是我有一个戒指要给你，我爱你，他想。"咪咪，不，等等，那些都已经过去了……"

"所以你承认了。"

他知道他的下一句话会毁了他自己。"我不习惯只和一个女人约会。可以吗？我做了一些不好的选择，但我爱你，咪咪。"这是不可能的。这不可能发生在她的身上。"我带来了所有你最喜欢的东西。我带来了这瓶粉红色的葡萄酒……"

"你让我喘不过气来。你跟我鬼混在一起，还记录了你和她们的性爱生活。她们知道她们是在镜头前跟你做爱的吗？我打赌她们不知道。"

"求求你。我给你买了一枚戒指，就在今天早上。"

有一刻，她的愤怒消退了，但接着又涌了回来。"那么你需要去退货了。永远别再打电话给我，或给我发短信，或者用其他方式再联系我。"

"是谁寄给你的？"夏洛可以听到他的声音中爆发出来的愤怒和悲伤。他要杀了那个人。杀死他们。

"是匿名的。再见。祝你生活愉快。"她砰的一声关上了门，然后他听到她在门的另一边啜泣的声音。他想向门上踢一脚，再次请求原谅。但是相反，他靠在了门上，仿佛所有的力气都从他身上逃走了。

他想，怎么会有人有这份录像呢？他本打算在咪咪答应嫁给他时就甩掉她们。他将它们放在了床下的一个密码箱里。一定有人知道这件事。但他从来没有告诉过任何人，在这十二个女人中，也没有一个人知道。

"还没结束！"他在门口尖叫道。

他把野餐篮抛在身后，像个可怜的和平礼物，然后跌跌撞撞地向他的车走去。他走了十几步，听到她开门的声音，又向前走了两步，这时他感到有什么东西打中了他的后脑勺。他跌跌撞撞地朝地上看了看。布里干酪盘旋着飞了下来。接着，她扔下了一盒贵的离谱的烤面包片，然后是那瓶酒。她有一条有力的手臂，那瓶粉红色的葡萄酒在他汽车的引擎盖上炸开了。

他上了车。她朝他跑过来，将篮子扔在了汽车的引擎盖上。他将车开走，上了马路，破碎的酒瓶和篮子从引擎盖上滑落。他跑了两英里，才把车停在一个办公室的停车场里，擦掉了脸上的泪水。在他们的地盘上，他可以大发雷霆。

谁会这样对他呢？他没有敌人。好吧，这些年来他一直与那帮家伙纠缠不清，但他们都是白痴，谁也办不成这件事。他在两年前就停止了黑市处方药的交易，而且已经有一年时间没为他的这些朋友们效力了。他无法想象，在他和咪咪约会时，他所交往过的任何一个女人，会以这种老练的手段来背叛他。他们只是在鬼混，仅此而已。而且他确信她们不知道自己被拍摄过。

有人恨他恨到了足以毁掉他生活的程度。

但他会找到他们，并想方设法折磨他们。

15

简的《记忆之书》,写于车祸后的
几天和几周内

让我始料不及难以置信的，不是那封自杀遗书，而是妈妈那注定会命运多舛的鹿的故事。

关于我的失忆症。

每一天都是一种挑战。

在我回到学校后的第二天，一个女孩拦住了我和卡玛拉（卡玛拉被派来帮助我，因为我们有几堂一起上的课，她向我保证我们永远是好朋友，是的，她和大卫交往过，但她相信遗书一定另有隐情，或者是被人恶意编造的，在那之后我第一天对她感到如此感激，她为我挺身而出，而她，本该是那个最恨我的人）。但人们总是不由自主地盯着结伴而行的我们。我看见他们用手挡着嘴窃窃私语，交头接耳地说闲话。每个人都认识我，而我觉得我几乎不认识任何人。

"卡玛拉，你真是太大度了。嗨，简。"和我们说话的那个女孩对卡玛拉的态度很温柔，而对我则比较冷淡。我能听出她语调的下降，"你真的失忆了吗？就像电影里的杰森·伯恩。"

"她当然失忆了，"卡玛拉说，"大部分记忆都丧失了。它们会慢慢恢复的。"她用一只手臂搂着我的肩膀。当我第一次回到学校时，她做了很多事情，好像她能把我从那些令人痛苦的猜疑、冷眼和闲话中解救出来。我想，她也是为了向我传递一个信号——她对我很忠诚。

"真的吗？我听说了，但我不认为那是真的。"

"我记得我的童年时代，"我说，声音听起来有些嘶哑，"没有多少高中的。"

"你认为情况它是反过来的，"女孩儿若有所思地说，"我不记得上周的晚餐吃了什么。"

"摩根。"卡玛拉听起来很不耐烦，"她不认识你。她只记得她在小学或中学的事情。就像她还是十四岁一样。我在想，给同学们戴个名牌，也许不是个坏主意。"

强迫每个人都戴名牌。摩根跟我说了话，但很多人都只是瞪着我。当然，是因为大卫。他死了，而我还活着，和他比起来，我是个无名小卒。我突然非常想回家。但我不得不留在这，不得不去面对。

"名牌，"摩根说，"这对我来说是个很好的服务项目。"她离开了，就像得到了一份工作一样。

当我们从学生中心穿过走廊时，情况也差不多。

"简，这是克劳迪娅·戈麦斯。她和我们是中学同学。"

我点了点头。但克劳迪娅变化太大了，她已经从那个胆小怕事的小女孩儿变得充满活力，美丽动人，并且总是挂着善意的微笑。从中学到高中，我们在这几年里都变了一个人，"我记得。嗨，克劳迪娅。"

"嗨。你真的失去记忆了吗？"

但她似乎听到了她心里的声音，不，我只是想在我们的朋友死后，这将是个很好的话题，或是个有趣的笑话。哈哈哈。

"是的，过去的三年。"

"哇，我想忘掉大一。"克劳迪娅继续往前走，好像我会传染一样。

卡玛拉把我从走廊的人流中拉了出来。我感觉到了无数双冷眼的凝视，就像扔出的石头或炸弹一样。"我为我们的同学感到不堪。"

"我对此并不乐观。"

我不应该这样。我收到了各种各样的问候：

"你当然记得我！"（是的，但上次我记得你的时候，我们还是八年级。）

"简！失忆的事情是个谣言，对吧？"（不。这是一个诅咒。我就像白雪公主一样，只是在我从睡梦中醒来后，诅咒仍在继续。）

"简，亲爱的！嘿，宝贝，你还好吗？"（"宝贝"？他是我的前男友吗？他有点可爱。但我也认为如果真有这么个人，妈妈和卡玛拉会提到他，或者他会出现在医院里。）

走廊里的其他场景也大抵如此。

卡玛拉："她不认识你，帕克。"（她的声音冷冰冰的。）

帕克："好吧，简，我们曾经交往过一段时间。"（他靠了过来。）"不仅仅是约会。放学后来停车场见我，我会告诉你，你喜欢什么。"（他压低声音。）"因为这些天里你不会得到更多其他人的求爱。"

我：（无语，困惑，为自己的无言以对而生气。）

卡玛拉将他推开："你也得了脑震荡吗，白痴。离她远点。"

我，站在那里，颤抖着，意识到，我正处于这些人的摆布中。他们中的一些人会认为这是一个笑话。

帕克："简，我会让你想起一些事情的。"他对我摆动着舌头，"你不会忘记我的。"然后和他的朋友们开怀大笑，就像他创造了一些持久的价值一样。

我那个曾经被妈妈警告过的愤怒的小恶魔决定跳出来。"我确实记得，帕克！"我冲他吼道，"我记得那是多么得小和快。谢谢你的提醒。"

卡玛拉的下巴都快掉下来了。我的尖叫声穿透了走廊，声音很大，他僵住了，然后转回身向我走来，嘴里嘟囔着"你这个杀人的婊子"。这时，一个金发碧眼的男孩儿像堵大墙一样挡在了我们中间，将手放在了帕克的胸前，并让他停了下来。是特雷弗·布林，那个来医院探望过我，但似乎没什么可说的男孩儿。

帕克试图绕过特雷弗，然后突然，他被推到了墙边，特雷弗在他耳边低语着，声音很小，甚至在聚集于此的学生们突然安静下来的时候都听不到。我注意到特雷弗戴着一个膝盖支架，但这似乎并不影响他把帕克推到墙上。

"放开我，"当特雷弗说完话时，帕克说道。然后特雷弗向后退了一步，帕克从他身边走开了。他盯着我，然后回到了他朋友那里。我一直盯着他。"杀人的婊子"，我心里回荡着这句话。我仍然感觉身体虚弱，但在那一刻，我可以一遍又一遍地打他。这是一种可怕的想法，我想知道这是不是过去的简的想法。特雷弗看着我，什么也没说。然后他看了看卡玛拉，貌似他很生气。

"谢谢，特雷弗，"卡玛拉说，"谢谢你为她挺身而出。"我意识到她把手放在了我的胳膊上。

"你在干什么，卡玛拉？"他问她。仿佛我不在那里，"你干了些什么？"

"帮助我们的朋友，"她说，她的声音突然变得冰冷。她搂着我的肩膀，"她现在需要我。"

然后他看了我一眼。我说："谢谢你，特雷弗。"他只是点了点头，然后将背包放在肩上，借助着支架一瘸一拐地向前走去。

"他比我记得他的时候变得更大了，"我说，"他的膝盖怎么了？"

"踢足球弄伤的。"卡玛拉说，"是的，我想你是真的记得。"过了一会儿，我才意识到她以为我真的记得和帕克的相遇。

"呃，不，我不记得。我只是想让帕克闭嘴。"

"但是你对鹿的记忆，这是真的，"她说，"是吗？"

所以这是一个关于说谎的重要时刻，我做出了我的选择，因为我意识到了一些事情。

如果信息就是力量，那么它们都在支配着我。两分钟前我还不知道帕克是那么恶毒，或者特雷弗是那种能够真正为我挺身而出的朋友。

"是的，"我说，"这很模糊，但是是的。"

"哦，太好了。如果你还记得什么，你要告诉我。"

"我会的。"我希望我能想起更多关于特雷弗最近的回忆。我需要朋友。但他似乎对恢复我们的友谊不感兴趣。

卡玛拉说："忘掉帕克吧。"然后她解释道，"哦，我不是那个意思。"

"我知道。"

"你还记得我，对吗，简？"一个焦虑不安的女孩儿说，她停下来盯着我的脸，"我们是大一的时候认识的。"

"她不记得了，"卡玛拉说，已经厌倦了他们大惊小怪的样子，"她不记得了，好吗？"她在走廊里提高了嗓门。铃声响了，我们迟到了，看客们也迟到了，老师们来到走廊里，想知道为什么孩子们没有急于进教室，还在谈论几乎是学校最大的精神怪物的争斗。

"我很抱歉。"我对女孩儿说。我后来决定，我需要在衬衫上钉个扣子，因为答案会变得如此死板——不，我不记得你了。

但许多孩子甚至连看都没看我一眼，除了第一次尴尬、令人不快的注视之外。不，不是注视，是怒目而视。一种真正意义上的怒目而视。

"我不是很受欢迎。"在她和卡玛拉在课堂上坐下来之后，我说。想想都令人觉得震惊，我并没有真正考虑到公开的敌对和肉体的威胁。

"大家都为大卫的事情感到不快。"

"我明白了，"我说，声音有些颤抖，"有人为我的幸存感到高兴吗？"

"噢，简，"她带着悲伤的微笑说，"当然了，我们都是。"

16

简重新考虑了她的计划：去圣安东尼奥，与布伦达·霍布森面谈，必须要等到她能找到交通工具为止。她应该从她能在名单上找到的人开始。因此，她选择了特雷弗·布林，尽管他除了去医院里探望过她一次之外（而当时她根本不记得他），大部分时间都避开了她。她在手机上找到了他的Faceplace页面；他正在参加特拉斯维斯社区学院，可能是想跳过基础课程，通过取得足够高的GPA来转到德克萨斯大学、圣迈克尔学院或德克萨斯州立大学。这是一种常见的策略。如果她的大脑能够恢复正常的话，她很可能会被圣迈克尔学院重新接纳，但在特拉维斯社区学院重新开始可能会少些压力。如果他不情愿的话，这可能是她与他进行搭讪的一个话题。

因为他们还不是真正的朋友。

他的Faceplace主页告诉她，特雷弗在哈文湖当地的一家名为Lava Java的咖啡厅里做兼职咖啡师。它位于一个大型购物中心里，由一家大型意大利连锁餐厅和一家有机食品杂货店组成。今天早上她走回家时看到了。她看到咖啡厅附近停着一辆黑色大卡车，她记得她回到学校后看到特雷弗开过它。

简走进去时，店里并不是很忙，因为午后的人潮并不多。一位年长的女人坐在一张大皮椅上打着字，两个年轻的女人坐在桌旁聊天，另一个男人则皱着眉头看着他的平板电脑屏幕。特雷弗是一个很难被忽视的人：一个金发碧眼的大个子，有着宽阔的肩膀，粗壮的胳膊，留着军事寸头。他俯视着另一个四十多岁，身材瘦小的女人。她显然是个负责人，咆哮着向特雷弗发出了几个恼怒的命令，但特雷弗正盯着简，似乎没有听见。然后他点点头，消失在了商店的后面。

简走到柜台前。这位女士的举止立刻从恼怒变成了温暖、友好的微笑。"欢迎来到Lava Java，有什么我能帮到您的吗？"

简要了一杯不含咖啡因的加奶滴流咖啡。她付了钱，那个女人笑着把咖啡递给了她。

"刚刚进入后面的是特雷弗·布林吗？"简问道。

"是的。"女人的微笑丝毫没有变化。

"我和他是高中同学，但我在一场严重的车祸中失去了记忆。自从那次事故以后，我还没有和特雷弗真正交谈过。我很想和他打个招呼。"

承认失忆通常会引起紧张的大笑，或一瞬间的怀疑，或者是赤裸裸的怜悯。她从咖啡师那里得到了最后一种。"哦，好的。"她没再多说什么，也没去叫特雷弗。简坐下来喝咖啡，假装在看手机。但她决定，她不能就这样乖乖地坐在这里喝咖啡而不跟他说话。她必须让他同意和自己谈话，即便不是现在，也要在稍后的某个时候。

特雷弗又出现了，咖啡师在门口拦住了他。

她低声对他说着什么，特雷弗的目光转向了简。

简羞怯地举起了一只手。咖啡师再次对他低声耳语着，特雷弗摇了摇头。年长的女人又对他说了些什么，他双唇紧闭，但还是朝着她的桌子走了过去。

"嘿，简。"他说。

"嗨，特雷弗。"

"嗯，你回忆起更多的事情了吗？"他声音低沉，有点沙哑，带着南方口音。

她摇了摇头。"但我还记得你小时候的样子，在小学。"她想，他知道的，我不需要提醒他。我不能这么紧张。我可以做到的。

"我姑姑说我可以跟你谈谈，但如果我们再忙起来的话……"他给自己留了一条逃生路线。

"当然。谢谢。"她勉强笑了一下，稳住了自己的声音。

"你要续杯吗？"他朝她的杯子点了点头。

"不用了，谢谢。"

他坐了下来。

"我能为你做什么？"

简认为他长了一张漂亮的脸，朴实刚毅，嘴巴紧实，眼睛呈浅蓝色。但他需要刮刮脸，他下巴上的胡子是金红色的。她试着想象他穿着哈文湖走鹃队的橄榄球制服的样子，就像曾经的大卫一样，但她的脑海里没有浮现出任何画面。

"我想问你车祸那天的事。"

"简。我真的没什么可跟你说的。"

"那天你在学校里为我挺身而出。"

"什么，帕克吗？我愿意为任何人做这件事。我不喜欢帕克。"

"他现在在做什么？要去魅力学校吗？"

"他获得了杜兰大学的足球奖学金，"特雷弗面无表情地说。"听着，我没有太多的谈话时间。"他的声音很低，就像他不希望其他顾客听到一样，"你想从我这里得到什么？"

"如果每个人都能停止恨我，哪怕只有一分钟，我也会很满足。"

他转过头去，朝咖啡柜台走去。"我不恨你，简。我只是没什么可对你说的。你为什么要来这里？"

"那是个意外，我发誓。我不可能伤害他。"

特雷弗和善而坦诚的脸上流露出一种冷酷的神情。"大卫是我的朋友。我最好的朋友。而你……"他看着她和他们身后的岁月。她想，他失去了我，失去了大卫，我并不总是善于思考别人的痛苦。

"我不也是你的朋友吗？"简悄悄地问。他低头看着桌子。

她试图提供一种礼物般的可爱记忆。"我的意思是，我们在一年级时就'结婚了'。我在四年级时还为你痛打了那个坏女孩儿。"

可爱的回忆并没有奏效。

"简。一切都变了。"他看着她，脸上写满了痛苦，然后转过头去。

"发生了什么，特雷弗？你曾来医院看我。你阻止了一个威胁我的人。但当我非常需要朋友的时候，你却不跟我说话，并和我保持距离。"

"我是你的朋友，简。但我现在没有办法。你无需再问。"

这次见面比她想象的要困难得多。从她的童年时代起，她所记得的所有人都认为她很差劲，这种想法让人很难忍受。这就是你远离他们的原因，她想，你害怕被全盘拒绝。这样你离开他们的时候会更容易些。

"看看这个。"她说。她把纸条从背包里抽出来，还放在透明的塑料信封里。

特雷弗透过塑料看了一眼。"这是什么？那是血吗？"

"是的，我的。事故发生时，它就揣在我的牛仔裤口袋里。这是大卫的笔迹，不是吗？"

他读了出来："放学后来主停车场见我。不要告诉任何人。我需要你的帮助，但这关系到我们两个人。我遇到了麻烦。你能帮我吗？"

"这是他的笔迹吗？"

他仔细研究了一番："是的，看起来很像。"

"我们谁都不知道那天晚上的真相。这里隐藏着一个很大的秘密，我要把它找出来。"

"简，这不是电影。如果他遇到了麻烦，他会向我或卡玛拉求助的。那段时间他和你没有多少交集。"

"我们在隔壁长大。我们就像兄妹一样。"

"我认为这并不是很准确。"他语气平淡地说。

"他写道，'这关系到我们两个人。'那么在事故发生之前，他和我究竟被卷入了什么事情呢？"

"我不知道。"

但她认为他在说谎。她曾说过谎，所以她知道那种快速躲闪的眼神背后的背叛。

"他不想让你、卡玛拉、亚当或任何其他人知道，只有我。那件事情也会影响到我。"

"如果大卫真的有麻烦，他会告诉我的。"

"他给了我这个，然后那天晚上他就死了？特雷弗，拜托，也许是有人将我们赶下了公路。我们为什么会出现在那条路上呢？或者是我们在追赶某人，或者是某人在追我们……"

他蓦地向后一仰，脸色苍白，张着嘴皱着眉头。他像个老人一样，用手搓着他那胡子拉碴的下巴。"这是一次可怕的大跳跃，简，"他说，"这简直是疯了。"

"告诉我，你最后一次见到我们是什么时候。"

他一时没有回答。她朝咖啡柜台瞥了一眼，看见一个年轻女人正悠闲地看着他们；不，是看着特雷弗。简的胸膛里涌起一阵奇怪的愤怒。最后，他说："你们在学校的停车场里一起向他的车走去。我打算跟你们打招呼，因为你们就从我身边走过，离我大约有20码远，然后我说'嘿'，但你们都没理我。我想你们正在争论什么。"

"他很不高兴？"

他看着她："不，是你。他很平静。"

"可他才是那个有麻烦的人。"

"他拦住了你，我开始向你们走去，想看看是怎么回事，我并不是想多管闲事，但我想，嘿，我的朋友们有些不对劲……我听见他对你说'这更关系到你爸爸'。"

这些话仿佛给了她一记响亮的耳光。"我爸爸？为什么他会和我谈论我的爸爸？"她眨了眨眼睛，"我经常说起我爸爸吗？"

"不，从来没有。这对你来说显然很痛苦。在你爸爸去世的前一年，我也失去了我的妈妈，癌症。"他清了清嗓子，"我们知道这有多糟糕。它使我们走得更近了。"他的脸变得有点红,"每个人都认为自己知道失去父母会是什么样子。但每个人都错了,直到它发生为止……"

"特雷弗!"另一名咖啡师,她的姑妈叫道。

"留在这儿。"他站起身来,按部就班地进行着他的服务工作,面带微笑,找回零钱,配制咖啡。简坐在那里,心想,大卫会知道我爸爸的什么事情呢?特雷弗完成服务后,急忙跑回来,坐了下来。

然后,她将丽芙·丹吉尔的事情告诉了他。

他摇摇头,压低了声音:"这是有人在激你。删除并忘了它。"

"我要弄清楚到底是谁。"她想知道他是否会提出一个明确的答案,那就是卡玛拉。

"是大卫的一个误入歧途的朋友。只是一个怀恨在心的孩子。"她看着他。

"不是我。"他很快说道。

"你会为人们如此快速地相信你最糟糕的一面而感到惊讶。"

"我没有时间在网上折磨你,简,我在工作,在上社区学院。"

"我想你不会在大学里打球了。"她一说出来就后悔了。除了亚当和她妈妈以及那些憎恨她的人之外,没有任何人能够让她失去理智。她告诉自己要做得更好。

他的表情一片空白。"你撞车后的那个星期,我的膝盖受伤了。我被踢出了那个赛季。没有一所大学对我感兴趣。"

她想起了当他阻止帕克欺负她时,他腿上的支架。在那所糟糕透顶的学校里，她从来没有问过他这件事。这次事故使她生命中的一切都变得黯然失色，她是一个坏朋友。橄榄球对他来说一直都很重要。她想伸出手来握住他的手。但她认为他会抽离出去，他不想做她的朋友。

"那是事故发生的那一周。我和整个团队都被你和大卫的事情分散了注意力。我不小心受了伤。"他放低了声音，"这不是别人的错，是我自己的错。"

"我真的很抱歉。"

他耸耸肩。

"我要找出大卫到底发生了什么事。特别是自从你告诉我，他说这件事和我爸爸有关之后。你可以选择帮我，也可以选择不帮我。但我真的希望能够得到你的帮助。"

他没有答应，但也没有拒绝："你还在用你原来的手机号码吗？"

"是的。"

"我听说你在圣迈克尔学院上学？"这看起来很不公平，一个大脑受损的失忆症患者就读在一所昂贵的，有选择性的学校里，而他却在一所社区学院里埋头苦读。

"我被开除了。我无法应付那些学术研究。但是我住在学校，在亚当·凯斯勒的房间里，所以我没有睡在大街上。我有时去上课，那种大课，在那里不会有人注意到我。"她没有向任何人承认过这一点，只有亚当知道。"我一直在假装活着。所以找出真相对我来说很重要，好吧，我需要它。想嘲笑什么你就尽管笑吧。"

特雷弗盯着她。"我没有嘲笑你。永远都不会。"她等着他说下去，但他没有。

她站了起来。"谢谢你能跟我谈话。"

"当然。简？"

"什么？"

他咽了口口水："我只是对所发生的一切感到抱歉。"

在特雷弗其他话说出口之前，她转过身，走了出去。她走过交通拥挤的老特拉维斯路，走向了她名单上的下一个名字。

17

"佩里？"玛吉说，"我需要跟你谈谈。嗯，关于你想让我做的那件事。"

佩里从桌上抬起头来："已经找到了吗？"

玛吉看了她一眼，似乎不是很高兴："迈克将这件超级无聊的事情交给了我，所以我把注意力转向了你的问题。丽芙在凌晨2点钟批准了你的好友请求。我用你的口吻，在她的网页上发布了一个我提前创建的关于你儿子的快速纪念链接。丽芙点击了它。但我在里面添加了陷阱代码，它向我们提供了丽芙的IP地址，然后我给ISP打了电话，找出了账单地址。我们一直在与一些关于安全问题的大型服务提供商合作，我的一个朋友愿意将信息分享给我。"

"那么这个账号属于谁呢？"

玛吉说："你。"

"什么？"

"它是从你的电脑上发布出去的。"玛吉瞪着她说，"所以，要么是你浪费了我的时间，因为你以为你可以侥幸逃脱，要么是有人在你不知道的情况下访问了你的电脑。"

佩里惊呆了："那不可能。如果是我写的，我就不会求你去追踪它了。"

玛吉半信半疑地说："我姑且假设不是你在骚扰你自己。还有其他人有你家的钥匙吗？比如你的前夫？"

"他不是我的前夫，我们还没有最后离婚。但是他搬出去时，把房门钥匙还给我了，而且我换了锁。但卡尔绝不会做这种事。"

"邻居？"

"没有。但是为了防止我被锁在外面，我把钥匙放在后院的盆栽植物下了。"

"谁会知道它在那儿呢？"

"没有人。"但她意识到，当大卫和简还小的时候，她就把钥匙藏在相同的地方，她和劳雷尔都告诉了对方紧急钥匙的位置。劳雷尔的放在其中一块假岩石上。劳雷尔。

"等等，你是说今天早上2点有人在我家吗？"她的胸口一阵恐慌。

"或者你的系统可能遭到了黑客入侵，有人在远程访问它。你可以把它拿来给我，我帮你检查一下。"玛吉的声音出奇的平静，没有一点温度。

"嗯，我会的。谢谢你！"玛吉点点头，离开了。突然，佩里震惊地意识到，玛吉想知道，佩里是否有能力在一个杀死她儿子的女孩儿的Faceplace页面上，发布那些可怕的垃圾。

18

　　简的下一站是一座由石灰石建造的，占地半英亩的露天办公园区。自由调查员兰迪·富兰克林在这里有一间办公室，周围是几个房地产经纪人、抵押贷款经纪人和临床心理学家。在奥斯汀的富人区里，居然有那么多的法律咨询师，这使简产生了一种从未有过的想法，金钱是不是并不能买到幸福？

　　她本想敲门，但最后还是决定直接推门试试。门没锁，前台没有人，但她能听到内部办公室里传来的稳定的打字声。

　　"你好？"一个低沉的男声呼唤着她。

　　"富兰克林先生？"

　　他从内部办公室走了出来，身材魁梧，头发短而稀疏，带着一副前警官坚定、严肃的表情。他穿了一套高质量的西装，没打领带。

　　"有什么我能帮您的吗？"他友好地询问着他的潜在客户。

　　"我叫简·诺顿。"她说。

　　"哦。"他说。也许他一开始并没有认出她来。但当他听到她的名字时便想了起来。

　　"我希望能和你谈谈两年前的那个案子，我被牵涉其中。你是一个名叫基普·伊万德的律师的调查员。"

"是的，我记得。你撞毁了一辆汽车并杀死了一名年轻人。"他的声音很平静。

她决定和他一样直入主题："你在车祸后的第二天发现了一封所谓的自杀遗书？并把它交给了警察？"

"我觉得我没有必要跟你谈这件事。"

"求你了。"她说。

"既然你和你母亲拒绝跟警方谈论这件事，"他说，"我不明白我为什么要跟你说。门在你身后，请自便。祝你拥有美好的一天。"

"我想雇用你。"她说。自从她住在大街上之后，她变得更善于说谎了。她总是在说，不，我并没有无家可归。不，我没有睡在那个垃圾桶后面，我只是想找个阴凉的地方。我的袜子里有一把剃刀，如果你敢打扰我，我就砍了你。

他眨了眨眼，然后笑了起来："雇我干什么，诺顿女士？"

"有人在网上骚扰我。声称他们知道我不记得的事，并且要我'付出代价'，我想雇你查出他是谁。"

"是你要雇用我，还是你的母亲？"他还记得劳雷尔。

简想，好吧，妈妈是个令人难忘的人。

"谁付钱重要吗？"她不知道自己去哪儿弄这笔钱，但也许，如果他认为她会给他一份工作，他就会和她谈谈，并告诉她一些有用的东西，"你会得到报酬的。"

他压低了声音，道："你的记忆恢复了吗？"

然后她决定撒谎。失忆症对她有什么好处？她被称为"失忆女孩儿"。她已经厌倦了。

"是的。"这不是谎言，她还记得她和大卫谈论过《罗密欧与朱丽叶》，那是一段新的记忆，并且她关于它的想法越来越多，也许这不是一种虚构。这是真实的。一定是。"已经有越来越多的记忆开始恢复了，是的。我想那天晚上发生的事情远比人们意识到的要多得多，我开始记起来了。所以。价格？你这里是怎么收费的？"她稍后会算出这笔钱。可能会有律师费。

"我不会为你工作的，简，"他说，"你写了那张纸条，你杀了那个男孩儿并企图自杀。"

"从来没有人认为我有自杀倾向。"她说。

"你父亲……"

"是个意外。"她的声音比她预想的更加尖锐。

"那么，你的家庭所占意外事故的比例相当的高，"他说，"我很抱歉。"

她不会放弃："大卫在课堂上递给我一张纸条。出现在了你的报告中。"

他眨了眨眼睛，好像在回忆细节。

"我发现了那张纸条。大卫说他遇到了麻烦。他处于危险之中，真正的麻烦，也许有人想伤害他。这对案件有什么不同的意义吗？"

他似乎想在她的脸上找到撒谎的证据："另一张纸条在哪儿？"

"安全的地方，如果你为我工作，我会告诉你的。我只是在想，也许你有一些职业自豪感，你不想被玩弄。但你已经被耍了。那封遗书是假的。"

他微微一笑，摇了摇头："不是的。我们拿到了你的笔迹样本，进行了分析和比较。是你写了那封遗书。"

她的心怦怦直跳："分析？为什么我的律师报告里没有记录？"

"因为卡尔·霍尔在我们进行文件交换之前放弃了诉讼，并解决了保险赔偿问题。所以他的律师不需要告诉你关于笔迹分析的事情。在你和你母亲决定不合作之后，警方不急于告诉你们任何事情。纸条在一次测试中被销毁了，并且他们决定不再起诉你，好吧，这对警方来说并不重要。霍尔一家已经解决了。故事结束了。"

她的手紧紧抓着自己的肚子，好像被打了一拳。"但这毫无意义。"她说。

"你爱上了大卫·霍尔，而他并不爱你。很简单。"

"他有一个已经交往了两年的女朋友。她和我在我们生命里的大部分时间都是最好的朋友。如果我嫉妒到了如此疯狂的程度，那是为什么呢？为什么是那天晚上？为什么我会发生车祸？"

"我不知道，也不关心。"但他瞥了她一眼。

"你没有放弃。关于那封遗书。我的意思是，这对你来说太方便了。"

他痛苦地叹了口气，不停地解释："这样的纸条只有在与作者的精神状态同时发生时才会成为证据。你必须把它写下来，然后立即采取行动，它才能成为一个因素。那张纸条不是立即写出来的。"

"你怎么知道的？"

"去问霍尔夫妇吧。"

"但是霍尔夫妇让每个人都认为我是那天晚上写的。"一股强烈的感情涌上她的心头，"这太疯狂了。谁会在开车时写纸条？

还是我写好后，说服他上车并寻找到最近的偏远地点把我们俩都
杀了？"

"确实有人这样做过，简。你可以先写下纸条，把他弄上车，
然后再找个最近的地方冲下山崖，把你们俩都杀了。"

"你为什么要告诉我这个？"

"笔记分析并不是特权信息。现在，你可以索取你需要的任何
帮助，然后让你的生活走上正轨。"

简瘫坐在椅子上，富兰克林给了她一杯水，这让她很吃
惊。她喝了下去。"求求你。我必须知道，这个分析，到底说了
什么？"

"你的笔迹。这张纸来自于一家名为Tayami的日本笔记本制
造商，这家公司以高质量纸张而闻名。而墨水已经有一年了。"

"你是说我是一年前写的，还是墨水放的时间太久了？"

"这至少是在事故发生前两年写的。"

"他们是怎么辨别出来的呢？"

"一些钢笔公司在墨水中加入了化学标记，所以如果需要的话，
法医分析可以显示出墨迹的时间。但后来霍尔先生放弃了诉讼。"

"如果他们告诉人们那张纸条是两年前写的，也没有人会
相信。"

"那是大卫·霍尔和卡玛拉·格雷森开始交往的时候。你心
中可能一直都隐藏着一种缓慢燃烧的怒火。然后你写下了那张纸
条，后来才采取行动。"他说这是一种推测出来的想法。

"让我猜一猜。佩里·霍尔就是这么想的。"

他什么也没说。

"一张两年前的纸条？我把它带在身上？放在了我的书包

里？"她想，或许是其他人干的。我在车祸发生很久之前就写下了它，我没有销毁，然后有人拿到了它，并把它埋在了车祸现场。这是一种可能的解释。不管是不是你写的，都不要再纠结于这件事了。

富兰克林说："这是你的笔迹。分析并没有试图猜测一个愤怒的十几岁女孩儿的动机。"

简想，有人陷害了你。一个你信任的人。有人或许早就知道了那张纸条，可能是出于某种其他原因，或者是被人断章取义了，他们决定在车祸后拿你当替罪羊。

为什么？你为什么要陷害我？为什么要让我来承受世人无尽的责备？

因为这是谋杀。

这个想法在她脑子里闪过。

"谢谢。"她站了起来，没再多说什么就离开了。她走过咨询师的办公室，几乎一眼不眨地看着他们，但后来她看到了一连串的名字，一个不同寻常的字母组合突然出现在了她的眼前：多拉·普林西比、凯文·恩戈塔、迈克尔·托德。

但是……凯文是一名研究生，正在攻读硕士学位。在他的名字后面，有一个硕士学位的缩写。

在奥斯汀到底有多少个凯文·恩戈塔，他们中有多少人在从事咨询师的职业？又有多少人将办公室设立在了富兰克林，那个曾密切参与过调查的人的办公室旁？

为什么凯文在曾调查过她的那个私人调查员的办公室旁有一间自己的办公室，而他却说自己是一名研究生并愿意为她提供免费治疗？

凯文。他在做什么游戏？

她敲了敲门，没有回答。她试着拧了拧把手，但是门锁着。

她向后退了几步，然后看到兰迪·富兰克林匆忙离开了办公室，一只手机压在他的耳朵上。

他把一切都告诉了她，为什么？他能得到什么呢？希望能吓到她？还是另有原因？

她转身跑了出去。

19

这里有一个秘密。那天晚上发生了一件可怕的事情。

佩里·霍尔甚至在大卫的墓前攻击她。卡尔·霍尔突然撤销了对她和她母亲的诉讼。这两个人，都在扼杀能够洗脱她清白的证据，试图营造一种她在大卫死的那天晚上写了那封自杀遗书的假象。凯文·恩戈塔向她伪造了自己的身份。特雷弗·布林隐瞒了那晚的真相。卡玛拉·格雷森，她曾经最好的朋友，对她口腹蜜剑。还有她的母亲，她有一张纸条，上面写着大卫和简可能会有危险，但她显然从没想过要把它拿给任何人看，并且似乎准备把她送进医院。

她沿着老特拉维斯路走向她名单上的下一个名字。在中午的高峰期之后，Happy Taco餐厅里，有几个顾客正在独自享用午餐，一边用一只手吃着玉米卷，一边用另一只手敲打着平板电脑。另一张桌子上有一个女人在笔记本电脑上写着什么，旁边放着一个已经吃完的午餐盘。

简在柜台点了最便宜的玉米卷和一杯水。她走到她和大卫曾经坐过的据称是大卫最后一餐的餐台旁。一阵寒意袭上她的心头，她用手掌撑着桌子。当面带微笑的服务员为她端来食物时，她说："辛先生在吗？我有点私事。"

"让我查一下。"

她吃着她的玉米卷。四分钟后，一个二十多岁留着山羊胡和戴着Happy Taco球帽的年轻小伙子走了出来。她站了起来，"你好，我是简·诺顿。"

"比利·辛。我认识你。"

"真的吗？你还记得我？"

他点了点头。"当然。那是一个奇怪的夜晚，然后我听说你出了车祸，我不得不去给警察做笔录，你所有的回忆都陷入了困境。"他瞪大了眼睛，"哦，对不起，我不是有意的。你还在失忆吗？"

"是的。但我很高兴你能记得。你能告诉我那天晚上我们在这里发生了什么吗？"

"好吧。你们走进来，点了餐，我看见你们两个坐在那里。你很不高兴，甚至哭了起来。他试图安慰你。他看上去也很沮丧。我总是本能地注意到任何看起来可能会引起争论或骚乱的事情。好吧，因为，我们是Happy Taco。"

"你知道我们在争论什么吗？我对那天晚上的记忆仍然没有恢复。"

"我向你们走来，想看看你们是否还好，或者是否需要什么帮助，但我尽量不让自己干扰到你们的事情。所以我清理了旁边的桌子，并偷听了你们的谈话。"他咬了一下嘴唇，"大卫·霍尔搂着你，身体靠向你这边，试图让你安心，我听到他说要出城。"

她不知道那是什么意思。

"离开这里？"

"是的。他打开笔记本，给你看了一个旅游网站。你们可以去的地方。我认为这很奇怪，你知道，就像青少年私奔一样。但现在的孩子们都不会私奔了，是吧？"

"我们要去哪儿？"

"他说加拿大，因为你们都有护照，也许他们不会因为你们是未成年人而大惊小怪。然后你说，'什么，越过边境？'"他咳嗽了一下，"这是我在餐厅里听到过最奇怪的对话。但是，我记得很清楚，因为第二天警察来了，我不得不把这件事告诉他们。"

但是他们要去加拿大是她没听说过的事情。这一定是一个因发现自杀遗书而枯萎的故事。这似乎也并不符合她的个性，她永远不会像那样抛弃她妈妈。她会吗？

她那时是个什么样的人？

比利·辛说话时，她拿出了她从车祸中恢复出来的物品清单。

没有列出笔记本电脑。那么它去了哪里？他们为什么要跑去加拿大？警察没有告诉她这些，或跟她对质，因为她妈妈为她挡住了。但是她妈妈知道警方找这个证人了解过情况吗？

"我想警察还会再来找你谈话的。"

"是的，几天后。我猜孩子们告诉他们，他们在这里看到了你和大卫，他们发现了一张你的收据。在这之前我并不知道你的名字。他们想知道我是否认为你有自杀倾向，比如我是否觉察出了什么。我告诉他们你很不高兴，但不是以一种激烈或咄咄逼人的方式，不过你们两个在谈论逃跑，但我不知道是不是认真的。我不知道他们是否认为你们谈论逃去加拿大是一种，呃……情绪不稳定或者是沮丧不安的迹象。他们要求查看你们待在这里时的视频。我把它给了他们。"

"监控视频？你现在没有了，是吗？"

他又咬了一下嘴唇。"在我上交之前，我复印了一份。我也想为自己留一份你没有在这里喝过啤酒或葡萄酒的证据。我们曾经遇到过这样的问题，一名哈文湖的学生在我们的一台服务器上为他的朋友们点了啤酒，却记成了苏打水。我想我最好留一份副本，以防再有任何问题。但是，我上次打扫办公室的时候，可能把它扔掉了。"

她感到一丝希望："你能给我看一下那个视频吗？"

"你必须得填一份我们市中心办公室的表格……不过如果我还有副本的话，我可以给你。"

她点了点头，说："拜托了。"

她等待着。这些事情意味着什么？她哭了，他们打算逃到加拿大去，真是疯了。

他带回一张表格，她在上面签了字，然后他把一张DVD递给了她。"我又给你拷贝了一份。"

她突然产生了一种想法："非常感谢。有没有其他人曾要过这段视频？比如霍尔家的律师，或者是我妈妈的律师？"

"等一下，我可能还有些表格。"他走开了，回来时带了一个文件夹，"嘿，你的玉米卷怎么样？"

"很好，谢谢你。"

"好吧。兰迪·富兰克林曾经要过，我这里的记录上说他是霍尔家律师的调查员。那个记者也要过，马特奥·瓦斯奎兹。我把视频给了他，但没有接受他的采访。跟他谈论你的问题似乎不太合适。"这就是为什么他们要去加拿大的这些细节都没有出现在他的文章中。

"谢谢你，辛先生。"她把DVD塞进了背包。

"我希望你能找回你的记忆。有可能吗？"

"也许吧，"她说，她给了他一个微笑。他也笑了。

她走了大约四十分钟的路，回到了家里。她妈妈不在。简仍然很饿，所以她吃了一碗麦片，并把DVD放进了电视的播放器里。监控录像是彩色的，她原以为会是黑白的。她拿起遥控器，加快了速度。视频从柜台和收银台转到了餐厅的各个角落，整个房间都被覆盖了。她本想快进，但后来她想，这是我不记得的事情的真实记录，这是我的记忆。

所以她从头开始看了起来。她从缓慢而稳定的人流中，认出了她学校里的一些人，有时是孩子们自己，有时是和他们的家人一起，他们来到柜台前，坐在桌子和餐台旁，边吃边聊。十分钟后，她看见自己和大卫走进了餐厅。他手里拿着一些东西，她看不清是什么。直到他们走近，她认出那是一台笔记本电脑，一台黑色的超薄笔记本。他们在学校里往往使用iPad和Mac，但她可以看到那不是Mac。他把它夹在了胳膊下。她看起来心神不宁，犹如一副躯壳。

等等。他不才是那个处于危险中的人吗？不是他在向她求助吗？但他们看起来正好相反。她貌似很不安，而他看上去很冷静，但也很担心她。

他们点了餐。然后面对面坐在了后面的餐台旁。镜头从他们身上切换开了几秒钟，然后又转了回来，她俯身在她的盘子上。

大卫握着她的手，他走过去坐在她旁边。镜头再次切换。

大卫用手臂搂住她，安慰着她。他把嘴唇贴近她的头发。

在另一个角落里，简看到了一个女孩儿，是阿玛丽·鲍曼，正转过身来看着他们。不，是盯着他们。她就是那个发短信给卡玛拉的女孩儿。

他们吃着饭，大卫用一只手臂搂着她，然后他打开笔记本电脑，给她看了一些东西。

她摇着头。

她看见辛先生从他们身边走过，瞥了一眼笔记本电脑，徘徊在他们周围。

简离开餐台，走出了视线，走向洗手间。大卫拿出手机打了个电话。他只打了10秒钟，就挂断了。

当简再次回到画面中时，大卫正站在桌旁，准备离开。他催促着她。

简没有停止播放。她想看看阿玛丽·鲍曼做了什么。阿玛丽不停地发着短信。比利·辛走了过去，走到柜台后面。

在她和大卫离开4分钟后，亚当·凯斯勒进入了店内。

还有特雷弗·布林。他们一起走了进来。

她愣住了，呆呆地看着，她的指尖突然伸向屏幕。他们为什么会一起出现在那里？在我们刚刚离开之后？亚当，据说他对那天晚上一无所知。

亚当，为她提供了一个庇护所，将她从大街上解救了出来。

他们无话不谈。可从来没有提到过这件事。她感到恶心、寒冷、浑身颤抖。

然后特雷弗离开了，回头看了一眼。亚当走到柜台前，买了一杯饮料，把手机举到了耳边。在特雷弗离开几分钟之后，阿玛丽·鲍曼也走了出去，除了她的手机屏幕外什么都没有发现，也许她还在给卡玛拉和她那些八卦的朋友们发短信诉说着简和大卫的丑闻。

视频结束了。

她又看了一遍。也许那天晚上亚当和特雷弗只是在一起闲逛，也许他们饿了，也许根本没有任何意义。

她走到她的房间，看着年鉴，这是一份她从未关注过的文件，她找到了阿玛丽的高级礼物卡，上面写着她要去德克萨斯大学。简可以打电话给她。

她坐在地板上，墙上挂着她的生活照，她再一次感受到，似乎一切都不像看起来那样简单。她的妈妈、她的朋友、她的法律咨询师，都对她撒了谎，遗漏的谎言。回到特雷弗说的关于见到她和大卫的事情上。大卫提到了她已故的父亲。当她在餐厅里哭泣时，大卫安慰着她。想到她父亲，她会哭的。然后还有某些糟糕透顶的事情正在发生，使他们考虑要逃到加拿大去，这是多么愚蠢的想法。

但是这些想法或恐惧之间并没有什么联系。没有什么可以将这些事件，这些零星的谣言联系在一起。如果她四处宣扬她所知道的事情，却没有任何证据支持的话，那么她只不过是一个受了伤，并试图为自己的鲁莽行为逃避责任的女孩儿。

她需要弄清楚如何才能到达圣安东尼奥，并直接与布伦达·霍布森谈谈。她还没有准备好去质问亚当，为什么他从来没有告诉过她，那天晚上他也在Happy Taco。如果他把她赶出去，她就没有地方可住了（她的妈妈现在觉得这宗交易没有任何商量的余地），如果他把她赶出去，她将无法获知任何事情。

当她在医院里醒来，不知道自己的名字，不认识周围的任何面孔，不知道自己身在何处时，她感觉自己就像一个被撕碎了灵魂的躯壳。起初，她只是感到无比震惊，她能听懂，能说话，也能感受到恐惧，但当她意识到她是一个没有过去的人，只能从别人口中了解自己的事情时，害怕和恐惧就像一个有血有肉的家伙驻扎在了她的身体里。当她的记忆渐渐恢复时，恐惧才开始减退。

而现在……如此多的谎言。大家对她隐瞒了太多。她可以回去，躲在亚当或她母亲的身边，或者她可以将恐惧从她身上赶走，并做点什么。

她告诉自己，做出选择。

20

下午过去了，夜幕降临。简等待着。她妈妈没有回家。她看了几次视频，用妈妈的电脑找到了阿玛丽·鲍曼的家庭住址，并给她打了一个电话。阿玛丽的母亲接了电话，并礼貌地答应帮她捎个口信，尽管简从她最初的犹豫中听出她认出了自己的名字。

她在Faceplace上找到了布伦达·霍布森的主页，布伦达宣布她将住在她姐姐家，她儿子还在医院里。她向她发送了一个好友请求，然后，迫不及待地在布伦达的页面上发了一条消息，问她是否可以和她谈谈，她可能有关于火灾的信息。她没有立即回复。

她试着拨通了凯文的电话。令她吃惊的是，他居然接听了。她曾听说，心理咨询师喜欢语音信箱，他们通常会将电话转到那里。

"你好？"

"我是简·诺顿。我今天恢复了一个新的记忆。从我开始失忆的地方。大一的时候，我和大卫·霍尔一起步行回家，他在拿学校作业开玩笑。"

"我知道了，"凯文说，"这是一个很好的征兆，简。"

你为什么对我撒谎？她想。"我想知道为什么会发生这种事。你认为是因为我开始接受你的治疗了吗？"

"有可能。还是你去了记忆发生的地方？"

"是的。"

"这可能是个导火索。车祸的周年纪念日将这段时间推到了你思想的最前列。你一直在踩水，简，而现在你在游泳。"

她想知道心理咨询师是否有一本能够让人安心的隐喻书。

"也许，"她说，"我们应该增加见面的频率，或者我们可以一起去一些与车祸有关的地方。我想，有你陪在我身边一定会很有帮助的。"

"我们可以试试。简，你现在在哪儿？"

"在我家里。我是说，我妈妈的家。"

"我很高兴你不只是在街上闲逛，简。我想你的记忆会随着意识结构的回归而恢复，在家里，进行心理咨询。这是一个明显的迹象，表明意识结构将会为你带来极大的帮助。"

"我把你要的时间线排在了一起。我发现了一些由霍尔家的私人侦探分享给我妈妈的律师的纸条。"她等待着他的反应。

"然后呢？"

这并不是什么反应，也许只是巧合吧？那个办公园区里有十几个咨询师。

"下次见面的时候我会带上它。"

"既然你要回来，我们为什么不在圣迈克尔学院见呢？"

"我……我不能在这个房子里住太长时间。"

"好吧。我们先看看时间线，然后再决定去哪里激发你的记忆。我很高兴，也有点惊讶，你取得了这么大的进步。"

她挂了电话。她想，你应该问问他关于办公室的事情，以及他为什么谎称自己是一名研究生。但是，如果她暗中观察他对自己的治疗，也许她会发现他是否真的有自己的日程安排。他提到了意识结构，她需要它。而且他同意陪她去时间线上提到的一些地方，她会像他观察她一样去观察他。

简从她妈妈的冰箱里拿了一瓶水，又在她的零钱抽屉里发现了20美元。简在便签上写道"对不起"，然后把它放在了抽屉里。她从壁橱里拿了一件雨衣，那是她妈妈挂在后面的，一直都在，然后她走出门外，进入了雨中，在过去的一个小时里，雨越下越大。步行去圣迈克尔学院需要两个小时，或许她可以打电话给亚当或拼车公司，但后来她想散步也许对她会更好一些，可以使她保持头脑清醒。她今天知道了很多事情，她需要一个计划。如果雨下得太大的话，她可以随时叫车。

她走过了那条死胡同里的其他房子，每一间都透出温馨舒适的光芒，然后她看到一辆汽车拐进了Graymalkin Circle。她认出那是卡尔·霍尔的Range Rover。她站在雨中，他的车头灯照在她身上。他停了下来，在她前面熄了火，当他走下车时，她感到一阵恐惧。

他为什么停下来？在遭到他妻子的攻击之后，她突然变得害怕与他打交道。

"简？"他低沉的男中音在黑暗中响起，"是你吗？你还好吗？"

她颤抖着站在那里，好像是个哑巴。

"简？"卡尔离开车向她走来。雨水打在他身上，"你还好吗？"他又问了一遍。

"嗨，霍尔先生。我很好，谢谢你的问候。"原来礼貌是这样一个避难所。她曾预想他会朝她跑来，抓住她的头发，然后像他妻子在大卫的墓前一样将她拖出这个街区。

"你为什么一个人走在雨中？你搬回家了吗？这会让你妈妈很高兴的。"

好像他很关心这一点。

"我正要回学校。"

"圣迈克尔学院？那有几公里远。"

"是啊，我得走了。"她躲过他，来到了车的另一边，沿着人行道向前走去。

"简，站住。让我开车送你。"

她回头看了他一眼："为什么？"

"因为不管怎么说，你爸爸是我的朋友，我不希望你在黑暗的暴风雨中徒步穿越奥斯汀。如果你不坐我的车，至少让我帮你付一下出租车费吧。"

出租车费居然是由这样一位父亲提供的。

"你知道我和霍尔太太在大卫墓前发生的事吗？"

"不知道，"他说，"发生了什么事？"她能听出他声音中缓慢的恐惧。

"她非常恨我。"

"她太伤心了。上车告诉我。"他站在那里，浑身湿透。

她爬进乘客座位，庆幸自己不用再被雨淋。他爬回驾驶座，雨重重地打在车顶上。她告诉了他关于墓地的事。"我真愚蠢，竟然没有意识到她可能会在那里。我不该去的。但是……"她的声音哽咽了，"我也想念大卫。我知道我没有权利，但我确实很想他，真的。"她强忍着哭泣。在过去两天的事件之后，她感到很不舒服。

"我知道。我也是，"他平静地说，"我带你去圣迈克尔学院。"卡尔在死胡同里调转了车头。

"很抱歉耽误你回家了。"简说。

他什么也没说，直到他遇到红灯停了下来。"我不住在那里了。佩里和我分居了，我们正在办理离婚。我只是顺路过来看看她。"

简的胃部一阵绞拧。霍尔夫妇的婚姻是这次事故的另一个悲剧性产物，他们是受害者名单上的下一对名字。"对不起。"她说。但是她想，他们肯定会把房子卖了，那样我就可以回家了，他们会搬走的。

"这不是任何人的错。是她和我的问题，我试图挽回，但她不爱我了，她觉得我不像个丈夫。"

她不知道该说些什么。她哆嗦了一下。

"你冷吗？想不想喝杯咖啡？我们可以找个地方停下来。我请客。"

"是的，谢谢你。"她说。他为什么对她这么好？她想到了凯文，想到了亚当，想到了她的妈妈还有他们的秘密。但他一直都很好。大卫的爸爸随和而体贴。大卫的死并没有改变他的生活方式。但是那张纸条，他们检测了那张纸条，他们已经知道真相了。也许兰迪·富兰克林给他打过电话，告诉了他简的来访。作为一名前客户，富兰克林是否还欠霍尔夫妇一个警告？

他将车停在了南国会大街上，一家离圣迈克尔学院不远的时髦的新咖啡店旁。他在柜台等咖啡时，她坐在了后面的一个角落里，他一边等着一边用手机发短信，扬起的眉毛告诉简，他貌似在向谁道歉。他买了两杯咖啡，其中一杯脱因咖啡是给她的。他坐在了她的对面。

她呷了一小口。"这太奇怪了。"简说。请不要谈论大卫，或者车祸。跟我开个无声的玩笑，好爸爸总是知道的。不要对我说谎。

"简，这是个意外。"他说。

她几乎无法面对他。好吧，所以他没有开爸爸们会开的玩笑。

"一个意外，"他又说，"我认为佩里和卡玛拉，还有一些球员很难接受这一点。尤其在哈文湖这样的小镇，我们总是认为，生命如此美好，它们不可能被某个糟糕的时刻打破。但生命是脆弱的，我们都是命运的人质。责备别人会让我们觉得自己比我们所做的更有控制力。"

她想知道他是否会提起自杀遗书，他知道那封遗书是在车祸前很久就写好了的。而他和他的妻子却让哈文湖的人们认为她是那天晚上写的。所以，她想看看他会说些什么。于是她说："都是我的错。是我开的车。"

"但你并不知道发生了什么。你不需要责备自己。也许有另一辆车，或某些愚蠢、醉酒或鲁莽的人使你偏离了公路。"他摆弄着他的咖啡，"又或者，你将目光从公路上移开了，或许我的儿子做了一些愚蠢的事，分散了你的注意力。不管她妈妈和卡玛拉说什么，但他并不完美。"

"关于那封遗书，我今天和兰迪·富兰克林谈过了。"

现在，他们二人目光相遇。她想，他实际上就是在为这个做准备。

"他说对墨水进行了分析。自杀遗书并不是车祸那晚写的，而是更早的时候。他说你知道这一点。"

卡尔·霍尔的目光没有移开。"是的。但那是我决定放弃诉讼的时候。我们想也许你是用旧笔写的，或者分析是错的。可那是你的笔迹，简。"

"我为什么会在车里放一张过期的遗书？"

"我不知道。自从你父亲去世后，你一直都不太好。你把每个人都从身边推开了。我不知道，但这并不重要。有没有那张纸条没有任何区别。"

"对我来说是有区别的，"她说，"人们相信我做了什么，他们是如何说我，又是如何对待我的。都是因为你，才让他们这样想的。"而现在，她又把他的残忍抛回在了他的脸上，她的抱怨听起来是那么小气，大卫走了。告诉学校的所有人那封自杀遗书是过去的，会对像卡玛拉和帕克那样的人产生真正的影响吗？她意识到并不会。

"我不知道该说什么，简。"她想，他不会说对不起的，那对他来说太过分了。

"警察有没有告诉你，大卫和我正在考虑逃跑？"

他做了个鬼脸。"Happy Taco的餐厅经理说了一些话，但那是不可能的。那绝对不是你们两个人会做的事。"

"在Happy Taco，大卫拿了一台笔记本电脑。但它并没有出现在汽车清单中，你知道它去了哪里吗？"

他看上去有点不安。"那个清单一定是错的，"他说，"我记得他的车里确实有一台笔记本电脑，它被毁坏了。"

不要对我说谎，她想。

"我们做这些事情一定是有原因的。还有那些失踪的时间。"

他盯着咖啡。

"有人声称知道真相。一个叫丽芙·丹吉尔的人。"她在手机上给他看了那个Faceplace页面，"你认得这个名字吗？"他正看时，她问道。

他摇了摇头。"这对我来说毫无意义。但是，我们昨天去他墓前时，墓碑上写着'所有人都将付出代价'。"

简想起来了，墓碑旁放着清洁剂和抹布。难怪佩里感到如此痛心和生气。她将打架的事情告诉了他。

卡尔说："谁会这样做？谁会知道些什么呢？也许我们可以联系Faceplace，看看是谁发布的消息，是谁创建了这个账号。"

"我想是卡玛拉·格雷森。她仍然很恨我。"

他摇了摇头："她不会去玷污大卫的坟墓。"

"她会做任何让我看起来很糟糕的事情，"简说，"别被她甜美的外表迷惑了。"

"简……"

"听着，我再告诉你一件事。你见过应对上次事故的医护人员吗？"

"见过他们？不，我没有和他们说过话，也不知道他们的名字。"

"妈妈为我找到了他们的名字，因为我想给他们写感谢信。我记得我看过那份名单。"她讲述了布伦达·霍布森和她的邻居们的奇怪纵火事件，"这件事情发生在车祸的周年纪念日那一天。这就是我回家的原因。我想开车去圣安东尼奥，但妈妈把我的丰田卖掉了，我不想告诉她这件事，这会让她担心的。我想看看布伦达·霍布森是否知道些什么。我给她发送了一条消息。"

卡尔皱起眉头，问："她回复了吗？"

简在手机上查看了她的Faceplace页面。有一条来自布伦达的消息。"是的，我会和你谈谈。我把地址发送给你了。"简查看了这些消息，确实有一个地址。

"我得去圣安东尼奥跟她谈谈，这不是在电话里能做的事。"

"地址是什么？我跟你去。"

"这不是你的问题，霍尔先生，这是我的。"

"你没有车。我们现在就去。"

简惊呆了。

"到那里有90分钟的车程。我们今晚不能去。"

"为什么？难道你不想知道吗？我认为你不应该自己去。"

她呷了一口咖啡。和大卫的父亲一起坐3个小时的往返车程，这会杀了佩里·霍尔的。但回去面对亚当也不是个好的选择。她点了点头，"好吧，我给她发个消息。"说完她就行动了起来。

他喝完了咖啡："我去下洗手间，然后带上几杯咖啡，我们就出发。"

她点了点头。布伦达回复道："好的，我们可以今晚见面。反正我也睡不好，我很想听听你的话。"

她的电话响了两声，是一条来自亚当的短信，问她在哪里。她打开短信并回复亚当道："我要和大卫的爸爸去圣安东尼奥，和那个医护人员谈一谈。"

21

卡尔驱车开上了南35号州际公路，这条公路蜿蜒地穿过了奥斯汀的市中心。虽然看起来奥斯汀正在向南扩建，而圣安东尼奥在向北扩建，但晚上的交通状况还不算差。大部分的乡村风光正在变成购物中心和住宅开发区。卡尔始终保持着最高限速，将一辆辆车甩在身后。

他们安静了几分钟。她感觉有些筋疲力尽。这时候她的手机发出了震动声，可能是亚当给她回复的短信，但她现在没兴趣读。

"在圣迈克尔学院过怎么样？"卡尔打破沉默，"你的失忆症有没有影响到你的学习？我想这一定很艰难。"

她瞥了一眼他："我被退学了，我现在住在一个朋友那里。我已经不知道该怎么找回过去的我了。"

"那就搬回家吧。"他安静地说。

"对我来说，不可能。"她不能对他说，我其实是无法忍受和你做邻居。我妈妈不打算卖掉房子，你妻子也不会卖的，我不会抱怨她，我知道她是不想离开那栋充满了大卫记忆的房子。

"你现在正在进行心理治疗吗？"

"是的。"她想，等见到我的心理咨询师之后，他会替他自己圆谎的。

他用手指敲打着方向盘，"大卫去世后，我曾接受过一段心理治疗。一开始我并不愿意那么做，我觉得那是给软弱的人准备的。我不想一直生活在悲伤之中，或者是寻找某种一劳永逸的解决办法。"她能从他的话语中听出某些隐藏的含义，"我当时只想一死了之，但是那个咨询师帮我看到了我继续生存下去的意义，我要么选择一种让大卫为我感到自豪的生活方式，要么自暴自弃，什么都不做。我可以接受他的离开，然后热爱着他与我一起生活的那些时光，或者带着对你的怨恨生活下去。我最终决定不再怨恨你。"

他的声音停止了，飞快地用手背擦了擦右眼。她感觉自己胸口憋闷得想要爆炸，却说不出话来。

"我只是希望你能回忆起来，希望你能告诉我们，让我们知道他在最后那几个小时里都发生了什么。"

"对不起。我知道霍尔太太认为我在说谎，但是我真的没有……"

"你什么都想不起来了吗？"

对于这个问题，她曾告诉过几个人她失去的那些记忆并没有彻底消失，有时候若隐若现，"我记得我和大卫刚刚上一年级的时候，有一次他的学校作业完成得很差劲，我只能想起这些。"他居然把《罗密欧与朱丽叶》里的台词拿出来大声朗诵。

他把车子拐上另外一条路，打断她："抱歉。"

她说的其实与记忆中的并不一致。其实她可以给他看大卫的纸条。纸条就在她衣兜里，不过她想等等，她想看看这个晚上还会发生什么。她决定换一种手段。

"有人曾在那天晚上无意中听到大卫对我说，困扰他的一切都与我爸爸有关。"

他看了她一眼："什么？"

"我猜我爸爸在去世前干过什么事情。"

"那不可能是真的，简。他去世的时候，就要成为一个真正的注册会计师了。那可是一个既赚钱又稳定的工作。我无法想象在那个时候，他和大卫之间能有什么问题。这是谁告诉你的？"

"特雷弗·布林。"

"原来是他。我不明白他这话是什么意思。"

"我们从来没有谈过关于你发现我爸爸去世的这件事。"这不是一个陈述，这是让他来告诉她，她所不知道的记忆。

"在你还没有失忆之前，我们谈过这个，不止一次，你妈妈没有告诉过你吗？"

"你来告诉我吧。"她的声音听起来很微弱，像一个孩子让大人讲她听了无数次的故事。

"那天你的父母各自有事，全都外出了，他们把你留在我家，因为你和大卫喜欢一起画漫画。你当时正好在画一个漫画，所以你那天不想跟他们出去，想要跟我们待在一起。"

"他对我说'再见'了吗？"

"当然。"卡尔几乎没有停顿，"他非常爱你。"

"我是怎么知道的？"她妈妈曾告诉过她，但她想听他怎么说。

"他没来吃晚饭。你妈妈回来后很担心。他没有接电话，所以我和佩里出去找他。他之前提到过，他正在经营他叔叔的一所房子，在将它投放到市场上之前需要先做些工作。我在那里发现了他，在后面的卧室里。"

"他手里拿着他叔叔的枪？"

"是的。"

"没有字条。"

"没有。他正在处理一支枪，然后枪走火了。"

"你和我妈妈没有向我隐瞒什么不好的事情，是吗？比如自杀遗书？因为人们议论过，我知道的。"

"我发誓，没有遗书。"

"那么，大卫那天会告诉我关于我爸爸的什么事呢？"

"我不知道，简，我真的不知道。我们不再是商业伙伴了。很明显，我们的生意失败了，但我们都要站起来。他是我见过的最正派的人，他的正直无可非议，他对自己的生活、家庭和未来充满希望。"

"妈妈曾经说过，爸爸去世的时候，她受了很大打击，我们相依为命，她给了我很多安慰。"

"你很难接受，你完全变了一个人，非常沮丧。你的衣服、头发，整个样子看起来都很忧郁。我想你的朋友们并没有给你带来多大安慰，因为他们似乎并不理解你在经历着什么。你经常喝酒。大卫一直很担心你。"

她想起了Happy Taco的视频，大卫试图让她平静下来。

因为她不同意卡尔的观点，她认为特雷弗告诉她的才是真相。即便他爸爸的死是一场意外（已被调查过，并发现确实如此），那么也许他仍然知道一些事情，或做了一些事情，大卫不知怎么发现了或者是知道了，并在发生车祸那天晚上告诉了她。

她想知道，爸爸和大卫生命的交集在哪里？

"我很抱歉让大卫如此担心。告诉我在大卫的生活中什么事情是重要的……在发生车祸之前？"

卡尔等了一会儿，回答道："学校，橄榄球赛季，但他受伤了，所以不再打球，不过他讨厌那样。他想重新恢复健康，所以他休息了很长时间，致力于学校的项目。"

"他有工作吗？"

"没有。"

"他有过没人知道的麻烦吗？警察把他带回家过吗？"

"这是什么问题，简。"卡尔第一次被她惹怒。

"我……"她改变了主意，准备向他出示那张纸条，"我的记忆……我有时会看到一些片段。我并不总是知道它们的意思。"谎话，谎话，裤衩烧光（出自英国童谣，意为彻头彻尾的谎言），但那又怎样，她想。这个人有点善良并乐于助人，但并不意味着她可以信任他。他可能会跑回佩里那里，把她所说的一切都告诉她，"大卫在课堂上递给我一张纸条。他说他遇到了大麻烦，需要我的帮助。我不知道为什么他没有问你或霍尔太太，或者特雷弗或卡玛拉，而是来问我。"

"你是怎么知道的？"

"我妈妈保留着他递给我的那张纸条。她从没告诉过你和佩里吗？"

他叹了口气："不，她没有。如果那是他写的最后一件事，我一定会想要拿回来。"

"我明白。"她说。但她没有主动给他。

他沉默了很长时间，她以为他不会说话了。他终于开口道："大多数人都愿意相信关于那个晚上最简单的解释：他花了六个小时劝你不要自杀，但是失败了。"

"如果真是那样，大卫会坐我的车或让我开车吗？他会打电话给你，给我妈妈。"

"如果你求他不要打电话，或者你让他陪着你，只是说说话，那么他就不会打了。因为他相信他一定救得了你。"

"我是那种人吗？"

"我不知道。你不喜欢分享他。"这最后一句话像是一种痛苦的开场白，"高中时，你和大卫有点疏远了。仍然是朋友，但不像过去那样。他开始和卡玛拉交往。我想知道你是怎么想的，因为我感觉到你喜欢他，他对你来说不仅仅是朋友。但是你很喜欢卡玛拉，所以你觉得他们是一对。你爸爸死后，你退出了。换上了深色的衣服，涂着黑色的指甲油。"

简想，原来他是这样一个只专注于外表的人。

"我退出了。"

"从每个人的生活中退了出去。除了大卫还能跟你说话之外，卡玛拉也尝试过。她曾在我们家里哭，因为你不让她进你家，也不跟她说话。我想那是她和大卫变得更亲密的时候。"

那不是挺好吗，简想。

"你开始恢复正常了……我的意思是，变得，你知道，更快乐，更懂得适应生活，变回了我们认识的那个简。"

"但你还没有调整过来，"她说，"其实这并不意味着终结，只是学会了承受生活中失去的一切。"

"你说得对，"他说，"太对了。"

"你的妻子在大卫墓前攻击了我。我有一段视频。从她的表现就能看出你们从未调整过来。"现在她看着他，"你为什么要帮我？"

"因为有人发布了关于我儿子的信息，我想弄清楚。而'所有人都将付出代价'听起来像是一种威胁。"

她没有再提到怀疑卡玛拉的事。没有人相信卡玛拉会烧毁房子，但简信。

22

佩里和迈克的晚餐进行得并不顺利。玛吉的消息让她心烦意乱，因为丽芙·丹吉尔已经以某种方式侵入了她的电脑，而迈克却正在努力跨越朋友和老板的界限。从他的微笑，他温柔的关怀，以及他的凝视中那种令人不安的希望，她看得出他的意图。她害怕他会在车里吻她，因为她现在还没有准备好。但是他只是把她送到了车里，感谢她陪他在晚餐时度过的美好时光，并告诉她，明天他会去看她。

她的手机振动了起来。她在手机里的Faceplace应用程序上设置了消息提醒，一旦有来自丽芙·丹吉尔的消息，手机就会自动提醒她。她掏出手机。

新的帖子上写道：去大卫的房间寻找你想要的答案。

她感到眼前一阵眩晕。这个人是不是已经进入她家中使用了电脑，或者在大卫的房间里留下了证据？难道是在她和迈克共进晚餐的时候？

也许丽芙·丹吉尔现在就在她家里。

她直接开车回了家。她离开时在楼上和楼下留的灯还亮着。她停下车，走到邻居家。她告诉她的邻居约翰，她担心有人潜入了她的家里。他同意和她一起进去搜查房间，以确保里面没有其他人。房子很好，并没有入侵者。她向他道了谢，然后他离开了。她在后院找到了备用钥匙，并将它装进了衣服口袋。

Faceplace上再次发来了消息：去大卫的房间里看看。

她回复道：好的，丽芙·丹吉尔，我会的。

佩里从大卫的书桌开始搜起。她找到了几个闪存盘，其中有两个带着小标签，分别写着"家庭作业书"和"音乐的高音谱号"。她记得，当他用这些东西进行学校作业备份时，他总是弄丢它们。她曾不小心将一个没有标签的闪存盘丢在了港口，但它是空的，所以其他的也是如此。她尝试着打开写有音乐的那个，但它被密码锁住了。她总是把密码写在他书桌抽屉里的便签上，但抽屉里并没有纸条。她又尝试着打开关于学校的那个，里面是写着数学、英语、创业和物理的文件夹。她将它们一一打开，感觉自己有点傻。这些东西并没有什么可疑之处，全部都是他认为非常重要的作业和笔记，被他备份到了这个驱动盘上。他一直在写一篇关于约翰·弥尔顿的论文；有微积分笔记，还有学习指南的链接（数学是他最不喜欢的科目）；在政府方面，他一直在写一篇关于詹姆斯·麦迪逊的论文；在创业方面，他有一份看起来像是视频游戏公司的商业计划书的初稿，并为D+J DESIGN的公司名留了一个占位符。

她翻遍了其他抽屉，找到了一堆写生簿。他是一个出色的艺术家，当她想到她和卡尔只是在体育和学术上，而不是艺术上支持他时，她感到胸口一阵剧痛。这是他喜欢的东西。她浏览了一下草图。有几幅画的是简：皱眉，生气，漠不关心地耸着肩，没有摆姿势，这是记在他脑子里的样子。有一幅画的是他父亲，他凝视着奥斯汀湖畔第二幢房子东边的客厅窗户，她认出了窗帘。大卫小时候差点儿淹死在那个湖里，她讨厌到那所房子里去，也很少去，但大卫和卡尔很喜欢，所以她让那里成为了他们父子钓鱼和划船的地方。她看着卡尔的图画，下一幅是他坐在湖边的码头上，微笑着挥手，进行着一场美妙的表演。还有一幅她自己的画，沉浸在欢笑中，比她本人看上去更幸福，那一刻变成了永恒。她不得不合上写生簿，无法再看下去。

她把它们放在一边。下面是一些松散的文件和笔记。其中一个标题为"赞成与反对"，上面写道：

"直截了当地说，告诉她你的感受，告诉她一切都会好的，不要告诉她事情会变得更糟。生活仍将继续，她需要知道真相。"

所有这些都是赞成的观点，没有反对方面的。

这是他写的关于简的东西吗？如果她爱他，而他对她没有同样的感觉，那么这就是卡玛拉和其他人认为她可能企图谋杀或自杀的原因。

他是否是因为这张纸条而死的呢？

其他的抽屉都是空的。

她搜起了书架。一长排的视频游戏，从《动物之旅》和《神奇宝贝》这样的温和游戏到像《使命召唤》这样的射击游戏，再到像《刺客信条》这样的奇幻史诗。在它们的下面有几本书。她用手指划过书脊，然后将它们靠在一起，拿了出来，看看是否有什么东西藏在它们后面。《游侠学徒》系列、《饥饿游戏》三部曲、《哈利波特》全集、《迷宫赛跑》和《时间的皱纹》。她记得那是简最喜欢的书，她曾磨破了好几个版本的书脊，她对这本书的热爱是流传在朋友圈中的一个笑话，劳雷尔称它为"来自时间的皱纹"，但她不记得她曾为大卫买过这本书，特别是精装版的。他喜欢动作故事，而她曾经读过并将其奉为老师的这本《时间的皱纹》，更具哲理性。她翻开了它。

简的名字被用铅笔工整地写在里面的封皮上。这是简的书，为什么会放在大卫的书架上？她把书借给了他却没有拿回去？她不希望家里有简的任何东西。她把书放在了他的书桌上，砰的一声合上了，想着几分钟之后就把它拿下楼去。她不想看到劳雷尔，但她可以把书还回去，或者直接把它扔掉。

或许这本书是被故意放在这儿的，为了让她发现。简或劳雷尔曾来过她的家里，这是她们对她的嘲讽。访问她的电脑，然后在他的房间里留下一些东西。这个想法让她发疯。

她拿起它，翻了起来。它被打开到90页，有一张空白的纸卡在书脊上。也许是书签？她把纸打开，举起撕破的边看了看。好像这张纸是被猛烈地插入书里，然后又扯破的一样。撕裂的边缘不是一条直线，一端是锯齿状的，有点像山的轮廓。底部有一缕杂散的墨水线。

她把纸夹入书里，放回到了书架上。

她又检查了衣柜。她记得自己为他买过的每一件衣服。她看了一会儿衬衫，倚在上面。它们身上闻不到大卫的气味，他用过的肥皂，美中不足的身体喷雾，他的洗发水，什么都闻不到，现在有的只是灰尘。衣柜顶端的架子上挂着被遗忘的来自青年运动的奖杯和绶带，一个瘪了的足球，还有一堆用过的棋盘游戏。她拿下了奖杯箱。他死后，她再没碰过。当她低头看着那些皱巴巴的绶带和奖杯上落满灰尘的运动员人物时，她的心中充满了悲伤。他曾花费的时间，他在体育运动中获得的快乐，都被定格在了永恒的奔跑与跳跃中。

她放下奖杯。如果她和卡尔离开了，他的东西会怎样呢？没有人会想要他的回忆。她猜想，它们会被扔到垃圾桶里，她被自己弄得心烦意乱，感到胸口撕心裂肺地痛。

她抬起头来。拿下奖杯箱时，架子上留下了一片空白的地方。从那堆棋盘游戏（生活、大富翁、西洋陆军棋）向后窥视，她看到了一个笔记本的边缘。她取下这些棋盘游戏并将它们堆放在了地板上，不由得回想起在卡尔经常出差的日子里，她和简还有大卫一起玩儿的那段时光。她把笔记本拽了下来，它很薄，纸张很精美，上面印着日本商标。她以前从没见过。

她打开它，里面是更多她儿子的素描。这些图细致刻画了一个穿着合身的红色连身衣的年轻女子，仿佛随时准备行动，她有着剪短的白色头发和紫色的眼睛。她翻了一页，下一张图是这位年轻女子的脸部特写，她的卡通眼睛被放大了。佩里看到她的黑色瞳孔的形状很奇怪，不是圆圈，而是一个举起的拳头。

她又翻开一页。下一张在相同的人物上面写着巨大的、风格化的文字：

丽芙·丹吉尔！

她从不逃避战斗！

渴望冒险与阴谋！

（大卫·霍尔的艺术概念，简·诺顿的《游戏故事》，故事原型为D+J Design。版权所有。不要窃取这个想法，否则简会砍死你的！）

23

简和卡尔开车来到了圣安东尼奥北部布伦达的姐姐家。一名四十多岁的妇女站在车道上，梳着马尾辫，穿着牛仔裤和写有

UTSA的运动衫，字母上面印着走鹃的轮廓图。

他们做了一个快速的自我介绍。然后跟着她穿过一个小而整洁的房子来到了庭院内。她已经煮好了一壶脱因咖啡，他们各自接过一杯。他们坐在安静的庭院里，保持着柔和的语气。夜晚的微风吹过简的脸颊，很舒服。

"很抱歉这么晚来打扰您，"简说，"您儿子会没事吗？"

"是的，他会好起来的。我本想在医院里陪夜，但他说如果我回家，他会休息得更好。"她把餐巾打了个结，然后又解开了。

"我很高兴他能好起来。"简说。

布伦达说："我没告诉调查员你给我打过电话。这最好不是什么恶作剧。"

"当然不是。我很愿意跟他们谈谈。"卡尔说，"但我们不确定这两起事故是否有联系。"

"调查人员没有告诉我太多。"布伦达又把餐巾打了个结，"他们认为火灾与我的财务状况有关。"

卡尔和简互相看了一眼，最好还是让她说。

"为什么，当时你自己的儿子受伤了？"简问道。

"我丈夫几个月前去世了，他留下了一大堆债务。我一直在慢慢清还债务，有些是赌债。我的房子投了全保，我确信这一点。他们认为我是为了得到保险才这样做的，以偿还赌债。这简直是疯了。"她又瞥了简一眼，仿佛在她的脸上意识到了什么，"就好像有人知道这座房子对我来说意味着什么，它是一个新的开始，而他们把它夺走了。"

"你认识一个叫丽芙·丹吉尔的人吗？"

"不认识。"

"霍尔先生的儿子和我在两年前发生了一起车祸。昨天是纪念日。他死了，而我失去了过去三年的记忆，包括出事那晚和我们身上发生的事情。有人在我的Faceplace页面上，用丽芙·丹吉尔这个名字给我留言，声称知道我不记得的事情，并且准备说出去，还说'所有人都将付出代价'。我认为这是一种威胁。而你是这场撞车事故的急救人员之一。"

"这太奇怪了。"布伦达·霍布森坐在她的座位上。

"事故发生在哈文湖，高橡树路上。"卡尔说。

她的目光突然转向简。"你……你是那个'记忆女孩儿'。"

"你记得她吗？"卡尔问道。

她点了点头。"我的意思是，我们处理过很多紧急情况，但你被登在了报纸上，他们写了你的失忆症。"她脸色苍白，"这和我有什么关系，我又没做错什么，为什么有人要伤害我？"她突然在寂静的庭院中抬高了声音。她站了起来，"因为那场火灾，我儿子住院了。"

"听着，不管是谁干的，他们都疯了，"简说，"他们针对你，也针对我。他们在霍尔儿子的墓碑上写下了'所有人都将付出代价'的威胁。所以，请尽量想一想，你在车祸现场看到过什么不寻常的东西吗？或许还有另一个目击者？有人在路上，或者有人靠近那里，可能看到了车祸的发生？"

布伦达犹豫了一下，看着他们俩说道：情况很糟糕。那辆车没有越过边界是个奇迹。你儿子在我们到达后一分钟左右就去世了，霍尔先生，很抱歉，我们没有什么可做的。"

"我知道你为他做了你能做的一切，"卡尔说，声音轻得如同耳语一般，"谢谢你。"

"请尽量回忆一下，"简说，"你做了什么，一步一步来。"

"有电话打进来，然后我们出发去了高橡树路。我从未想过会去那里救援车祸现场，我想那并不是一条繁忙的街道。我们看到山下有一辆车。那里漆黑一片，如果没有手电筒的话，你从路上根本不可能看到它，我猜是打电话报警的人在那里拿着手电筒等待警察和紧急救援人员，以便他们能找到那里。我记得，他住在那条街上。"

是詹姆斯·马克林，简想。

"我去了副驾驶那侧，我的搭档去了司机那边。我记得，因为我跪在了一部手机上，划伤了膝盖，我想是被人从车里扔出来的。我把它踢到一边，我们将他救了出来。他心跳停止了。然后我们把注意力集中到了你的身上，你还活着，没有受重伤。"

简闭上了眼睛，她能感受到坐在旁边的卡尔的紧张情绪，尤其是当他听到在临床上，大卫的死仅用四个字就被描述了的时候。

"一部手机？从车里扔出来的？"

"是的，我记得很清楚，因为它有一个橙色的塑料壳，像是小孩子的东西。而且，我们不应该移动任何可能成为证据的东西，我是说，显然是为了救人，我们才这样做的。我只是用脚把它挪开，这样我们就能把你儿子从车里救出来了。"

"我没有橙色手机，"简说，"我想我没有。大卫有吗？"

卡尔摇了摇头，脸色苍白。"没有，他的手机被发现在他的牛仔裤口袋里。"他看上去正在努力控制自己的情绪，但是失败了。简握住了他的手。

"我看到了一份现场清单，那里没有橙色手机。"简紧紧捏着卡尔的手，"有人把它拿走了。"车祸现场还有另一部来历不明的电话，这是不是意味着他们有一部没人知道的电话，或者是其他人在现场留下的？"你有没有再看到过那部橙色的手机？"

布伦达摇了摇头："我的注意力完全集中在救你和让你接受治疗上了。"

"谢谢你，"简说，"大卫没有受苦，是吗？"她瞥了卡尔一眼，他闭上了眼睛。她曾问过詹姆斯·马克林同样的问题，想到他会受苦，她就无法忍受。

"不，他没有。他失去了意识，很快就结束了。"

"对不起。"卡尔站起身，走到了院子深处，喘着粗气。

"我知道这让人很难过，"布伦达说，"那个男孩儿一过世，我就开始救你。我甚至不确定你会活下来。我很高兴你做到了。"

简开口说道："那个打电话报警并叫了救护车的目击者……马克林先生？你跟他谈过话吗？"

"没有。他在和警察说话。所以我不明白为什么有人想要伤害我或我的家人，我只是在做我的工作。"她的声音变得有些刺耳。

简压低了声音问："没有其他目击者的迹象。"

"没有。我想一旦我们都到了，就没人能躲在山坡上了。等等，我们转向高橡树路时，是从北边来的，所以我们是从离车祸地点最远的入口拐进去的。那儿有一个停车标志，另一辆车停在了那里，我们拐进去的时候它正好出来。我想起来了。"

"什么样的车？"

她闭上眼睛，想要回忆起来，简想知道那是什么感觉，能够根据需要召唤任何记忆。

"很抱歉，我不记得了，我处理过的事故太多了。"

"但是这一次……这一次你记得那个橙色的电话，你必须得想想，霍布森女士，拜托了，你这么聪明。我无法回忆起来，但你一定行的。"

她集中精力，这件事情如此的性命攸关，或许能够抓住那个差点儿杀死了她孩子的纵火犯，布伦达·霍布森睁开了眼睛。"那是一辆卡车，黑色的，带着有色玻璃，很干净。你知道，它不像被用过很多次的，在路灯的照射下，黑色的油漆闪闪发光。我的意思是，天很黑，所以我无法描述更多细节，但我看到了车身上的光芒。另一位急救人员夏洛·鲁克开着救护车，所以他把注意力全部集中在了路上，我们只想着早点到达那里。但夏洛说这是一场美丽的旅行。"

一辆黑色的卡车。"你没看见其他车吗？"

"没有。"

"你提到了夏洛。他是另一位急救人员。"

"夏洛·鲁克。"她微微颤抖了一下，"他是个疯子。很高兴我不再和他一起工作了。"

"什么样的疯子？"

"亲爱的，你不要去跟他谈任何关于事故的事。离他远点，他是个非常不受欢迎的人。我们老板认为他可能一直在开处方药。每个救护人员都要监视他，但是谁也没能证明什么。"她皱起了眉头，"如果有人把他的房子烧掉，夏洛会把他们抓起来，逼他们自焚。"

卡尔·霍尔回到了桌旁："对不起，我只是需要一点时间。发生了什么？"

"我们要走了，"简说，"霍布森女士，谢谢你，我很抱歉。希望你儿子早日康复。"

"我想知道答案。我想要做这些事的人付出代价……"

"我明天会给负责你的案子的首席调查员打电话的,"卡尔说,"或者是我的律师。我们会分享我们的信息。"

他们离开了。

"她还说了什么?"卡尔低声说,"我很抱歉,这对我来说很难接受。车祸发生后不久我就去了那里,我和佩里都去了,这太可怕了。我尽力不去想它。"

"她想起有一辆黑色的卡车拐出了高橡树路,但这可能没有任何意义。她说如果没有车头灯,你从路上根本看不到肇事车辆。"她还告诉了他关于另一名救护人员的事,布伦达警告她要远离他。

"如果这是一个恨我的人,"简说,"那么他们只是在用言语攻击我,但实际上他们却伤害了像布伦达这样无辜的旁观者。为什么?为什么不冲我来呢?"

"也许布伦达知道一些甚至连她自己都没意识到的事情,她对这个人是个威胁。她提到了卡车,我不记得报告里记录有卡车。"

他是对的。她也不记得有卡车。

"我们回去吧。"他说。他们走回了Range Rover。

* * *

"我从未鼓励过大卫去追求他的艺术。"卡尔的声音变得更加痛苦,"我很后悔,我应该多鼓励他,但我希望他能像我一样。我想建立一个风险基金业务,在那里他可以和我并肩作战,然后他可以接管。这太老套了，这是一个错误。我想让他成为一个企业家，像我和你爸爸一样。我认为艺术不是他应该学习的东西，但如果他想学计算机，那就没问题了，只要他最后能获得MBA学位就好。他不需要永远写代码，他可以经营公司。"

她想说，或许你就应该让大卫去做他自己。但现在，这听起来太残酷了。所以，她什么也没说。

她给她妈妈发了一条短信：我知道很晚了，但今晚我能住在家里吗？我大约一小时后到。

回复是：当然可以，尽管回来。

她在回家的路上打了个盹儿。想到她在经过了漫长的一天之后还能睡得着，不禁觉得奇怪，但她的大脑需要休息，她确实很疲倦。

在梦中，突然升起了一团迷雾：耀目的车头灯晃着她的双眼。十分恐怖！那亦真亦幻的感觉像是在看镜子，又仿佛在真切地凝视着前方。她必须躲开那些可怕的车头灯，她知道，这是生与死的瞬间。车头灯并没有追上她，她睁开了双眼，那恐怖的景象随之淡去，犹如闪光在她脸上留下的残像。她不禁打了个冷战。

"你没事吧？"卡尔问。

"没事，我想起了一些事情。"

他瞥了她一眼。"什么？"一丝惊讶浮现在他的脸上。

"发生车祸的那个晚上，有另一辆车，跟在我们身后追赶我们，我不知道。"

犹如一块不太协调的拼图，她想到了那些混乱的碎片：橙色的电话，黑色的卡车，她不得不逃离的车头灯。然后，在一个夏天，她的头和大卫的头紧挨着靠在门廊上，画着泰迪熊，她把她的话放进他画的泡泡里，蜡笔散落在他们中间。

24

佩里想，所以，丽芙·丹吉尔是个秘密。一个只有大卫和简知道的秘密。

但她突然意识到，有人可能会说，你也知道。有人可能会指控你就是她。她的疯言疯语是用你的电脑发布出去的。笔记本和人物素描是在你的家里发现的。她感到脊背发凉。有人在陷害她，一定是，简·诺顿。

还有谁会知道？

解释了这么多，如果没有人知道藏在笔记本里的这个角色，只是简和大卫描绘出来的，那么简就是丽芙·丹吉尔。失忆症是假的，或者她的记忆已经恢复了。出于某种原因，她决定用大卫的创作作为伪装。

简真是疯了。她怎么可能侵入佩里的电脑呢？如果不是她或她的疯子妈妈发现了她的隐藏钥匙并潜入了她的房子，那么就是她侵入了佩里的电脑。嗯，她一定认识某个人。她和亚当·凯斯勒是朋友，他是个古怪的人，而且是个电脑怪胎。她访问了亚当的Faceplace主页，是的，有关部门将他列入了圣迈克尔学院的荣誉计算机科学项目。就黑客行为而言，一部电话、一台笔记本电脑和一个社交媒体页面就够了，并不像侵入银行或政府机构那样复杂。

还有谁？几个月来除了她，没有人进过这个房间，卡尔已经搬走了，而且他都是和她一起待在房间里的。卡玛拉来过几次，但只是向她问好，没有去大卫的房间……没有其他人了。

她的电话响了起来。

"你好？"

"佩里？我是罗尼·杰维斯。"她是哈文湖的领军人物之一，曾为体育部组织过很多志愿者活动，是一位女王级的足球妈妈。她是她昨天在Baconery餐厅见到的人之一，对她表示了深切的慰问，并给了她一个拥抱。

"嗨，罗尼，你好吗？"

"我更想知道你怎么样？"

"我？嗯，我没事……"

"我只是在Faceplace上更新我们的足球妈妈页面，然后我在你的主页上看到了这个，一段视频，你尖叫着殴打简·诺顿。"

今天晚上的早些时候还没出现在那里。"噢，我……我很难过。"

"你打了她，佩里。我的意思是，我知道你责怪她，但是，嗯，听着，我并不是要批判你。"

佩里心想，你当然是，我们都是，每一次呼吸我们都在说谎，而我们却说我们没有。

"但也许你可以想办法删掉它，"罗尼说，"这对你不好。"

"是谁发布的？简？"

"一个叫丽芙·丹吉尔的人，我不认识她。这是一个真实的名字吗？”

“谢谢你告诉我这些，罗尼。我得走了。”

“佩里……”

“什么？”

“或许你可以找人帮帮忙？你知道，我们都爱你。”

“是的，罗尼，我会考虑的。再次感谢你。”她觉得自己是在感谢她的勇气。

她又喝了一些酒，她的手微微颤抖。

她打开了Faceplace页面。视频下面写道：简没有付出代价，是吗？其他人也没有。我知道你有多么憎恨他们，佩里。指责是件令人厌恶的事，不是吗？

这段视频最初是被司机的账号分享出去的，她标记了简，然后又标记了佩里，在这30秒的时间里，她表现得像个疯子，而不是平时那个看起来优雅、克制的人。那位共乘司机对观众说：“这位女士袭击了我的乘客，把她从车里拽了出来，殴打并推搡她，我猜那是她儿子的坟墓，她很难过，但该死的，女士，这不是解决问题的方式。”

然后是超过三十条的评论：“佩里，给我打个电话。”“佩里，你没事吧，我很担心你。”“她打得够狠吗，能构成殴打罪名吗？”“佩里，我认识一个好律师。”

然后在这些关心和批判声中，出现了丽芙·丹吉尔的一条评论：“不要删除这段视频，佩里，否则我会发布出更糟糕的事情。我知道你那天晚上做了什么。”

这是什么意思？它没有任何意义。没有什么更糟糕的了。她咽了口唾沫，感觉像有块石头堵在喉咙里。那天晚上她并没有做

错什么……除了没去寻找她的儿子。当她的直觉告诉她他在向她
隐瞒行踪时，她没有出去找他。但是，这个消息让她的不作为
听起来糟透了。她在瓦斯奎兹的文章中也说过，她真希望自己
出去找过大卫。如果她去了，或许他还能活着。这个想法使她
痛苦不堪。

如果她对这个跟踪狂不客气……她也不会发布更多的东西，
对吗？她犹豫了一下。想到她说"我会发布出更糟糕的事情"。

她应该报警。他们会做什么？什么都做不了。她留下视频，
在评论中写道：不管你是谁，你都不是一个好人。我很抱歉我发
了脾气，但是我儿子的墓碑遭到了玷污，我非常难过。我为自己
的失态而感到抱歉。如果你懂一点尊重的话，请删除这段视频，
让我静一静。

她站起身来，踱来踱去。诺顿家的门廊灯亮着。她站在那里，
想看看劳雷尔是否会走出来。也许她在等什么人。

她无法入睡，她的大脑在高速运转。她给卡尔打了个电话，
但他没有接。也许他在和那个散发着薰衣草香味的女朋友约会。

所以她坐在了前面的餐厅里，她并不经常使用，但大卫过去
常常在餐桌上做项目。她喝了一杯酒，看着空荡荡的街道，等
待着。

她脑海中回响着那句"我知道你那天晚上做了什么"。

突然一辆汽车驶进了这条死胡同。她变得紧张起来，但后来
在路灯的照射下，她意识到那是卡尔的Range Rover。一种安慰
感席卷而来。他这么晚才来，但是没关系。她会和他谈谈劳雷
尔，她和丽芙·丹吉尔的在线对话，她的发现，以及残酷的视
频。那辆车朝着她的车道驶来，然后轻轻转向一边，开向了诺顿

家的房子。然后门开了，在灯光下，她可以看到卡尔坐在驾驶座上，简·诺顿从副驾驶走了下来。

佩里的喉咙里发出了低沉的响声。

一定是弄错了。不，车里的灯光照亮了他们，她看见简在和卡尔说话，然后简悄悄关上了门，在车头灯的光亮下走到前门，卡尔也曾这样体贴地为她留过灯，然后简打开门，走了进去。

卡尔将车倒回去，开出了死胡同，他离开了。

佩里·霍尔在窗边站了很长时间，她额头上贴着一个冰冷的超大的酒杯，但她感觉自己就像发烧了一样。不可能是她认为的那样，这太疯狂了。

很好，她将独自完成这件事。卡尔让她怀了孕，但是她自己将大卫带到这个世界上来的，现在她将独自从这个疯狂的女孩儿和她妈妈，以及那些试图毁掉她的生活的人们那里为他讨回公道。

她上了楼，准备好好睡一觉。她走进大卫的房间，触摸了一下空格键，将她的iMac从睡眠状态唤醒。她刷新了Faceplace页面。几秒钟前，丽芙·丹吉尔发布了一个新的帖子：

被人指责的感觉很糟糕，不是吗？我知道你儿子死的时候你做了什么。所有人都将付出代价。

这是一个谎言。她什么都没做，什么都没有。她几乎尖叫起来，将拳头放在了嘴边。

25

兰迪·富兰克林在黑暗中醒来。奇怪的是，他的嘴里有股铜和银的金属味道，好像有钱在他的舌头上划过一样。他在哪里？有一个可怕的时刻，他以为自己出去喝酒了，在戒酒五年之后，他出现了暂时性的意识丧失，这使他胸中充满了愤怒和对自己的失望。但是没有，他没有出去喝酒。他记得，简·诺顿来到他的办公室，然后他那天离开了，他打电话给临时代理公司，让他们明天安排一位接待员过来，因为他想和那个女孩儿保持一定的距离。她的案子和其他人的案子，只不过是他的麻烦而已。他不想介入太深，他不知道自己能否处理得了。

然后他去了奥斯汀东部的一个废车场，找到了他最新接手的案子中的那辆肇事汽车。这是一款最新样式的欧洲汽车，一位奥斯汀的工程师开得太快，他闯了一个红灯并拦腰撞上了另一辆车，里面坐着一对老夫妇。他们都受了重伤，并且正在起诉工程师。这位工程师声称自己踩了刹车，但他们没有做出应有的迅速反应。富兰克林的老板代表工程师，派他去了处置两辆汽车的废旧汽车丢弃场，在那里检查所谓的"黑匣子"，它能够测量并记录事故发生前最后五秒钟工程师的汽车数据，包括速度、刹车的应用等等。在检查黑匣子时，富兰克林"不小心"将上面的数据清除了。哦，不，这太糟糕了。这样的事情时不时地就会发生。如果在撞车的瞬间，汽车发生电力故障，那么备用电源将被用于部署安全气囊，无法挽救最后几秒的数据。有时兰迪会使用磁铁，或者重新启动并移动汽车五秒钟，那么数据就可能会被覆盖，这取决于车的损坏程度。诉讼就是战争。现在更容易将责任归咎于汽车制造商，而不是粗心的工程师。这并不罕见。富兰克林受雇于事故双方，如果他受雇于原告的律师，那么他就会先下载这些信息，以确保不会受到对方调查员的干扰。现在，如果对方的调查人员感到烦恼，那么他就会发现黑匣子的数据遭到了损坏，可能是由于事故造成的电力故障。如果兰迪足够小心，这将是无法证明的。命运会眷顾勇敢的人。

在简·诺顿的事故中，他是否也曾破坏过计算机系统呢？他想他没有。她的遗书已经足以转变人们对他客户的判决了。

然后他想起他朝着自己的车走去，发现地上放着一个鼓鼓的钱包。出于好奇，他弯下腰去捡它，然后从车的另一边冲过来一个人，在他的脖子上瞬间刺进了一根针，他感到一丝刺痛。然后，他出现了一种令人愉悦的、虚无缥缈的感觉。

他被麻醉了。

这种飘飘然的感觉持续了整整三秒钟，他感到了一种从未有过的恐惧，他被某人注射了药物，并被捆绑起来，留在了棺材般的黑暗里。

他意识到自己被一个干净的塞子堵住了嘴。他试图移动，却无能为力，双臂被紧紧捆在胸前，两腿绑在一起。

他用双脚探索着空间。他被装在了汽车的后备箱里，他能听到远处传来的金属压碎的声音，不禁感到一阵寒意。

他还在废车场里，是否有人看到他被绑起来放在这里？这是一次大的行动。难道没有监控摄像吗？

数据可能会被删除，他很清楚这一点。他的寒意变成了一阵强烈的恐惧。

响亮的轰鸣声使肇事汽车报废、出售并被回收，声音越来越大。当他在篡改那辆肇事的欧洲轿车里的电脑读数时，他听到这个声音在他的身后。那时这只是背景噪音，但现在越来越近了。

他踢着后备箱，只是为了让他的捕获者打开它。他可以用自己的方式解决这个问题。提供资金或者任何事情都可以协商。这就是车祸后发生的一切。全都是谈判。

机械的声音越来越大。

没有人回应他。他的嘴被堵住了，他开始使劲儿踢后备箱的盖子，并努力发出喊声。求你了，他想，求求你。后备箱的释放线消失了，可能被切断或拆掉了。他在里面翻滚，恐惧穿透了他的骨髓。

他的额头上冒出了汗珠。他能感觉到猛烈的移动，汽车在向前滑动。他试着转身，想要打开通往汽车后座的通道。但不知道为什么，它已经被密封并加固了。他陷入了深深的恐惧，因为他听到了刺耳的金属碾磨声，他意识到把汽车拆成碎片的压实机就在这里。

恐惧瞬间占据了他的内心，他愤怒，他挣扎，他匆忙地回想着他一生中所做的每一件事。

他感觉自己将会被压死。

就在他几乎绝望的时候，后备箱打开了，有一双手将他拉了出来，把他拖到地上。他听到了汽车被碾碎的声音，感到下身有一股暖流淌了出来。

"你听我说。"一个声音低声说，沙哑、阴沉、严酷，伪装得粗声粗气。他吓得要命，僵在了那里。

"我刚刚帮了你一个忙，你也得帮我一个。你需要离开这座城市一段时间，直接去机场或巴士总站，你会离开奥斯汀这个地狱。不要回家，不要打包。去你父母那里，探望他们一个星期，也许是两个星期。如果听明白了，你就点下头。"

他能听到汽车死亡的声音。他点了点头。

"很好。当你可以回家的时候，你会在你父母家里接到我的电话。兰迪，我知道你父母住在哪里。如果你把这件事告诉任何人，我都会知道的，我会用抛硬币的方式，决定让他们之中的谁去死。正面朝上是你的母亲，反面朝上是你的父亲。因为你不能闭上你的大嘴巴，所以我要杀掉他们中的一个。你明白我的意思吗？"

他吓得动弹不得。

"如果你明白我的意思，就点下头，兰迪。"他的声音里充满了无限的耐心。

他用力地点了点头。

"好吧，祝你旅途愉快。"

他感到有一把刀割断了他身上的绳子。他一动不动地躺在那里。

"你数到三百。我的朋友正在盯着你，如果你在那之前起来，他就会朝着你的脑袋开枪。祝你和你的家人生活愉快，我知道你有多爱他们。"

兰迪·富兰克林慢慢地仔细地数到了三百，仿佛这是他所完成过的最重要的任务。然后他挣脱了束缚，把布袋从头上取了下来。他正躺在他的汽车旁，钥匙放在他的胸前。

他钻进车里．朝着东方，即将到来的黎明的方向开了出去，奥斯汀慢慢消失在了他的后视镜里。

26

自从分居以来，卡尔至少每周开车来一次老房子，并在他们搬到Graymalkin Circle之后几乎每天都要跑步的环形路上，慢跑三英里。起初，佩里确信这是他来看她的一个借口，听起来很傲慢，不过当你的配偶不想离婚时，你一定会这样认为，但后来她意识到他只是喜欢这条路。除非他在跑完后需要借用一下洗手间，否则他甚至不会和她说话。有时她会准备好冰水或冰咖啡等着他，只是为了打个招呼，然后她会再次考虑那个问题，如果她从未与他结过婚，她的生活又会怎样。

今天早上她没有再想这个问题。

他停好车，她等着看他是否会开始他的伸展运动，或者是否会去诺顿家和简说几句话。

他开始伸展身体。

佩里从前门出来，匆忙向他走去。"你和简·诺顿是怎么回事？"她问道，"我昨晚看到你们坐在你的车里。"

　　"我们进去谈吧。"他说。他们走回屋内，关上了门。他向她解释他偶然遇到了简，他们在雨中的谈话，以及他们去拜访布伦达·霍布森的事。

　　这比人们的嘲讽和视频的事情听起来更可怕。

　　"为什么有人要烧毁那个女人的房子？"

　　他看着她："因为有人将我们儿子的死归罪于她。"

　　他们陷入一阵令人压抑的沉默之中。

　　"什么，我吗？"佩里终于开口说道，"你疯了吗？你了解我，你知道我永远不会……"

　　"我从不认为你会殴打或拖拽一个人，哪怕是简，但我看到了视频。"

　　"卡尔，卡尔，你听我说。你了解我的。"

　　"而且我看到了新的帖子。大卫死的时候，你在做什么，佩里？"

　　"我在这里，等他回家，在这里。在卡玛拉打电话来说他和简一起走了，没在学习之后，我试图找到他。"

　　"你哪儿也没去？"

　　"没有，那个帖子是个谎言。我为自己没去找他而感到内疚。我知道我对别人说过，但这个人正试图让我听起来像是一个可怕的母亲或因为某种原因而应该受到谴责。"

　　"那么丽芙·丹吉尔威胁你说她知道的事情是什么？"

　　"这全是谎言。"她嘶声道，"这是一个可怕的人，他藏在我们儿子创造的人物名字后面！"她尖叫起来，"你会相信一个藏匿在名字背后的骗子，这是大卫塑造的，不是我。"

　　就好像她打开了世界的一条裂缝。曾经被礼貌地压抑在他们之间的气恼、愤怒都一股脑儿地喷发了出来。

"你要和我离婚，因为我们失去了我们的儿子，"他说。这句话从他嘴里脱口而出，仿佛在他心里压抑了很长时间，"这是唯一的原因，没有其他的。因为你受伤太深，你无法忍受爱任何人。好吧，我也受伤了。但我并没有因为他的死而憎恨这个世界。你说你想离婚，我不想，但我还是说好，只要你能开心，我愿意给你任何你想要的东西。但你再也不会开心了，因为悲伤已经把你燃尽了，佩里，我不能再这样下去了。我爱你，非常爱你。现在我只是……现在我才是那个想离婚的人。"他几乎是用胜利的语气说出来的，"听起来怎么样？我现在就想离婚。你可以责怪劳雷尔和简，或者是这个世界，但是……"他的声音越来越低，"我不会告诉你如何去适应现在的生活。你应该自己去体会。"他向门口走去。

"卡尔，等等。"他的话使她感到震撼，他从来没有这样对她说过话。"听着，丽芙·丹吉尔的帖子是从我的电脑，从这栋房子里发出去的。我工作中的一个朋友玛吉追踪到了它。但我发誓，不是我做的。如果是的话，我不会告诉你。有人侵入了我的电脑或进入了我的家。帮帮我，求你，帮帮我。我向你发誓，用大卫的生命发誓，不是我。"

她能够看出这些话暂时消除了他的愤怒："那是谁？也不是我，谁想陷害你？"

"简，或劳雷尔，"她说，"你知道她们恨我。"

"是你恨她们。我从未见过你如此地厌恶她们。你知道吗，大卫死后，你认为其他人都变了，只有你没变，这很奇怪。"

这句话犹如当头一棒："卡尔。"

"我的意思是,视频不会说谎。你攻击了她。"

"她出现在了大卫的墓前。"

"对于每个人来说,她的出现都是可以理解的,除了你。她看见你在那里就准备离开了,不是吗?"

过了一会儿,佩里点了点头。

"你把她从车里拽出来,拖到墓碑前,你非常绝望,因为她没有去过。"他摇了摇头。

我不会哭的,佩里想,我不能哭,不能哭。眼泪在眼圈里打转,像火焰一样灼热。

"你一定要帮帮我,卡尔,找出这个丽芙·丹吉尔是谁,"她说,"丽芙·丹吉尔是简和大卫创造的一个卡通人物。我找到了一本写生簿,里面有他们所有的笔记说明,它藏在他的房间里。他从来没有给我看过。"

卡尔仔细端详着她的脸,好像在寻找她说谎的证据。"他也从未给我看过。"他说。

"所以,丽芙·丹吉尔知道它在他的房间里。那么一定是简,她想让我难堪。这是报复,因为她认为我把大卫的死归咎于她,所以她想用同样的方式把她所有的问题都怪到我的头上。"

"她认为?你确实把大卫的死归咎于她了,你就是这样做的,一直都是。你和她谈过吗?自从那次事故以后,你真的和她好好聊过吗?"

"没有,我不需要跟她谈。这不是意外,她想自杀,她杀死了大卫。"

"那张纸条是过去的。"

"那不重要。是她写的。"她开始反击,看见唾沫从嘴里飞了出来，"她一直在考虑这件事。"这是必然的，她绝不会放弃。

"那个女孩儿就是住在我们隔壁多年的那个女孩儿。我们认识她，她甚至连辆车都没有。现在你认为她去了圣安东尼奥，并烧掉一堆房子来证实一个问题吗？"

"也许她做到了。她有朋友，他们可以帮助她。"

"帮她纵火？"

"那么，你是在指责我吗？我为什么要这么做？"

"你以为她知道你要去公墓，而司机正好记录下了你发疯的样子？她不能让你看起来有多糟糕，是你自己这样做的。"

"我真不敢相信你会站在她那边。丽芙·丹吉尔是如何得到那段视频的？"

"共乘司机把它发布到了自己的主页上，并标记了简，所以它就出现在了她的主页上。丽芙·丹吉尔一定在看她的主页，而且其他人开始分享它。"

"这证明就是她做的，或者是劳雷尔。"

"不，不是的。我没有站在任何一边，"他带着气愤的口吻冷静地说道，"也许是劳雷尔，她是个偏执狂。但我不认为会是简，她告诉我，她开始回忆起一些事情了。"

佩里喘息着后退了几步。

门铃响了两声，然后有一只拳头捶在了门上。

卡尔打开门，一个身材魁梧的男人站在那里，穿着黑色T恤和牛仔裤，眼里布满血丝，竖起的黑发剃得很短，粗壮的右臂上纹着一条弯曲的刺青。"你是霍尔先生吗？"

"是的。"

"我叫夏洛·鲁克。"他声音低沉，很有威胁性，但在某种程度上很有趣，"我知道在我的老朋友布伦达·霍布森遭遇不幸之后，你去拜访了她。"

"嗯，是的。"

"我最近也遇到了不幸，霍尔先生，一个真正的不幸。现在，我想这不是巧合，我和布伦达是两个试图救你孩子的急救人员。今天早上我在新闻里看到她的名字时，给她打了电话，她将你和她的谈话告诉了我。"他在震惊的霍尔面前踱来踱去，仔细地打量着佩里。

"你不能进到这里来……"

"我试图挽救你儿子的生命，你应该表现出一点感激之情，"他说，"我们应该友好相处。"

"你想干什么？"佩里说。

"我想知道是谁在找我和布伦达的麻烦，是你们吗？因为我们没能救活你们的孩子，所以你们很恼怒。"

"不是我们，"佩里说，"我发誓。"

"有人烧了你的房子吗，鲁克先生？"卡尔冷静地问。

"没有，他们去找了我的未婚妻。"

"做了什么？"卡尔问道。

佩里发现自己有些害怕听到答案。

夏洛气得满脸通红。"他们闯进了我的房子，偷走了一些她不知道的东西，然后寄给了她。"他向卡尔迈近了一步，"现在，布伦达想要的只不过是一所房子，那对她来说是个新的开始，而我只想要咪咪，但有人把她从我身边带走了。这个丽芙·丹吉尔。布伦达告诉我之后，我看了你的Faceplace页面。你和这位简·诺顿之间有很多积怨。我不喜欢它被蔓延到我的身上。"

"我们与此事无关。"

"胡说，你责怪那个女孩儿，也许你也责怪我和布伦达，没错吧？我们没有竭尽全力去救你的孩子？"他瞥了佩里一眼，打量着她，"这就是你的心结吧，宝贝儿？你想要报复？"

"请离开。"卡尔说。

"最后一次机会。如果你们承认做了这件事，我不会去找警察。我肯定他们很乐意跟你们谈谈关于布伦达房子的事情。"他扫视了一下门厅，墙上挂着漂亮的画，大理石台面的古董柜上放着一个雕塑，客厅里摆放着精美的家具。

"我们对你和布伦达的纵火案一无所知，"卡尔说，"现在，离开这里。"

"很好，不要求我帮你们。"他的目光掠过他们，停留在了佩里身上，"奇怪的是，你和简·诺顿一起来看了布伦达，不是吗？很抱歉打扰你们了。"他转身走出了敞开的房门。卡尔关上门，并反锁上。佩里走到窗前。

"他正朝诺顿家走去。"她说。

卡尔打开门，佩里"砰"地一声关上了它。"那是她们的事，跟我们没有关系。"

"你怎么了？"他说着把她推到一边，打开了门，"你亲眼看到简或劳雷尔·诺顿烧掉那个曾救过简性命的女人的房子了吗？或者是找过那个恶棍的麻烦？如果你想将这些人作为目标，那么你就要了解他们。你看到劳雷尔想要激怒一个像夏洛·鲁克这样的人了吗？"

"但你看到我这样做了。"她的声音沉稳了下来。

"我不知道你现在会做什么。"卡尔说。

她跟着卡尔走到了前面的台阶上，心被气得怦怦直跳。

但是夏洛·鲁克一回头，看到卡尔正跟着他，突然离开了诺顿的房子，钻进了他的车里。他发动引擎，将车开走了，这是一次出人意料的撤退。

卡尔转向佩里。"如果你知道这件事，最好现在就告诉我。"

"我不知道。"愤怒占据着她的大脑，冲淡了她的震惊，"你也一样。"

"我什么都不知道。"

佩里说："我们该怎么办？"但她心里在想，你知道你要做什么。你必须证明是简或劳雷尔干的，然后结束这件事，而不是让她们接受逮捕和审判，因为那样可能会出错。永远地结束它。这第二个想法使她感到战栗。

卡尔说："我需要和圣安东尼奥的纵火案调查员谈谈，告诉他们，我们知道的事情，我答应过霍布森女士。我想我们需要更多地了解一下这个叫做夏洛·鲁克的家伙。你一个人在这儿行吗？"

"我不怕他。"佩里说。

"好吧。祝你拥有美好的一天。我要去跑步了。"然后他离开了。

她必须准备去上班了。但她有了一个新的目标：找出如何让劳雷尔和简对发生在夏洛和布伦达·霍布森身上的事情负责的办法。她可以打电话给兰迪·富兰克林，再次雇用他。

或者直接跟简谈谈。她一定会在某个时刻走出家门的。

也许不需要太多的借口，她给迈克发短信说她有急事儿，可能会迟到一会儿。她去倒了两杯咖啡，然后走到外面，穿过车道，深深地吸了一口气，按响了门铃，心里想，小心那些带着礼物的悲伤的母亲。

27

几个月以来，简第一次睡在自己的床上，睡得很晚，带着疲惫和回家的意外安慰。她从圣安东尼奥回来之后妈妈已经睡着了。其中一个酒瓶几乎空了，简把它放进了可回收垃圾桶里，然后就上床睡觉了。

当她醒来时，劳雷尔已经走了，在她床边留了一张纸条：

你知道，只要你愿意，这里随时欢迎你留下来。你可以永远留在这儿，我会照顾你的。

简洗了个澡，穿上一条备用牛仔裤和一件仍然挂在她衣柜里的她最喜欢的黑色T恤。她看着手机，在她洗澡时，阿玛丽·鲍曼，那个曾在Happy Taco看到过她和大卫，并在课堂上给他们传过纸条的学生，给她发了一封语音邮件。阿玛丽说："我真的没什么可跟你说的，不要给我回电话。"

简想，我们走着瞧。她吃了一碗麦片，当她正在洗碗时，门铃响了。

她打开门，看见佩里·霍尔手里端着两杯咖啡，简想，她会把其中一杯泼在我的脸上。

"我想和你谈谈，"佩里说，"平心静气地谈谈。"

"不会打耳光，不会扯头发？没有在咖啡里下毒？"她沉着地说。

"没有，"佩里说，"如果我说我很抱歉，你可能不会相信我。所以我要说的是，我对我在大卫墓前所做的事情深感不安，我丧失了理智。"

"这确实是句公道话。你丈夫昨晚对我很公正。"

佩里等着她说下去，心里默念着，你想被接受，被原谅，我希望这样可以骗得了你。"我们可以谈谈吗？关于最近发生的事情？好吗？"

"进来吧。"简把门拉开，佩里走了进来。"劳雷尔在家吗？"

"她不在。"简说。

佩里想，也许劳雷尔正在花费时间和资源来扮演丽芙·丹吉尔的角色，烧毁房屋并扰乱那个暴徒的生活。

她们走到劳雷尔家庭办公室入口处的厨房餐桌旁，佩里放下咖啡杯，简拿起了一杯。"榛子？你确定没有砒霜？"

佩里忽略了这句充满讽刺意味的话。"我在Faceplace上看到了丽芙·丹吉尔发布的帖子，"佩里说道。她必须要小心，她希望简能够露出马脚，这样她就不会再受到威胁，"那一定让你很不安。"

"她好像是在指责你。"

所以，就是你或你妈妈，佩里想。"那么，你认为会是谁？"

"恨我，或者恨你，或者是恨我们俩的人。"

"你知道布伦达·霍布森不是唯一的目标，另一名急救人员也被锁定了。"佩里简短地解释了夏洛·鲁克的事情。

"布伦达告诉我，他很危险。"

"我认为这很公平。在指责过我们之后，他朝你的房子走来，但是卡尔跟在他后面，于是他掉头上了自己的车。他可能还会来骚扰你，或者你妈妈，我想你应该知道。"

"谢谢。"这次谈话让人感觉很奇怪，因为这也是一场针对简的战争，她可以想到的只有一个人愿意发动这场战争：那就是佩里。

佩里深吸了一口气："如果这只是一个恨你的人，那为什么还要牵涉无辜的人呢？他们只是在做自己的工作。"

"'所有人都将付出代价。'有人对参与到车祸中的所有人都感到愤怒。"

"你认为是我吗？"

"我不知道，我不认为你有能力做到这些，但这次事故改变了我们所有人的一切。"简又喝了一口咖啡。

"那个女人是你的救命恩人，如果真是你烧了她的房子，那你一定是精神错乱了，简。"

"你说得对，我不会的。所以如果是你或者霍尔先生干的，那就停下来吧。"

"我们？"她的话像刀子一样刺痛了她，"我们？你一定不是认真的。"

"霍尔先生对我很不错，你们俩有最大的报复动机。"

"但这不是报复，"佩里摇了摇头，"夏洛失去了他的婚约，那个布伦达·霍布森失去了她的房子。他们的境况都很糟糕，但都无法与失去孩子相提并论。我没有理由责难他们中的任何一个人。这是一种多么微不足道的报复。"

"但你确实这样做了，你也从中得到了满足。同样，你没有告诉大家，我的那封自杀遗书是在车祸发生很久以前写的，这也算不上是一种真正的报复，但它似乎在某种程度上让你得到了安慰。"

佩里的嘴巴飞快地动着："也许你不应该对车祸的事情撒谎，关于那头鹿。"

"我们走投无路了，你让全城的人都针对我们。"

"你为什么不为自己所做的事情承担一些责任呢？"

"我每一天都在承担，"简说，"这对你来说永远都不够。"

"如果你知道你妈妈在背后搞鬼，你就和我一起去警察局，"佩里说，"把你所知道的一切都告诉他们，我会握着你的手，在你身边支持你。"

时间仿佛静止在了这一刻，只有劳雷尔办公室里的古董钟发出的奇怪的滴答声。

"拿着你的咖啡出去。"简说道，声音颤抖着。

"我知道丽芙·丹吉尔的事情了，你知道这个名字的来历，简。你把它告诉了你妈妈。好吧，先不管这个问题。但现在你惹怒了这个叫做夏洛的恶棍。我知道纵火是一种重罪，但他们一定会考虑到你的精神病史的。是你妈妈让你这么做的，她那极富戏剧性的天性掩盖了这一切。她是否还在写她的博客文章，将自己描绘为受害者？是你付钱让那个司机拍的视频？全部都是演戏，不是吗？"

"从我家里滚出去。"简说。

"不会再有下一次机会了。"

简一巴掌拍在她的手上，咖啡杯飞了出去。杯子在瓷砖上碎裂，爪哇咖啡洒在地板、墙壁和佩里的身上。她惊恐地大叫起来。

"滚出我家，"简说，"我看到了丽芙发送给你的东西，你知道那天晚上的事情，我什么都不知道，也不可能知道。所以丽芙不是我，是你。"她的手指戳到了佩里的脸上。

"你不仅仅是失忆症，你简直是疯了。"佩里开始收集她破碎的杯子。

"它已经碎了，你不可能复原它。你不可能修好已经破碎了的东西！滚出去！出去！"

"我很想知道当你和你妈妈因此被逮捕时，人们会说什么。"佩里说完转过身，跌跌撞撞地走出了门。她还想说些什么，但简将她推下门廊，跌下了台阶。

"如果你再靠近我，"简说，"你会后悔的，哦，顺便说一下，你丈夫相信我，他知道那是个意外。他告诉我，他很庆幸你要和他离婚，因为你是个疯子。"

然后她走回屋里，"砰"地一下关上了门。

佩里从台阶上站起来。她并没有摔出太远，手掌上有一点点擦伤。但是她想也许邻居们的眼睛正在盯着她，当她走回屋里时，不禁打了个寒战。

她想，我可以让马特奥·瓦斯奎兹来写关于她的事情。但是我该怎么向他解释我知道丽芙·丹吉尔是谁呢？怎么解释？如果玛吉站出来谈论我的电脑与这些帖子的关系怎么办？

这不是她最自豪的时刻，但她开始考虑一个计划。

她的手机响了，她看了一眼屏幕。

是她老板迈克的短信："到办公室来，现在。"

28

当亚当·凯斯勒跟着简走进她的客厅时，Happy Taco的DVD正在播放。电视很大，亚当看到电视时，视频上正在播放他尾随特雷弗·布林走进Happy Taco的那一幕。

"那是什么？"他问道，眼睛转向屏幕。

"大卫死的那个晚上。我们刚走之后你就去了Happy Taco。"

他震惊地转向她："你从哪儿弄来的？"

"这是你对我说的第一件事，亚当？"

他没有回答，回头看了看视频。

"警察和调查员们都对大卫和我离开后的事情不感兴趣，但我在意。你知道我一直以来是如何在别人导演的电影里生活的。"

他那张英俊的脸上挤出了一个无可奈何的微笑："好吧，就像你看到的，我去过那儿。那是一个很受欢迎的地方。"

"你本可以告诉我，你在我刚走之后就去了那里的。"

"这有什么区别呢？"

她指着屏幕，说："你和特雷弗一起进来，你四处张望，并没点餐，你在找人。是我吗？"

亚当坐在沙发上，盯着他的运动鞋，然后他抬头看着她，说："是的。"

"为什么？"

"我顺路经过你家，你不在家，你妈妈让我来找你，她不相信你和朋友在一起学习的那条短信。"

"她为什么不亲自来找我呢？"

"我不知道。"亚当把脸埋在手里，"我不知道。"

她坐到她旁边，问：“那么，你和特雷弗都在找我？”

"我不知道他为什么在那里。我们俩是分开来的，我跟他打招呼，他几乎没有理我，然后我们走到了一起。"

她想起，特雷弗曾看到了她和大卫在停车场里的争论。“特雷弗也在找我吗？还是在找大卫？”

"你得去问他。"

"那么，车祸后的这段时间，当我试图拼凑我的记忆时，你从来没有觉得你应该告诉我这个呀？"

他试图拉住她的手，但她躲开了。他把双手交叉，放在了膝盖上。“重点是什么？那天晚上我从未见过你，你甚至不记得我是你的朋友。在最初的几周里，我对于你来说就是个陌生人。”

然后她怀疑他是否在撒谎，她的离开和他的到来只差几分钟。他看到她和大卫一起离开了吗？他们在停车场相遇了吗？如果是这样的话，他为什么还要进餐厅呢？

"好吧，你从没见过我，但你还是可以告诉我的。"

"我不知道重点是什么，我们没有见过面。而提及那天晚上的任何事情似乎都会让你心烦意乱。"

"我的意思是，你本来可以告诉我，是我妈妈让你出来找我的。"她愤怒地说，“这就是你将我窝藏在房间里的原因吗？你是否会向我妈妈汇报我的情绪，我住在哪里，我有多疯狂？”

"是的，简，"他说，"我在监视你。这就是为什么我冒着被赶出校园的风险，或者是冒着因你的就餐卡被破解而陷入麻烦的风险，也要让你睡在那里。还有为什么我不在宿舍里过夜？因为这样你就可以有隐私了。我做这一切就是为了替你妈妈监视你。"

他的话犹如一记讽刺的拳头打在她身上。

"好吧，"过了一会儿她说，"我知道这听起来有点偏执。"

"坦率地说，我对你妈妈并没有什么好感，"亚当语气缓和了一些，"在你流落街头的时候，她没有做过任何帮助过你的事情。"他站了起来。

"但你为我付出了很多，却不求任何回报。"

他的眼睛后面闪过一丝黑暗，"这就是好人的诅咒，"亚当说，"我有女朋友了，谢谢。我在你身上花了太多的时间，谁会有那么多的耐心呢？"

"亚当……"她的第一反应是说对不起，但她没有。她没有理由这样做。

"这很公平，我想我应该告诉你，但那天晚上我没找到你，也从来没有见过你和大卫。"

"你知道些什么。"一阵恐惧贯穿了她的身体。

"你妈妈担心你会伤害你自己，但直到后来她才告诉我。"

"因为那张自杀遗书，但妈妈一直否认这张纸条有任何意义，一直都是。"

"听着，不管你妈妈说什么，我都很担心你。那个时候你有很多秘密，我们几乎无话不谈，但你似乎一直有什么事瞒着我。我认为这和大卫有关。"他发出了一声冷笑，"完美先生。"

"什么？"

"我不知道你们俩在干什么，如果我知道，我会告诉你的。"

她坐在沙发上，暂停了视频："据说我们要逃到加拿大去。"

他笑了，然后发现这不是玩笑："什么？你为什么要这样做？"

"你从没听说过那样的传闻？"

"没有。"

"你是怎么知道我的秘密和大卫有关的？"

"因为那天晚上你和他在一起，所以一定是。"

她想起了特雷弗说的话："我跟你说过很多关于我爸爸和他如何去世的事情吗？"

现在他试图握住她的手安慰她，但她走开了。"简，不要这样。"

"我说过吗？"

"没有，这件事让你很难过，你不喜欢谈论他。"但大卫却提起了他。

"那么，是什么让你决定来找我？"

"我顺路来了你家，这并不罕见，你妈妈让我进去，想知道你在哪儿。我觉得她根本不相信你发给她的短信，她和霍尔太太都在这儿。"

"在干什么？"

"我想可能是在争论什么，我不知道是什么事情，貌似我打断了她们，但我不知道她们为什么争论。她问我是否愿意去找你，看看你是不是在我们常去的一些地方。所以我去了星巴克，去了Happy Taco，我在那里遇见了特雷弗，他正在找你和大卫。"

"特雷弗为什么要找我？"

"他说他在找大卫，而你和大卫在一起。"他揉了揉脸，"我的意思是，出去找人的想法太古老了，我们打过电话，但你们都没接。"

"关于我在哪儿这个问题，我是不是欠你一个解释？"这里有些不对劲，他没有完全说实话。

"不，你不欠，"他平静地说，"车祸之后，你甚至都不记得我了。对于卡玛拉、特雷弗和大卫，至少你还能想起他们。但我们除了高中时期，其他时间彼此都不认识，你必须重新认识我。"他的声音变得柔和起来，"你是我最好的朋友，简。我不能失去你，也很难做到不去帮你。我很高兴你现在还能让我帮你。"

她想起了那个"好人的诅咒"。"好吧，我原谅你。"

他张开嘴，想要说些什么，然后简单地说："能得到你的原谅，真是太好了。你是带我来看这段视频的，还是需要我的帮助？"

后来，她真希望自己当时能够辨认出他话里的意思。但她现在心事重重，根本没精力注意到这些。

"我需要你的帮助，你能开车送我去个地方吗？"

29

"这么说，你度过了一个有趣的早晨，"亚当声音平淡地说道，他正开车送她去凯文·恩戈塔和兰迪·富兰克林的办公间所在的办公园区。

"是的，"简的声音听起来毫无生气，"因为我觉得我刚刚看到了佩里的灵魂，它已经发生了癌变。"

"嗯，自从大卫死后，她一直在指控你谋杀，这对那个女人来说不是什么新行为。"

"那个叫夏洛的家伙……"

"现在来说说他，他听起来很危险，"亚当说，"也许你可以叫警察来对付他。"

简没再说什么。

他把车停了下来，在那里可以看到两个办公室的入口："我们在这儿干什么？"

"等他们出现。"他们坐在车里，带着从路上的一家小面包店里买的咖啡和炸苹果饼。亚当请客，用以表示他的歉意。

"我能跟你说些事儿吗？"她平静地说。

他点了点头，嚼着他的苹果饼："洗耳恭听，你知道，我热切地期待着你的每一句话。"

"当你失去记忆的时候，就给了身边人改写历史的机会。"

亚当停止了咀嚼，盯着她，用指尖擦去了嘴角的蛋浆。

"他们会告诉你，他们想让你知道，想让你记住的，他们会重新塑造你。没有人告诉过我，我或大卫做过的坏事，我们是坏人吗？"

他盯着她，然后又望向外面的停车场："简……不要这么说。"

"我想也许你和我妈妈都试图让我成为一个更好的人。"她看着他，"我是谁，亚当？我有那么好吗？"

他把手放在她肩上："你当然很好。"

"哪里好？"

"你对我很好。你是我最好的朋友，刚上高中时，学校里的人都很讨厌我，我从来都没有融入进去过。"他声音沙哑地说，"但你没有，你是我的朋友，一开始就是，甚至是在我成为你面前看到的这个令人难以置信的风流成性的种马之前。"他试着向她笑了笑。

她沉默了几秒钟，然后将目光锁定在了他的身上，说："我爸爸，不是自杀，是吗？他不会想离开我的，对吧？"

"哦，简，你们非常亲密。他是一个很好的人，只想给你最好的。他很有趣，他会款待我们所有人，让我们在泳池里嬉戏，并给我们讲所有蹩脚爸爸的笑话。"亚当眼圈儿红了起来，她知道他爸爸并不常在他身边，凯斯勒先生再婚了，有一个年轻的妻子和一对新生的双胞胎宝宝。

"那么，为什么大卫要和我谈论我爸爸的死呢？并且是秘密地，不让任何人知道。"

亚当把咖啡倒进杯子里："你认为大卫知道你爸爸的死因？"

"如果这不是意外或自杀呢？听起来我好像在谈论那次事故。"她父亲的死，那个可怕的夜晚，似乎成了她脑海里挥之不去的回声。

"你爸爸不是被谋杀的，简。警方调查过的，他们不是傻瓜。"

"我知道，这不是电影，但是，为什么大卫会秘密地跟我说我爸爸的事情，然后我们消失了好几个小时，然后一个人无意中听到我们计划要去加拿大？大卫知道这件事很重要，很糟糕，所以我们想要逃离它。"

亚当咬着嘴唇："我发誓，我不知道，你们俩谁都没跟我说过这些，我也希望你告诉过我。"

她放下咖啡，努力保持着自己的镇定："凯文来了，如果有人到富兰克林的办公室来，给我发短信。"

"事实上，你是带我来监视他的。"他带着怀疑的语气温和地说。

"是的，不要玩手机，否则你会错过一些重要的东西，睁大你的眼睛。"

"是的，长官。"他说道，好像他们之间的裂痕已经愈合了。

她下了车。凯文将钥匙伸进门锁，然后放下它，试着拿起一杯Lava Java、一个挎包和一堆文件。

"需要我帮忙吗？"

凯文抬头瞥了她一眼，脸上掠过一丝惊讶的神情："你好，我没想到会在这里见到你。"

"我等不到我们下一次见面了，有趣的是，你的名字没有被列在这个实践网站上。"

他保持着微笑："我是新来的。"

"可是在网站之前，他们将你的名字写在了门上？"

"我们这里技术不太好。"他说，"你今天看起来很不一样。"

她没有理会他的话："这有点奇怪，你离代表我的控告者的律师只有两扇门远，而你自愿做我的治疗师，这是巧合吗？"

"我们去里面谈吧，"他快速地说。办公室里空无一人，他们来得很早。他向一个封闭的内门点头示意。她跟着他走进去并坐了下来，房间里是沉稳的绿色和灰色，唯一的装饰是描绘他的家乡坦桑尼亚的一幅古香古色的地图，被装裱起来，挂在了他的桌子后面。旁边是他的大学文凭和研究生学位证书。

她指着那张被装裱起来的皮纸文书，说："你不是研究生。"

他笑着说："我是，我正在圣迈克尔学院攻读额外的硕士学位，在结业之前，我不会接待新客户。"听起来似乎很合理，有那么一会儿，她的决心已经动摇了。"我没有告诉你，我在哈文湖有一间办公室，你不高兴了吗？"

她吸了一口气："只是你非常小心地把自己表现为一个普通的研究生。有人拼命想成名，而我就是你计划中的一部分。我是你需要帮助的人，但你没有提到你与哈文湖的关系，或者你是兰迪·富兰克林的邻居这件事。是他雇你来监视我的吗？佩里·霍尔是真正的幕后黑手吗？"

他给了她一个困惑的微笑："两周前，我接到一个邀请，想要我加入这个办公室，我不认为这跟我们的合作有关。"

"你来哈文湖和我有很大关系，是哈文湖使你对我产生兴趣的吗？你听说了关于诺顿女孩儿的所有传闻吗？"

"没有，我了解过你的记忆状况，仅此而已。我只想帮你。"

"也许你的工作就是证明我在假装失忆。"

"不是的。"他说，嘴角抽动了一下。

"那是谁派你来的？有人曾这样做过，如果你真的想帮我，就不要欺骗我。是谁？"

"简，真的……"

"我不喜欢这个巧合，除非你告诉我真相，否则我就去找研究生院长，举报你对病人说谎，告诉我。"

他直到现在才放下公文包，并把夹克搭在了椅背上，然后坐在她对面。他示意她坐下，然后她坐在了椅子边上。"是你妈妈。"他说。

她盯着他："我妈妈。"

"她打电话给我，我不知道她是怎么找到我的，但她知道我已经加入了哈文湖的这个办公室，并且刚刚开始在圣迈克尔学院攻读硕士学位。"

我妈妈知道我住在哪里，她想，她是怎么知道的？我没有告诉过她。她妈妈曾给过她一部手机，但她确定已经关闭了里面的跟踪程序。不过她坐过共乘汽车，而车费是由她妈妈支付的，她在校园附近登陆过很多次，这并不难猜。或者有一个更糟糕的可能，是亚当。

"她雇你来证明我在假装失忆？或者看看你是否能让我想起什么？"

"她认为你有危险，但她说你不会听她的。"

"她有没有提过要将我送进医院？"她妈妈昨天冷静地说，她在医院里会过得更优裕。

"只是普通治疗，让你别再睡在大街上，并接受强化治疗。"

"她给了你多少钱？"

他一时间咬伤了自己的嘴唇，声音因羞愧而哽咽起来："简。"

"多少钱？"

"两万，如果我不是急需这笔钱的话，我不会这么做的。更重要的是，她说你急需帮助。"

简站起身来，开始在房间里踱来踱去。

"简，"他用柔和的声音哄她道，"我真的很想帮你，你妈妈只希望我能帮你恢复正常的生活，这样你就可以变得完整和快乐。"

"但是你很想拿她的钱。"

"你知道学校的费用。我出生于贫穷的坦桑尼亚，我的家庭一无所有，我来到英国，然后又来到这里，但是想要得到资格认证……我必须接受更多的教育。奥斯汀的房租……这些钱能够让我在这里安起家来。"

"然后你写下一份关于诊断的承诺书，她得到了她想要的。你们起草文件，让我不由自主地签署承诺书。"

"这只是一个建议……"他的声音越来越低，然后清了清嗓子，"如果你完全接受治疗，那就没有必要了。"

"你怎么向她汇报？"

"我给她发短信或电子邮件。"

"给她发短信，告诉她，你必须要见她，面对面。"

他盯着她。

"照我的话去做，"简说，"不然我就起诉你，就算我赢不了，也没人会雇用你了。如果你敢告诉她，我知道这件事，我就去找国家许可委员会。"

她知道如何吓唬治疗师。他盯着她，然后拿出手机，写了一条短信。

她自己的手机嗡嗡响了两声，是亚当发来的短信："一个女人刚刚进了富兰克林的办公室。"

"你们安排见面的时候打电话告诉我，我也要去，也许我会为她起草一份承诺文件。"

凯文痛苦地点了点头，说："我是真的想帮你，你妈妈也是。"

"你们的表现方式很奇葩。"现在他看起来很沮丧，她想也许他也被耍了。她的妈妈，昨天在午餐时假装凯文不够资格，怀疑他的治疗方法，这当然会使简本能地倾向于他。她妈妈真的比任何人想象的都要尖锐。

她走出办公室，走到汽车前，极力抑制住了一阵恶心。

亚当摇下车窗："一个女人走了进去，她敲了敲门，然后从钱包里掏出一把钥匙，打开门，向里面叫了一声，好像不知道自己能不能进去。然后她走了进去。你看，我没有盯着手机玩。"

"所以不是客户，"简说，"也许是临时的？他昨天没有值班秘书。"

"嗯，我不知道，我认为是临时的，她似乎有点犹豫要不要直接进去。"

"一会儿我拨通你的电话，然后把手机放在衣服口袋里，你见机行事。我要查看富兰克林的文件，可能需要转移注意力。"

"你疯了吗？"他抓住她的胳膊。

"放手，亚当。"

"简，想想你在做什么，这是违法的。"

"凯文刚刚告诉我，我妈妈正在努力将我送进精神病院，我真希望你没有参与其中。"

"我发誓，我没有。"从他震惊的样子来看，他确实没有，然后他松开了她的胳膊。

"你帮不帮我？"她说着拨通了他的号码，站在那里盯着他，直到他接听。"白痴朋友公司已经成立，"他说，"有什么我们能够帮您的吗？"

她把电话塞进夹克衫里，然后摸了摸亚当的脸颊，他曾是她唯一的朋友，无论他们的关系恶化到什么程度，她都不能失去他。她来到富兰克林的门前，径直走了进去。一个黑色头发，扎着马尾辫，身穿浅色衬衫和黑色夹克的年轻女人站在桌子后面，皱着眉头，手里还拿着她的钱包，好像不知道该把它放在哪里。

"嗨，我和富兰克林先生约在9点钟见面，"简撒谎道。她使自己的声音听起来略显惊慌，但又小心地控制着火候，"你是他的助理吗？他在这里吗？"

"呃，不，我是今天的临时雇员。很抱歉，他还没到。请问您贵姓？"

"我姓霍尔，"她又说了一个谎，"我昨天来过这里，我和他是雇佣关系，事实上……"她瞥了一眼门口，"我想找富兰克林先生监视的那个家伙，他就在这儿，他在跟踪我。"

年轻女子大惊失色："让我给富兰克林先生打个电话。"

"我不想让他在这儿找到我。"她从门边的薄窗向外看去，"哦，他在挨家挨户地敲门，他一定看到我在这里停车了。"她将手紧紧地握在一起，"我真不敢相信他竟然变成了这样一个跟踪狂。"

年轻女子惊慌失措："他很危险吗，我应不应该打电话报警？我有防狼喷雾。"

"只要他看不到我就没事。我可以躲在兰迪的办公室里吗？一会儿就好？"

女孩的表情显示她正在做思想斗争。简心想，求你了，亚当，帮我演好这场戏。突然一阵敲门声响起，然后是更加猛烈的捶击。

"可以的。"临时雇员说道。

简急忙从她身边走过，关上了兰迪·富兰克林的办公室门。然后，轻轻地，安静地锁上了它。后面的角落里放着一个文件柜，她昨天就注意到了。

他的书柜上放着一台扫描仪，还有一台打印机，桌上摆着电脑。一时间，她有些惊慌失措，两年前的档案应该会被数字化存档，而不是以纸质的形式摆在外面。她先试着打开文件柜，从书桌上拿起开信器撬开了那把廉价的锁，然后拉开了标有"H-N"的抽屉，里面塞满了文件。

"我在找我的女朋友！"她听见了亚当的声音，"她和调查员在一起吗？我没有跟踪她，她不需要雇用任何人，我非常爱她。"

"先生，你不能进来，你必须离开这里，否则我就报警了。"

"但我爱她，求你了。"

他确信照这样下去，他一定会被喷防狼喷雾。简找到了一个标有"霍尔，大卫"的文件夹，把它抽了出来，整个抽屉里的文件都被拉松了。她把它塞进背包，看着写有字母"N"的文件夹，确定里面没有她的名字，但是她看到了"诺顿，布伦特"，她的爸爸。她用手捂住嘴，努力不叫出声来。她把那份文件也放进背包里，然后悄悄关上抽屉。

"她不在这儿，先生，请你离开，否则我真的要报警了。"

"那好吧，但我依然爱她。"他发誓道。

简走到门口，听到亚当离开，然后临时雇员关上了他身后的门。她打开办公室的门锁，刚好及时，门突然被打开。"他真是疯了！"临时雇员说道。

"我真的需要富兰克林先生监视下他跟踪我的事情。"她朝窗外望去，临时雇员越过她的肩膀看向外面，"哦，太好了，他离开了。他一走我就出去。"

然后她向凯文的办公室跑去，浑身发抖。她走过凯文的办公室，转到旁边的停车场，避开了办公室的视线范围。

亚当把车停在了停车场边上，然后她上了车。

"你真是完全失去了理智，"他说，"我再也不想干这种偷偷摸摸的事情了，简。"

"你真是个好演员。"她说，把背包紧紧地抱在胸前。

"我希望这是值得的。"他的声音有些颤抖。

"不，并不是很值得，尽管如此，我还是要把你的表现通知给奥斯卡组委会。"她耸了耸肩，"他的文件机关重重，我根本拿不到，但还是要谢谢你的努力。"

"所以在我全身心地完成了马特·达蒙的表演之后，你一无所获。"

"是的，什么都没拿到。"她说。

他打量着她。她想，他不相信我，但这有什么关系呢？这是亚当，他不会来搜我的背包的。

亚当叹了口气："特雷弗今晚要开派对，在他爸爸家里，我觉得你应该和我一起去。"

"他没有邀请我，"她说，现在她只想离开亚当，而不是将这些文件带回他的房间或她家里，"你能带我去哈文湖公园吗？"

"同意去参加派对。"他说。

"亚当，停车。我不能参加哈文湖的任何聚会，你知道的，我不能去。"

"那你永远不参加其他社交聚会？永远不结婚？不从事自己喜欢的职业？不生孩子？余生都要因为内疚而放弃自己的生活吗？"

"如果我去参加聚会，会有太多的问题需要处理。"

亚当摇了摇头："你认为大卫会希望你变成一个自我放逐的人吗，哪怕是一秒钟？"

她用手捂住脸："不要再说了。"

他缓和了语气，说："简，你需要一些常态，你需要站起来继续前进。你知道我很在乎你，跟我去吧。"

"卡玛拉会去吗？"

"她去又怎么样？这个派对不会有很多人，也不会有人做出野蛮或其他过分的行为。他奶奶会在那儿。"

"哦，这是一场带着奶奶的大学派对。"

"这将是史上最具特雷弗·布林特色的派对。他奶奶就是你的保护伞，你完全不用在意别人的眼光。你知道，我们不想让你紧张，你可以尽情欢笑，享受愉快的时光。"

她的手机发出了嗡嗡的声音，是来自凯文·恩戈塔的短信："我们刚刚讨论过的客户明天下午2点会在她的办公室见我，我想我们可以到时候见，我会向你证明，我们都在真心为你谋取最大的好处。我希望你能够以一种开放的心态来到这里。"

她明天需要更多的帮助，这一次，她会求助于特雷弗。就像今天早上和亚当在一起一样，这将是一次考验。

30

"佩里，能进来一下吗？"她刚一来到办公室，迈克就向她喊道，听起来有些不妙，脸上没有了他一贯的微笑。她走进迈克的办公室。

玛吉坐在椅子上，双手抱着膝盖，看上去很不高兴。

迈克随手把门关上："我们有一个问题。"

"怎么了？"

"今天早上，一个名叫夏洛·鲁克的人出现在这里，他说你曾试图毁了他的生活，然后大闹了一场，站在大厅里，在一对潜在的投资者面前大吼大叫。"

"什么？他来了这里？我很抱歉。"

"这真的为我们的合作奠定了基调，一个疯子，在这里大声呼喊我的行政助理。这就是我们给投资者留下的印象。"

"对不起。"她重复道。她从未见过他如此愤怒。

"所以，考虑到这个场景，我想起你曾让我给你推荐一位擅于进行网上追踪的人。所以我问玛吉那是怎么回事，她把你们的谈话和她的发现告诉了我。好，那是一回事。但她告诉我这些威胁的话是从你的电脑发布出去的。"

"很显然这不是我写的，如果是我做的，我就不会让玛吉去追踪了。"

他似乎对这些并不感兴趣："你为什么要把我的公司拖进你的仇杀中？"

"'仇杀'并不是一个恰当的描述。"佩里说。

"那么你用什么词来描述这件事？那个家伙处理过你儿子的车祸，现在他说你毁了他的生活。"

佩里转向玛吉："你跟夏洛谈过话吗？"

"没有，我在我的办公室里，大楼保安把他带了出去。但是迈克问我这是怎么回事，我必须告诉他。"

"没关系，玛吉，"佩里说，"我很抱歉。"

"谢谢你，玛吉，你可以走了。"迈克说道。玛吉愧疚地看了佩里一眼，然后离开了。

"你在对我做什么？对我们做什么？"迈克靠在关闭的门上。

好像这件事与他有关一样，或者他认为这件事会对他们的关系产生影响。她平静地吸了一口气，说："夏洛是大卫撞车事故中的一名急救人员，他被盯上了，另一名急救人员也是这样，我也如此。是简·诺顿，她毁了他的婚约，烧了那个女人的房子，玷污了大卫的坟墓……"

"简·诺顿是一个无家可归的失忆症患者，而不是罪魁祸首。"

"我知道这看起来很糟糕，但是……"

"别说了，"他说，"求求你，我作为一个朋友，一个深爱着你的人请求你，大卫已经在车祸中去世了，你必须接受这一点。为了你自己，而不是其他任何人。"

"她杀了他，还做了更多过分的事。"

"你永远都不打算放过简·诺顿吗？"

"什么……"

"玛吉将Faceplace上那些帖子的事情告诉了我，如果她或她妈妈起诉你，然后又闹到这里来怎么办？你现在是我的员工，你根本想象不到它的后果。"

"我很抱歉夏洛·鲁克来了这里，但我是无辜的，迈克。"

"你为什么不休息一天呢？"他说，"最好休息一星期，我们会让这一切平息下来。"

他不相信她，她说的是实话，但他不信她。她感到尤为震惊，好像有一股力量冲击着她的胸膛，她突然为自己的工作感到担忧。"迈克……"

"我只是无法忍受这种事情，佩里，我不能让我的公司或员工卷入你的私人恩怨。你需要帮助，我们会帮你解决这个问题的，好吗？但是，回去休息一下吧，这是最好的选择。"

"好吧。"她的声音有些沙哑，"我认为你说得对，休息一下是个好主意。"

她知道她不会再来这里了，不会再为迈克工作，再也不会。有那么一瞬间，她在他的脸上看到了尖酸的责备和厌恶，那是劳雷尔·诺顿曾在学校的志愿者会议上，在学校里和车祸后露出过的表情，她的心里犹如刀绞一样难受。她站了起来，查看了她的电子邮件，回复了几个请求，然后给办公室同事们发送了一封电子邮件，说她需要一些私人时间，如果有紧急情况，可以通过手机联系到她。

她不愿表露自己有多么的不安，打字时，她的手指一直在颤抖。她以为迈克会关心她，在过去的一段时间里，他看起来一直很想和她交往，而现在他却表现得好像她是放射性物质一样让人不敢靠近。在她的脑海里，一旦离婚，只要给她足够的时间，她很可能会对他产生兴趣。而现在，她成了一个问题员工，他认为她无法摆脱她的悲伤。

她收起钱包，来到外面的走廊，她热爱这份工作，她告诉自己别去想它。她走进女洗手间。

玛吉站在镜子前："我很抱歉，佩里，当他问起我的时候，我无法说谎。"

"当然不能说谎，你在我的笔记本电脑上发现什么了吗？"

"他们用一种我无法检测到的方式侵入了你的电脑，我几乎用遍了所有的方法。"她叹了口气，"这表明，他们既需要安装黑客程序，但同时丽芙也必须拥有访问之前帖子的权限。如果没有，那么你就是在和一个拥有一流黑客资源的人打交道。"

钥匙。都有谁知道她的备用钥匙一直以来放在哪里呢？嗯，卡尔当然知道，还有劳雷尔和简，因为她们是邻居，车祸后，她从没想过要把备用钥匙挪走。她脑子里浮现出了一些其他想法，还有谁？大卫，这意味着卡玛拉可能会知道，或者特雷弗·布林，或者是他的其他高中同学。当大卫还是个孩子，不能开车之前，他经常忘记带钥匙。或者丽芙·丹吉尔非常非常厉害，她面对的是一个能够用数码技术摧毁她生命的人。她感到很不舒服。

一定是劳雷尔或简，一定是。

她说："请相信我没有做过这件事。"重要的是有人相信她。

"好的，我相信你。"

玛吉比迈克更信任她。

"但是你得远离那个夏洛·鲁克，那家伙精神不正常，佩里，求你了。"她摸着佩里的肩膀，这让她很吃惊，"还有一条来自丽芙·丹吉尔的帖子，我追踪了当时分配的IP地址，不是你的电脑，它在哈文湖，老特拉维斯路上的一个办公园区里。他们共享管理公司分配的无线网络，我无法确定哪个办公室在使用它。然后我打电话给提供商，他们和我分享了那个地址。"她把一张纸塞在佩里手中。

"我很抱歉把你牵扯进来，玛吉，你是世上最好的人。"

玛吉给了她一个笨拙的拥抱，然后走了出去。佩里下楼后，打开了那张纸条。她认出了那个地址，知道它在老特拉维斯路的什么地方，仅仅是因为她知道那里的其他公司地址，并且知道办公园区里有一个很小的个人办公室，兰迪·富兰克林就在那里办公。

他曾是他们的事故调查员，与他们有着割剪不断的联系。这个帖子是在深夜发布的，那时她并没有不在场证明。

她感到有点头晕。她走出办公楼，穿过连接车库的小天桥，朝着她的车走去，她的手机嗡嗡作响。

"是霍尔太太吗？"

"是的。"她认出了那个声音。

"我是马特奥·瓦斯奎兹，我刚刚收到一封有趣的电子邮件，我想给你读一下，不知道你会有什么评论。"

"是谁发给你的？"

"一个自称是丽芙·丹吉尔的人，您觉得耳熟吗？"

31

简的《记忆之书》,写于车祸后的
几天和几周内

好消息和坏消息。

好消息：孩子们越来越讨厌我了。我在第三节和第四节课的间隙，经过走廊时碰见了一个女孩，我不记得她是谁，她当时问我，"你的记忆回来了吗？"，我不能说她是不是不怀好意，或者只是每天都好奇地问一次，又或者她只是像某些人那样口无遮拦，不认为他们的话会伤害到你。我当时真想在她脸上给一拳。

坏消息：我不得不摆脱卡玛拉。

因为她总想方设法要把我研究明白。我知道这样说有点儿偏执，这跟我目前的精神状态无关。虽然我感觉有时候整个世界都在对我隐瞒一个天大的秘密。

"我听人说你能想起一些东西。"我们一起往教室走的时候，她忽然这样对我说。

"谁说的？我记起了什么？"我之前就知道，大家经常成帮结队地研究我是否具有自杀倾向，或者暗示我的记忆已经恢复了。

我猜每个人的大学申请都快完成了，高年级学生有的是时间去荒废。

"我没有……"卡玛拉停顿了一下，欲言又止，她忍不住又问，"那是真的吗？"

"如果是真的，我会告诉所有人的。我会高兴得在走廊上手舞足蹈。"

但因为大卫，我不该这样说。当我意识到这一点时，已经脱口而出了，就好像我忘了一个基本常识。

"对不起。"我说。

"没关系的。"她说，"我知道你已经不是之前的你了。"每一次，她都这样贴心。这种感觉就像一种轻微而又意味深长的触碰。除了我没人能注意到。

"你心肠可真好。"我看见一个从身边经过的女孩向卡玛拉打招呼。她拍拍卡玛拉的肩膀，好像在给她打气。但那个女孩甚至都没看我一眼。

"你为什么做我的朋辈辅导员？"我问。

"别问这种傻问题，我当然是要帮你啊。我们永远都是朋友，简。"

"我们以前是朋友吗？"

"当然。"

"发生车祸的那天晚上，我们也是朋友吗？"

"你什么意思？难道你想起什么了？"她停下来，凝视着我。

我也停了下来："我听说也许当时我们不像以前那么亲密了。"

卡玛拉把手温柔地放在我的肩头，说："大卫和我分手时，我们之间曾发生过一次争执。"

"你们……你们什么时候分手的？"我从未听说过这件事。

"在车祸发生的一周前。"她脸上闪过一抹温和、谅解的微笑。仿佛突然看见房间的地板上出现了一条蛇，然后随着灯光的熄灭从眼前一闪而逝。

我很想知道，她说的是不是真的。假如她说他们分手了，之后她仍然表现得像是我的朋友，那么这会让她看上去心地很善良。她从来没有发邮件或者短信告诉过我，"大卫和我分手了，简，我需要你陪我吃冰激凌，看整晚电影"。我从未和卡玛拉做过这些，我们真的是最好的朋友吗？

"我们为什么吵架？"因为大卫？但是我们并没有约会。妈妈和亚当都告诉过我，我没有男朋友。

卡玛拉搂住我，轻拍着我的背："这有什么关系吗？我只是想让你变得更好。"

我想，你是他的女朋友，其他任何人都可以做志愿者，也许他们真的做过。

下面是辅导员办公室里的最后一幕：

"库尔特夫人，还有其他人愿意做我的朋辈辅导员吗？"

"你为什么问这个？有问题吗？"我让她紧张了起来，我让每个人都感到紧张，让他们手足无措。我是他们的第一个失忆症患者，这让他们筋疲力尽。他们一定是通过参考书和网站搜索，来给我提供建议的。

"卡玛拉并不是真的想帮我。"

"但她很有耐心，也很了解你。"

"我认为那可能是她装出来的。"

就像我说卡玛拉来自火星，或者她曾私下里向我展示过超能力一样，库尔特并不相信我，但她说："我会和她谈谈的。"

"不，我会去谈的，我只是想让你知道我对她的感觉。除了卡玛拉，还有其他志愿者愿意帮我吗？"

"是的，亚当·凯斯勒和特雷弗·布林，你想让他们中的一个成为你的同伴吗？"

我咬了咬嘴唇。特雷弗以一种别人从未有过的方式为我站了出来，但亚当和卡玛拉以及她的伙伴们并不亲密，所以她无法对他施加任何影响。缺点是我不记得车祸发生前关于亚当的任何事情，我对卡玛拉和特雷弗还有一些童年记忆，我知道我们曾经很亲密。而亚当是我记忆中的空区，也许我需要一个这样的人，一个对我没有太多期望和历史的人，我可以信任他。于是我说："拜托你，请让亚当来帮我。"

"好吧，我会和卡玛拉说的。"

"不，我去说，我会告诉她的。"

库尔特夫人咬着嘴唇，我心中问道，你怕她吗？"如果我去说，可能会更好一些。"库尔特夫人说。

"让我去解雇她吧，"我说道，身上还残留着一些因失忆而引起的尴尬症。

"简，'解雇'这个词并不合适……"

"我可以和她谈谈，请让我独立完成这件事。"（辅导员喜欢这样的话。）

她点了点头。我没有耽搁，所有的事情都是别人为我安排好的，我一直被温顺地引导着，并且信任着他们。卡玛拉在我们的第一节课上等着我，就像我找不到从走廊进入教室的路一样。

"我很担心你，"她说，"你没有在门口等我，你知道我不喜欢迟到。"她给了我一个告诫般的微笑，就像对任性的孩子露出一个宽容的，居高临下的微笑一样。

"我不再需要你的帮助了。"我向她打招呼道。她的微笑消失了，然后片刻，露出了一幅残酷的表情，就像她的面具瞬间消失了一秒钟。

然后又电量满满地，带着新的能量回来了。

"我被派来做你的朋辈辅导员，"她犹如祖母一般，一本正经地说。现在，她的微笑很温柔，然后那个婊子掸了掸我的肩膀，就像我是一个在操场上玩耍的衣冠不整的小孩儿一样。"这就是我要做的，每时每刻都陪在你身边，直到我们找回你的记忆。"然后她拍了拍我的额头，仍然保持着微笑。

我感到自己被气得满脸通红，无论是身体上还是精神上，我都还处于恢复阶段。我的情绪很不稳定，我在高中时的任何一个成熟的飞跃都被抹去了。然后我为自己在一天的开始，而不是结束时告诉她这件事而感到生气，今天是周五，周末可能需要休息，况且亚当未必会欣然接管，卡玛拉已经做了那么多，出于社交礼仪，我应该谢谢她。我不知道该怎么做，我对她说："不了，我不需要。"

"简，我不认为你有能力处理好自己的事，我想你还没有意识到我们曾经是多么要好的朋友，你现在需要朋友。"她压低了声音，听起来更加严肃，好像在谈判。大卫和她分手时，是否也曾面临过这样的糖衣炮弹？她摘下面具，露出狰狞的面孔，"是我阻止了那群狼一样的人对你的攻击。"她偷偷向身后的教室里做了个手势。"没有我，他们会撕烂你的。他们将不仅仅是站在大厅里厌恶地盯着你或不跟你说话。"她恢复了之前的笑容，"局面会变得很恐怖。"

"你在威胁我吗？"奇怪的是，我的内心竟然希望如此。我想让她威胁我，我希望那些藏在甜言蜜语和宽容微笑背后的含沙射影都能挣脱束缚，就像阳光透过早已关闭的窗户一样。

上课铃响了，走廊里的人走光了，我们俩谁都没有动。

她微微歪着头，看着我，脸上的笑容开始颤抖："不，我没有威胁你，威胁是留给小孩子的东西。"

然后她猛地将头撞到水泥墙上，使劲儿尖叫着："简，住手，简，停下，简，不！"她尖叫着，就像在为一部恐怖电影试镜。

我需要继续吗？当我看向她时，她瘫倒在地，抽泣着说："哦，求你了。"但事实证明，当一个大脑受损的人被指控攻击了一个备受欢迎、聪明勤奋的女孩儿时，人们往往更愿意相信永远面带微笑，声音柔和的卡玛拉。

托了妈妈史诗般的"鹿的谎言"和那张自杀遗书的福，我被英语老师称为"不可靠的叙述者"。

老师把我带到了库尔特夫人那里，几十个学生从我身边走过，目不转睛地盯着我，窃窃私语。他们带着泪流满面的卡玛拉去找护士。卡玛拉不停地大喊："这不是简的错，她还好吗？简没事吧？她伤害到自己了吗？让我看看她。"透过水泥墙，我能听到她在走廊里哀怨的声音，回荡在紧闭的教室里。每个学生和老师都听到了我恩将仇报的事迹，就像伊甸园里受惊的动物一样。

我真想为她鼓掌啊！

卡玛拉的父母来了，出于某种原因，格雷森夫妇来找我谈话。是的，在这里。

"我不明白你为什么要这么做，简。卡玛拉一直是你最亲密的朋友，甚至可以说是你的姐妹。"格雷森医生说。她曾在选美大赛中获得过亚军，无论在全球的哪个大舞台上，她都会穿着与众不同的服装。我提到这一点，是因为她是一个很好的医生，很受人尊敬，但是在她的候诊室里，却挂着一幅她身穿晚礼服，扎着腰带，令人惊叹的巨大照片，这与做一名好医生毫无关系。我从来都不知道她为什么要在候诊室里挂那张照片，为什么要时刻提醒我们所有人，她很漂亮，很聪明，她觉得自己有资格训诫我，甚至在开始之前深吸了一口气。

我努力地澄清事实，然后等待着另一个深呼吸："我没有动手打她，是她把自己的头撞到墙上，并且摔倒在地。因为我不会再让她控制我了，所以她在生我的气。"

你可以想象，在库尔特夫人安静的办公室里，这听起来会是一种什么样的感觉。

"你怎么能说出这样的谎话？"事实上，她是在向我发出嘘声。

一些人无法忍受自己的孩子受到批评，包括卡玛拉的父母，格雷森先生离开了，大声地把库尔特夫人叫了出去。我想知道我妈妈在哪里，她也被打过电话，但她没有接。

我直视着"美女医生"的眼睛："我没有说谎，我考虑到她在我们小时候的一些表现，也许我该用一种新的眼光来看待她，我所有的高中时光都被剥夺了，当你受到她的保护时，就更容易与像卡玛拉这样的人联合在一起。很明显，我失去了这个机会，因为我看清了她的真面目。"

我以为她要扇我耳光，她一定这样想过，我看得出这个决定正在她的脑子里徘徊。求你了，我想，动手吧，打我。这样，我可能会受到片刻的同情。

但她没有。

"我们不会提出指控的。"格雷森医生说道。她和卡玛拉有着一样粗糙的嘴部线条，它微微翘起，露出一种如此友善的微笑。

"我也希望你不会，这样就不会以她的伪证而告终了。"好吧，这是我两小时后想说的话。在办公室里，我只是盯着我的脚，希望自己在车祸中死去。那样会轻松一些，不是吗？她开始在她对我愤怒的训诫中重复自己的话，所以我打断了她："那么，该轮到我来反驳她的话了，你知道，我还有话要说。"

她看着我，仿佛我是什么不干净的东西，屋子里只剩下我们两个人，她的笑容消失了。"一个想要自杀却杀了自己朋友的女孩儿。"

"我没有自杀！"

"你怎么知道？你已经不记得了。"这就是她打出的王牌，一项我无从争辩的指控，我无法否认的罪行。所以，我顺理成章地成为了那个杀死大卫并攻击了卡玛拉的女孩儿。

他们没有开除我，格雷森夫妇为了表现对我的宽容，进行了一场盛大的演出。卡玛拉也是，她给报社写了一篇社论，我敢打赌有人为了加速她的圣徒文书工作，把它寄给了教皇。这让他们看起来犹如天使一般美好。我不需要再忍受别人注视的目光、嘲笑，和那些诸如，我是否记得某人，或者我的记忆有没有恢复的愚蠢问题。

在最后的几个月里，我独自待在一间废弃的教室里，与一位特需老师一起学习。我完成了在哈文湖的学业。我毕业了。

32

亚当说："我不想把你留在这里。"

"你还有课，快去吧。我只是需要思考一些事情，我想在外面待一会儿。谢谢你的帮助。"

他看起来并不十分相信她。"你发现什么了吗？"

在他隐瞒了他的惊天秘密之后？不，她不能将这些信息分享给他，还不是时候。她关上车门，走到公园的长椅旁。在一分钟的注视和等待之后，亚当向她试探性地挥手示意。她也挥了挥手，好像一切都好。然后他开车走了。公园里有一个娱乐场所，几个学龄前的孩子在秋千和滑梯旁嬉戏玩耍，细心的妈妈和保姆们照看着他们。她走到一个空着的秋千上坐了下来。

她小的时候，爸爸曾把她带到这个公园里。她记得他推着她荡秋千，她总是害怕荡得太高，他把她推向无垠的天空，笑声从她身上涌出，她的脚踢向云朵，仿佛它们就在她触手可及的地方。他是一个身材高大的男人，肩膀宽阔，沉默寡言，比她妈妈安静得多。当她大声喊出"够了，爸爸！"的时候，他就会抓住秋千把它放低，让她知道她很安全。

她不记得失去他的痛苦，那种纯粹的痛，那一定非常可怕。在某种程度上，这比不记得撞车事故更加艰难。这是得知失去他和无法回忆起来的双重痛苦。悲伤对她来说是至关重要的，现在他已经走了，她不得不再一次经历相同的悲痛，她确信这是她第一次感受到的微弱的回音。在某种程度上，她觉得自己辜负了他。

她把文件从背包里拿出来，是先看爸爸的还是大卫的呢？

她用颤抖的双手打开了她父亲的文件。首先看到的是一个概要表，布伦特·诺顿在去世前几个月受到了富兰克林的调查。

她先迅速翻阅了一遍资料，想看看是谁雇用了富兰克林，但是什么都没有发现。如果有客户记录，那么也已经不见了。

是富兰克林自己做的吗？这毫无意义。她翻阅了一下报告。富兰克林跟踪了她的父亲，记录了他去过的地方（主要是办公室和简的学校），并整理出了一份他的电话记录名单，富兰克林是怎么做到的？根据富兰克林的记录，大部分都是他在两家初创公司（其中包括他与邻居兼朋友卡尔·霍尔建立的公司）担任首席财务官时的业务伙伴。

在他的电话记录打印单中突出标注了一些号码。她拿出手机上网搜索，其中一个是奥斯汀联邦调查局办公室的电话号码，另一个则是华盛顿美国特勤局的普通问询号码。

为什么她爸爸要打电话给执法部门，结果如何呢？什么都没有记录。

在他去世前的几个星期，他每次只打一个电话，而且是每隔一天打一次。其他电话号码分别是家里、简、卡尔·霍尔、学校和他的大学朋友们的，都很正常。

她看了看电子表格，其中一栏里写着一些人名或公司名称，但都只是首字母，IGL是最常见的一个，被列出了好几次。在这些名字里，没有一个是她认识的公司：GM2、Alpha、HFK。下一栏的金额从2万美元到10万美元不等，一页又一页，数额巨大，条目上没有注明日期。

在装有电子表格打印单的文件夹底部有一张纸，背面印着一大片褪色的花。信纸看起来有点模糊不清，上面用印刷体印着一串毫无意义的数字：R34D2FT97S，然后是u：LDN001 p：BFH@78832。

这些数字和字母对她来说毫无意义，但在这些表格中，它们一定意味着什么。她研究着它们：LDN001，突然她意识到这是她妈妈名字的首字母：劳雷尔·杜蒙·诺顿（Laurel Dumont Norton）。

这是访问这些电子表格的一种方式吗？

电子表格后面是一些PowerPoint幻灯片，她意识到，它是诺顿金融的商业宣传片。这是他在与卡尔的生意失败后，想要重新创办的公司。他原先是一位专注于创业公司和新公司的会计师。文件中有一个关于诺顿财务的商业计划书。该计划旨在服务较少的地区开放CPA（注册会计师）事务所网络，提供税收准备和基本会计服务的折扣费用，以帮助小型企业的启动和发展，并帮助现金依赖企业应对其特殊的挑战。他对奥斯汀、圣安东尼奥、布朗斯维尔、新奥尔良、达拉斯、拉雷多、休斯顿等地的社区进行了分析，他的网络将会发展壮大。她关闭了提案，并查阅了其他文件。

过了一会儿，她意识到这个文件并不完整。没有兰迪·富兰克林的书面报告，也没有对整个问题进行说明性的调查总结。没有客户，没有报告，只有电话号码、毫无意义的电子表格以及其中无法识别的名字，还有一份因为她父亲的去世，永远无法实现的商业计划书。

文件的后面是她爸爸的监控照片：他于自己在哈文湖租用的办公室里，忙碌着他的新创业公司的业务；他离开办公室；离开家里。其中一张是布伦特和简外出购物的照片，这一点可以从简携带的一个百货商店的袋子判断出来。她的头发很长，它是在车祸发生后才被剪短的。她看上去不太高兴，但令人失望的是，布伦特搂着她，想和她谈谈，而她却将身体倾向另一边。她对自己的父亲很糟糕，典型的十几岁孩子的叛逆行为，她甚至不记得为什么，但她觉得自己好像被捅了一刀。富兰克林跟踪了他们，然后，调查了她。

她被接下来的一张纸震惊到了，是一组以快速连贯的顺序拍摄出的照片。她和她爸爸……还有亚当·凯斯勒坐在他们最喜欢的Tex-Mex餐厅露台上吃午餐，他们尽情地欢笑着，她爸爸在讲笑话，亚当礼貌性地微笑着。简抽身离开了，亚当和爸爸还在说话。

亚当给了爸爸一些东西，爸爸点点头，把它放在了口袋里。简回到桌边，没有意识到发生了什么。

这是什么？她检查了照片背面的日期，是她爸爸去世前的几个星期。

还有一些其他的照片，她爸爸外出旅行、开始他的生意、回家、和妈妈共进晚餐。劳雷尔看起来很担心，很累，拉着她爸爸的手并向他倾斜着，似乎很不开心。她爸爸看起来很疲惫。

"你对这个秋千来说太大了。"简身后传来一个稚嫩的声音。她转过身，看见一个小女孩儿皱着眉头看着她，"这是给小孩儿的。"

"我想你说得对。"简站起身，走到公园的长椅旁坐了下来。小女孩儿看着她，好像对简的举动感到很惊讶。她拉起简腾出的空秋千，像其他人一样，跪在座位上，轻轻晃动着。

她的生活似乎与她所想的从来都不一样。她把那份令人费解的关于她爸爸的文件放了下去，打开了大卫的档案。

这比她在她妈妈的档案柜里找到的文件要详细得多，她认为那一份是分享给她妈妈的律师的，而这一份是为霍尔家的律师基普·伊万德制作的。

里面有一些照片、报道和对阿玛丽（她在课堂上把纸条递给了简，然后在Happy Taco给卡玛拉发了短信）、特雷弗、卡玛拉，还有其他在那个晚上跟她和大卫有过接触的人的采访。时间线几乎和她的一样，还有一个事实：卡玛拉在那天晚上的早些时候给霍尔家里打过电话，她和卡尔·霍尔通过话。但这里并没有提及关于那次谈话的内容。

他们知道吗？在车祸发生前，霍尔大如知道大卫和简在一起吗？亚当在她家中看到的劳雷尔和佩里之间的争论是因为这个吗？

布伦达·霍布森所记得的那部橘黄色的手机，在车祸现场的详细物品清单中并没有被提及。所以，布伦达·霍布森将它移开后，有人拿走了它。大卫在Happy Taco餐厅里使用的笔记本电脑也没有列出。

还有那根撬棍，她和大卫在他们的秘密历险中遗落了太多的东西。

它们会在哪里呢？

莫非这些物品是在混乱的车祸现场中被有目的地取走的。

谁会有机会进入那里？谁曾来过车祸现场呢？霍尔夫妇和她妈妈都去了事故现场。难道会是卡玛拉、特雷弗或亚当？她意识到她并不知道，没有人跟她讨论过这件事。这不是你该问的问题：嘿，妈妈，我的哪位朋友来过我出事和大卫死亡的地方？你注意了吗？

在处理现场的过程中遗失的那部手机，会不会是在放入自杀遗书时被拿走的呢？想到这里，她咬了咬嘴唇。

她把视线转向了自杀遗书分析报告，该报告上写着"机密文件，仅客户可看"。纸张和墨水都已经过了化学测试。墨水来自于Skymon中性笔，是两到三年前的。墨水被写到纸上已经有几个月了，与车祸的发生并不属于同一时期。该纸张来自于一种日本笔记本，纤维支数异常得高，分析人员指出，这种纸张的笔记本非常昂贵。简没有认出这个品牌名：Tayami。从来没有人问过她是否有Tayami的笔记本。

她试图给兰迪·富兰克林的办公室打电话，但是没人接听。也许他的临时雇员在看到他坏掉的文件柜后逃走了。他的语音信箱提到了一个手机号码，她试了试，仍然没人接听。她没有留言，她该说什么呢？嘿，我偷走了你的文件，你能帮我回答一些问题吗？

她看向电话簿，有一个美国联邦调查局的号码，她拨通了它。手机里传来了一段自动语音，指示她按下适当的按钮来引导她的呼叫，她终于找到了一个接线员。

"我爸爸去世前打过这个电话，"简的声音有些迟疑不定，"我的意思是，在他去世的几周之前。我想知道他是否举报过什么犯罪行为。他的名字叫布伦特·诺顿，你能查到他的电话记录吗？"

"他是什么时候打来的？"接线员听起来很有同情心。

她把记录上的日期告诉了她："我只是不知道他为什么打电话给联邦调查局。"她的声音有些嘶哑，"他们说他在清理枪支的时候出了事故，我不知道这是不是真的。他也曾试着给特勤局打过电话。"

"我为您的不幸感到惋惜。我们接到过很多电话，"接线员说，"您方便告诉我，您的名字和电话号码吗？我可以看看我能否在我们的数据库中找到他的通话记录。如果找到了，我们可以给您回电话。"她把信息给了她，但后来她意识到，她刚刚含泪描述的他的父亲好像是一个奇怪的来电者，他打电话给政府部门，然后死于枪支事故。她挂断了电话，开始给特勤局打电话，然后也挂断了。他只给他们打过一次电话，没有再打。他是失去勇气了吗？

他为什么只打过一次电话？也许是因为不知道条目的含义，所以这些电子表格还不足以构成证据。

她把文件塞回包里。她甚至不知道该从哪里开始阅读财务档案，在她想出如何处理电子表格之前，她需要另一条攻击线。

通过拷问亚当，已经泄露了那个晚上的一些秘密。特雷弗在咖啡店上班，她不能去那里盘问他。但她可以去德克萨斯大学与阿玛丽·鲍曼谈一谈，她手机里有她的电话号码，但阿玛丽之前拒绝与她沟通。

她给阿玛丽发了一条短信："我知道你不想和我说话，但我必须跟你谈谈。今天中午在Littlefield喷泉见。"

她得到了一个快速的答复："不行。"

她回复道："一定要见，求你了。"

简深深吸了一口气，然后写道："我现在无家可归，我会在你的女生联谊会所门前安营扎寨。除了烦你和打扰你，我没别的事可做。跟我谈十五分钟，我保证不会再打扰你。"

五分钟过去了，短信来了："好，中午在喷泉见。"

她不想坐共乘汽车去德克萨斯大学，她知道她妈妈在追踪这些费用和目的地，她不想解释。但她妈妈的办公室离公园不远，步行只有十分钟左右，她可以借用她的车或者留张字条，然后直接开走。劳雷尔似乎把大部分时间都花在了接打慈善机构的电话上。走在路上时，她爸爸和大卫的一幕幕出现在她的脑海里。她妈妈慈善机构（"伸出援助之手"）的办公室位于一个安静的公园内，那里有一座修缮过的平房，可以追溯到第一次定居于哈文湖的时候。

粉色小屋的门牌上写着"HHRO"。她打开门，只有她妈妈和一名兼职助理在那里工作。她妈妈已经经营了将近十年，那是她的工作，而且这份工作让她仍然有时间创建她的妈咪博客。当布伦特和卡尔生意失败时，她妈妈的慈善工作使他们不必动用存款来维持生计。

劳雷尔的助手格兰特不在办公桌前，但她能听到她妈妈在办公室里小声讲话的声音。"好吧，我听见格兰特回来了，带着我们的拿铁咖啡……"劳雷尔说。

简等了一会儿，然后走进了开着的房门。

劳雷尔坐在办公桌前，目光立刻转向了简，她的笑容凝固了，卡玛拉·格雷森转过身来面对着她，毫无疑问地，向她露出了甜美的微笑。

33

佩里在他们曾见过面的酒吧里见了马特奥·瓦斯奎兹，当时他写了第二篇关于"失忆女孩儿"的故事。那篇文章将焦点集中在了两个家庭之间的关系上，佩里觉得那让她看起来有点小气，并充满了报复心，当时她并没有说过任何不友善或无法原谅的话。但是，瓦斯奎兹总是能够让自己的文字呈现出鲜明的色彩，让世界看到她极力掩饰的锋锐。或许她必须更加注意自己的语气，她决定不再接受他的第三次采访，但他们还是见面了。她的脑海里出现了一种念头，认为他会没完没了地写她失去的儿子和那个堕落的女孩儿。当然，他不会。在那些悲伤颓废的日子里，她根本不会考虑战略的问题，现在她的思绪已经冷静下来了。所以，他无法用一种让她看起来很糟糕的方式，来扭曲她或丽芙·丹吉尔的话。

他看起来并不太好。瓦斯奎兹坐在后面的一个餐台里，面前放着一杯血腥玛丽、一个记事本和一部智能手机。他比上次见到他时瘦了很多，那时他穿着卡其裤和一件漂亮的衬衫，看上去就像一位优雅的记者。但是今天，他穿着破旧的牛仔裤和法兰绒衬衫，戴着一顶圆形的摇滚帽，帽檐破旧不堪。他需要刮刮胡子，当他站起来和她握手时，她意识到，他还需要冲个淋浴。那个光彩照人的记者不见了。

"瓦斯奎兹先生。"

他在餐台后做了个手势:"谢谢你能来,霍尔太太。"

她坐了下来,一个女服务员走过来,她瞥了一眼他的酒杯。

"这是圣母玛利亚。"他说。

"给我一杯一样的。"她说。尽管她刚从工作岗位上被打发回家,有一个疯狂的男人指控她纵火和偷窃,她可以喝一杯,但她还没有准备好在午饭前开始。

"你还好吗?"他问道。

"很好。你不在报社上班了?"

"我被裁员了,现在是自由职业者。"他说这是件好事,但她能听出他话语背后的不安。

"这是什么意思?"

"这意味着我经常在社交媒体上发布超短新闻,寻找可以写的话题或者采访有趣的人。"

"你说你收到了一封关于我的电子邮件?"

"你还住在简·诺顿的隔壁?"

"是的。"

"她的记忆恢复了吗?"

"她说没有。"

"我想也不会恢复。丽芙·丹吉尔是谁?"

"你为什么要问我?你已经不为报社写文章了。"

"但我仍然在写作,对早期故事的跟进是很有趣的事。"

"我不知道他们是谁?"

"我收到的电子邮件表明,你正在进行一场针对车祸事件的报复行动。"

她的酒到了，她对服务生表示了感谢，并喝了一小口。酒很好喝，她想知道这是否是她今天经历的唯一一件美好的事。

"嗯，那太荒唐了。"

他悄悄递给她一张纸："这是电子邮件的内容，我找不出是谁发来的。"

上面写道：

瓦斯奎兹先生：

写了那么多关于霍尔和诺顿两个家庭的事情之后，你应该知道，我怀疑一个自称为丽芙·丹吉尔的女人正在对参与过车祸事故的人们进行一场具有针对性的报复行动，那个女人就是佩里·霍尔，她把她儿子的死归咎于这个世界，而不是像她应该的那样去责备自己。

她在她儿子的墓前袭击了简·诺顿（见附件视频，发布在Faceplace上），在她儿子的墓碑上写上"所有人都将付出代价"，我认为她这样做是为了洗脱自己的嫌疑。

布伦达·霍布森是车祸事故中的一名急救人员，她的房子被烧毁了。她周围的房子也被烧毁了。对于霍布森女士而言，除了她任何人都没有作案动机，而其他房屋的烧毁只是一种掩护，因为它们都尚未售出。如果将汽油和破布装在瓶子里，那么这件事情并不难做到。

另一名急救人员夏洛·鲁克，家中的一段令人尴尬的私人视频被盗走并寄给了他的女朋友。同样，如果你花几天时间来跟踪或观察一个人，判断出对于他们来说谁是比较重要的人，以及他们的弱点可能是什么，那么这并不是一件难事。

事故发生后，受雇于霍尔夫妇的私人侦探兰迪·富兰克林于本周离开了小镇，并关闭了他的工作室。我试着给他打电话，他的语音留言说他现在暂不营业。看看他是否会接你的电话，再看看电话记录是否显示佩里·霍尔本周给他打过电话。

你也可以查看一下她电脑中的历史记录，看看她在某些特定的时间里都访问过哪些 Faceplace 页面。

如果我是简·诺顿，那个受到佩里·霍尔指责最多的人，我一定会感到害怕。

也许你应该写写这个。

"你一定是在开玩笑，"佩里呷了一口圣母玛利亚，把电子邮件推回给他，"这是没有证据的恶毒诽谤。"

"如果我给这些人打电话，跟他们谈谈，并向他们询问一下这件事，你认为他们会说什么？这里有一个模式。"

"我丈夫和霍布森女士谈过了。"佩里刚一说完，就意识到这句话听起来很傲慢，很不友善，就好像她会把自己生活的不幸归咎于别人。这是一位试图救她儿子性命的女人，瓦斯奎兹看着她，似乎对她的话很感兴趣。"我的意思是……他和霍布森女士交谈过，他和简·诺顿一起开车去了那里，跟她沟通了一些事情。所以，如果我这么做了，就像这封荒唐的信中所说的那样，那么我认为我的丈夫不会去和所谓的作案目标对话的。"

"你还是已婚状态吗？我听说你申请离婚了。"

"是的，但还没有最后决定。没有什么是不可改变的。"

"啊。"

"我没有发动任何战争。"

"你攻击了简·诺顿。"

"我不知道她会去那里，这是我无法计划的。其他罪行都是他们策划好的，这些事情并不适合被联系在一起。"

"这是一个相当薄弱的防守。"

"这是对一位悲伤的母亲的愚蠢的指责。"她站了起来，"我不想再听下去了。"

"我要跟霍布森和鲁克谈谈，并试图找到富兰克林以及当时的其他信息来源。如果没有故事，那么我就此作罢。但是如果有，那将会是轰动性的。你确定你不想和我聊聊？"

"关于这件事情，我没有什么可说的，马特奥。"她的语气变得柔和起来，尽管她身上的每一根骨头都在愤怒地跳动着，"有人在陷害我，我没有这样做过，也没有能力做到这些。"

"视频是怎么回事？"

"那是我一时冲昏了头脑，你没有孩子，你不知道那是什么感觉。"

"我似乎记得简·诺顿曾说过，自杀遗书也不可能是真的，但这并不是简心理健康的真正标志。"

她深吸了一口气："这几乎没有可比性。"

"哦，我觉得有人会想让我将它们比较一下。"

一种新的恐惧蔓延到她的全身。

"你要带着这个去警察局吗？"

"不，目前还不会。我没有任何证据能够证明它们之间的联系，这只是一种理论模式，仅有理论是不够的。"他清了清嗓子，"当然，如果我找到证据，我一定会做一个负责任的公民。"

"请你不要这样做，拜托！"

"我给你一个评论这些记录的机会，霍尔太太。"

"那么我会说我没有这样做过，我没有。"

"那你认为是谁干的？"

她对此有自己明确的见解："我不知道，就像你说的，这需要证据，我们甚至不知道它们之间有没有联系。但如果我是你，我就会追查那封邮件，指责我的人最有可能是有罪的一方。问问你自己，为什么没有署名，或用一个能够让你查到的账号进行发送。"

"也许他们害怕。"

"怕我？"

马特奥·瓦斯奎兹看着她："如果我发现其他信息，可以给你打电话吗？"

她点了点头："但这并不能诱导我说出任何我没做过的事情，你在浪费时间。"

"我有的是时间可以浪费。"

给他钱，她想，让他不要写这个故事，他给了你一个可以摆平这件事的暗示。"听说你陷入了困境，我很遗憾。"

他耸了耸肩。

应该怎么贿赂别人？她不知道。卡尔会知道怎么做，她想问他，但又不想让他知道。他会说，这不是个好主意，这件事会渐渐平息下来的。好吧，他并没有被指控为疯子。

他看着她。她有些坐立不安。"你想告诉我些什么吗，霍尔太太？"

不，她不会付钱给他的，这只会让她的处境变得更糟。"没有。但也许我会找出幕后黑手，然后这就是你的故事。有人恐吓一个失去了儿子的女人。这个故事的点击量够你来养活自己吗？"

他没有回答。

她走了，并试图"砰"地关上那扇几乎荒废了的酒吧的门，但那是一种会缓慢关闭的门。阳光照在她的眼睛上，她跌跌撞撞地走到她的车旁。

她的手机嗡嗡作响，有三条短信，都是她的朋友们发来的，全部都在说，你应该查看一下Faceplace，我为你感到担心。

她颤抖着手指打开了Faceplace，她抓着简并把她拖向大卫墓前的视频已经在Faceplace上炸开了……她过去常常在工作中听到的那个词叫：病毒性的？她认识的某些人将它分享到了自己的主页上，然后更多的人开始跟着转发，直到一个拥有一万名粉丝的八卦新闻网站分享了它之后，这段视频便开始受到广泛关注。博客和网上的文章都是关于它的，但并不总是准确的。人们开始在她的主页上留言：

你太可怕了。

不要责怪你自己，如果我是你，她杀了我的儿子，我也会揍扁那个女孩儿的。

我知道她和你儿子一起出了车祸，但你这样做是不对的。你需要去找耶稣祷告，他会给你带来平和的。

她不应该去看你儿子的坟墓，替我给她一拳。

你错了，即便你感到悲伤，也不应该这样做。作为一个母亲，你应该明白这一点。它把你儿子带回来了吗？它让你感觉好些了吗？去寻求一些帮助吧。

你怎么了？

她被气得浑身发抖。一群陌生人，肆无忌惮地评论着她的生活，说着一些他们不会当面说出的话。她只能想象，如果马特奥·瓦斯奎兹现在写一篇关于这件事情的文章会发生什么，现在他有更多的理由来写这个故事。趁热打铁，他会得到更多的浏览量和点击次数。对于现在的他来说，这不正是最重要的吗？真相和细微差别仿佛被下了诅咒。

是谁发送的那封电子邮件呢？

34

"你好，简。"

"你好，妈妈。"简目不转睛地盯着卡玛拉。你在这里做什么？你为什么跟我妈妈谈话？所有这些问题都想从她身上迸发出来，但相反，她只是呆呆地望着，不知所措。她很讨厌自己在卡玛拉身边无所适从，被她牵着鼻子走的样子。

"简，你今天好吗？有没有好一点？"她似乎又一次用卡玛拉式的微笑欺骗了整个世界。为什么全世界都看不见她真实的样子呢？

简的心中升腾起一种声音,因为当你以这种方式谈论她时,你听起来很疯狂。你替她做了她要做的事。

"我很好,卡玛拉,你好吗?"简说,"对不起,妈妈,我想我应该先打个电话,我不知道你在忙。"

"卡玛拉只是想和我谈谈慈善机构和她在德克萨斯大学的女学生联谊会的事情,我们准备进行一次募捐活动。"

"我知道你妈妈做得很好,我只是想也许我们可以帮她一下。"卡玛拉说。

"你真是太慷慨了。妈妈,稍后能给我打个电话吗?我会回家的。"她撒了个谎,脸上挤出一丝微笑。她想,她不会再让我崩溃了。"很高兴见到你,卡玛拉。谢谢你帮我妈妈。"

"嗯,"卡玛拉谦虚地说,"总得有人去做的。"

简点点头,脸上火辣辣的,她关上门,深吸了一口气。然后,她在格兰特的桌子后面看到了她妈妈的钱包,可能是她妈妈让他去买拿铁咖啡时给他的,她不假思索地跪了下来,一把拿起她妈妈的沃尔沃钥匙,走出了门。

"简……"她妈妈叫道。简把钥匙放进口袋里。卡玛拉跟着劳雷尔走出了办公室。

"怎么了?"

"卡玛拉和我会在晚些时候结束会议,我看得出你很不高兴。"

"每个人都得把我当作蹒跚学步的孩子一样来跟我说话吗?"

"我没有。"

简掏出钥匙,交给了她妈妈:"我本来想借用一下你的车,但看来你需要它。"她瞥了一眼卡玛拉,"你是要回德克萨斯大学吗？”

“嗯，是的，我是。”

“简，我们谈谈吧。”劳雷尔说。

“不，现在不行。”她把微笑转向卡玛拉，并决定用自己的方式来解决这件事，“我要去你学校，你愿意做一次绝对的好人，载我一程吗？我要去那里见一个人。”

有那么一瞬间，卡玛拉赤裸裸地瞪着简，好像简向她吐了一口唾沫。仅仅一毫秒，简觉得她看到了她藏在笑容背后的愤怒。

卡玛拉点点头，说：“我很荣幸。”

“你打算去德克萨斯大学见什么人？”劳雷尔问道。

“我恢复了更多的记忆，”简说，“恩戈塔医生建议我去和那里的一位研究人员谈谈。”说谎总是比呼吸更容易。

“这真是太棒了，”卡玛拉说，“祝愿你早日恢复正常！”然后她交叉手指，把它们举了起来，简想，这样他们看起来更容易突破。

“太好了。妈妈，我以后再和你聊。谢谢你，卡玛拉。”

* * *

卡玛拉的座驾是一辆全新的奥迪，看起来很优雅，午夜黑的颜色跟她的心一样，简想。卡玛拉沿着蜿蜒曲折的老特拉维斯路驶回了奥斯汀。

“你去德克萨斯大学的真正目的是什么？你被圣迈克尔学院驱逐出来了吗？”她的声音犹如小提琴高音般尖锐、难听，她准备休息一下。当只有她们两个人的时候，她不必再强迫自己带上那幅安全牢固的面具。

她听到了。简认为也许哈文湖的人们会找到一个新的聊天话题。

"我没什么目的，但还是谢谢你的关心。"

"不，真的，你为什么要去德克萨斯大学？"

"你为什么要和我妈妈见面？"

"我们已经告诉你了。"

"瞎扯，镇上有很多令你印象深刻的慈善机构，我妈妈的对于你的关系网来说太小了。"

"我只是想帮助别人，简。"

"你总是能够鼓舞人心。"简望向天空，"要是我能和你一样就好了。"

"简，听着。她给你在高中认识的人都发了电子邮件。"简注意到她没有使用"朋友"这个词，"因为她很担心你，信不信由你，她正在试图帮助。"现在，她的车在红灯前停了下来，卡玛拉毫无伪装地看着她。当她们还是朋友的时候，她们曾一起欢笑，一起看电视，分享书籍，做数学作业，写论文，并一起攻克西班牙语，"你为什么不让你那可怜、害怕的妈妈做点什么来帮助你呢？"

"就像你想帮助我一样。"

"我不是你妈妈，她永远不会看到你是一个什么样的人，她永远不会相信你试图自杀，但你把它搞砸了，所以害死了大卫。她不知道你到底是什么，但我知道你是个垃圾。她除了你什么都没有，这对她来说很糟糕，但也许你应该让她帮帮你，而不是在哈文湖周围闲逛，看起来像个笑柄。"

"我对你做过什么吗？"

卡玛拉翻了一个世界上最没有耐心的白眼。"你杀了大卫。"

"不，不，这是你我之间的事，和其他人没有关系。"

"我没想到失忆症会使你的直觉变得这么敏锐，这似乎使其他的一切都变得没意思了。"她驶上了MoPac高速公路，这条公路的主带沿着奥斯汀的西侧，向北延伸，穿过横跨在伯德夫人湖上的大桥。

"我不记得我做了什么，"简说，"你似乎在这方面有一种施虐狂的喜悦。"

卡玛拉保持着沉默。

"现在只有我们两个人，没有别人了，你可以脱下面具。"

卡玛拉瞥了她一眼："我没有面具。"

简想，这是一种悲伤的忏悔："那么，你一定有点怕我了。"

"我不怕你，我是司机，而悬崖就在我们的西面。"她从温莎出口驶出，转入第二十四街，然后直接驶向德克萨斯大学校园。"你爸爸死后，你变成了一个不折不扣的婊子。"

"我很伤心。"

"你甚至都不记得了。我很遗憾你爸爸去世了，他是个可爱的人，他是我的第二个父亲。"她的声音有些颤抖，"大卫、我和你所有的朋友都愿意为你做任何事情，只要能帮到你，但你不接受。你把每个人都从你身边推走了，除了大卫。你信也好，不信也好，你对我来说很可怕。你用你爸爸的死隐没了大卫生命中的一切。你变成了一个……只会索取的家伙，而他认为他必须拯救你。"她没有看简，"是的，悲伤，或者是任何诸如此类的东西。它需要占据着每个人的生活吗？我的父母告诉我，我必须成为你的朋友。我一直都陪在你身边，而你永远都不会变好。我明白，那是你的爸爸，OK。但我的成绩受到了影响，我因为担心你会伤害自己而睡不着觉。我不是心理医生，我是个孩子。你妈妈帮不上任何忙，是我们其他人在努力阻止你，而你从来没有说过谢谢，或者我会尝试着重新快乐起来或任何类似的话。这就是为什么大卫最后离开了你。"她停了下来，她的话就像是一根终于用完了的绳子。

简的喉咙像被什么东西堵住了一样："我不知道该说些什么。"

"你不会相信我的，好吧，随你，一切都已经结束了。"

"你之前为什么不告诉我？"

"因为你失去了父亲；因为我不是一个彻头彻尾的贱人；因为……都不重要了。你从我这里拿走了太多的东西。我失去了你，但我仍然爱你，我失去了大卫。我不去学习，却花费很多时间来成为你的业余治疗师。我没有进入斯坦福或哈佛。我脱离了'优秀毕业生'的称号，我的父母很沮丧，我只是他们的一张检查表，让我完成这个，赢得那个……我应该接管整个世界，但我仍然应该成为你的拐杖，成为拯救你的天使。嗯，拯救你那个该死的自我。"她把车停在了马路中间，喇叭声在她身后响起，"拯救你自己，要么像你爸爸那样把枪放到你的头上，要么把自己从悬崖上摔下来，但这一次，或许你应该离开这条愚蠢的街道，为自己创造一种新生活。"

身后的汽车发出愤怒的鸣笛声。

"好吧。"简不知道还能说些什么，她感到很愤怒，但卡玛拉从未用今天这样的语气说过话，她需要给她施加一些压力。卡玛拉继续向前开车。

"那天晚上你在找我们，我看到了兰迪·富兰克林为他的报告收集的短信。你找到我们了吗？"简问。

卡玛拉没有回答。她找到了，简想，她一定找到了。

"你希望我不再像个吸血鬼一样依附并榨取你们，继续向前生活。我想，知道这些可能会有所帮助。"

"太好了，让我来帮帮你，我找到你们了，"她的声音像死人一样，"是的，当然找到了。"

"在哪里？"

"我看见你在吻他。"

"不，我不记得吻过他。"

"你把他从我身边夺走，然后杀了他。当你知道我爱上了他的时候，就开始在精神上绑架他，你知道我们交往了两年，是，他住在你的隔壁，或者你比我先认识了他，但这又有什么关系。你的所作所为叫什么朋友？"她停了下来，她们现在在校园里，她慢慢将车开到了人行道旁，"你不记得你曾经是个什么样的人了吗？这真是老天对你的恩赐，你太可怕了。"

"那你为什么要假装照顾我？为什么掩饰得这么好？"

"写好你的入学申请论文吧。滚出我的车。"

简下了车，浑身颤抖着。她把背包放在肩上，然后走开了。她停下脚步，回头瞥了一眼卡玛拉，但她已经不在了。

这全都是谎言吗？卡玛拉赤裸裸地说出了这一切，简直是太可怕了。

涉及到她和大卫，卡玛拉不会说谎。

她前几天还和特雷弗说，大卫和我就像兄妹一样。而特雷弗却说，这种说法并不准确。

难道他也知道吗？这就是她令他感到不自在的原因吗？是不是每个人都害怕她会想起她爱上了被她杀死的那个男孩儿？为什么大家要向她保守这个秘密？还是只有卡玛拉知道，特雷弗只是对她的错误解读发表了一下评论？

这就是我们要去加拿大的原因吗？为了在一起，逃离所有人？就像一些愚蠢的青少年的幻想。

我是个什么样的人？好吧，我已经有了答案。你欺骗了你闺蜜的男朋友，简想。她突然不想和阿玛丽谈话了，她不想知道更多的事情。

她没有注意到，有一辆卡车从她妈妈的办公室一路跟着她和卡玛拉开到了这里，也没有看到那辆卡车非法停在了她下车的地方，更没看到一个男人从车里走了出来。他个子不高，但体格健壮。当简走路时，夏洛·鲁克看着她，并悄悄跟着她。她走向一个大喷泉，上面有一个用铁浇筑的奔跑的野马雕塑。几十个学生在这里漫步，他靠在墙上注视着她。

35

它以一种佩里无法想象的速度迅速跃升为了一则爆炸性新闻。

视频中的字幕有两种说法：她是一个"悲伤的妈妈"，或者简是一个"失忆症受害者"。简的朋友圈之外的某些人将她和事故联系在了一起，或者她是"著名妈咪博主的女儿"。她看到劳雷尔正在背后进行自我推销，在车祸发生后的几个月里，她一直在关注劳雷尔的妈咪博客，并警惕着劳雷尔是否在试图从大卫的死亡中寻找借口，发表一些以自我为中心的作品，或者是恳求谅解的言辞。

作为一位"悲伤的妈妈"，她在Faceplace和Cheeper上都成了热门话题。很快一些骚扰电话就会打进来。她的手机响了起来，除了卡尔，她谁的电话都不会接，但后来她看到是之前曾给她打过电话的罗尼·杰维斯。在墓地事件发生前，她曾在早餐时拥抱过她，并提醒她关于募捐晚会的事。

"你好，罗尼。"

"亲爱的，你还好吗？"她的声音如丝绸般轻柔。佩里想，这就是所谓的丝绸绞喉。

"我没事，这真是太令人尴尬了。"

"当然，我只希望我能在那里给你一个拥抱。"

"谢谢你。"

"听着，亲爱的，董事会给我打电话了，他们非常感谢你为教育募款活动所做的一切，你已经非常棒了，真的，但我想，如果你能退后一步，他们将会认为这是最好的选择。"

多么含混不清，人畜无害的话语。她闭上眼睛："这件事会平息的，你知道在互联网上，所有人都在关注明天的新鲜事儿。"

"我当然希望如此，但他们不会。他们看起来不仅仅是想要举办一场旨在打击家庭暴力的盛会，你明白的。"

她有一种被挖空的感觉："我需要公开辞职吗？"

"哦，不用，他们会处理措辞的。有几个赞助商给我们打来电话，他们对继续赞助我们感到很不安，你知道他们是什么样的人。一旦有一个退出，其他就会都跟着跑掉。我们只想让你休息一下，也许这样会让你感觉好一些。"

当她生气的时候，就像是一个维多利亚时代的歇斯底里患者，或者是疯子。她为什么不能生气呢？她确实不应该把简从车里拖出来，但为什么大家都忘了，不管是出于故意还是鲁莽，简都杀死了她的儿子呢？

"你知道，罗尼，不管怎样。祝你在晚会上好运。"

"别这样。"

"别告诉我应该怎么做，去举办你的晚会吧。"

"好吧，佩里。我很抱歉。"

"不，你不需要道歉。"在罗尼说出另一种陈词滥调之前，佩里挂了电话。

她重重地坐了下去。她的丈夫和敌人站在一起；她的工作极有可能会失去；而她的志愿者事业，她多年来在哈文湖培养的友谊，全都毁于一旦。哈文湖小镇的人们喜欢揪住别人的污点不放，正像当年诺顿母女感受来自哈文湖的刺痛与谴责时，她却感到格外的高兴。

她找到那张关于晚会的笔记，把它们从小螺旋笔记本上撕了下来，同时也把晚会的日历页扯了下来，然后用手将它们撕碎，直到它们被撕成碎屑散落在她的脚边。她从手机里删除了董事会和罗尼的电话号码，以及所有与此有关的电子邮件。她的呼吸急促而尖锐。她强压着怒火，给兰迪·富兰克林打了个电话，但是没人接听。她又试着给他的办公室打电话，但电话的另一端是一个标准的语音信箱，说他的办公室将无限期关闭。

她不能坐以待毙，让诺顿母女毁了她的生活。

她需要证据，但也许佩里能够直接把劳雷尔吓退，让她放弃这场报复行动。她拿出了被她藏在楼上的画有丽芙·丹吉尔的笔记本，然后回到楼下，坐在窗边，从那里可以看到车库。她开始翻阅笔记本，研究着她儿子的艺术和简的故事，但每分钟都会从书页上抬起头来往外看。

劳雷尔的车库门关闭着，但她可以透过窗户看到劳雷尔在打电话。然后消失在了她的视线中，过了一会儿，车库门升了起来。

佩里急忙跑到自己的车上，把笔记本扔到了乘客座位上。跟踪劳雷尔并不是一件容易的事，她们认识彼此的车，而且劳雷尔会注意到佩里是与自己同一时间开车离开的。

劳雷尔的红色沃尔沃驶过环形路，然后向左拐去。佩里从她的车道上呼啸而过，差点儿撞上装饰用的石灰石镶边，紧随其后。她看到前面的劳雷尔转向了凯尔蒙大街，然后又驶入了老特拉维斯路。佩里跟在后面，在她和劳雷尔之间还有另外三辆车，她突然感到很庆幸。也许劳雷尔不会注意到。或者，也许劳雷尔会放弃这种疯狂的行为，因为她一定知道，佩里已经盯上了她。

她的手机一遍又一遍地响个不停，在出现红灯或停车标志时，她会抽空看一眼呼叫者名单。都是她的朋友或熟人打来的，可能是因为他们看过视频，有些人真心想安慰她，而另一些人则没有那么好心，他们想要听听她说话的语调，看看她现在怎么样，听着她的声音，暗自庆幸那不是他们。难堪的事情总是会引来大量的围观群众。

劳雷尔并入了MoPac高速公路，一路向北，穿过伯德夫人湖，向市中心和德克萨斯大学方向驶去。佩里跟在后面，试图保持距离，但又尽量不跟丢。

手机又一次响了起来，这次播放的是一段特定的音乐，布兰妮·斯皮尔斯的《中你的毒》。这只铃声与她从未删除过的一个手机号码绑定在一起。几年前，当她还没有失去大卫时，她和劳雷尔曾在拉斯维加斯的一个妈咪周末上合唱过这首歌，她给那六名女性每人选择了一首不同的布兰妮歌曲作为她们的铃声。"中你的毒"是劳雷尔的铃声，她没有想到这会是一个如此恰当的选择。

她点击了汽车屏幕上的接听图标："佩里，你为什么跟踪我？"

"我知道你是幕后主使。"

"什么主使？顺便说一下，你可能会收到我的律师函，因为你攻击了我的女儿。"

"我不这么认为，因为诉讼意味着你和简都要宣誓作证，我不确定你是否准备好了作伪证。这比纵火或偷窃更容易被证实。"

"你的问题与我无关。别跟着我，不然我会打电话报警，告诉他们你在骚扰我。"

"我在公路上开车，这是我的权力。"

"你现在感觉怎么样？"劳雷尔沉默了一会儿问道，"被人谴责的滋味还好吗？每个人都想嘲笑你，相信你最坏的一面，没有人愿意听你解释？"

"我知道，这是你做的，你这个精神病。你烧毁了那个女人的房子，毁了那个男人的婚姻，他是个疯子，他会来找你和你女儿的。你将一个疯子从瓶子里放了出来。"然后，她突然想到了解决问题的办法。

"我不知道你在说什么，但别再跟着我。"

"好吧，我不跟你了。"然后她从下一个出口拐了出去，来到一个绿荫繁茂的老街区。

"离我女儿远点。"

"我知道丽芙·丹吉尔的名字来自哪里，简也知道，她记得的。你们都是最糟糕的造谎者。"

"我不知道你是什么意思，但我不会让你一直伤害她的。"劳雷尔说。

"你是在威胁我吗？"

"是你在跟踪我，你还觉得受到了威胁？也许我会开车去大卫的坟前献上一束鲜花，你想来打我吗？我会反击回去的。"劳雷尔挂断了电话。

哦，我也会反击的，佩里想，我会为你和你说谎的女儿献上一个大规模杀伤性武器。她驶出下一个出口，停在了一家小咖啡馆前。她在网上搜索了一下夏洛·鲁克，在县财产税网站上找到了他的地址，然后开车去了他家。这是一座20世纪60年代在西北丘陵地区建造的小平房。

现在是他们共同面对敌人的时候了。

36

德克萨斯大学比圣迈克尔学院大得多，简觉得在这里可能会更容易隐藏自己。这里有成千上万的学生，你可以藏在这里。也许她应该在比圣迈克尔学院更大的校园里再试一次，在这里重新开始她的生活不会那么伤脑筋。

"阿玛丽？嗨。"

"简。"阿玛丽从手机上抬起头来，"不管你有什么事，我们都快一点吧。我还要去个地方。"

"是关于那次事故的事情。"

"你现在都想起来了吗？"有趣的是，其他人对她的记忆或缺少的记忆是那么的感兴趣。好像失忆症不是一种永久性的疾病，而是一种严重的流感。

"我想问你那天在课堂上发生的事情。"

"我也不太记得了。"

"嗯，你一定记得的比我多。"简强迫自己露出一个灿烂的微笑，但并没有奏效，"你在课堂上看到大卫递给我一张纸条，对吗？但你没有看过它。"

"是的，我没有。这是显而易见的事。"

"那天晚上，你看到我们了，并给卡玛拉发了短信。"

"我认为她一定想知道。"

"可她说他们分手了。"

"所以呢？你是她最好的朋友，简。"她打破了朋友间的规则：不能和闺蜜的前男友约会，至少不能马上。

"大卫是我的邻居，我们没有约会。"她想试探一下阿玛丽，看看她是否知道卡玛拉说的事情。

"我知道，但你看起来非常紧张。我的意思是……算了，我并不是在向你证明这一点，"阿玛丽说，"如果你刚刚分手了几天的前男友，和你最好的朋友亲密地待在一起，你一定会想知道的。不要说你不想。"

"好吧，你听到我们说什么了吗？"

"呃，没有。我和大卫用眼神交流了一下，他狠狠瞪了我一眼，所以我没有。"

"特雷弗和亚当进来的时候，你和他们聊过吗？"

"只聊了几句话，亚当在找你，特雷弗也是，他像发了疯似的。"

"发疯？"

"我猜他有重要的事情要跟你谈。我没想到他们俩会这么焦虑。"

简想，他为什么会感到不安呢？"你知道为什么吗？"

"不知道。"

"你有没有听说过大卫和我要去加拿大？"

阿玛丽笑了起来："没有，这对我来说是个新消息。"

"你和特雷弗还是朋友吗？"

"当然是了。"她看了一眼手表，"他一会儿就来接我，我得帮他点儿忙。"

"他的派对吗？"简问道。

"是的，你要来吗？"简看得出，她听起来有点惊讶。

"不，他没有邀请我。"然后简迅速补充道，"这样挺好的，我不太喜欢聚会。"

阿玛丽也没有邀请她。"那好吧，他应该很快就到了。"她看向街道，好像她已经没什么可说的了。

"你和特雷弗在交往吗？"

阿玛丽扬了扬眉毛。"哦，不，我们只是普通朋友。我的男朋友是德里克，和特雷弗在同一所社区学院。但我的车没在这儿，所以德里克和特雷弗会来接我，然后我们一起去买吃的和啤酒……"她的声音越来越低。

简继续说："几天前我在咖啡店里和特雷弗谈过，我知道我们小时候是朋友，他会帮我回忆起车祸的那个晚上。"简心想，是的，他帮了个大忙，但自那以后她还没有收到过他的任何消息。

"简，你还想从我这里了解些什么吗？"阿玛丽问道，"如果没有的话……"

"我想，我要提醒你，"简说，"有人跟踪并报复了曾照顾过我和大卫的两名急救人员；为霍尔夫妇调查车祸事故的侦探失踪了，或者至少是不接我的电话，也不在他的办公室里。"

阿玛丽皱起了眉头，嘴巴微微撅起："这太疯狂了。"

"似乎任何处于这个事故边缘的人，都应该小心。"

阿玛丽眨了眨眼睛："但是我什么也没做，为什么会有人责怪我呢？这是你的错。"

"我觉得是霍尔太太干的，我的自杀遗书是几个月前写的，她和霍尔先生保持了沉默。如果你知道的话，会不会改变你对我或是车祸的看法？"

阿玛丽的眉头一直皱着："我不知道，也许吧。"

"曾经有过自杀的念头，就会永远想自杀吗？"

"哦，不，当然不是。"她交叉着双臂，"你觉得是霍尔太太干的？"

简向她解释了丽芙·丹吉尔的事情，并给她看了手机上的佩里将简从车里拉出来并打了她的视频。"哦，喔。"阿玛丽说道。

"我想她不会来打扰你的，但是……我的意思是，她的悲伤已经将她消磨殆尽了。一名急救人员的房子被烧毁了，她周围的空房子也被烧了。"

"你不是在开玩笑吧？"

"不，我没有。她声称是我做的，但我认为应该是她。我甚至连辆车都没有，又怎么能去圣安东尼奥纵火呢？她有能力，也有动机。"她把一只手放在阿玛丽的胳膊上，"如果你还记得什么，或者你能告诉我什么……"

"呃，好吧。我在Happy Taco待了一阵子，我喜欢在那里学习。后来霍尔先生进来了，也在找你和大卫。我没给他发过短信，也不可能发，但我想一定是卡玛拉发的。"

卡尔一定是在那段视频结束之后进来的："你跟他说话了吗？"

"没有，我真的不认识他。我只在足球比赛中见到过他，卡玛拉曾把他指给我看过。"

卡尔·霍尔也在寻找他们，但只有卡玛拉找到了他们。"谢谢你，阿玛丽。"

"哦，特雷弗来了，我得走了。保重，简。我希望……我希望你快点好起来。"仿佛失忆症就像感冒一样，克服一下就会好。阿玛丽急忙向马路上跑去，一辆装着有色玻璃的黑色大卡车在那里等着她，其中一扇窗户降了下来，里面坐着特雷弗和另一个男人，她的男朋友正看着阿玛丽向他们跑去。

黑色卡车，黑色大卡车。就像布伦达·霍布森所看到的，当救护车转入高橡树路赶往车祸现场时，恰好有一辆黑色卡车拐了出去。

特雷弗举起一只手，不确定是在向谁挥手。简站在那里，举起手机，仔细地拍了一张卡车的照片。阿玛丽爬了进去，简看到特雷弗向她问了一个问题，然后惊讶地回头看了一眼简，便开车走了。

简给布伦达发了一张照片："这像你记忆中的那辆卡车吗？"

五分钟后，她得到了回复："是的，就是那种卡车。"

德克萨斯州有许多黑色的卡车，但那天晚上，只有一辆被人开着到处去寻找她和大卫。

她叫了一辆共乘汽车，被告知十分钟以后才能到达，于是她又从背包里拿出记录有她父亲的文件，仔细查看了一遍。

她找到了一个贴在照片背面的信封，她之前没有注意到它。

她打开它，里面有一张她妈妈和卡尔·霍尔的合照，他们站在门的阴影里，在屋檐下接吻。她妈妈的手抚摸着卡尔的下巴，他把她紧紧地搂在怀里，手指缠在她的头发上，把她拉得紧紧的。

她盯着它看了很长时间。

它是从哪里拿出来的？她知道，但却没法把它放回去。照片上的日期是她爸爸去世前的两个月。

她盯着那张照片，久久不能缓过神来。她可以直接去问她妈妈，或者卡尔，或者是佩里，在她心里插上一刀。就像她曾经伤害简那样去伤害她。

她把照片放在了背包里。

"你是简·诺顿。"一个声音在她身后响起。

她向身后看去，一个男人站在那里。粗壮的手臂，黑色的头发，刀疤一样的嘴。有一秒钟，她觉得自己什么都不应该说。但她却说："是的。"

"我是夏洛·鲁克，拯救你生命的救护人员之一。"他声音低沉，充满了火药味儿。

"哦，是的，谢谢你！"佩里端着咖啡去找她时，曾提醒过她。她不想感谢他，也不想和他说话，但那样似乎不太礼貌，她看得出来，他很想跟她谈谈。

"谢谢你的善意感谢，"他说，"但我有些不幸，似乎与你的糟糕经历有关。"

她把文件推回背包里，拉上拉链："我得走了，我要搭共乘汽车……"

"我可以载你一程，我们可以聊聊卡尔和佩里·霍尔。"

"我真的没什么可说的……"

"你不是在问那个女孩儿关于霍尔夫妇的事吗？发生车祸的那个晚上？"

她吃惊地意识到，他一定坐得离她们很近，有很多学生从这里走过，她没有注意到。"你认为是霍尔太太烧毁了布伦达的房子；你认为是她毁了我的婚约；你认为是她让兰迪·富兰克林消失了。"

"我不知道她做过什么。"

"你在手机上给那个女孩儿看了一些东西，是什么？"

"霍尔太太在她儿子的墓前攻击了我。"她鼓起勇气，不想再看到他那双空洞的眼睛。没有什么值得玩味的，她能感受到那肌肉与力量背后的空虚。

"给我看看。"他说道。

"我的车来了……"

"给我看看，简，求你了。"

她拿出手机，递给了他。他默默看完了那段视频："嗯，她看起来不太好。"

"大卫的墓碑被玷污了，上面写着'所有人都将付出代价'，她很生气。"

"如果是她在跟踪我和布伦达，还有那个调查员，就像你说的，你认为她的终点在哪里？她在为谁做准备？谁会是她的最终目标？"

简把电话塞回口袋里。

"你？你妈妈？他们肯定恨你妈妈。"

共乘汽车停了下来。"我得走了。"简说。

"他们是冲着你来的，简，"他说，"也许我们应该为此做点什么，你不想让那个婊子付出代价吗？"

"付出代价？"她的手已经放在了车门上。

"我看到了那些文章，关于'失忆女孩儿'，我知道她在车祸后是如何对待你和你妈妈的。你被你生长的小镇驱逐了出去，备受指责，她的儿子是圣人，而你是个垃圾。难道你不想让他们为自己的所作所为付出代价吗？"

"我只想找回记忆，这就是我想要的，只要恢复记忆就好。"简拉开车门。

"他们会来找你的，'所有人都将付出代价'对吗？他们会让你付出什么样的代价？"她刚一上车，他就靠了过来，在她能关上车门之前抓住了它。"他们还能对你做什么？他们夺走了你的一切，你还剩下什么？"

她浑身发冷，感到很不舒服。劳雷尔接吻的照片浮现在她眼前，她"砰"地一声关上车门，司机开了出去。简透过窗户向后看去。

夏洛·鲁克看着她，将手举到脸上，暗示她保持电话联系。

37

简在停车场里下了车，她在那里等待基普·伊万德，霍尔家的律师。她曾见过他的车，当他来到大卫家时，她妈妈告诉她，那是他们的律师。她知道他有一个女儿，比简小一岁，在读高中，但简不记得她了。

"伊万德先生？"

那人朝宝马走去，眼睛盯着手机屏幕，抬头看了看。他有一张和蔼可亲的脸，棕色的头发，戴着一副时髦的眼镜，穿着一身高档的灰色西装。"什么事？哦，诺顿小姐？"他看起来很惊讶。

"你认识我。"她冒险地笑了笑。

他微微一笑，但很快又恢复到了完全中立的表情。"我认出你了，"他停顿了一下，"你还好吗？"

"我很好，"她说，"我想知道你是否可以跟我谈谈关于车祸和诉讼的事，一分钟就好。"

"从道德上讲，我不能透露任何与客户有关的事情。"

"拜托了，我并不想向你打听什么秘密或者任何事情。"她咳嗽了一声，试图掩饰自己的紧张，"我只是想知道，你是否知道霍尔为什么放弃了诉讼，并解决了保险赔偿问题？"简想，因为卡尔·霍尔正在亲吻我母亲。

"通常我会建议所有客户都这么做，特别是在这样的情况下，涉及到一个未成年的小司机。"他有一个带有南方语调和戏剧色彩的男中音，很适合出庭。

"我知道是卡尔放弃的，佩里并不想这样做，但我不知道为什么。"

他同情地看着她，而不是遗憾，貌似他知道些什么。他们的态度截然相反。他长出了一口气，说："悲痛的父母有时认为诉讼会带来正义，然后他们又意识到那是不可能的，因为正义并不能带回他们的孩子。我认为卡尔并不想毁了你和你母亲，因为你已经失去了父亲。那样做也并不能将大卫带回他身边。"

"我想知道这是不是因为卡尔和我妈妈之间有过某段历史。就像，你知道的，"她给这个停顿赋予了足够的分量，"一段外遇。"

"这我当然不能说。"他目不转睛地盯着她，"我现在要回家去陪我的家人了。"

"因为我家里也有一张纸条。一张大卫写给我的，上面说他在出事那天遇到了危险，我还没有拿去分析过。"她在说出最后几个字时着重加强了语气，"但是，也许霍尔夫妇并不想让大家知道大卫遇到了麻烦，也许我妈妈告诉过霍尔先生还有你，那张纸条的存在，这就是他放弃诉讼的原因。你可以点头或者摇头吗？"

他静静地站在那里，然后他说："就算有这样一张纸条，它的法律价值也是有限的，这很难成为证据。"

她轻轻地叹了口气。"我不知道你能不能理解，伊万德先生，当我知道自己的母亲有一个物证，但却没有拿出来时，我真的有点不安，你知道的，我即便无法获得原谅，但至少可以让我的朋友们恨我少一点，甚至更少一些，"她的声音哽咽了，"而她并没有将它公之于众。我想她之所以没有这么做的唯一原因，就是他们之间有个交易，并且他们达成了某种协议。放弃诉讼，那张纸条就会成为一个永远的秘密。"她交叉着双臂。

"你真的应该问问你妈妈，简。"

"她不会告诉我的。这件事情让我很不安，但我想知道答案。除了弄清楚之外，我不会用它去做任何事。你可不可以用一种不违背道德的方式告诉我。"

"我不能告诉你。"他清了清嗓子，"我只能说，你妈妈在卡尔·霍尔进来之前，在这个停车场里见了他一面。我可以从办公室窗户看到他们。他们讨论了一些事情，然后她离开了。卡尔在这里站了很长时间，然后才进来跟我见面。就在那个下午，卡尔放弃了诉讼。这就是我要说的，去做你想做的吧。"

知道这件事之后让她松了一口气。"还有一个问题。兰迪·富兰克林，他是那种在未受人委托的情况下，就随便调查别人的人吗？"

"你的意思是到处窥探别人隐私的人？"

简点了点头："希望能够找到让人妥协的信息。"

"你是问他是不是个敲诈者？"

"我不知道该怎么说，他可能会称之为'保险'。"

"那么，我猜他有一些危险客户的传言是真的，你应该离他远一点。当然，只是一个猜测。"

"谢谢你，伊万德先生。祝你和你的家人度过一个美好的夜晚。"

"不客气，简。我希望你的生活能够早日得到改善。"多么奇怪的一个离别愿望。

基普·伊万德坐进他的宝马车里，从她身边开走了，没再回头看她。

简决定回家，她要去参加那个聚会，即便是作为一个不请自来的客人。

38

就在佩里快要睡着的时候，有人用指关节使劲儿敲打着司机侧的窗户。

是夏洛·鲁克。

"你是来烧我房子的吗？"他拖长声调说道。

"不，"她清醒了过来，"我按过你的门铃，但你不在家，所以我在这里等你，我们能谈谈吗？"

"你要干什么？"

"我想让你相信我不是坏人，我不是丽芙·丹吉尔。"

"我为什么要相信呢？"

"听着，如果我因为你没有救活我儿子而对你怀恨在心，从而跟踪你的话，我就不会仅仅是毁掉你的婚约。我会用刀扎进你的肠子。"她试图使自己听起来更凶悍。

他笑了："哦，当然，哈文湖夫人，你是个真正的坏蛋。"

"我知道你认为这是针对你而来的，还有布伦达·霍布森，以及其他处理过车祸的人。但其实不是，这是针对我的。你只是一个无辜的受害者，像我一样。"

他扬起一只眉毛。

"我可以证明给你看。"她说。

"我们进去聊吧，"他说，"我给你做一杯真正的冰茶。"

她不想和他单独待在一起，他几乎没有她高，但体格健壮。他朝她微笑的样子让她直起鸡皮疙瘩。

"那是什么？"他看着她带来的笔记本问道。

"证据。"她说。

他耸了耸肩，走进屋内，她跟在后面。

"你想喝冰茶吗？"

她并不想喝，但嘴上却说可以。

这显然是他父母的房子，家人的照片还挂在走廊里的斗篷上。她意识到，他父母一定已经过世了，现在这所房子是他的。照片中，有一个极像夏洛哥哥的人，穿着军装，大概是在值勤。

她跟着夏洛进了厨房，里面的物品摆放得井然有序，可以说完美无瑕，像极了士兵的作风。当她打瞌睡时，他把茶从一个水罐里倒了出来，又向里面加了薄荷和柠檬。他给自己也倒了一杯，从放在瓷砖柜台上的瓶子里拿出一块占边·波本威士忌加在了里面。他把瓶子举向她，她摇了摇头。

"当咪咪取消婚约时，我几乎快把它喝光了，"他说，"今天早上我没有得到你或你丈夫的同情，霍尔太太。我不认为这会儿你就会意识到，我是这里的受害者。"他又笑了。

"我意识到了。我也是。"

"是啊，你对简·诺顿的殴打看起来真的很无能。我看了视频。"那可怕的微笑又回来了，"你确实有很多精力。"

"我知道这段视频的影响。"她说。

"是吗？"他笑了起来，"听着，如果是你和你丈夫在进行这个小小的报复，告诉我，我会集中精力对付他。他只是想把你拖下水。"

"我已经申请离婚了，"她说。她为什么要告诉他？这只会让他的笑容变得更加尖锐。"卡尔永远不会这样做，他是一个CEO，一个投资者，他不会弄脏自己的手，更不会拿自己的名誉冒险。"她说得太快了，以至于她的神经都变得紧张起来。他似乎是一个能在空气中嗅到恐惧的人。

他想，他是为大卫做的。

"而且我也不是丽芙·丹吉尔，是简·诺顿和她妈妈。"

"我为什么要相信你。"

她给他看了那个画有丽芙·丹吉尔卡通人物的笔记本："这个

人物是我儿子画的，而这些故事是简写的。他们小时候总是这样做，我猜他们是想围绕她设计一个电子游戏。"

"这能证明什么？"

"除了简，没有人知道这件事。"她给他看了扉页，大卫和简声称自己是丽芙·丹吉尔的原创者，"我丈夫和我从来都不知道这个角色，只有简知道。"

"但她失忆了，她为什么会记得这个卡通人物？"

"这是一个谎言；或者她的记忆已经恢复了，她还在假装失忆；又或者，她有一套自己的丽芙·丹吉尔图册，她知道这个名字。"

"真是个有才华的孩子，"他一边翻阅着图册一边说，"既然只有简知道这个角色，那你是在哪里找到的？"

"它被藏在我儿子房间衣柜顶端的架子上。他死后，我不忍心改变房间里的任何东西，她一定以为他把笔记本扔了。"

他合上笔记本："或许她真的不记得了。我在车祸现场看到她时，她伤得很严重。"

"如果我是丽芙·丹吉尔，我会把这些证据带给你吗？它直接指向我或者诺顿母女。现在我们来缩小范围，只有当我不是丽芙时，我才会把它带给你看。"他无法查出她电脑里那些帖子的来源，那将是确凿的证据。

这让他暂时放弃了这种想法，他喝着茶，看着她。她不喜欢他盯着她看的样子，他比她小十岁，但他注视着她，就像凝视着一个酒吧里的人，他想请你喝一杯，而你想让地板把他整个吞下去。

"或许你想让我认为你不是丽芙。"

"你可以直接把它交给警察。"

他咬着嘴唇。

"听着。"她的声音变得严厉起来，"如果我丈夫想报复你，他不会偷你的东西，破坏你的婚约。他会让你从县城里滚出去，他有很多有势力的朋友。他会在你身上藏毒，让你做很长时间的牢。"

听到这里，夏洛笑了起来。

"但他不会把你女朋友从你身边夺走，这太微不足道了。"

"对我来说不是这样的，"夏洛说，"那么，你已经喝过茶，也把你的情况说得很清楚了。佩里小姐，你现在可以走了。"

"我想让你帮忙证明诺顿母女才是幕后主使。"

"是的，一个患有失忆症的女孩儿和她的母亲点着了布伦达的房子。"

"你去网上搜索一下'劳雷尔·诺顿的妈咪博客'，劳雷尔多年来一直在致力于打理这个关于抚养女儿的博客。这表明她是一个痴迷于树立孩子形象的女人。车祸发生之前，还有另外一起事故，据推测，她的丈夫死于清理枪支。"

现在她引起了他的注意："据推测？"

"我说的不够清楚吗？"她说。

他撇了撇嘴。

她继续说道："我一直在想，她到底可以卑微到什么程度。一个女人将她孩子的所有私密时刻都写了出来，这样她就可以在她的博客上卖婴儿推车广告和酸奶优惠券。然后，她失去了她的丈夫，再然后，她的女儿杀死了我的儿子，她向世界传播的完美形象被粉碎了。这不公平，但事实就是如此。"她深吸了一口气，

"所以，现在她的女儿成为了一个无家可归的精神病患者，她有什么理由不想报复那些对她造成痛苦的人呢？"她说得越多，就越是对此深信不疑，这就是答案。也许简先弄脏了墓碑，然后又去了墓地，希望能撞见佩里，或者打算在那里等待佩里的出现，因为她一定会去。她可能已经事先收买了司机，让她去拍摄视频，或许那根本就不是共乘汽车，而是她的一个已经准备好去记录下佩里的悲伤与愤怒的朋友。佩里把她的脖子正正好好地放到了她们的绳套上。

"所以你认为我下一步应该去读她的'妈咪博客'？"夏洛的声音里充满了阴郁。

"是的，它叫'绽放的劳雷尔'。然后你会看到我告诉你的就是真相。"

"我姑且相信你，霍尔太太。然后呢？你为什么要把这些告诉我，而不是警察？"貌似他已经知道了答案。

"好，既然你想知道，那我告诉你，因为你可以阻止她们。"

"我？仅凭一个渺小沧桑的我？"他的嘴又撇了起来。她看到，它仿佛是被刀割开的一样，留下一条细细的、苍白的伤疤。"我该怎么做？露营在草坪上，跟踪她们？"

她深吸了一口气："你可以恐吓她们放弃复仇，我会告诉你，她们什么时候回来。"

"她们可以叫警察来抓我。"

"她们不会的，如果我们找到她们纵火，或者偷盗，或是她们对兰迪·富兰克林所做的事情的证据，她们是不会报警的。"

"你是让我去找这个证据吗？"

"我们，然后我们去找警察。"

"我不喜欢警察。"

她觉得自己踏进了一个模糊的地带。

"我不想声张，但这样做会被宣扬出去的。"

"是的，我想是这样。"

"我宁愿私下说服她们停下来。"

"你不会伤害她们。"

他的嘴角翘了起来："你在乎吗？"

"我当然在乎。"

"我不太明白你的意思。"

她心中升起一股黑暗、羞耻的感觉，就像一只伸出的拳头，她喝了一口茶，转过身去背对着他。"我只想让她们离开、搬走。她不想卖掉那所房子，因为那是她已故的丈夫买给她的。我也不会卖，因为那里有我儿子的记忆。我们陷入了僵局。"

"这将会打破它。她们沉溺于她们想要的东西。我们这么做是为了不让她们去报警。"

"没有人会受到伤害？"

"是的，当然。嘿，我是个会挽救生命的人，霍尔太太。我是好人。"

"好吧，我们成交。"

他再次走近她："我们盖个章好吗？"

"我……我……"他笑眯眯地看着她，T恤紧贴着他的胸膛，眼睛里空空如也，"我……"

"握个手吧，"他说，"你以为我是什么意思？"

"没什么，什么都没有。"她想，你和魔鬼做了一笔交易，现在你必须要比这个魔鬼更聪明，"那我们该怎么办？"

"今天早上，当我确定你和你丈夫是坏人时，我去找了简，"他说，"她完全拒绝了我的帮助，我觉得她怕我。但她是她妈妈的软肋，对吧？让我们好好想一想该如何利用这一点？"

"没有人会受伤吗？"她又问了一遍，因为她觉得他有一种强烈的破坏欲，他想伤害别人。

有那么一会儿，她想起了大卫。他会怎么看这件事？她一直向他强调21世纪父母的口号："做出正确的选择。"每当他离开家门时，她都会不厌其烦地强调这一点，然后他们会大笑起来，因为很显然，大卫永远不会做出错误的选择，这成了他们之间的一个玩笑。

做出正确的选择。

夏洛·鲁克再次向她露出了邪恶的微笑。

39

简回到家，在她父母的卧室里毫无意义地搜寻了两个小时。在那里，没有发现任何证据能够表明她妈妈和卡尔之间曾发生过，或还在发生的事情，她无法想象他们现在仍然乐在其中。

毫无疑问，那起事故及其余波结束了这一切。但她妈妈坚持拒绝出售这所房子，现在看来似乎还隐藏着某些其他原因。

　　她想把照片塞到她妈妈的鼻子底下，问她："你想解释一下吗？"问问她关于凯文·恩戈塔的事，但她认为在她与凯文的会面中直接质问她会更好。如果她现在提出这个问题，就不会和凯文见面了，而凯文正在试图证明他是站在她这边的。而且她不想解释她是如何得到那份文件的。

　　她尝试着拨通了富兰克林的办公室号码，没有人接听。她又试着拨了一下他的手机，但有些紧张不安，因为她不想跟他联系在一起。她必须要了解一些事情，所以她打了电话，仍然没人接听。

　　她把照片放在档案袋里，然后将档案袋放进了她房间的衣柜里，藏在书架上一摞书的后面。她想，或许静静等待着，看她妈妈究竟在他们之间的这场游戏中扮演着一种什么样的角色才是最好的，然后在她需要的时候，再拿出她和卡尔的偷情证据，作为她的王牌。

　　有一种声音正萦绕在她的脑海里，挥之不去：爸爸知道吗？爸爸知道吗？

　　他们不可能还在继续。不可能。

　　而楼上的这一番窥探，意味着她不必下楼去和她妈妈聊今天早上她和佩里还有夏洛之间发生的事情，以及她所获悉的其他事情。亚当告诉她，在发生车祸的那晚，他看到她妈妈和佩里·霍尔在争吵。是关于这件事吗？

　　她听到劳雷尔回来了，在楼下，哼着小曲，也许她很高兴听到她女儿宣布她开始重新有了社交计划。她真的不想破坏这场派对，但如果她能把特雷弗灌醉，让他神志不清，也许他会告诉她在车祸发生时，他曾开着卡车出现在了高橡树路上。她愿意在咖啡店跟她聊天，但这并不意味着他没有自己的秘密、自己的日程安排或者是罪责。她曾被自己蒙蔽了双眼，但现在，她看到了别人的罪恶，她可以看出这是一种多么强大的力量。

她一直在想，爸爸知道吗？他知道吗？他是否知道他的妻子背叛了他？我是不是也知道，只是不记得了？也许我只是恰好没有忘记我所有的日常生活。也许我连自己的秘密也忘记了。

"妈妈？"她走下楼来。

"是的，宝贝儿？"

她决定从容易的部分开始："卡玛拉今天去你办公室干什么？"

"听着，我不能直接告诉她，我不会与她的联谊会合作。我与她见面，只是出于礼貌。我知道你不喜欢她，但是你不会被卷进来的。"她微笑了一下，但简看到的都是她妈妈倒在卡尔·霍尔的怀里，她的手掌抵着他的下巴，就像她在享受他的抚摸一样。她妈妈雇用凯文来假扮她的治疗师，也许是为了帮助她。但她妈妈与她最大的敌人见了面。

如果她把发生的一切都告诉她妈妈，她就会把她送进精神病院，"为了保护她自己"。但是妈妈也有危险，如果夏洛·鲁兄再次出现的话，很可能会对她产生威胁，所以她必须要告诉她。

她非常冷静地向她解释了那个自称为丽芙·丹吉尔的骚扰者的事情，那两名救护人员已经被盯上了，夏洛·鲁克跟着她去了德克萨斯大学，疯癫的佩里坚信简、劳雷尔，或她们俩就是丽芙·丹吉尔背后的操纵者，以及佩里在墓地对她的攻击。但她对自己偷偷溜进富兰克林的办公室，看到他的文件以及她与卡尔的照片只字未提，也没有提到夏洛提出让霍尔夫妇为他们所谓的罪行买单的提议，以及她与凯文之间的事和她从亚当那里知道的事情。当她说完时，她仍然认为劳雷尔会打电话给精神病院，询问是否有空房间。她还没有准备好去那里。但相反，劳雷尔站起来，紧紧抱住了她。

"为什么你不早点告诉我？我会处理这件事的，这样他就不会再去打扰你了。"

"什么？"

"好吧，我去打电话报警，他跟踪了你，警方需要知道这件事。"

"是的，然后他会告诉他们什么？他主动提出帮我铲除霍尔夫妇？"

"他就是个垃圾，没有他，他未婚妻会生活得更好。"

"我不想聊他了，我想谈谈你。你有一张纸条，证明大卫曾向我求助过，而你却没有向任何人分享过，为什么？"

当她大声问出这个问题的时候，答案已经显而易见了。一定是有某种原因让她妈妈隐瞒了大卫有危险的事实，因为她就是那危险的一部分。

第二种想法犹如一块炙热的铁块穿过她的大脑。不可能的，她想。

"他遇到了一些麻烦，"简说，"你找到了他写给我的字条。这一直都是两张纸条，两种信息的故事。我将那张纸条揣在了牛仔裤里，你找到了它，并自己保留了下来，没有告诉任何人。"

"亲爱的，自杀遗书是一张王牌，没有什么能够打败它。大卫的字条非常模糊，我到底能拿它做什么呢？"

"这就是卡尔放弃诉讼的原因吗？因为那张字条？"或者是你亲吻了他？她想。

"那已经是无法挽回的事了，简。去准备你的派对吧，我希望你度过一段愉快的时光。"她的语气告诉她，讨论结束了。

就是这件事对爸爸造成了如此大的伤害吗？她猜想着。因为卡尔·霍尔？你和他最好的朋友，所以他拿起了他叔叔的枪……？然后我的意外事故打乱了你计划中的新生活？这就是为什么你责怪我，还有其他人，因为你的生活出了问题？但她无法将这些话说出口，她不愿意相信事情是这样的，因为她相信她爸爸不会离开她的。

"我要联系警察局，举报这个叫夏洛的人。"

"说什么？"简说，"这只会让我看起来更糟糕。我们把那些事情指向佩里，而佩里又反过来指责我。"

"那段视频对她没有任何好处。"

"我不想让他们调查我。"

"简？"她妈妈说，"这些事情是你做的吗？"

简盯着她，转过身，上楼去为派对做准备。她可以回答她妈妈，她听到她又问了一遍，但她想，让她自己去猜吧。不让她知道，我要对她保留一些秘密。

至少在我找出她的秘密之前。

40

　　简冲了澡，准备化个妆。她已经很长时间没有涂过睫毛膏或口红了，但她记得怎么做。她的化妆品还在这里，当她离开她破碎的生活时，也离开了它们。她看着镜子里的自己。在圣迈克尔学院的镜子里，她经常看到自己被人追杀，迷失，绝望。她不能再磨蹭了，对着镜子顾影自怜，没什么可看的。现在她看起来像一个富有的年轻妇女，正要去参加一个社交聚会。

　　她看起来就像她原本应有的样子，好像从未发生过车祸一样。有一瞬间，她向镜子里的自己伸出手去，仿佛要寻回那个走失的女孩儿。

　　但她并没有丢，她原本可能的形象，就完整地站在她面前。她只需要朝着那个形象努力。

　　可能会有另一所学校，一个遥远的地方，愿意接纳她，只要她有勇气离开。她的决定使她陷入了地狱边缘，但也只有她自己的决定才能将她解救出来。

　　劳雷尔站在门口，看着她，脸上带着似有似无的微笑。她假装简还没有从是不是丽芙·丹吉尔的问题上成功脱身。"我觉得你看起来很漂亮。你确定这是个好主意吗？"

　　她曾向她妈妈撒谎说特雷弗邀请了她："谢谢，不是。"

"那就待在家里吧。"

她想,我还有一张牌可以玩儿,也许这张牌能够击溃她谎言的大坝。"亚当告诉我那天晚上他来过这里,你和佩里在争吵。"

她摇了摇头:"不,我们没有。我们在聊天,不是争吵。一些关于学校的事,大卫和她女朋友出了点问题,小事情。亚当误会了。"

"那天晚上你在做什么?"

"当我意识到你在对我撒谎时,我就出去找你了。"

"亚当说你派他去找我了。"

"他主动提出要去几个你们常去的地方。我的天哪,你正在篡改这段历史,或者是亚当,他确实喜欢成为你世界的中心。"

"那么,卡尔·霍尔和诉讼是怎么回事?你还没有回答我的问题。"

她妈妈的表情毫无变化:"我不明白你的意思,简。如果你有话要说,就说出来。"

她退了一步。在她母亲的眼睛里,她看到了一种她从未见过的冷酷眼神。她想,你告诉了她,你知道那张纸条的存在,她就会想知道你还知道些什么。"你跟卡尔·霍尔有过外遇吗?"

"外遇,跟卡尔。"她露出一副楚楚可怜而又倍感震惊的表情,然后大笑起来。"你怎么会这么想?我永远都不会。"她又朝女儿走近了一步。

"有人这样说过。"她决不能透露照片的事情,至少不是现在,她需要为以后留一张王牌。在她与凯文见面之后,或者,最好是在他们见面的过程中,当她妈妈想要把她拉去签承诺书的时候。

"是卡玛拉吗?"劳雷尔问道。

当然,为什么不这样说呢,她是最容易受到怀疑的人。"是的，她向我暗示过。"

"她为什么会这么想？"

"我想也许大卫认为有这种可能。"

她盯着简看了很长时间，大概有三秒。"我爱你爸爸，他去世时我已经被压垮了。我还没有准备好重新开始约会，可能永远也不会。简，答案是否定的，我不会也不曾跟卡尔或任何人有过外遇。"

明晃晃的谎言，像一把刀插进她的掌心，慢慢划动着。这是一个彻头彻尾的谎言，当她需要时可以拿来反驳她。她想冲出房间，然后一直跑，一直跑。但她却笑着说："好的，妈妈，我相信你。"

"好一个诚实的卡玛拉。"她略带沮丧地说，并没有伪装好。

"她并没有把它说得很卑贱。"

"她从不这样。"她走上前去，抚平了简的头发，"但别听她的。你看起来真漂亮，简，你应该多打扮打扮。"

41

劳雷尔开车送她离开，特雷弗住在离她家几英里远的地方。从20世纪60年代到70年代，在哈文湖最初的开发中，建造了一批低矮的小平房，特雷弗就住在其中一所房屋里，在一个斜坡底部的死胡同里。劳雷尔说："需要我接你的时候，就给我打电话。"

简想，我希望五分钟内不会。然后她给亚当发了一条短信："我不请自来了，原谅我，如果你已经到了，到外面来接我一下。她看到他站在车道尽头特雷弗那辆黑色大卡车的后面，感到如释重负。"

劳雷尔向亚当挥手示意，他也挥了挥手。简从车里走出来。

"哇，你看起来棒极了，"亚当说，"你看……"

"不要故意装得很震惊。"她说。

"不，我没有，只是……自从车祸以后，你就没有这样打扮过。"他咽了口唾沫，露出一个大胆的微笑，"你看起来真美，简。"

虽然她确信自己不像卡玛拉或阿玛丽那样漂亮，但还是挤出了一个微笑。"谢谢。特雷弗会把我赶出去吗？"

"怎么会呢，你这么美。"

"我更喜欢客观的评价。"她看着劳雷尔开车离开，亚当用尽赞美来鼓舞她的精神，每个人都希望她重新恢复正常。这使她感到很不安。

"你看着挺好的，这就是我的意思。"

"我知道，抱歉，我太紧张了。但我需要跟你，还有特雷弗谈谈。"

"我？我把所有的事情都告诉你了。"他用手摸了摸黑色的头发。

"你还记得在我爸爸去世前几周，你和我，还有他一起吃午饭的事吗？"

"是的。"他眨了眨眼睛，试图想起曾发生过什么重要的事。

"你从来没跟我提起过。"

"午饭吗？那有什么可说的？"

"我不在的时候，你有没有给过他什么东西？"

"哦，喔，"记忆的曙光照亮了他的眼睛，"你是怎么知道的？你爸爸告诉你了吗？还是你的记忆恢复了？"

"这不重要，总之我知道了。你给了他什么？"

"这件事只有你爸爸和我知道，你告诉我你是怎么知道的。"他的声音紧张起来。

"告诉我。"她想抓住他的肩膀摇动他。

"简直无法置信，你居然会知道这件事。你爸爸问我或者学校黑客俱乐部里的人是否能帮他破解别人的电脑。我说不行，但他又问了一遍，于是我说，好吧，我可以给他一个闪存盘，里面有一些程序，可以帮助他在计算机上找到他需要的任何东西：密码破解器、root工具包和按键监视器。但我必须知道他为什么需要它。"

简几乎无法呼吸。

"他说，有一台笔记本电脑被一位离职的员工设置了密码，他需要从中获取一些数据。"

"不是那样的，亚当。他是不是想破解我妈妈的电脑？"

"简，"他长长地呼了一口气，"他认为你妈妈有外遇，他想在她的系统中寻找证据。他说，如果他们离婚了，他想用这些证据来获取你的抚养权。我不想参与，真的。但因为你的缘故，他乞求我。我不敢相信他会告诉我这个，他很绝望。"

"而他死后，你没有告诉过我这件事？还是你曾说过？"这一刻她的怒气消退了。

"他让我发誓不要告诉你，他不想让你生我的气，所以我没有。然后他就死了……我想也许他发现了一些关于你妈妈和外遇的东西，而他……"他的声音哽咽了，"警察说这是一起意外，我不想让你认为他有理由去伤害自己，那会杀了你的。"

她靠在特雷弗的卡车上，双腿无力。

"他有没有告诉过你，他发现了什么？"

"当然没有，他也从未将驱动盘还给过我。"

一个可以破解计算机的驱动盘悬游在她爸爸的生命中，从未找到过。她沉默了好一会儿。心里想着，他在妈妈的电脑上发现了什么？他不会为了一场外遇而自杀的，是吗？他会伤心到想要离开我吗？也许答案是肯定的，只是你不想面对这种可能性。

"简。"

她抑制住自己的情绪，抓住他的手，他将另一只手握在了她的手上。"我没有生你的气，你是在帮忙。闪存盘是什么样子的？"

"呃，它上面有一个小小的音符，所以看起来就像一个音乐驱动盘。我不会随身携带一个带有'黑客工具包'的闪存盘。"

那么，这个闪存盘现在在哪里呢？

"OK。"她被这件事情深深地震撼到了，"好吧，OK。"她将手从他的手里抽出来，深深地吸了一口气，"OK，好吧。"

"你准备好了吗？"

她意识到他现在指的是聚会："已经两年了，是的，我想我准备好了。"

他们沿着小路走了下去，她看得出来，这将是一场极其无聊的派对，她感到如释重负。音乐在演奏着，不是很大声，甚至不足以打扰到邻居。

他们从开着的前门走了进去，一位满头白色短发，身材矮胖，笑容满面的老奶奶，从厨房探出身子，说："嘿，孩子们！进来吧！"

噢耶，简想，这是一场真正的狂欢。她稳住自己的情绪，她可以做到的。看看她在过去的两天里取得的成绩，她能应付得了社交聚会。

他们穿过饭厅，然后走进厨房，这让简松了一口气，因为大多数孩子都待在那个破旧的小房间里。她一直担心，当她走进来时所有的谈话都会停止，然后他们注视着她，有人会说些什么，或嘲笑或怒视着她。

但是他们没有，谈话仍在继续。当特雷弗的奶奶在冰箱旁忙碌，而她和亚当在水池边徘徊时，她看到几个哈文湖的孩子认出了她并暂停了片刻，他们看着她，并没有怒目而视，至少是保持中立的，然后她意识到这里一半的人都不是哈文湖的。他们一定是特雷弗在特拉维斯社区学院的朋友，她只是他的另一位客人，一个穿着漂亮的蓝色连衣裙的年轻女子。她不是那个无家可归的女孩儿，也不是那个企图自杀，并害死了可能试图帮助她的无辜男孩儿的人，或者是在她朋友的宿舍里露营并吃掉了一份借来的就餐计划的怪人。

她可能只是简。

想到这里，她突然有些受宠若惊，然后她听到身后有个女人说："你好，抱歉，我得把意大利面煮一下。嗨，亚当。"

"嗨，娜娜，这是我的朋友，简。我把她一起带了过来，但我忘记告诉特雷弗了，我希望没有打乱你们。"

简转过身来，那个女人朝她笑了笑。"你好，简。当然，欢迎你来到这里。我是特雷弗的祖母，但没人叫我冈瑟太太，他们都叫我娜娜。"

"好吧，你好，娜娜，"简说。娜娜轻轻捏了捏她的胳膊，表示欢迎。简感到眼中冒出一股热流，"我曾经是特雷弗的朋友。"

"我不知道特雷弗还有'曾经'的朋友，"她说，"我觉得他对他所有的朋友都很忠诚。"

简使劲儿挤出一丝微笑："我们最近一直没有联系，我想我们还是朋友，我希望我们是。"

"我想特雷弗看到你在这里，一定会很高兴的。"

简想，是的，直到我问出在车祸发生后，他是否开着他的卡车离开了高橡树路之前，他都会高兴的。

"是的，你一定为特雷弗感到自豪，他让哈文湖充满了咖啡因的味道。"她不知道还能说些什么。

"我很高兴你来到这里，亲爱的，"娜娜说，"我知道你度过了一段艰难的时光，我很高兴你让特雷弗成为了你的朋友。"

简想，她知道我是谁。"那么，"简说，"让我这个不速之客为自己的到来做点事情吧。有什么我能帮忙的吗？"

"不，不，亲爱的，一切都在我的掌控之中。去四处转转，很高兴见到你。而且见到你总是很高兴，业当。"

她走出厨房，来到其他客人中间。这感觉就像她聚集了所有的勇气。"嗨，我是简，"她对一对儿正在聊天的哈文湖城外的女孩儿说。女孩儿们微笑着做了自我介绍。她能感到亚当在注视着她，让她独自一人在社交场上露面，但如果需要的话，他会随时等在那里。

消 失 的 时 间

在接下来的三十分钟里，她像正常人一样跟大家交流着，感觉就像踩在一条横跨峡谷的钢丝上。其他三个同与特雷弗就读于社区学院的哈文湖的孩子，至少是保持中立的，其中一个人比较友好，问她现在怎么样。"我好多了。"她预料他可能会说"是啊，你肯定比大卫·霍尔过得要好"，并已经为此做好了准备，但男孩儿只是点点头，说："是吗，那太好了，简。"

就像生活一切正常一样。

现在亚当参与到了关于超级英雄这部电影的讨论中，已经没有什么能够让他分神的了，然后她走到外面，吹着凉爽的微风。两个男孩儿站在庭院里，吸着烟，正在深入讨论一个令简无法忍受的关于僵尸的电视节目。她不需要想象一个死人站起来，目光呆滞地拖着脚步向前行走的场景。一个男孩儿看着她，微笑着点了点头，她不知道为什么，也许这条裙子看起来不错。

"嘿，简。"她站在院子边上，特雷弗的声音从她身后响起。她转过身来面对着他，看到他时，一股奇怪的震惊感突如其来。

她想，在事故发生的那个晚上，我们还是朋友吗？或者，让我害怕的那个人，是你吗？

两名吸烟者吸完烟后，回到了屋里。

"亚当带我来的，很抱歉，我擅自闯入了你的派对。"她并没有真正考虑过如果他让她离开，她会感到多么丢人。

"没关系，我很高兴他把你带来了。我应该邀请你的，在我看到你和阿玛丽谈话之后，应该给你打个电话。"

"你太忙了，坦率地说，如果你让我来，我可能会没有勇气。"

"为什么？"他眼中的尴尬消失了，他盯着她的眼睛。

一时间她的确失去了勇气。"这是一个相当狂野的大学啤酒聚会",她说,"娜娜也在这里。"

"因为娜娜在,我们才能吃得更好,我的兄弟朋友们似乎也不太想把房子弄得满地狼藉或是喝得烂醉如泥。"

"我很喜欢她。"

"我妈妈去世后,娜娜搬过来和我们一起住。我想如果没有她,我可能早就迷失了。"

她不想破坏这个时刻。特雷弗向她敞开了心胸,他们相处得很好,甚至比他在咖啡厅时更热情。"帮助过我的两名救护人员都遭到了侵害。我和其中一个人聊过,她的房子被烧毁了。我问她,当救护车接近事故现场时,她是否记得看到过什么车。她说她看到一辆卡车,和你的很像,当他们拐入高橡树路时,那辆车正好拐出来。"

他的嘴扭动了一会儿。

"是你吗,特雷弗?"她的声音很柔和。

他的脸上重新挂起了微笑,但又渐渐消失了。"像我这样的卡车有很多。"

这不是答案。她认识的是曾经那个男孩儿,现在的这个人已经和那时判若两人了。

"我知道,但我还是想问你,是你吗?"

娜娜走到院子里:"你们饿了吗?我刚把排骨从烤箱里拿出来。"

"我们马上就进去,夫人,谢谢你,"特雷弗说。简给了娜娜一个微笑,然后想,也许我要颠覆特雷弗的生活了。对不起,娜娜。

娜娜回到了屋里。

"你和亚当在我们刚刚离开之后就去了Happy Taco，我看了监控视频，所以我知道这不是谎言。亚当说你们是分开来的，他在找我，然后你告诉他，你也在找我，但你跟阿玛丽说你在找大卫。为什么？"

他又看了她一会儿，喝了一小口啤酒，好像不知道该说什么。他长长地喘了一口气。

过了一会儿，他把那双蓝眼睛里的目光稳稳地锁定在了她身上，尴尬的笑容消失了。"我不是在找大卫，我在找你。我在停车场碰到了亚当，他也在找你。我们没有一起走。"

她直截了当地问道："你看到车祸发生了吗？"

他看起来有点儿沮丧："不，没有，当然没有。简，你以为我会抛下你开车离开吗？"

"我不知道，特雷弗。记住，我不记得了。你为什么跟着我们？"

"我没有跟着你们，我是在找你。因为我以为你和大卫在约会，我想看看是不是这样。"他目不转睛地盯着她，"我看着你们俩离开了学校。很明显，你们之间发生了一些重大而令人情绪激动的事情。我去参加了足球训练，为大卫作掩护，因为他逃走了。我想也许你只是送大卫回家了，因为你们是邻居、朋友，什么都好。但是当你们离开的时候，我跟你们打招呼，你们完全忽视了我。这不像你，也不像大卫，你们俩都很奇怪。后来卡玛拉给我发短信说你们俩在Happy Taco餐厅里相互抚慰，问我知不知道为什么？所以我去那里找你们。"

她没有看到特雷弗的脸，而是在镜子里看到了前照灯，很亮，很近，紧紧地跟随着他们。她眨了眨眼睛。

"你为什么这么在乎？为什么明明你在找我，却要对亚当说谎？"但是她已经知道了，从他的脸上她看出了这一切，就像他在咖啡馆里对她的那样，试探、害羞、含糊其辞。可他是一个在工作时都会有女孩儿看着他微笑的人。当她意识到这一点时，她感到一阵烦恼，甚至是痛苦。如果在平时，他会是一个多么自信的人。有那么一瞬间，她以为自己已经伸出手来，抚摸着他下巴上那张质朴、坚强的脸，还有那金色的头发。但她突然意识到，这只是一段记忆，是一张穿过了阴霾的记忆碎片，她再一次用爱意的眼神看着他。这个男孩儿，她在一年级时就用橡皮筋跟他假装结了婚，也是这个男孩儿，她在四年级时曾为他打过一个"弓头鲸"恶霸。他们之间的感情早已超越了朋友的界限。

"我们一直在约会，没有人知道，也许卡玛拉怀疑过，你知道她是怎么想的。"

她咬着嘴唇："为什么要保密呢？"

"因为你想那样，你说你妈妈不希望你交男朋友，她对你爸爸的去世仍然耿耿于怀，她害怕当她需要你的时候，你会不在她身边。我不喜欢偷偷摸摸，感觉很不好，但我不在乎，我只想和你在一起，简。"

她想起了那条重新建立起来的时间线。在卡玛拉和大卫来回发过短信之后，特雷弗给大卫发了短信，问他发生了什么事。但大卫显然没有回应，然后特雷弗就没有再发过。

"卡玛拉想跟大卫谈谈，但他没有理她，然后你就发了短信。"她睁开眼睛。

"卡玛拉觉得你们俩在乱搞男女关系，她最好的朋友和她的男朋友在一起。"

"我以为他们分手了，她已经跟他分手了，这是我们一起回学校时她告诉我的。"

"是的，但大卫没有告诉我为什么。他做了两手准备，因为他认为她可能不会善罢甘休。我从来没有想过这会发生在我身上，因为你和我在一起时，我们都很快乐。所以我去找你了，我想也许这就是你要保密的原因，这样他就不会知道了。也许你在同时跟我们两个人约会。"他清了清嗓子，"但后来我看到你们两个在停车场里的样子……那种毫无掩盖的情感，那不仅仅是友谊。"

她不知道该说些什么，所以她沿着时间线上的事件往下说："所以你在Happy Taco错过了我们，我们在你到达之前就离开了。"

他把手插进口袋里。

"你后来找到我们了吗？一定找到了，你在路上跟着我们。"车头灯，她必须要逃离车头灯。

"简……不要。"

"我需要知道，而且我需要知道你为什么从来没有告诉过我这些。你和亚当都在瞒着我。"

"亚当不知道任何细节。那天晚上他离开Happy Taco之后，我就没有再见过他。"

"那你呢？"

他用手背抹去了嘴上的酒渍："我开着车到处走，感觉自己快要疯了。这不可能，如果你和大卫在一起，那么你和我最好的朋友就欺骗了我，而且你在和你闺蜜的前男友约会。我简直不敢相信，也不想相信你会这么做。我去了你家，大卫的家，你们都不在家，我也不想问霍尔太太你们是不是在一起跑步。"

"我妈妈不在家？"

"呃，我不知道。灯亮着，但是我按了门铃，她没有应答。"

她妈妈和佩里一定已经结束了她们的讨论。那么，她妈妈在哪里呢？

"然后呢？"

"我知道卡玛拉很不高兴，我给她打电话，格雷森医生告诉我她出去了，我问她去了哪儿。我猜她父母可能追踪了她的手机，因为她妈妈告诉我，她去了霍尔家的湖边小屋。"

湖边小屋。霍尔家还有一所房子，一栋两层楼的托斯卡纳别墅，坐落在奥斯汀湖畔。卡尔和大卫都很喜欢那里，但佩里不喜欢，所以那是他们父子的聚集地。

如果两名青少年需要秘密谈话……而他的父母拥有不止一栋房子……为什么不去那里呢？她记得，她已经有几年没去过那里了。

"你去那儿了吗？"她问。

现在，他仿佛泄了气一般。"我在挣扎是否要去……我的意思是，如果你们正在约会，他用胳膊搂着你，像夫妻一样，那就意味着你们欺骗了我。我无法和大卫这样的人竞争。"

"特雷弗……"

"卡玛拉给我发短信说：他们在这里。我不知道该做什么，但还是开车去了湖边。我朝房子开去时，你的车从我身边驶过，你开得很快，快得可怕。我不得不开到一个足够宽敞的地方，然后调头跟着你们。直到我把你们跟丢了。"

"跟丢了？但你出现在了高橡树路上？"

"我跟着你开上了老特拉维斯路，在远处看到你转向了高橡树路，可是我被一辆左转弯的汽车挡在了后面，那里只有一条车道，我被困了至少有一分钟。然后我调转车头，开车回家。我感到撕心裂肺的难受，我想你一定知道我在跟着你，但你一直往前开，最后我想，让它见鬼去吧，所以我在几分钟后掉头回去了。我右转上了高橡树路。我一直开，但没有看到你们或你的车，我往山下看，也没有看到汽车残骸或灯光，或者任何东西。"

布伦达·霍布森说过，车祸现场漆黑一片。

"我没有看到其他车或者人，所以我离开了。我以为你只是把它当作一条捷径，或者你只是为了甩开我，因为你知道我在跟着你。然后我就回家了，我离开高橡树路时，看到一辆救护车从老特拉维斯路上朝我开了过来，但直到后来我才意识到，他们拐上了那条路。"

也许布伦达的记忆在这个问题上有点儿偏差，他可能已经在老特拉维斯路上了。"那么，卡玛拉告诉你，她在湖边小屋里看到什么了吗？"

"简……这现在还重要吗？"

"这很重要，因为关于那天晚上，有人在向我说谎。你是丽芙·丹吉尔吗？"

"不，当然不是。"他瞪大了眼睛。

"也许你是，"她向他迈了一步，手握紧了拳头，"是你将我们从公路上赶下去的吗？"后视镜里的车头灯幽灵。

"不是。"在月光的映衬下，他的脸像牛奶一样苍白，"简，我没有。"

"但是你没有看到坠毁的汽车……你是什么时候出现在那

里的？"

"大概是10点吧。我10点15分左右到的家。我放弃了找你。"

"就这些吗？"

他们陷入了令人压抑的沉默之中。

"我把能说的都告诉你了。"

她转身离开了他："不告诉我就和说谎一样。你只是没有说假话，但你隐瞒了它们。"

"简……"有两个人走进了院子里，是卡玛拉·格雷森和阿玛丽·鲍曼，"回到屋里去，拜托了。"特雷弗说。

卡玛拉向他们点头致意："喂，简，我猜你现在越来越喜欢社交了。你是偷了你妈妈的车到这儿来的吗？"

"不是，"简说，"嗨，阿玛丽。再次感谢你跟我谈话。"

"不客气。"过了一会儿阿玛丽说，因为卡玛拉回过头惊讶地看了她一眼。

"卡玛拉，进去吧。"特雷弗说。

"嗯，当然。我会给你们两个提供隐私空间的。"她和阿玛丽回到了屋里。

"所以，我的意思是，我们发展到了什么程度。"简问道，"我们上床了吗？"

"没有，你说你还没有准备好。但我们接过吻。"在月光下，他的脸红了。

她想知道她是否能够信任他，然后她想到，在学校里，他为她挺身而出，将帕克那个浑蛋扔到了墙上。

"还有别的事吗？"

"卡玛拉不会告诉我在湖边别墅里发生的任何事情。我没有看到她或她的车，但我没有一直开到湖边小屋，我很快就调头去追你了。"

那么，她和大卫为什么要从湖边小屋开到高橡树路去呢？他们在那里没有熟人，也许只是想摆脱特雷弗？然后她突然想明白了。

"你认为我们想甩开你，这就是造成车祸的原因。我开那么快，是为了摆脱你……"

他的表情很痛苦。"我以为是……直到他们找到了那张自杀遗书，然后我就不知道该怎么想了。你是想要伤害你自己，还是离开我，或者你只是撞了车？如果是我造成的，我很抱歉，对不起。"他伸手拉住了她。有一瞬间，她仿佛又看到了那个在小学一年级时就假装和她结了婚的男孩儿，还有那个她在四年级时为他出头，教训了一个头戴蝴蝶结的刻薄鬼的男孩儿，以及那个安静而端庄，却把可恶的帕克从她身边推开的男孩儿。

然后她猛地推开了他，好像被他的触摸灼伤了似的："不，别碰我，别跟我说话。你本可以告诉我所有这些事的，但是你没有。"

"你妈妈叫我离你远点，你不记得我们了，我应该怎么做，跟你说，'哦，我们最终坠入了爱河，'你记得我的版本已经过时三年了，而我只是一个朋友，而你甚至不知道自己是谁。"

她看着他，突然心如刀绞。她匆匆离开了他，穿过屋子，穿过厨房。亚当已经离开了。娜娜在厨房里，关切地打量着简。

"亚当在哪里？"她问娜娜。

"他走了，他说一会儿回来找你。"

"什么时候走的？请告诉我？"

"我看到他看着你们在外面聊天，然后他就说他得走了。"

亚当听到了什么？简转过身，向特雷弗走去，他刚从纱门进来。她推着他的胸膛，把他带回到了院子里。"你的车钥匙呢？给我，我需要它。立刻，马上。"

他把车钥匙给了她："你现在心烦意乱，用我开车送你吗？"

"不用，我需要自己解决这件事。"

"简……"

"你为什么不告诉我？"她小声地说，将手放在了他宽阔的胸膛上。如果他们曾经是恋人，那么就是被错配的一对。一名足球运动员和一个天马行空、喜怒无常的女孩儿。他必须弯下腰才能吻到她。他把手放在了他胸前的那只手上。

他语气平静地说："你妈妈说得很清楚，她不想让我出现在你身边。我不知道为什么，就好像她不想让你想起来一样。我不该多说的。你选择了大卫，不是我，我以为你不在乎我了，我不知道该说什么，该做什么。"

"你还有事瞒着我。"简想，我也失去了特雷弗，我甚至不知道我还有他。我失去了他，我不记得我们曾经那么亲密，但我知道他在向我隐瞒什么。我很了解他，但又不太了解他。

"简，那是件很糟糕的事。"

"告诉我！"她尖叫着，用拳头使劲儿捶打着他的胸膛和手臂，"告诉我！告诉我！"

"去向你妈妈要你的医疗档案，"他有气无力地说，"去问她。"

42

"你不能来这里。"佩里说道。夏洛微笑着站在她家的门廊上。

"为什么不呢？我们需要谈谈，我有个主意……可爱的简在哪里？"

"我看见她离开了，打扮得很漂亮。我猜她搬回到她妈妈这里了，并尝试着进行社交生活。"

"你看，我已经知道我们如何才能……加快速度了。"佩里不喜欢他说话的腔调，他脸上挂着一种自鸣得意的邪恶笑容，"我列出了一份名单和地址……"

然后另一辆车停了下来，车头灯照在他们身上。佩里眨了眨眼睛，转过头去。灯光暗了下来。也许是卡尔，她该怎么解释夏洛·鲁克的出现……

"霍尔太太？"

哦，不，是马特奥·瓦斯奎兹。"我还是没什么可说的，瓦斯奎兹先生。"

"我想知道关于那段视频，你是否愿意开个价。我给你打过电话，但听到的都是语音信箱。"

"我关机了。"

马特奥走到门廊的台阶上，向夏洛眨了眨眼睛。"你好。"他说。

"你好，"夏洛回答道，"我想霍尔太太不想和你说话。"

"我认识你，鲁克先生。为了写关于简·诺顿的文章，并了解车祸事件本身，我采访过你。你还记得我吗？"

"这不重要。你得离开了。"

"你们俩在一起，有点意思，"马特奥说，语气并不友好，"又有某些与车祸相关的人出事了吗？"

"没有。"佩里说。

"你不需要写这些，这不是什么真正的故事。"夏洛说。

"霍尔太太并不这样想。我想跟你谈谈，你出了什么事，盗窃？被偷了什么？我收到的邮件里提示说是属于个人性质的。"

"这是我的私事，瓦斯奎兹先生。"夏洛冷冷地说，"我不需要任何人发表评论。"

"但是你的东西被偷了，而且这件事发生在布伦达·霍布森的房子被烧毁之后，对吗？"

"就像我说的，这是私事。"

"你有一个婚约，但是现在泡汤了？"他瞥了一眼佩里。

佩里希望能在地上挖个坑，然后，将马特奥·瓦斯奎兹埋在里面。夏洛看了佩里一眼。"我再说一遍，这是我的私事，我不希望别人指手画脚。"

"你认为是谁在利用丽芙·丹吉尔的名字发帖子？"

"我不知道。"

"你还记得你要跟我分享的车祸后果吗？"

"我不记得。你还住在你的车里吗？"他对着马特奥·瓦斯奎兹咧嘴一笑，"你丢了报社的工作。现在，任何一个有键盘的人都在写东西，通常是免费的，很难维持生计。记者并不是一种仅靠打打电话就能完成调查的职业。"他向那辆停着的车示意了一下，"你睡在车的后座上。"

佩里心想，为什么她就没想过要反过来调查瓦斯奎兹呢。夏洛比他看上去的样子更聪明。

"这跟我们要讨论的事情没有关系。"瓦斯奎兹声音紧张地说。

"也许你想拼命地找到一个好故事，或者实在找不到就随意编造一个。"

马特奥·瓦斯奎兹没有理他："所以，霍尔太太，你丈夫独自去找了布伦达·霍布森，而你又和另外一名救护人员闲扯在一起。"

"你为什么不去找简·诺顿谈谈呢？"夏洛问，"根据佩里的说法，她打扮得漂漂亮亮，好像去参加派对了。"

瓦斯奎兹看了他们一会儿，说："如果你改变主意，请随时联系我，霍尔太太。"他递给夏洛一张名片，"你也是，因为你看起来消息很灵通。"

他上了车，但没有发动。佩里看到他拿着手机，并低头看着膝盖。她想，他在看通话记录，他还在盯着这件事，他要跟其他人谈谈。他说他会和那些与车祸事件相关的人聊聊。

"你不应该来这儿，"她说，眼睛没有看向夏洛，"现在我们引起了他的怀疑。"

"你跟他说了我什么？"

"我什么都没说。我想让他写一篇关于诺顿母女的文章。但是有人给他发了一封电子邮件，将你、布伦达·霍布森和兰迪·富兰克林身上发生的一切都告诉了他。一定是简或劳雷尔干的。"

"有个记者在背后喋喋不休地谈论我，我没法去干我想做的事。"他的言辞下隐藏着极大的威胁。

她的胸前闪过一丝寒意："他不是个胡说八道的人。他还没写过任何东西。"这句话从她嘴里脱口而出，她必须将自己武装起来，不能在夏洛面前表现出片刻的软弱，因为他就是以此为食的人。

瓦斯奎兹放下电话，启动汽车，开了出去。

"我待会儿再跟你谈，"夏洛说，"我得走了，有点事要做。"他目不转睛地盯着瓦斯奎兹正在驶离的汽车。

"你要去哪里？"她抬高了声音。

"我告诉过你，我有个加速这一切的主意。"他钻进车里，咆哮着离开了。

佩里想，加速？你必须控制住他。

他说他有一份名单，上面列出了名字和地址。她感到一阵刺骨的寒意。

她必须阻止他，但她连他在做什么都不知道。如果她去报警，那将很难说清楚。于是，她一动不动地站在那里，看着他的车尾灯消失在夜幕中，跟随马特奥·瓦斯奎兹而去。她想，你真是个懦夫。

她瘫坐在路边。

43

简爬上特雷弗的卡车，发动了它。自从车祸以来，她再没有开过车，她甚至不确定自己是否还记得该如何开车。

她脑海中回响着特雷弗的话："去向你妈妈要你的医疗档案。"

她可以去找亚当，或者是回家。她决定先回家，这是最近的线路，而且她觉得亚当不喜欢她和特雷弗的谈话。他为什么要和她不辞而别呢？

她想，在失忆之前，我到底是个什么样的人？有一个秘密男友，打算和邻居的儿子一起私奔，背叛了我最好的朋友，还有一个不想让我恢复记忆的妈妈。为什么？我有这么糟糕吗？

就在今天，她又一次证实了她妈妈的外遇，而她爸爸很可能暗中监视过她的不忠行为，并因此有了自杀倾向。她曾经想要努力地回忆起来，而现在丑陋的真相露出了它们溃烂的皮肤和惨不忍睹的骨头。

她把卡车慢慢地倒出了车道。她不曾记得自己在驾校里学过的任何东西，但肌肉的记忆依然存在……她能开车。她慢慢地退了出去，看见特雷弗·布林站在门廊上看着她。

她想，你不了解他，你不知道他是什么样的人，也不知道自己是什么样的人。但是他把卡车借给了你，并最终把所有事情都告诉了你，这就是无价的。

她开车回到家，累得汗流浃背。她看到房间里亮着一盏灯。她不知道她妈妈是否在家。

她不在。

妈妈去了哪里？如果是她在纵火，破坏别人的婚约，让私家侦探消失该怎么办？她不愿意相信她会做出任何一件事，但是她妈妈有时有一种让人害怕的偏执。

她起初以为，她妈妈文件抽屉后面的事故档案是个金矿，但现在她才意识到，那里只记录了最简单的东西。她还没有见过她自己单独的医疗档案。她直奔文件柜走去，翻遍了所有的家庭生活文件。除了在事故发生前，她的看病和开药收据之外，她的医疗记录中没有任何内容。

没有任何与车祸有关的记录，她关上文件柜。妈妈会把这样一个文件放在哪里呢？

保险箱，或许在那里。她上楼打开了她妈妈的衣柜，里面的假柜板后面有一个保险箱。她曾看到她妈妈从里面拿出过一些特别贵重的首饰，当时她还经常接到活动邀请，并且仍在试图保住自己在哈文湖社交圈中的地位。这是一个键盘锁，她输入了和家庭报警系统一样的密码，那是她父母的结婚纪念日，但是并不对。接着她输入了自己的生日，不对，她妈妈的生日，不对，她爸爸的生日，也不对。

这里一定不仅仅装着珠宝，还有她的医疗档案。

或许还有一些重要的约会？

　　简的脑海中突然闪过一个念头：车祸。她输入了车祸日期，门轻轻地开了。

　　里面放着一小盒珠宝，非常精美，但比她记忆中的要少。其次是文件和照片。

　　然后，在后面有一把枪，她小心地把它取了出来。她没用过枪，不知道该如何检查它是否已经装好，或者是否安全。她从不知道她妈妈在家里放了一把枪。在枪的后面有一件她叫不上名字的东西。一份完整的弹药杂志，里面装着一个厚厚的信封，被塞在了最后面，仿佛那是一种不受欢迎的思想，被抛在了最容易被遗忘的脑后。她把它从保险箱里拉了出来，感到一阵恐惧钻进了她的胸膛。

　　这是一份医疗档案，很厚。她打开它并开始翻阅。它是按时间顺序排列的，从最初的救护车报告到医院档案，她的昏迷，她的觉醒以及她的康复，都是按照时间顺序排列的。她翻看着，页面上满是诊断内容和观察结果，还有她用过的药品清单，大脑扫描和神经系统评估，保险表格和文书。她读着她的脑损伤和昏迷报告，医生潦草的手写声明以及有关康复机会的记录。

　　这里是什么？最初的诊断，成套测试，她身体的受伤概况：手臂骨折、手腕断裂、两根手指骨折、脑震荡……

　　然后在第三天……有一份流产报告。医生标注，在昏迷的第二天有阴道出血的迹象，并进行了盆腔检查。毫无疑问，检查显示她的子宫颈是开放的。前一天的验血报告表明她怀孕了……她飞快地翻回血液分析那一页，发现在用圆圈环绕的字母"Y"的旁边，有一个小写字体的"怀孕"二字。进一步的标记表明怀孕时间并不长。

也许一个月。

她知道吗？

她感到一阵寒意袭来。我们上过床吗？不，特雷弗说过，我还没有准备好。

该报告概述了凝结物质的存在。出血停止了，她已经用了抗生素，他们不需要增加剂量。没有DNA分析告诉她孩子的父亲是谁。

她当时正在和特雷弗交往。他是否对他们之间的亲密行为撒了谎？可这有什么意义呢？

她心想，但是你和一个刚与交往多年的女友分了手的男孩儿在一起。一个你一生都很亲近的男孩儿；一个在公共场合搂着你，安慰你的男孩儿；一个尽管你不会大声说出来，却一直爱在心底的男孩儿。

我甚至不知道我失去了你，宝贝。她感到胸口一阵剧痛。从没有人告诉过她。

她妈妈一直瞒着她。

为什么……为什么要将这件事情隐瞒下来？难道公众舆论会认为，如果她怀了大卫或特雷弗的孩子会更有可能自杀吗？这似乎是一种古老的想法，但是当某些青少年处于绝望中时，很有可能会做出一些轻率的事情。也许她知道，也许她不想让高尚温厚的特雷弗或她最好的朋友卡玛拉知道。也许她妈妈只是不想让这个已经发生的悲剧再添丑闻。

她考虑了一会儿，将文件放回保险箱，把枪留了下来。

她不假思索地给特雷弗编辑了一条短信："现在我知道了。我找到了医疗记录。你为什么不告诉我？出于很多原因，我深表歉意。你还好吗？我知道你不想和我说话，但如果你需要我，我就在这里。如果你想，我也可以退出你的生活。"

她在床边静静地坐了十分钟，终究还是没将短信发出去。她深吸了一口气使自己平静下来。她现在需要的是智慧，而不是情绪化，也不是纠结于事故发生以来日益泛滥的关于她生活的不幸消息。

她想，如果妈妈对你隐瞒了这件事，那她就没有什么不能隐瞒的了。妈妈并不完全是你所想的那种人，她有很多秘密。

她整理好思绪，然后给特雷弗发了一条短信："明天我需要你的帮助。我的心理医生欺骗了我，而我妈妈就是那个付钱让他帮我签承诺书的人。你想弥补一下今天的事情吗？和我一起去面对他们，我觉得我妈妈想把我拖到精神病院去，但是如果你在那里，她就不会了。你能帮我这个忙吗？"

他回复说："可以。今晚你忙完之后，把我的卡车开回来，我们谈谈。然后我送你回家。"

她写道："我不想见任何人。"

但那只是个谎言。她回到楼下，她只想蜷缩在床上，将外面的世界屏蔽起来，但她还是开着特雷弗的卡车来到了圣迈克尔学院。

身上带着一把枪。

44

两个形影不离的朋友，站在门廊上，产生了分歧。

阿玛丽说："我们走吧。我玩儿够了。"

卡玛拉说："不，我还没有。"

"我累了，"阿玛丽说道。另外，她的男朋友在出发前生病了，决定待在家里。她感到筋疲力尽，其中有一半是源于卡玛拉的态度。

"那你走吧，我会找车回家的。"

阿玛丽说："你因为我和简谈过话，所以在生我的气。"

"你现在看起来很糟糕。"卡玛拉说。

"随你怎么说。"

"别再这样做了。"

"卡玛拉。让我们搞清楚一件事，我会和任何我决定与之交谈的人聊天。我不喜欢简，我认为她是个失败者。但如果我想和她说话，我会的，你应该闭上你的大嘴巴。"

"噢，太棒了，大学让你变得独立自主起来了，你已经渴望已久了吧。"卡玛拉说。

"你太独断了，所以没有人愿意留在你身边。"

"成熟点吧，大学不是高中，没有让你高枕无忧的宝座。"

"老实说，我认为跟你做朋友，是我在帮你的忙。"

所有的友谊都有一个临界点，而在那一刻，阿玛丽·鲍曼触碰了它。她想简单地转身走开，避开这戏剧性的一幕，但她还是没有控制住，让她脑海里的话如火般喷涌了出来。"卡玛拉，做你的朋友从来都不是一件容易的事，"阿玛丽说，"你有权势，所以大家都对此趋之若鹜。但我从来没有打电话给你添过麻烦，或者靠在你的肩膀上哭泣过。而你现在失去权势了，早已泯然于众人。你心里住着一个好女孩儿，但你不会让她出来的。我想我要比你成熟得多。"阿玛丽转过身，走到独自站在院子里的特雷弗身边，给了他一个拥抱，感谢他的邀请。然后又给了娜娜一个拥抱。之后像幽灵一样从卡玛拉身边走过。

阿玛丽没有喝酒，所以她可以开车，但她在颤抖，与朋友吵架后，心中充满了酸溜溜的感觉。她对这场战斗感到遗憾，但并不后悔。她钻进自己的车里，这时电话铃响了起来。

她希望是卡玛拉打来的，但并不是，是一个本地号码。

"你好？"

"鲍曼小姐？我是马特奥·瓦斯奎兹。几年前我写了几篇关于简·诺顿和大卫·霍尔那场车祸的报纸文章，并在之后采访了你。"

"是的，我记得。"

"我希望能再跟你谈谈。如果你不忙，我们能见个面吗？"

"现在吗？"

"当然，如果你有空的话，我不会占用你很长时间的。"

"我的周六晚上已经泡汤了。你还在写关于简的文章吗？她看起来比以前好多了。"

"你见过她吗？"

"是的，今天就见过两次。"这并不准确，她没有和简说过话，只是在派对上看到了她。她和特雷弗两个人单独在院子里交谈，很明显，他们之间发生了一些重要的事情。

"哇，那我真的很想和你谈谈。"

"也许你不应该去打扰她。"

"你是否意识到了某些不寻常的事情，甚至可以说这是两起有目的的攻击案件，有人在针对参与过调查的人员进行报复。"

"嗯，简提到过，但我没有参与过调查。"

"你是这件事中的重要人物。你在课堂上给他们递过纸条，还在餐厅里看到了他们。"

"你是说我有危险吗？来自于简？"

"我正在试图弄清楚，但我觉得你应该知道。我正在写一篇关于它的新文章。"

"你不能告诉我发生了什么事吗？"

"如果我们能见面谈，就更好了。"他坚持要再进行一次采访。

阿玛丽咬着嘴唇，想了一会儿，说："好吧。"她把地址给了他，"离我公寓不远的地方有一个小咖啡店。我们可以在我家附近见面，然后走到那里，那儿没有停车的地方。"

"好的，待会儿见。谢谢你，鲍曼小姐。"

阿玛丽开车回到学校，把车停在了小公寓楼下的停车场里。心想，也许和他单独见面并不是最好的选择。她并非怕他，他以前很有礼貌，也很专业。但是，如果叫上别人跟她一起去见他，也不一定是个坏主意。阿玛丽的母亲蕾妮是一名律师，所以她打电话跟她妈妈说明了这件事。

"让他到公寓里等我，"蕾妮说，"我们在那儿谈，然后再看下一步该干什么。我十五分钟后到。"

"好吧。"

阿玛丽在停车场里等待着瓦斯奎兹的到来，几分钟后，他停了下来，一辆卡车驶过他，停在了禁停区域里，并未熄火。

"嘿，"瓦斯奎兹说着向她走去，"谢谢你能见我。"

"我们在这里煮咖啡，可以吗？我妈妈也想加入我们。"

"你妈妈，律师。"

"你记忆力真好。"

"多亏了我写的关于失忆症的文章。"他意识到这个笑话并不好笑，"我一直在重温我的笔记。没关系，你可以按照自己舒服的方式来。你想我们在这儿等她吗？"

她看见有人急匆匆地穿过停车场，躲在了暗处。"呃，不，"她说，"如果你愿意，我可以给你煮一杯脱因咖啡，我妈妈也会喝的。"

"那太好了。"

他们开始走进公寓的院子。她隐隐约约听到远处传来打碎玻璃的声音。

"你听到了吗？"

瓦斯奎兹一直在问她的学习情况："不，我没有。"

"哦，没关系。"这栋综合楼里满是德克萨斯大学的学生，经常会发出一些噪音。然后她机械地回答了自己在大学里的学习和活动情况，就像他父母的朋友们问她大学生活怎么样时，她的回答一样。他们走向她在二楼的公寓。

"那么，简现在怎么样？"瓦斯奎兹问道。在她妈妈到来之前，他会尽可能多地和她说话。

她想，简非常痛苦。但我记得我当时觉得她很酷，很有趣。她很有自己的主见，而不是任凭卡玛拉的摆布。她说："我觉得她现在好多了。"

"是吗？她找你聊过吗？还是你因为某些原因给她打过电话？"

当他们走向房间时，阿玛丽看到沿着阳台一侧的灯都熄灭了，她感到很恼怒。所有灯都灭了。愚蠢的房东，她想，他们需要保持这里的亮度。她走进黑暗中，瓦斯奎兹跟着她，将手机当作手电筒，照向地板。她穿过三扇门，来到自己靠近楼梯间的房门前。

她摸索钥匙的时候想到，当卡玛拉把自己当成哈文湖高高在上的公主时，她和简却能交换最微妙的眼神，这让阿玛丽觉得或许她真正应该结交的朋友是简。

"地上有玻璃，"瓦斯奎兹说着，用手机照了一圈，她看到了，然后她想起自己刚刚听到的声音，一些本能的反应告诉她，应该马上进入公寓。

她打开门锁，刚刚推开门的一瞬间，一个影子从楼梯间冲了出来。她听到空气中有一阵嘶嘶声，好像有什么东西挥向了瓦斯奎兹，他静静地倒了下去，手机的光亮在水泥地上滑动。她的脖子后面溅起一阵湿气。她没有尖叫，只是迅速地进入屋内，然后"砰"地一声关上了门。但她万万没想到，身后又传来了那恐怖的嘶嘶声，随即一阵突如其来的疼痛在她肩头炸裂。她跌倒在公寓的瓷砖地面上，空气从她的肺里喷压出来。她忍痛翻了个身，试图找到袭击她的人，在掉落的手机发出的光亮下，她看到一根撬棍正高高举起，准备再次挥向她。

45

简匆匆跑到亚当房间的后窗，拉起窗户，看着坐在床上的陌生人，她通常会睡在那张床上，靠着枕头，在平板电脑上看电影。

"你好。"她说。

"嗨，"他微笑着说。"你真是个可爱的偷窥狂。"

"呃，你是亚当的新室友吗？"

"是的，刚被分到这里来的，我本来不住校，但最近向学校提出了一项特殊申请。"她注意到他的一条腿上绑着石膏，旁边放着拐杖。"我参加了一个长曲棍球队，在前两天的比赛中发生了一次事故，我摔得很严重。在我痊愈之前的这段时间里，住在学校会更方便一点。"

"当然，"她说。这意味着她现在要睡在大街上，或者回去和那个一直向她隐瞒着秘密的妈妈一起住，"我是亚当研究小组里的成员，我有一些衣服在这里。"她指了指她的拉杠箱，"你能把它递给我吗？"她不想穿着裙子从窗户爬进去。

他跳到拉杆箱旁，将它从窗户递了出去，并给了她一个友好、挑逗的微笑。她想起她还穿着漂亮的裙子，梳着头发，化着妆。"我很期待能够见到亚当。你叫什么名字？"

"简。他不常在这里，这儿就像个单间。"

她转身走开了，没有等他问她是怎么知道亚当的生活习惯的。

她还有别人要去见。

* * *

她来到第23号公寓，轻轻敲了敲门。透过门镜，她看到屋内有光点，然后整个房间亮了起来。她等待着，卡玛拉带着她那招牌式的甜美微笑和做作的问候打开了门。"这次聚会并没有邀请你，是吗，简？我也没想到会在那里看见你。"

"我从没想过会以这种方式跟你说话，但我很抱歉。我为大卫和我对你所做的一切感到抱歉。"

这并不是卡玛拉想听到的："当你不记得的时候，便很容易说出口。"

"你不想对我说点儿什么吗？"

"比如呢？"

"一个道歉。"

"为了什么？"

"你在车祸现场放了一张纸条，我的自杀遗书。"

卡玛拉盯着她，后退了一步："你真是个疯子。"

"不，这是唯一合理的解释。"

"这一点儿都不合理，你想毁我。"

一股邪恶的力量在简心中升起。

"那封遗书是在车祸前几个月写的。霍尔夫妇做了化学分析，但他们保持了沉默。那不是我在那天晚上写的。我没写过想要大

卫死，因为我渴望得到他。我写了那张纸条是因为我非常想念我
的爸爸，非常非常。"

卡玛拉试图将门关上，简推了进来，向她展示了她从家里带
来的东西：她母亲保险箱里的枪。她并没有拿枪指着她，而是把
它放在身边。

卡玛拉愣住了："简，噢，求你了，把它收起来。"

"我只是想让你听完我的话，如果你会，就点点头。"

卡玛拉点了点头。

"我在想，如果我爸爸去世时，我写了那样一张纸条，而且没
有将它销毁，那么我可能把它拿给谁看呢？"

卡玛拉避开了她的目光。

"所以我得出了那个答案。"她几乎说不出话来，"你怎
么看？"

"它被夹在你最喜欢的书里，《时间的皱纹》。你一直很喜欢那
本书，但你爸爸去世后，你像着了魔似的一遍又一遍地翻看它。
只是书中的女孩儿在失去父亲后又赢回了他。"她的声音哽咽了，
"你爸爸去世几周后你写了那张纸条，并拿给我看过。我告诉过
你把它撕掉，不要让任何人看到它，但你没有。因为那是关于你
爸爸的，你很伤心，所以将它保留了下来。"

"所以你，"简停顿了一下，"恰到好处地利用了它。"

现在卡玛拉看着她："车祸后的第二天早上，我在你和大卫家
里。我带着食物，帮你妈妈洗衣服，帮霍尔太太的忙。所以我从
你房间里拿了那本书，然后把纸条放在了车祸现场。没有人看见
我，很容易，我还买了花放在那里。根本没有人注意我，然后我
开车回到你家，一帮学生父母在那里帮你妈妈做饭、打扫房间，

而她在医院里陪你，所以我去了霍尔家，把书放在了大卫的书架上。我不能将它留在自己身边。我们都以为你会死，没人知道你能醒过来，然后你就醒了，但你失忆了。之后我再也没有机会把它放回去了。"她声音很小，"当然，警察在我放入的那天就发现了那张纸条。就是这样。"

"你怎么能对我做这种事？"

"你怎么能背着我跟大卫在一起？"

"湖边别墅，特雷弗说你去了湖边别墅，你是在那里看到我们的。"

现在，卡玛拉的羞愧感消失了，只剩下满脸痛苦。"我找到了你们俩，我透过窗户看着你们，你在哭，大卫把你抱在怀里。他吻了你，但他从未吻过我。他把你抱了起来，你开始吻他，将腿缠在他腰上。"她声音颤抖着说，"他把你靠在墙上……吻你，就像你是他的一切，而我什么都不是。我最好的朋友在她爸爸死后对我做了这种事，而我仍然爱着那个男孩儿。我想如果我站在那里一直看着你们，你们或许会在我面前做爱。"

这些话像一记响亮的耳光打在简的脸上。

"你迫不及待地想把他从我身边带走。而我，是你最好的朋友。当别人发现你行为古怪，待人冷淡，并不愿意接近你时，是谁对你不离不弃，让你在社交场上被大家接受的？"

"对，我已经都还回去了，"简说，"恭喜你。"

"你为什么认为每个人都会相信那封自杀遗书？因为你就是那样一个人。抑郁、抱怨、无足轻重。我很遗憾你爸爸死了，但生活还在继续……"

简不假思索地给了卡玛拉一巴掌。这是一记漂亮、猛烈的耳光，简感到自己的手臂都要震麻了，而挨打者则感到已经痛到了脊髓，即便这一巴掌打在她的脸上。

"显然我们都很糟糕，"简说，"但是你永远不要以这样的口吻来谈论我爸爸。"

卡玛拉什么也没说，眼神呆滞地盯着那把枪。

"然后你就走开了吗？"

"大卫把你放下，进了另一个房间，可能去找避孕套了。我走进去，我们吵了起来。你试图告诉我你有充分的理由，求我原谅你，仿佛你们是有原因的。我把你推倒在地上，你尖叫一声。大卫出来把我们分开了，并告诉我必须马上离开，否则会很危险。就像，你知道的，还有其他事情在发生。我告诉你们两个你们才是最般配的，然后就离开了。"

"你给特雷弗发了短信。"

"我知道你们俩在交往。我想也许那个温柔、愚蠢的足球运动员应该知道你爱的是大卫，而不是他。我给大卫的爸爸也发了短信，这样他的父母就不会担心你们在哪儿了，因为你们显然不是在学习。"

"然后呢？"

"我走了。回到家里，把头埋在枕头里哭，因为我将全部的爱和友谊都浪费在了你这样一个淫妇身上，并将我的爱情浪费在了大卫那样的浑蛋身上。"

"撬棍在哪里？"

"什么？"

"我们买的撬棍。"

"我不知道，谁在乎呢？"现在，她的声音又变得激动起来，

"你要开枪打死我吗？现在你全都知道了。"

"你为什么不告诉我这些？"

卡玛拉盯着她："我为什么要告诉你？你杀了大卫。你把他从我身边夺走，然后又杀了他。"

"我想知道，如果人们知道是你放了那张纸条，他们会怎么看你，"简温柔地说，"这是一种传播速度很快的东西，就像佩里·霍尔攻击我的视频一样。'荣誉学生在复仇阴谋中的自杀企图'。我很好奇警方是否想知道你对调查有多大干扰。"她想尖叫着跟卡玛拉打一架，但她不能。她用平静的声音隐藏了自己的激动与愤怒，"我的意思是，我在车祸中受了重伤，而你却让我受到了更多的伤害和惩罚。我走到今天，是拜谁所赐？你怎么看镜子里的自己？"

卡玛拉没有回答，因为答案太糟糕了。

"永远的好朋友，"卡玛拉说，"这是个悖论。"

他们之间的相互背叛就像一堵看得见的墙。

"枪是空的，"简说，"我没有装子弹，但我知道子弹在哪儿。也许我已经疯狂到了可以开枪的程度，因为现在我所有的东西都被夺走了，而我却拿你无能为力。我为我曾经做的错事感到抱歉，但这是你我之间的事。而你让全世界认为我是最糟糕的，然后你给了我一个肩膀，在我余下的短暂生命里编造了一个谎言。你犯了个非常严重的错误，给我这样一个残缺的人带来了很大伤害。你离我远点儿，离我妈妈远点儿。"简转身走了出去，枪握在手里，就像提了一个重物。

＊＊＊

当她住在亚当宿舍里时，曾去过一次贝蒂娜的公寓。她敲了敲门，希望他能在这里。

贝蒂娜，那个德国研究生，开了门，睡眼蒙眬地看着她。

"你好，贝蒂娜，"她说，"很抱歉这么晚来打扰你，亚当在吗？我需要和他谈谈。"

"亚当为什么会在这里？"她加重了语气，听起来很生气。

"因为他是你男朋友啊。"

"他把我甩了。因为你。"

"我？"

"不要装得好像你不知道一样。"

"我向你保证，我真的不知道。"

"好吧，他不在这儿，他再也不会来了，因为他被你迷住了。"

"不是这样的。"亚当是她的朋友，他们不可能越过那层界线。但后来她想，他看她的眼神的确有些不寻常，还有今晚他第一次握了她的手。这究竟是对她的支持，还是隐含了更多其他的感情？

"你可以和他在一起，简。"然后她关上了门。

46

她把卡车开回了特雷弗的家。悠闲的派对已经结束了，只剩下几个人。特雷弗在门口接她，问道："怎么了？"

她说："我现在不能回家。我能在后院坐一会儿吗？一个人？"她希望自己的声音听起来坚强一些，她感到自己的双腿绵软无力，如果再次走回卡车，她很可能会瘫倒在地。

他点了点头。简走过去，坐在星空下，望着夜幕中闪烁的点点光亮。聚会的喧嚣平静了下来，现在只剩下一点零星的笑声。她意识到特雷弗一定悄悄将剩下的几位客人打发走了。她坐在那里，为自己背叛了朋友而感到恶心，为卡玛拉对自己的报复而感到愤怒，为自己无法以亚当希望的方式去回报他的感情而感到烦恼。要是我没有和大卫在一起就好了。要是大卫和我能做出更好，更加深思熟虑的选择就好了。要是卡玛拉能够原谅我，要是她没有发现就好了。要是业当刚刚告诉我就好了。要是……所有的可能性，所有的决定，所有的命运曲折。人生，有上百条不同的道路。

娜娜出来了，走到她跟前，给了她一个拥抱。有一秒钟，简以为他把一切都告诉了娜娜，但她知道他不会。娜娜说："亲爱的，我很高兴你能来。希望你今晚过得愉快。"然后她回到了屋里。

几分钟后，特雷弗回来了，带了一瓶啤酒和一瓶水，他把两个都递给了她，但她拿了水。他坐在她旁边。

她什么也没说，害怕他会问问题，但他什么也没问。她从未因为一个男人的沉默而感到如此安心过。他只是让她静静地待着。

"我把一切都搞砸了，"她终于开口说道，"甚至在大卫去世之前。"

"那天晚上我应该待在家里，等你告诉我到底发生了什么事。但大卫是我最好的朋友，而你……我只是想知道。"

"你为什么喜欢我？"她踢着地上的泥土问道。

"我一直都很喜欢你。自从你把那个因为我穿了一条超乎审美的哈士奇牛仔裤而嘲笑我的'弓头鲸'女孩儿打倒之后。"他没有看着她。

她没忍住笑了出来："是啊，酷派足球先生和黑衣小姐的故事。"

"是的，我太酷了，居然搬出娜娜来为我的派对做饭。这是一个很酷的梦想，却很少有人实现。"

"这是个明智之举，至少没有把你家里弄得那么惨不忍睹。今晚我能睡在你的沙发上吗？"

现在他瞥了她一眼："当然。但是为什么呢？"

"嗯，亚当现在有了室友，所以他那里不再是一个选择。我想他离开这里是因为他生了我的气，我一直在和你说话。"特雷弗没说什么，她也不想再谈论亚当，所以她继续说道，"我已经知道卡玛拉和我对待彼此有多糟糕了。我不想回家面对我妈妈和她向我隐瞒的关于流产的事。一想到这儿，我就觉得不舒服。"

"是啊。"

"娜娜会怎么想？"

"这个周末，她会去她姐姐家，而我爸爸要去达拉斯参加一个会议。这里只有我们俩。"他没有看她，也没有试图表达任何其他含义。

最后，她说："我本来想让你明天帮我个忙的，但这可能会很危险，现在我觉得你不应该参与其中。"

"我不怕，不管发生什么，我都不会让你一个人去面对。"

他离得很近，如果她想，而他也愿意的话，她甚至一倾身就能吻到他。但她没有，她已经很久没有与人亲密接触过了，妈妈或亚当的拥抱是不一样的。但她做不到，她还没有准备好，至少不是现在。她需要做的事太多，她的生活一团糟。

"你可以住我房间，"他说，"我会铺上新床单，然后我去睡沙发。"

"我不能把你挤出去。"

"这样你可以有更多的隐私空间。我不是亚当，也不是你妈妈。我会给你足够的自由。"他的话说到了她的心坎里。他站了起来，掸去牛仔裤上的草，"你饿了吗？娜娜留了吃的。我忙着招待大家，忘了吃饭。"

"特雷弗，等等。"她恐惧地问，"你怎么知道我流产的事？"

他交叉着双臂："你还在昏迷中，我来看你，当时他们正在病房里给你做治疗，我听到护士对你妈妈说'流产'，他们背对着我，谁都没有看到我。我想他们可能刚刚做完或者正在做。于是我退了出去，然后更多的护士匆匆赶了过来，我走开了。

但我听他们说得很清楚。"他停顿了一下，"所以我知道你和大卫一定有过……"

"所以你开始跟我保持距离。"

"我认为这样是最好的。你失忆了，甚至不记得我是你的男朋友。我不会强迫你去想起的。你有一大堆悲剧需要处理，我只是不想让你受到更多伤害或感到更加迷茫。"现在他看着她，"当然，我以为你妈妈会告诉你呢。"

"你还在生我的气吗，因为我和大卫在一起？"

他沉默了一会儿："当然，这令我很痛苦，但是和你的经历相比，我的痛苦不算什么，简。我很高兴你还活着，即便我们不能在一起……"

"因为我欺骗了你。"

"不，因为你妈妈告诉我离你远点儿。我又去过几次，但你在休息。她希望我从你的生命里消失，她很坚决。这开始让我觉得，我们之间根本就没发生过。"

"她知道我们的事吗？"

"我告诉过她。但我没有告诉她那天晚上我去找过你或跟踪过你，因为我感到尴尬和羞愧。然后她说，你显然不适合谈恋爱。我就明白了。"

简想，妈妈有意将特雷弗从我身边赶走。也许她以为他是圣父？或者她知道我和大卫的事，这就是她那天晚上和佩里·霍尔吵架的原因？

"我不知道该说什么好。我不知道我为什么要抛弃你，去找大卫，"她说，"我不明白。"

"好吧，你已经爱上他很多年了，或者是迷恋，他是个完美的邻家男孩儿。我以为他是高不可攀的，但他不是。我的时机不对，或者我们终究是错的。"

"但我是那种人吗？"她问道，"伤害你，伤害卡玛拉？我不确定，我想知道答案。"

他跪回到她旁边的草地上："我认为你基本上还是原来的那个你，"他说，"聪明、善良、有趣。我看到的仍然是我认识的那个简。你爸爸去世后你一度很难过。但渐渐地你的眼睛恢复了神采。"

"这让我觉得很有希望。"

"你要告诉你妈妈你已经知道了吗？"

"我要看看我的治疗师会怎么做。"她说，"我需要保留我的武器。"

* * *

特雷弗帮她整理好了卧室房间，给她留了一件超大号的哈文湖足球运动衫当作睡衣（这看起来像是一件给"女朋友"的睡衣，她耸了耸肩），然后他回到了沙发上。她躺在床上，墙上还挂着他的高中照片。她和大卫、卡玛拉、亚当，还有一群朋友在一起，但他们两个经常站在一起。他们是一对奇怪的组合，但她觉得她似乎很适合躲在他的臂弯下。在他受伤之前，他和队友们在球场上拍了很多照片。她换上他那件柔软的旧球衫，去浴室里洗了把脸。她看着镜子里的自己，她本可以当妈妈的，她本可以做那么多事情，她本可以和特雷弗在一起。

她本可以成为任何她想成为的人。

她躺在床上，几乎一瞬间就睡着了。但当她听到外面的敲门声时，她醒了过来。

她一动不动地躺在床上，听到在外面的小房间里，有人在小声说着什么。她打开门。

一个男人的声音传了进来："你一个人在家吗，布林先生？"

"不，我的朋友在另一个房间里睡着了。"

"是今晚来参加你聚会的朋友吗？"

"是的。"

"你能叫醒她吗？"

她本想躲起来，却还是走了出去："特雷弗，这是谁？"

特雷弗穿着睡裤和一件哈文湖的足球T恤，头发乱糟糟的。一个穿着西装的男人在跟他说话。

"很抱歉，打扰你了。我是奥斯汀警察局的侦探富尔茨。请问，你的名字是？"

"简·诺顿。"她声音冰冷地说。

"简，"特雷弗的声音很紧张，"有人在阿玛丽的公寓里袭击了她，一个和她在一起的男人也遭到了袭击。"

布伦达·霍布森，夏洛·鲁克，兰迪·富兰克林。她打了个寒颤："这太可怕了。他们还好吗？"

"他们被一根撬棍打了。"

一根撬棍。她坐在特雷弗铺在沙发上的毯子上："不。"

"我知道鲍曼小姐早些时候来这里参加了聚会。她曾告诉过她的母亲。"

"是的，我们都是高中的朋友。"他又瞥了一眼简，"你看见她和谁一起走了吗？"

她摇了摇头。

"你知道鲍曼小姐是什么时候离开这里的吗？"警官问道。

特雷弗说："我没看到她离开，但应该是在10点之前。我想她累了。"

"她跟这里的任何人发生过争吵吗？"

"没有，这是一次很随意的聚会。简？"

"我并没有真正和她说过话，但她看起来很好。"

"你们俩今天早些时候见过她吗？"

简先说道："我见过，在德克萨斯大学。和她在一起的那个男人叫什么名字？"

"马特奥·瓦斯奎兹。你认识他吗？"

该如何回答。他们要花多长时间才能找到她和瓦斯奎兹之间的联系呢？不会太长。也许他正在那儿和阿玛丽谈论他的新文章，他在采访她。然后有人阻止了这一切。

特雷弗瞥了她一眼，他是在怀疑她吗？

"我知道瓦斯奎兹先生是谁，他过去是报社记者。"简停顿了一下，"我知道他的名字。"

富尔茨皱起了眉头："你说得对。你知道他们是怎么认识的吗？她告诉她妈妈他想采访她。"

"我不知道，"她如实说道。她不确定，也没有理由自愿提供更多的信息。她能感觉到特雷弗凝视的目光，"他们会没事吗？他们伤得严重吗？"

"这个我不了解。你知道鲍曼小姐是否参与了任何可疑活动吗？我必须得问这个问题。这是一次协同攻击。在他们遭袭之前或之后，有人把她公寓的灯灭了。"

"她是优等生，也是一名田径明星，"特雷弗说，"她是个名副其实的女童子军。"

"你能告诉我参加这次聚会的其他人员名单吗？"

卡玛拉，简想。一旦她听到这个消息，就会将它告诉所有人。如果她和瓦斯奎兹能够开口说话，那么对我来说就是个定时炸弹。丽芙·丹吉尔再次行动起来了。当这件事情发生时，佩里在哪里？或者是我妈妈？卡尔？亚当？

"如果我把它们写下来或用短信发给你会好些吗？"特雷弗说。

"当然。写在纸上。"

特雷弗开始记下那些名字。

"警官？"简问道，"你能告诉我这是什么时候发生的吗？"

"大约在10点半，她打电话给她妈妈，说要见她，然后她在10点40找到了他们。"

也许阿玛丽会跟她妈妈说，是关于简·诺顿的事情。但是，富尔茨却似乎对她的名字没有反应。

"他们被抢劫了吗？"特雷弗问。

"我不能说，"富尔茨回答道，"你想不到任何有动机攻击她的人吗？"

"也许这是随机的。"特雷弗说。

"她在哪家医院？你知道吗？"特雷弗问。

"布雷肯里奇。"这是一家位于市中心的县级医院。

"但他们还没死，对吗？"简忍不住问道。

"我最后一次听到他们的名字时，他们还没死。"富尔茨说。

"你应该给她妈妈打个电话，特雷弗。"简说。她感到一阵恶心。

特雷弗把名单递给了他。"我想这就是所有人了。"他说。

"谢谢你们提供的信息，我下次还能在这里找到你们吗？"

"当然，简暂时住在这里。"他说。而简什么也没说。

富尔茨离开了。简蜷缩在沙发上。

"简……"

"不是我做的。你看着我的样子就像你在想……"

"我知道你不会，也做不到。"

"但他们会认为，也许是我。撬棍，特雷弗，而且就在她离开不久后。"她站了起来，"你应该给鲍曼太太打个电话，然后去趟医院。"

"跟我一起去，告诉大家不是你做的。"

"我不能去。我必须找到亚当在我爸爸去世前给他的黑客驱动盘。而且我要弄清楚今晚霍尔夫妇在哪里。我不能毫无证据地指控他们。这会使一切都指向我。"简想，我妈妈，我妈妈在哪里？

"你要去哪儿？"他问。

"先回家。"

"给你钥匙，开我的车。"

"我会把你送到医院。"

"我的名单上没有写卡玛拉，这样会给你留下一些时间。"特雷弗说，"我会说我忘了她也在这里，因为我当时很震惊，而且夜已经很深了。"

"谢谢你。"

"这是谁做的？谁？"他问道。

"我不确定，我觉得是佩里·霍尔。但我不知道我能否找到她拿着撬棍去找别人的证据。"

"她攻击过你。"

"而且仍在继续。"

"霍尔先生呢？"

"不，我也看不出究竟是不是他……但是……佩里不想让瓦斯奎兹写那些让她看起来很糟糕的文章。她会更关注这件事的。"

"她会让别人帮她做吗？"

这是一个聪明的想法，佩里·霍尔就是这种爱惜羽毛的人。她想到了夏洛·鲁克，仅仅是因为他看起来像是那种会挥舞撬棍的人，但他没有动机，他也遭到了攻击。"我得看看能不能让佩里·霍尔跟我谈一谈。"

"她为什么要跟你谈？"

"我会给她一个理由的。"

47

简蹑手蹑脚地从她熟睡的母亲身边走过，把那把没有上膛的枪放回保险箱里，轻轻关上了它。然后她走过去，坐在床边。

"妈妈，醒醒。"

"嗯，是的。"劳雷尔惊醒过来，眨着眼睛看着简，"亲爱的，你的派对怎么样？"

非常好，她想，我发现我曾经怀过孕，但你从未告诉过我。她想对着她妈妈尖叫，用枕头打她，让她给自己一个解释。但是，她深深地吸了一口气，说道："今晚你去了哪里？"

"今晚？哦，我去植物园的艺术馆看电影了。然后我听着贝多芬，开车四处转了转。"

"你听着贝多芬，开车四处转了转。"简难以置信地重复着。

"这会使我头脑清醒，有时我不得不离开这所房子。怎么了？"

她想起她妈妈可能会有多孤独，当她第一次回家时，在冰箱里发现了太多的酒瓶。"所以，没人看见你。"

"我想没有。你为什么这么问？"

"我只是不知道你在哪里消磨时间。爸爸死后，他的电脑哪儿去了？"

"两个问题，天哪，你是什么意思？"

"他的电脑设备，他的笔记本电脑，还有他的闪存盘。诸如此类的东西。"

"这就是你把我叫醒的原因。"

"不，我还有其他事，但我希望你能告诉我爸爸的电脑在哪儿？"

"我……我一时想不起来。呃，他的笔记本电脑，我想，我把它清理过之后，捐给了Goodwill（美国一家著名的非营利慈善机构）。他的备用设备、备份驱动盘、闪存驱动盘，所有这些我都给了大卫。你知道佩里总是抱怨，他经常在学校里弄丢他的备份闪存驱动盘。"

"我不知道，不过没关系。"简说。大卫，如果大卫有了黑客工具包，他会做什么呢？

"半夜三更的，你问我这些做什么，这很重要吗？"

"没有，我只是想知道。"她深吸了一口气，"阿玛丽·鲍曼和马特奥·瓦斯奎兹今晚被袭击了，他们还在医院里。"

停顿了很长时间，劳雷尔眨了眨眼睛，似乎在处理这个消息。"天哪，听到这个消息我很难过。"但是那一成不变的假笑出卖了她，她在想，真是报应，这个婊子。

"妈妈，今晚你到底在哪儿？我想看看电影票。"

"我离开的时候把它扔了，我不喜欢你的语气，简。"

"他们是被撬棍袭击的，你觉得到警察发现马特奥曾写过关于我的文章，以及其他受害人，还有这两个故事里别有特征的撬棍，需要多长时间？那段网上疯传的佩里攻击我的视频，只会是火上浇油。一些记者会把这一切联系在一起。"

"回去睡觉吧，亲爱的，我觉得你的想象力已经失控了。"

"妈妈，现在已经五个人了。有五个人因为车祸的余怒而受到了伤害。"

劳雷尔盯着她："你是在指责我吗？我是你妈妈。我管理着一个慈善机构，我是个好人。"

"我知道你是，但你似乎真的很希望看到佩里发生不幸。"

"她打了你，现在她只是罪有应得。她在视频中向我们展示了她的本来面目。警察应该去质问她。"

"你认为佩里·霍尔能独自带着撬棍打倒两个人。"

"你不记得她是什么样子了。我想马特奥现在可能要写一篇关于她的文章，是她，不是我们。我听格洛丽亚说，昨天晚上，那个记者跟佩里，还有一个年轻人在门廊里聊天。我看电影时，她给我发来一条短信。她认出那个记者就是在你生病时曾来过这里的记者。"

她感到很不舒服，就像失忆是过去的事情一样。

"妈妈，人们可能会把责任归咎于我们的。"

"或者是再次归咎于你，"她说，"很多人认为失忆症会让你变得疯狂、沮丧、愤怒。就像你在学校里伤害了卡玛拉。"

"我没有。"

"我知道。如果你愿意让我帮你……"

"你怎么'帮'我？把我送进福利院？或者是精神病院？"她本不想谈论这个话题，但还是顺嘴说了出来。

她妈妈的瞳孔收缩了一下："我只是想让你变得更好，仅此而已。你曾露宿街头，一直在学校里过着虚伪的生活，我都知道，简。至少亚当会保护你的安全，但这不是长久之计。你拒绝住在这里，拒绝接受真正的治疗，也不会尝试去改变自己的生活。所以，是的，我认为你应该待在福利院里，直到你学会如何去处理人生。但我不会把你禁锢在那里，对你不闻不问。"

简强忍住了所有她能提出的其他指控。她想到了她的怀孕、关于鹿的谎言，还有她妈妈雇用了凯文的事情。她本想向愤怒屈服，但是她没有。她会等到她的证人凯文和特雷弗出现，让她因羞耻和道德威胁而让步。她妈妈不能忽视她，不能当着别人的面把她打发走，更不能随意改写她的人生。于是她把怒火压了下去。

她需要找到亚当给她爸爸的驱动盘。

"我知道，我会的，"她安抚着劳雷尔。"很抱歉，我把你吵醒了。我现在就回去睡觉。"她拥抱了她妈妈，虽然她很生气，但她依然爱她，所以她要把愤怒发泄在最合适的时候。一旦特雷弗和凯文看到她妈妈的所作所为，那么无论她在她周围搞什么鬼，她都可以继续前进。直面卡玛拉了解遗书的真相；与特雷弗交谈之后和他再次成为朋友。这些想法给她的心中注入了一股新的力量。

她回到自己的房间，关上门。她没有看到她妈妈正盯着大厅里的她，微微颤抖着。简把灯关掉后，劳雷尔才回到床上。

简躺在黑暗中，想着她该做什么。她别无选择，她必须和佩里暂时和解。

48

在佩里上床前，卡尔开车过来了。他告诉她，他曾在圣安东尼奥向一名纵火调查员解释车祸与布伦达·霍布森案件之间可能存在的联系。他看上去疲惫不堪，没有向她打招呼，径直给自己倒了一杯酒。她暗自告诉自己她不在乎。

"关于那段视频，"他说，"我正在跟一个律师谈。只要司机是雇员，不是承包商，我们就可以起诉'共乘汽车服务'机构。我们当然也能起诉简，尽管她不是第一个把视频公布出来的人。但是控告她什么呢？这不是诽谤，这是真实发生的。"

他问佩里：“你没有再听到夏洛·鲁克的消息，是吗？”

“没有。”她撒了谎。在他们的婚姻中，她对卡尔的谎言基本都是隐而不露的：是的，你戴的那条领带很好看；的确，泰国话听起来真好听；宝贝，你让我感觉很好。从来都没有实质性的谎言。或许也可以说它们被省略了，但至少避免了直接撒谎。“马特奥·瓦斯奎兹来过，他正在写另一篇关于简的文章，我把他赶走了。”

“那段视频……”

“我不想再谈论它了。”

“我们必须得谈。听着，你在Faceplace上正在被无数人抨击，你必须远离社交媒体。不要接任何相关的电话。这样的话，麻烦应该会过去的。未来这一两天里，说不定会有其他新鲜事儿能够激起人们的愤怒，或者转移他们的注意力，你会成为昨天的新闻。你只需要克制住自己，熬过去就好了。”

“你说起来可真容易。”她说，“我不需要你来告诉我该如何处理。”

“我很抱歉，”他立刻答道，“我不知道这是什么感觉，也无法想象。但我确实看到有些人在网上发帖子来支持你。”

“哦，那可太好了。所有陌生人聚在一起来争论我的人格。”

“你想让我今晚留下来吗？我可以睡在客房。”

她觉得她应该说不，但她也渴望陪伴。卡尔比任何人都了解她。“是的，”她说，“当然。”她希望夏洛今晚不会回来，但如果他真的回来了，卡尔的存在会让他没法继续逗留或和她说话。她在心里默默祈祷着。

她对自己说，你可能想拿出你的手枪。她是看着枪长大的，她妈妈是一名女佣，经常用现金支付，在她车里始终放着一把手枪，她也曾教过她如何安全地使用枪支。当初她嫁给卡尔时（他不喜欢枪），偷偷将她的手枪藏了起来。在他搬出家之后，她再次清洁了那把枪，并且涂上油，然后跑到靶场，重新找回了她的目标。她本想今晚出去练枪，发泄一下情绪，但她不喜欢冒险出门。

卡尔给自己做了一份三明治，又喝了一杯酒，然后就上床睡觉了。有时候，她认为自己是唯一一个仍纠结于大卫之死的人，卡尔看上去似乎更容易习惯眼前的这个世界。

她去检查了手枪，并把它放在了她睡觉那一侧的床底下，只是为了以防万一。一个短暂的念头在她脑海中闪过，她希望卡尔就睡在身旁，然后，她沉沉地睡了过去。

她忘了把手机设成静音。短信声把她从睡梦中惊醒，那是一个闷热厚重的梦，在梦里，大卫奔跑着穿过田野，一边跑一边笑，她却总是够不到他。她惊魂未定地盯着漆黑的房间，然后看到了手机屏幕上的亮光。

这是一条午夜短信，她对发信人的手机号码没什么印象。短信上写着："阿玛丽·鲍曼和马特奥·瓦斯奎兹被人袭击了，用的是一根撬棍。你知道这件事吗？"

她连眨了几下眼，驱走困意。阿玛丽，大卫的同班同学，也是他的朋友。在事故发生的那天晚上，这个女孩儿曾在Happy Taco看见了大卫和简。"我不知道，"她回短信说，"你是谁？"

"简。"

"你为什么要告诉我这个？"

"因为我认为你的行为比人们意识到的要糟糕得多，但我不认为你会用撬棍把任何人打到住院。"

她瞬间冲动地想要回复："滚开，别来烦我。"但是她做了一个深呼吸，冷静下来，回复道："他们还好吗？"

"我不知道。"

"你怎么会知道他们被袭击了？"

"我今天晚上见过阿玛丽。早些时候也见过一次，我还看到了卡玛拉和夏洛。在我和阿玛丽聊天之后，夏洛有意靠近我，我当时以为他在跟踪我。也许他在跟踪她？"

佩里喉咙干涩。她打开灯，回复道："我对此一无所知。请别打扰我。你已经够让我烦的了。"

"我认为我们应该谈谈。"

"我没什么可跟你说的。"

之后过了大约两分钟，手机一直没响。佩里想，她可能已经说完了。结果她又发来一条短信："我想问你两个问题。如果我觉得你诚实地回答了它们，那么我将和你分享一些事情，这会改变你对我的所有看法。"

佩里几乎没有回答，过了一会儿，她回复道："好吧。"

"你能出来一下吗？我们就在你家门口说。我现在在找妈妈家里。如果你愿意，我们可以把我原谅你攻击我的话录下来，这样它们也会被很快传出去的。"

面对面地谈话。她们最近两次见面并不愉快，第一次，她殴打、拉扯了简，第二次，简把她手中的热咖啡打翻，把她赶出了屋子。或许她可以叫醒卡尔，让他和她一起去。这可能是个陷阱，谁知道她是不是那个撬棍袭击者呢？

她最后做出决定："十分钟后在我家门廊见。"

她走到卡尔房门外听了听。她听见屋里传出柔和的鼾声。她走下楼，给自己冲了一杯绿山咖啡，然后打开了门廊灯。

49

佩里坐在门廊上，身旁放着两杯热气腾腾的咖啡。她看着简走出了诺顿的房子，没有打开外面的灯，然后非常安静地关上门，走向她家，上了台阶。

她手里拿着东西，但不是撬棍，这让佩里放下心来。那是一张纸。

佩里将咖啡递给了她，希望简这次不会把杯子从她手里打飞。简接过咖啡，在她对面坐下。

"卡尔在里面，我让他留下了。"佩里低声说。

"我不是来这里跟你打架的。我是来问你两个问题，并告诉你一些事情。这或许会让我们难以承受，但我们需要知道。"

"你把我从床上叫出来，希望不要让我失望。"

"我的那本《时间的皱纹》在大卫的书架上吗？"

这是一个最出乎意料的问题。"是的，"佩里停顿了一下说，"我是在几天前无意中发现的。我不知道他为什么会有这本书，除非是你借给他的。"

"我没有，是被卡玛拉偷走的。"简随后把卡玛拉将她的自杀遗书偷放在车祸现场的事情告诉了佩里，这就是她曾经最好的朋友在那个命运之夜的所作所为，她看到她和大卫在湖边的房子里，她把简在她爸爸去世后写下的遗书放在车祸现场，然后把书留在了大卫的房间里。

"她还发短信给其他人，一个关心我的男孩。他是谁并不重要，这不是他的错。他在湖边别墅那儿开始跟踪我们，大卫和我当时试图甩开他。我们摆脱他之后，拐上了那条路，之后就发生了车祸。"

佩里凝视着她，好像在试图消化她最后听到的关于失踪时间里所发生的事实。"那仍然是你的错。"

"如果这就是事故的全部原因，如果单纯的只是我的错，为什么现在会有人针对别人动手？"

佩里陷入了长长的沉默，让她去理解为什么她憎恨的人突然不存在了，是一个很艰难的事情。"她看见你在湖边别墅里亲吻我儿子？你和大卫……"

"你和我妈妈知道我们的事吗？亚当说他那天晚上看到你们俩吵架了。"

佩里握紧了杯子："那跟你们无关，没有任何关系。"

"那是因为什么？"

"我发现她看卡尔的眼神别有用心。她是一个寡妇，她心烦意乱，她很孤独。我不喜欢她过分关注卡尔。我知道她没想清楚，也不会背叛我们的友谊，所以我提醒她不要再看了。卡尔只在乎自己的想法，完全不在意身边发生了什么。你母亲很生我的气，否认她在追他，对我的指责感到很伤心。最终，我选择相信她。然后，她就离开了。"

简小声嘟哝了一句，后来佩里才意识到，她是在说，"接下来才是真正让人崩溃的事情，我该先告诉你哪一件呢？"

随后，简说道："我怀孕了，但是在昏迷的时候流产了。"

佩里坐在椅子上难以抑制地哆嗦起来，放下杯子时差点儿把里面的咖啡溅出来，一种彻骨的痛苦折磨着她，"是大卫的？"她强忍着问。

"是的。我没有和其他人发生过关系。我当时虽然和其他男孩儿有过交往，但是没有做过那种事。"

"你和大卫。"佩里把脸扭开了片刻，"简，当你还很小的时候，你妈妈和我经常开玩笑，说你和大卫将来会结婚，或者约会。虽然仅仅是开玩笑，但我心中也确实希望如此。你们在一起时候的样子实在太可爱了，简直是形影不离。不过你们只会说那样的话……你说的不是真的。"她的声音渐渐变得细不可闻。

简抿了口咖啡。她没有看佩里："你就像我的第二个妈妈。就好像在父母的朋友中，总有一个人会让你觉得，是的，如果你需要的话，你可以找她，你可以信任她，她会帮助你的。你就是我的那个人，我以为你知道。"

佩里没有说话。

"我爱你，还有霍尔先生，不仅仅是大卫。我失去了他，也失去了你们。也许你不在乎失去我，一点也不。我不是你的孩子。大卫很特别，而我是个成事不足，败事有余的人。"

"简……"

"我知道你很伤心。我只是觉得你会同情我，或者理解我，或者仅仅是某一方面的体谅。我是说，不是马上。我的大脑受伤了，我失去了原来那个我的全部意识，现在我知道我又失去了孩子……"她停了下来，又喝了一口咖啡。

"为什么你和你妈妈没有告诉我们？"

"她从没告诉过我。我在她保存的我的病历复印件上发现了关于流产的记录。她从来没有给我看过。也许我当初知道我怀孕了，只是不记得了。我没有告诉任何人，我甚至不知道我是否告诉了大卫。但是我们说过要逃到加拿大去。也许他想让我离开这里。"

"如果你告诉过他，他肯定会告诉我和卡尔的。"

"他会吗？哈文湖向来不鼓励未成年人怀孕。这会改变人生理想，哈文湖的孩子们都有伟大的理想。"

真相像一把悬浮在她们之间的刀子。

"但是他和卡玛拉……"她还没有说完，简接着说，"我恐怕要问第二个问题了。"

"你在大卫的物品中，有没有发现一个带有音符标记的闪存盘？"

她啜饮着咖啡，几乎尝不出味道，她脑海中全是关于流产的各种想象。大卫的孩子，简怀上了大卫的孩子。简也让我失去了孙子，这个念头猛然跳了出来，让她毫无招架之力，她努力把它推开。她无法承受，简也失去了一样多的东西。于是她强迫自己去思考，记忆又回来了，尖锐而突然，"是的，在兰迪·富兰克林送给我的纸袋里，有一个带有音符标记的闪存盘，那些东西是大卫死时放在背包里或口袋里的。还有他的手机、钥匙、一些现金。闪存盘就挂在他口袋里的钥匙上。兰迪·富兰克林见到警察的时候，警察把它给了他，然后兰迪把它还给了我。"

"你知道它现在在哪儿吗？"

"我想我知道。"事实上，她记得很清楚，她最近在整理大卫的抽屉时又看到了它，她还发现了画有"丽芙·丹吉尔"的笔记本。

"你能把它给我吗？"

"里面是什么样的音乐？"

"实际上那是我爸爸的。他死后，我妈妈把我爸爸一大堆电脑方面的零散东西都给了大卫。我想要回来，是的，那是只属于爸爸的音乐。"

她并不相信简。"为什么这个东西突然变得这么重要了？"佩里问。

"它本来就很重要。"简说，"它是我爸爸的。你如果把它给我，我会拍个视频发出去，解释在墓地里发生的事，说你没有错。"

"我并不确定那东西在哪儿。"

"我跟你一起去找。"

"不，你待在这儿。我会顺便把你的书还给你。"

她回到房子里，轻手轻脚地走到大卫的房间。她找到了那本《时间的皱纹》，把它夹在腋下。她很庆幸自己没把它扔掉。她打开书桌的抽屉，在一堆红色的闪存盘里找到了那个绿色的，她记得他上学时需要这些东西，而且经常弄丢。绿色的闪存盘上画着一个音符标记。

她启动他的电脑，把闪存盘插进端口。

这绝对不是音乐。这是一系列程序——KeyBreaker，

KeystrokeMonitor，PasswordCracker，HackingLog。

这是用来窃入电脑的东西。大卫为什么会有这个？如果这是简父亲的，那么为什么布伦特会有？

而且，大卫和布伦特都死于意外。她查看了操作记录，对她来说没有什么意义，那些数字、端口以及词语她完全看不懂。她把闪存盘从电脑上弹出，关掉电脑，这时候听到身后传来卡尔的声音："你在干什么？"

"没什么，"她说，顺手把闪存盘飞快地扔进睡袍口袋里，"我睡不着，想看看网上都是怎么说我的。"

"这听起来不像是个帮助睡眠的好方法。"

"的确不是。像你说的，这是个糟糕的想法。"

"而且还是用大卫的电脑？你自己的笔记本电脑不是在楼下吗？"

"我知道。"为什么你要对他撒谎呢？她出现了片刻的迟疑。突然她做出决定，和简打交道是她自己的事。卡尔可能会插手干预。不，还是让她自己来处理吧。

"你去上床睡觉吧。"她说，"让我自己处理吧。"简，请不要进来，不要敲门，等我就好。

"你确定，你还好吗？"

"是的，我很好。正像你说的，好不好不是外表看得出来的。我想简会为我做一次公开道歉的。"

"简为你？我觉得你应该离她远一点儿。"

"我没想到你会这么说。你难道不希望我们和睦相处吗？"

"我想是吧。我们明天早上再聊这件事。"他转身走向客房。

她说："我要去喝点儿水。"

他发出了昏昏欲睡的声音，关上了门。

她匆忙走下楼梯，尽可能轻地走出大门。简仍然坐在她的椅子上，那张纸放在她的膝盖上，佩里看不到另外一面写的是什么。

"我找到了。但你对我说谎了，这里面只有程序。"

"用来窃入电脑的程序。亚当·凯斯勒在我父亲去世前不久给他的。"

"为什么？"

"我不知道。在他去世前的几周，兰迪·富兰克林曾经跟踪过我爸爸。他有一张亚当把它给我爸爸的照片。亚当说是我爸爸从他那里买的。他说他有一名离职的员工留下了一台电脑，他想要破解进入。但我认为那是个谎言。

"为什么？"佩里屏住了呼吸。

简犹豫着说："我……我正在试图弄清楚。这一切都与为什么和车祸有关的人会成为袭击目标有关。"她把手伸向佩里，佩里犹豫了一下，把闪存盘放到她手里，"我一直在调查那天晚上。"之后，她把她知道的事情告诉了佩里：从她在兰迪办公室拿到的文件，到她从卡玛拉、阿玛丽、亚当、特雷弗以及比利·辛那里听说的关于发生车祸那天晚上在Happy Taco餐厅发生的事情，她将这些零散的片段拼凑在了一起。她把一切都告诉了她，除了卡尔和劳雷尔接吻的照片之外，她决定先和她妈妈谈谈。佩里听后，一脸惊愕。

"所以，我需要找出更多的线索。"简说着站起身。

"你想给我看什么？是它吗？"佩里指着简手里的那张纸。它看起来像一张照片的背面。

"我想我今晚已经给你带来了足够震撼的消息，谢谢你的咖啡。今晚我将在我的Faceplace网页上发布一个视频。我想你可以分享它，因为人们在你的主页上留下了很多刻薄的评论，如果这个时候你把我的视频发出来，将会阻止那些人对你的人身攻击。"

"谢谢。"她从未想过会对简·诺顿说出这两个字。

简起身离开了，没再说什么。

50

"妈妈，你今天有什么计划？"简问道。她没有睡好，而她妈妈早早就起床，冲了咖啡，在房子里忙忙碌碌。

"嗯。我在慈善机构办公室有些会面。"

"在星期天？"她尽量保持声音平静。会面，她知道，是和凯文。

"是的，星期天也可以会面，"劳雷尔含糊地说，"我的捐赠人往往非常忙碌。你今天打算干点儿什么？"

"我要录一份视频，声明原谅霍尔太太，并把它发到Faceplace上。"

"哦，我觉得这是个坏主意，亲爱的。"

"宽恕是坏主意吗？"

"你看，她现在终于尝到了真正的责备是什么滋味。应该让她好好体味体味。你看到她主页上的那些评论了吗？有时候我很好奇，这些人是谁，谁有那么多的空闲时间去恨一个陌生人呢。我们知道那是什么感觉。"她咬了一口吐司。

简注视着她："我看到你在妈咪博客上写了好几次关于宽恕的问题。"

"我是写过，但更多的是关于如何进行自我原谅。"

"你很擅长那个。"

"你什么意思？"

"没什么，妈妈。"

"我很高兴你能回家。"她挤出一丝微笑。

"亚当现在有了室友，所以我无处可去了。"

"不，你可以待在这儿。"

她试探了一下她妈妈："我不想住在霍尔太太隔壁。"

"我不会让你无家可归的，简。我们会找出一个不同的解决办法。我会为你弄一套公寓。"

"真的吗？你以前说我必须待在学校或是家里。"

"我承认，我之前是错的。我不会再让你那么为难了。"

"谢谢你，妈妈。"她不确定她是否该相信她的许诺。

"但是，你不能录那个视频。那是个糟糕的想法。至少现在不行。"

简没说什么。

"早餐吃炸玉米饼如何？我打算去Baconery超市买一些回来。"

"太棒了。"简说。

她妈妈离开家以后，简直接去打开了她的电脑。开机后，她发现需要登录密码。她把那个黑客闪存盘插入端口。各种程序窗口依次跳出。她选择了PasswordCracker，它要求提供诸如宠物姓名、周年纪念日和家庭成员的生日，居住街道以及其他常见的密码。她输入了所有的信息，不到两分钟密码就被破解了。她进入了她妈妈电子邮件的应用程序。她妈妈有一个内部地址；一个用于慈善机构的地址；还有一些其他备份，简觉得她似乎不怎么用。

她搜索"卡尔"。发现了一些在她爸爸去世之前和之后的旧邮件，但并没有什么暧昧的东西。布伦特去世后，霍尔家为她们提供了许多帮助和安慰。没有什么可疑的。她又搜索"佩里"，都是大同小异。在车祸发生后，她发现了一些电子邮件互动，询问简是如何讲述车祸真相的；用充满愤怒的口气质疑她的失忆症；拒绝劳雷尔提出的公开原谅简的请求。这些让她很难读下去。除此之外，就什么都没有了。

她打开慈善机构的电子邮件，浏览了一遍。她发现了劳雷尔助理的一些票据，都是关于征收基金的电子草稿。其中一份票据是关于一项不同寻常的银行存款，她母亲不得不填写了一些材料。那是一次大规模的海外捐赠。

简跳到她以前没见过的账目上，它们看起来很像垃圾邮件，也许这些是她妈妈在网上购物或加入"忠诚计划"（连锁酒店等企业经常通过忠诚度计划的方式维持顾客的忠诚度）时开的一些账户。不过，有些来自于海外银行的账户，它们记录了她的存款和取款情况。就像她从兰迪·富兰克林那里拿到的她爸爸档案中看到的电子表格一样。她甚至认出了一些缩写名：HFK, Alpha。这些都出现在了电子表格中。

莫非她爸爸档案里的电子表格不是他的，而是她妈妈的？为什么？

她打印了几封来自于银行的电子邮件，叠好塞进牛仔裤口袋里。

她又回到了搜索窗口，开始搜索"简"。

她找到两批最近的电子邮件。第一批来自于奥斯汀郊外的一家私人精神病院。邮件里涉及一些提问、安排，以及讨论是否适合简的相关事宜。还涉及到一旦选择这种方式，"非自愿承诺"的程序将如何运作。

简想，她想把你关起来，或者她已经在这么做了。

然后，简又跳到第二批电子邮件上，所有在草稿文件夹中发现的内容都令她出乎意料。她读着这些邮件，心里怦怦直跳：

正如你所知道的，我写了《绽放的劳雷尔：摩登妈咪博客》，在很长一段时间里，这是五大育儿博客之一，同时也产生了大量的广告收入和读者群。我主要写的是我在培养我女儿简（同时成功经营着一家慈善机构）时遇到的种种挑战，以及我在失去丈夫布伦特之后的悲惨遭遇。我正在提议搞一个新的图书项目，用米探讨我女儿的创伤性事故，导致失忆的原因，事故调查，以及它如何让我们在这个狭小、紧密的城郊家园中被遗弃。我特别希望被我们的医疗系统忽视的失忆症患者能够得到关注，以及我的女儿简是如何沦落到露宿街头（违背我的意愿）的，还有我打算将她送进精神病院的艰难抉择……

简闭上眼睛。她的生活，她的问题，眼前的灾难，都是她妈妈事业的素材。而她写的就像简已经签好了承诺书一样，仿佛这只是她的一个章节，如同她对待简的余生一样。她在网上搜索了收件人的名字：它是纽约顶级的著作代理商。

她打开她妈妈的浏览器，浏览了一下历史记录。里面有很多关于佩里攻击简那段视频的观点。还有对布伦达·霍布森、夏洛·鲁克、阿玛丽·鲍曼、兰迪·富兰克林等人的名字的搜索……而这一切从一周前就开始了。

她妈妈是不是在列清单？当布伦达·霍布森的家被烧毁时，简从未确认过她妈妈是否有不在场证明。

这不可能。不可能是她妈妈……但是……如果她爸爸曾经调查过的那些电子表格是她妈妈的，那么她妈妈……

她想到了她爸爸档案里写的那个奇怪的代码：R34D2FT97S。她把代码和其他奇怪的数字都写在了她钱包里的一张纸上。然后将那个代码输入了电脑的搜索窗口里。什么都没有。她又打开了浏览器的搜索窗口，还是什么都没有。

然后，她注意到了长代码下的两个条目。U:和P:，每个都有自己的条目。莫非是用户名和密码？如果它是一个网站，那么这通常是标准的登录要求。也许长代码是一个网站地址。她将R34D2FT97S复制到浏览器的地址栏中，添加了常用的".com"。

浏览器突然跳转出一个干净的黑色页面。在页面上出现了一条消息：您无权访问此系统。谢谢！

果然是一个网站，但无法访问。这里不需要输入用户名和密码。这是什么意思？这到底是什么网站？或者说，这不是随便浏览网页的普通人可以进入的。这让她感到很不安。

这时候，她听见妈妈进入车库的声音。简迅速删去浏览记录，拔出闪存盘，把电脑设置成睡眠状态。她所知道的这个残缺的世界已经被撕扯得支离破碎，当她走进厨房时，挤出了一个微笑。

她妈妈正把裹着锡纸的墨西哥玉米卷拿出来。

"饿了吗，亲爱的？"

"是的，妈妈。"她听起来有些屈从，但此刻，这就是她要扮演的角色。她必须想个办法，去一个她妈妈找不到的地方，把自己藏在一个不受伤害的房间里。

她需要武器来反击。一个阻止她妈妈作恶的秘密武器。如果她妈妈就是丽芙·丹吉尔……那么在有人受到伤害之前，她必须想出一个方法来制止这种行为。但她不想打电话报警，让他们来抓自己的妈妈。

她们一起吃了饭，然后她上楼给特雷弗发了一条短信。她改变了计划。

51

有时候，闲聊会对佩里会产生根深蒂固的影响，从中获得的信息有助于了解和适应哈文湖的社会环境，诸如记住某人在哪里上学，或者是谁的亲戚在一个不同寻常的领域里工作。在调查过程中，她和兰迪·富兰克林聊了几次，这似乎是一个奇迹，在大卫去世的阴霾中，她依然有心情去跟别人聊天，但她确实做到了。她想起来，有一次他提到自己来自拉格兰奇，那是位于奥斯汀和休斯顿之间的一个小镇，经过71号高速公路，那里的"哥拉奇面包店"远近闻名——那儿的糖果和美味点心是由捷克移民带到德克萨斯州的。当霍尔夫妇从休斯敦开车回来时，通常会在某个面包店前停留一会儿，但兰迪坚持说，下一街区的另一家面包店做得更好。这个小细节在她脑海中挥之不去。

她进行了一些网络搜索，发现兰迪·富兰克林的父母仍然住在拉格兰奇。他父亲曾在那里的中学当过教练。她找到了电话号码，并拨了过去，当听到兰迪·富兰克林犹豫地说出"哪位"时，她忙说："哦，对不起，我打错了。"然后挂断了电话。

这里距拉格兰奇大约有65英里的车程。等卡尔一走，她也要走。他似乎一点也不愿意离开，站在收拾整洁的厨房里，穿着前一天的衣服，喝着咖啡。他的目光越过杯子，打量着她的脸。

"你今天有什么打算？"

"有很多跑腿的事情需要我去做。"

他似乎没有领会她话里的暗示。"简上传了一段关于你的视频。"他举起手机，用拇指按下按键。

视频中，简坐在书桌前，说道："我叫简·诺顿。最近，一段我被拖向坟墓的视频在网上疯传，许多苛刻的评论都指向了视频中的女性佩里·霍尔。请不要再拿这件事来针对佩里。她是我亲爱的朋友大卫的母亲，大卫和我一同经历过一场车祸，他不幸丧生了。可是大卫的坟墓却被玷污了，霍尔太太为此受到了沉重的打击，就像所有父母一样。她是个好人，却经历了一场可怕的悲剧。设身处地为她想想，请不要再发布那段视频了，如果你已经分享或是发布到了网上，请把它删除吧。你是在嘲笑一个失去了独生子的女人。我不想参与其中。感谢各位的收听。"

佩里看完视频，转过身。她感到眼睛和脸上一阵刺痛。

"我很好奇，为什么她要这么做。我猜这会让之前那段视频引起更多的关注。因为她公布出来了，所以新闻媒体会重新采访这件事。"卡尔说。

"或许她只是出于好心才这么做的。卡尔，我不想赶你走，但我必须得出去了。"

"嗯，好的。"他说，"我们晚点儿再谈。我会和你保持联络，确保你没事。"

"没有这个必要，我会很好的。"

"我今天早上看到一则报道。有两个人被袭击了。当地社交媒体上的一家新闻电视台说，其中一名受害者是马特奥·瓦斯奎兹。"

她问："他现在还好吗？"她脸上没有流露出任何情感。

"他们只是说这两个人现在在医院里。现场有一根撬棍不见了。"

"我知道，你认为这有可能是我干的……"

"你昨晚一直在这里，"他的声音变得温柔起来，"我很抱歉，那天晚上我说了那些话，包括你袭击了简，我还猜测你可能牵扯到什么事情里，我为我说过的所有话向你道歉。我当时心情糟透了。我不想离婚。还有……我知道你不能带着撬棍去找那两个人。"

"但是你认为我可能会放火烧掉住着人的房子。"

"佩里……"

"我们共同承受着这些，"她说，"自从大卫死后，我们一直都备受煎熬。我知道离婚伤害了你。我很抱歉让你受到了伤害。我从来没有想过要那样。但是，我们分开并不意味着我不关心你，也不意味着对于大卫来说我们不是一家人，或者，我们把它当成噩梦来煎熬。”所以，把夏洛的事情告诉他。她刚想说，却又停了下来。她曾看见夏洛在瓦斯奎兹走后离开了，但那并不意味着他在跟踪那个男人。这不是证据。不过，还是应该告诉警察。尽管她对夏洛的计划一无所知，但他依然可能指控她是同谋。负罪感让她无比纠结。她可能会在警察局待上一整天，而且她也不知道这件事是谁最先挑起的。如果她知道……她可以与警方达成协议，到时候夏洛和那个丽芙·丹吉尔都将被抓住。但是，在警方查出瓦斯奎兹曾在她家里跟她和夏洛谈过话之前，还能有多长时间？如果马特奥醒来并能够说话，那就很快了。她快没时间了，所以她必须现在就行动。

话已到了嘴边，但随后她又放弃了。

“你还好吗？”卡尔问她。

“是的，”她重新整理了一下思路，“我想是的。”

卡尔关切地看着她，好像他知道她在对他撒谎。“那就这样吧，”他说，“我们都在煎熬。我晚点儿再跟你谈。”

他离开了。十分钟后，她开车驶向东71号高速公路，直奔拉格兰奇而去。

* * *

兰迪·富兰克林看见她很不高兴。他一开门就知道她是谁了。“你想干什么？”

“和你谈谈。”

他看了看她身后，说：“为什么，霍尔太太？”

“兰德尔，谁来了？”她听见一个老女人的声音从里面传来。

"一个有问题的前客户，妈妈。"他边说边走到门廊上。

"我很抱歉打扰了你，但这很重要，现在你的语音信箱说你要关闭你的工作室。"

"租金还有三个月就到期了。我到时候再看。"

"你在等局面发展到不可收拾吗？"她直截了当地问。

"我父母都病了，我需要回家照顾他们。这跟你有什么关系呢？"

"布伦特·诺顿。"

他闭紧了嘴巴。

"他的女儿简来找过你，然后第二天你就失踪了。"

"你是怎么知道的？"

"简告诉我的。"

"那并不是实情。"

"她昨晚在我家门口跟我悄悄聊了很久，说起了你离开镇子后，她又回去过的事情。她偷了你办公室里的两份文件——一份是我儿子的，一份是她爸爸的。但是有一件很奇怪的事情。她说她爸爸的档案里没有标明客户。"

"客户端是匿名的。我是被现金支付的。"

"我想，这似乎违反了某些规定许可。这是一份灰色工作？"

他没有回答。

"有几个人遭到了袭击，受了伤，他们都和我儿子的车祸有关。当你失踪的时候，我以为你是他们中的一员。但你却在这里躲了起来。现在袭击发生了变化，变成了直接暴力。就好像其他人对他们做过什么一样。"她想看看兰迪·富兰克林会说些什么，他没有受到伤害，也没有受到损失，他仅仅是从奥斯汀撤了出来。

"你在指控我？"

"我不知道。是谁雇你去跟踪布伦特·诺顿的？"

"如果我告诉你，根本就没有任何关于那个匿名者的信息，你信吗？"

"那么有没有人跟踪你？威胁你？"

"我不想讨论这件事。"

"马特奥·瓦斯奎兹在医院里。我认为作为一名记者，他不会因为受到袭击就退缩，他会加倍努力，其他的记者也会围着他转，把这件事写出来。我不认为你来这里就是为了多住一段时间。我可以让他将你作为目标，也可以让他远离你。是谁雇的你？"

他没有回答。

"兰迪，你害怕了吗？有人威胁过你吗？布伦达·霍布森最想要的是她的房子，夏洛最想要的是他的未婚妻。但他们都失去了。对你来说最重要的是什么？你的父母，他们安全吗？"她向前迈了一步，"如果你害怕被杀，那么让我知道这个秘密将意味着你会更安全。你还没有想明白吗？"

要么是他听腻了，要么是她说服了他，他没法再沉默下去了。"我的委托人是他的妻子。劳雷尔·诺顿。"

她努力克制着脸上胜利的微笑："为什么？"

"她想要跟踪他，知道他见过谁，跟谁说过话，去了哪里。"

"然后，他就死了。"

"他的死跟我没有一点儿关系。"

"可是……他的档案。简告诉我里面有一些电子表格，是他隐藏的现金吗？"

"该死，她是怎么偷走我的文件的？"

"她很聪明。她其实一直都很聪明，只不过一想到她出事之后的状态，让人很容易忽略这一点。"佩里说。

兰迪·富兰克林发出一声不满的叹息："我把这些单据当作保险。"

"是从他电脑里弄来的吗？"

"不，他已经把那些电子表格打印出来了。我进行了复印，并把它们从他租来的办公室里拿走了。但我不知道那些电子表格是从哪儿来的。"

"他是在做假吗？"

"不，没有那个迹象。但是……在她关于布伦特的报告中，她不想提及你的丈夫。"

佩里皱起眉头："你什么意思？"

"如果我看到卡尔和布伦特见面，或者一起吃午饭，就不需要记录。劳雷尔不想在任何报告中提到卡尔的名字。"

多么奇怪。

"劳雷尔为什么会提出这样的要求？"

他耸耸肩："我不知道。我也在猜。"

她强迫自己说道："她和卡尔之间有什么关系吗？"

"也许吧。如果她向布伦特提出离婚申请，她不想在诉讼中出现卡尔的名字。"

"你跟踪了布伦特多久？"

他停顿了很长时间，她几乎觉得他不会回答了。

"直到他死了。"

他如此平静地说了出来，让她过了一会儿才明白过来。"等一下，那天你跟着他去了他叔叔的房子吗？"

"是的。那是我的任务。在我到达后，接到了一个电话，告诉我任务取消了，让我写最终报告。"

"你认为他是死于事故吗？"

他的声音很轻："不，我认为有人不想让我待在那里，是因为不想让我看到任何事情。"

震惊冲击着佩里的胸膛："劳雷尔杀了他？"

"或者是雇人杀了他，但是我没有任何证据，什么都没有。"

"那你有没有发现他有任何自杀或者抑郁的迹象？"

"如果我的妻子雇人跟踪我，我也会觉得很郁闷。他什么也没干，没有别的女人，没有吸毒，没做违法的事情。他只是去他的办公室，为税务筹划工作做准备，我觉得那是一个连锁办公室，下班后他就会回家。有时会去学校参加他女儿的活动，有时还开车带着他女儿和她的朋友们去兜风。他去了他叔叔的房子，因为他继承了它，并做了一些改造，准备用来租售。"

"他出事后，你没有报警？"

"没有。"他清了清嗓子，"我甚至不知道他已经死了。第二天，我的办公室门口出现了一个盒子，就像我在网上订购的那种盒子。里面放着三万美金。"他的目光从佩里脸上移开，"警察并不认为这是一起谋杀。他们把他的死当成了自杀或者事故。所以，我闭紧了嘴巴。我的父母……他们没有那么多退休储蓄。所以，我只能保持沉默。"他的声音里透出了羞愧，"但真相终究还是会浮出水面的，不是吗？"

"在那之后，我丈夫和我雇了你去调查诺顿家的女儿，这只是巧合吗？"

"你丈夫告诉我，他知道我干得很好，值得信任。他不想说是谁把我推荐给他的。"他咬着嘴唇。

她表面看上去风平浪静，内心却早已波涛汹涌。"好吧。我希望你仔细想想。你说你在劳雷尔的要求下，从报告中清除了所有关于卡尔的事情。那你跟着布伦特·诺顿去过其他地方吗？其他任何地方？"

"如果你想到警察那儿去告我，那么好吧，尽管去吧。我的家人需要钱。他们必须依靠我生活。我的兄弟姐妹都去世了，我是他们的全部！"现在他的耳语变成了挑衅式的咆哮。

"我不关心这个。"佩里说，"布伦特有没有去过其他地方？"

"他去过一趟休斯敦，我有一个同事从机场开始跟踪了他，但他只是去与投资者见了个面。之后，他曾独自一人来找过一次婚姻咨询师，一个人来的。你知道，也许他会被问到是否需要进行咨询这类的问题，我可以免费告诉他'是的'。就是这样。"

"好吧……"

"哦，是的。你知道后来我不得不中止跟踪。不过，我知道他去了你们的湖边别墅。"

"去见我丈夫？"

"不，只有他一个人。"

可是根据简对那晚的描述，那些孩子们也去了湖边别墅。

"他做了什么？"

"他绕着房子走来走去，看到屋顶上有一个卫星天线，他似乎在等待什么。然后一个人来了。我不知道他是谁。因为任何与卡尔有关的东西都不能记入档案。湖边别墅是他的，所以我没有记录。他们聊了一会儿，然后两人都离开了。"

"那个人是谁？"

"我不知道。"

"你没有拍照吗？"

"没有。因为档案里不需要。"

"那你有没有记住那个男人的车牌号？"

"没有。"

"你说你从布伦特那里拿走了那些电子表格。"

"我偷偷进过他办公室一次。桌上放着电子表格，还有他妻子手写的笔记。我知道那是她的，因为她给我写过支票，我复印了两份。"

"她写了什么？"

"一个长长的网站地址，非常难记。就像你不会偶然输入的那种地址。除此之外，还有一些代码。我想那一定是用来窃入某些网站的。"

"你试过吗？"

"是的。但是，出现了一个'拒绝访问'的页面，我没有详查。之后，我拿到那笔钱，把它交给了我的父母，就没再过问关于布伦特·诺顿的事情了。好了，就当你和我从未有过这样的谈话，霍尔太太。我现在得去看我爸爸了，他现在肯定很困惑。"他起身走进屋里，"我不想管它了。这件事本身并没有任何犯罪迹象，除了有人收买我，让我保持安静之外，但做过的已经做了。你可能不会喜欢这个回答所预示的真相。"

她坐在门廊里没有动，他已经关上了门。

湖边别墅。卡玛拉曾经去过那儿，孩子们曾经去过那儿，布伦特·诺顿也曾去过那儿。那里一定有什么东西，是解开所有谜团的关键。

52

凯文发短信给简："我还是坚持去你妈妈的慈善机构里见她，今天是休息日，所以我们是私人见面。请记住，所发生的一切都是为了最好的结果。"

简把那张她妈妈和卡尔的照片放在口袋里，还有她爸爸档案里的另一张纸片：一份折叠的电子表格，上面写着长长的编号数字和字母，似乎是一个隐藏的网站。她不知道这是什么意思，但她要把它们交给特雷弗来替她保管，以防万一。因为这些东西无法破解，它们一定可以解答她生命中心最神秘的那个部分。她妈妈曾经爱过她，照顾过她，用她不希望的方式书写她，但现在劳雷尔对简撒了谎，真相必须被揭露出来。

快到两点的时候特雷弗过来接她。他穿着牛仔裤和黑色的安保T恤，紧绷在他强壮的身体上，衬衫前面的黄色大字写着：Security。他戴着墨镜，看起来很凶。但他向她微笑致意，一个大大的，略带傻气的微笑，就像全世界都相安无事一样。

"你看起来真像我的恶棍同伙。"她说。

"我在第六街做了大约十分钟的保镖，但我真不是一个夜猫子。"他说。

他们把车停在劳雷尔的办公室对面。她妈妈的车和另一辆车已经在那里了。"那辆车是凯文的吗？"他问道。

"我想是的。"

"你想让我跟你一起进去吗？"

"当然。"

"简，这是私人问题。如果你决定要我离开，和她保持隐私……"

"我知道。但她喜欢她的听众们。这次我为她选择了听众。"

"如果你妈妈让他写承诺文件，这就太残忍了。"

"在过去的一周里，我经历了很多残酷的事情。我现在要让她知道什么叫残忍。"我不知道我能不能做到。我在向妈妈暗示什么？她有外遇然后我爸爸死了？死于事故或自杀或者其他原因吗？她无法想象下一个不可避免的想法。她不能。她感觉自己在发烧，病得很难受。但这是必须要做的。

他们朝办公室走去。她不知道为什么她会伸出手去抓特雷弗的手。她握紧他的手，但是他缩了回去。

她走进办公室。她妈妈正站在自己办公室的门口，凯文坐在椅子上，看起来很痛苦……两个身材高大的人穿着西装，戴着墨镜，双手交叉放在胸前，像哨兵一样待在那里。

简难以置信地笑了起来。

"对不起，简，"凯文说，"我不得不告诉她。"

她妈妈给了她一个怜悯的微笑："亲爱的，我对此感到很抱歉。"

"关于什么？"简说。

"特雷弗，请原谅我们。这是一个家庭内部问题。"劳雷尔说。

"他必须留下。"简说。

"特雷弗，"劳雷尔说，"请马上离开，我最后说一次。"

"简希望我留在这儿。"特雷弗说，"很抱歉，诺顿太太，我不能答应你。"

劳雷尔看了看那两个男人，突然把头转向特雷弗。两人迅速移动，抓住特雷弗的胳膊。他们和穿上"安保T恤"后的特雷弗体格差不多，这些家伙更强壮，更专业，特雷弗很快就被推出去，推进了停车场。

"妈妈。"简说道。

"我这是为了你好。"

"什么？贿赂心理学家对我撒谎？粗暴地对待我的朋友吗？"

"简。你还没有恢复。我不能让你像现在这样放任自流。亚当不让你待在他的宿舍里，你反复说你不会住在家里，所以我没有选择。凯文和亚当都愿意证明你会给自己带来伤害。"

等等，她说什么。"亚当？"

"是的。"

"不，他不会这么做。"

"他会的。"

"为什么？"

"我不确定他是否为你和特雷弗的新友谊感到高兴。"

那感觉就像一拳打在她的肚子上。亚当的前女友贝蒂娜是对的，她误解了她和亚当的关系，误解了他想要的东西。现在他要报复她，因为她没有考虑他的感受。她看着凯文。"你听到她在说什么吗？"

"你听着，简。你做的事很危险。人们通常都不愿意承担责任，也很难接受别人的责备。看看你在做什么……"

"我做什么了？"

"那是一个非常好的机构。你在那里会生活得很好。你会想起更多的事。"凯文努力地笑了笑。

"我已经记起来了，"她想看看她有什么反应，"我记起来的事情越来越多了。"

"那家医院会帮助你治疗的。"劳雷尔说。

"妈妈，这不是20世纪50年代，这行不通的。我很清醒。"

"你是一个无家可归的失忆症患者，涉嫌纵火和入室盗窃。"她说，"你只有待在医院里才会安全。"

"涉嫌纵火？不，那些房子起火的那天晚上，我在亚当的宿舍里。"

"亚当现在说你偷了他的车。这已经写在了凯文起草的承诺书里。"她的声音很平静，并没有因为说谎而发生任何变化。这会给法官或医生留下好印象。

凯文说："我们知道你在制造网络威胁，简，你就是那个丽芙·丹吉尔。"

"那不是我！"整个世界仿佛瞬间压向她，就像一座倒塌的大厦。法官不需要签署这些吗？难道没有其他人给她做检查吗？或者她妈妈贿赂了多少人？"你为什么要这么做？"她抬高了嗓音。

"为了保护你。"

"不。你是为了你想写的书。我只是一个配角，我以为我是你女儿，事实上我只是你生活中一块该死的垫脚石。"

那本书是一个有力的还击，简看到了她的畏缩，但劳雷尔仍然保持着镇静。"这太不公平了。"她看着凯文，好像他会赞成她似的。

"你要起诉我吗？把这些谎言告诉警察？"

"我不想，如果你愿意合作的话，我不会向警察说一句话，凯文也不会。"

"妈妈，你想让我在那儿待多久？"她的声音断断续续。她的生活变得灰蒙蒙的，比她让自己陷入的地狱更黑暗，"怎么，直到你和卡尔结婚？"

她的话仿佛一只有力的推手，劳雷尔不禁后退两步。

"很抱歉……"凯文声音嗫喏，想要走出房间。

"她在说谎。"劳雷尔说。

"我有你们在一起的照片。"

"不，你没有。"

"不，我有。一张你和卡尔在亲吻的照片。那时候爸爸还活着。"

"满口胡言。"

"我是从兰迪·富兰克林的档案里偷来的。"

她妈妈的嘴颤抖着："所以，当我们到达医院的时候，我可以在你的罪行清单上加上入室行窃。"

"你尽管去做吧。不知道爸爸知不知道你背地里干的那些事情？"

"简，我从来没有……"

"如果你还拒绝承认，我真的会发疯，坦白吧。不要再撒谎了。"

劳雷尔深吸一口气："好吧。"

"我爸爸知道吗？"

"不知道。"

"你确定吗？这是否是导致他沮丧或自杀的原因，发现你和他的商业伙伴、隔壁邻居欺骗了他？"她的这些话就像一记重拳。

"那不是我的错，他死于一次意外。"

"你收买了凯文，你怂恿亚当，为什么你会堕落到这个地步？你为什么要把我藏起来？"

"你不相信我吗？"她声音低得仿佛耳语，"这是为了你好。"

"妈妈。"她可以拿出从富兰克林档案里拿到的那几张纸。但这有可能被那些雇工们抢走。她的计划失败了。

门开了，一个男人回来了。"准备好了吗，诺顿太太？"

"什么？"简尖叫起来，"我不会跟你们去任何地方。"

劳雷尔说："简，不要抗拒，这些人是来保护你的，确保你安全到达医院。"

"你们要带我去什么地方？"

"山区里一家非常好的医院，非常与众不同，像一个温泉浴场。"她在补充这一消息时所表现出的兴奋之情，是简所听过的最可怕的事情。

"我什么时候才能离开这个温泉浴场？"

"当医生说你已经康复的时候。我们不要耽误时间了，不要弄得太难看。我需要你信任我。把你的手机给我。"

简照做了。她用手指把纸叠在牛仔裤口袋里。她还没有把它们交给特雷弗。

当那人把手伸向她时，简向他做了一个警告的手势。他把手缩了回去，为她打开门，几乎是殷勤地把她请出去的。在停车场，亚当·凯斯勒站在凯文旁边，双臂交叉，充满愤怒和蔑视。

特雷弗坐在柏油路上，双手握成拳头，另一个人站在他身旁。

"你需要同意，否则事情会变得很难看。你不希望这两个人殴打特雷弗吧。"她妈妈在简身后说道，声音很刺耳。

"他会报警的。"

"我们都会说他阻止你去医院。我将以文件的形式对他进行指控。这就是现实，我是为了你好，也是为了他好，为每个人好。"

那究竟是什么意思？

"上车吧，诺顿小姐。"其中一个男人说。

"简，我做这些都是为了你。"亚当对她说。她朝他竖起中指。

"简？"特雷弗站起身，"简？"

"没事的，特雷弗，"劳雷尔向他喊道，"一切都会很好，我们会照顾她的。"

距离轿车还有四步远的时候，她心想，不，他们不会把我关起来，即使是温泉浴场，他们也不会把我放在那儿。他们根本没打算那样。她已经走到了这一步，他们是不会就这样算了的。她猛然一把抓住她妈妈，把她推向了守卫，然后趁机朝另一个方向飞跑。其中一名男子试图截住她，被特雷弗抓住，两个人翻滚在满是油污的地上，男人的一边脸擦碰在人行道上，疼得嗷嗷直叫。

简不停地奔跑。她跑下山坡，看到一条蜿蜒的小溪，溪水穿过哈文湖。这些小溪经常在春雨中泛滥，但现在是秋天，它又浅又冷，上面落满了树叶。她跑过去，看见一个男人在追她。她不知道另一个人在哪儿。

她想，特雷弗不要，不要跟他们打架。

她开始向办公园区和相邻公路之间的一座小山上爬，山坡两旁长满了橡树和雪松，由于地势太陡，她不得不放慢速度。那个男人正在逼近她，喊道："别这样，简，别这样。我们是来帮助你的。"

如果她找到人来帮她怎么办？她妈妈需要做的就是展示凯文起草的承诺文件，她所有的否认都是毫无价值的。

她依然在奔跑。在她身后，传来了一声枪响。

不，不，不要。她几乎停了下来，但她看见那个男人正在跟她拉近距离。不，她告诉自己，继续跑。她跑到了临街商店后面，那里有一个垃圾箱，和通向公园的另一座布满树木的小山。她跑不过这个人。她跳进垃圾箱，盖上盖子，把自己埋在一堆垃圾袋里。有些垃圾遮挡得并不严，随时都可能暴露她。这黑暗狭小的囚室里散发着腐烂食物和脏东西的味道，她屏住呼吸，透过缝隙，看到其中一个店面是一个婴幼儿学习中心。她能听到垃圾箱外走过的脚步声。她一动不敢动，几乎没有呼吸，克制着咳嗽和呕吐的冲动。

脚步声又回来了。垃圾箱盖被打开，她感到身上的垃圾袋加重了。

"有什么需要我帮忙的吗？"一个男人的声音问道。不是追赶她的那个人。

"我想看看您的垃圾箱。可能有个年轻女人藏在里面。"

"为什么？"

"她正要被送往一个精神康复医院，她从我们那儿逃跑了。"

"你有ID证件吗？"

"是她的家人雇我来的。"

"难道你没有医院的ID卡，或者任何能证明的东西？"

他停顿了一下，说："没有。"

"好吧，你瞧，她不在这里，我刚刚把垃圾扔进去，这里根本没有人。"

她看不见，也不敢动，经过一阵漫长的沉默，箱盖终于重新落下了。

"如果你看见她……"追踪者开口道。

"如果我看见什么人，我会给警察打电话的，谢谢。"

她静静地等待着，感觉就像待在坟墓里。他可能会回来，等待她出现，再把她拽回车里。现在她看上去真像个病人，哪个正常女人会把自己埋在垃圾堆里。她在心里默默地数了一千个数，一丝不苟地数完，最后终于爬出了垃圾箱。她浑身哆嗦。她想回到停车场去，确定特雷弗是安全的。她妈妈是对的，因为她和她妈妈一样疯狂，已经有人开枪了。这可能会引来警察。

但她没有听到警笛声。她蹑手蹑脚地穿过树林朝停车场走去，心想：这太蠢了，他们会抓到你的。她在小溪边用冰冷的水洗了洗满是污渍的脸。她回到停车场，做好随时逃跑的准备。

那些人都离开了，除了亚当，他坐在自己那辆轿车的引擎盖上，盯着她。

她走向他，说："谢谢你出卖了我。"

"你妈妈很担心你，你闻起来可真臭。"

"刚才发生了枪击……"

"是吗，你回来是想看看特雷弗还好吗？"他带着讽刺的语气说。

"亚当，别这样。我担心每一个人。"

"特雷弗也带着枪，真是个天才。"

"什么？"

"特雷弗有把枪，后来那把枪被一个人夺走了。他把枪拆卸之后还给了特雷弗，子弹被他留下了。然后叫他离开，否则他们就会报警。"

"我妈妈去哪儿了？"

"带着守卫和你的医生去找你了。他们开了三辆不同的车。我希望它们中的一辆能随时滚回来。"

她凝视着他，四目相对："如果你那么在乎我，为什么不告诉我，你为什么要这样对我？"

他沉默了十秒钟，最后说："你为什么不让我来帮你？特雷弗一回来，突然间，他就成了英雄，而不是我。你需要我时就利用我，不需要时就为了一个笨蛋把我扔到一边。"

她很难让自己的声音保持平静，他的背叛让她感到如此震惊："你是我最好的朋友，我从来没有故意让你往别的方面想过。特雷弗和我本来就是男女朋友。我没有骗你，早在事故发生前就是了。"

亚当脸色苍白。

"我不知道我对他的感觉是否会回来，或者我现在就像他的朋友一样，但是他知道一些关于那天晚上的事情，只有他能告诉我。我向他求助并不是想拒绝你。而且我根本不知道你对我的感觉，我怎么可能拒绝你。"

亚当转向旁边。她把他的脸转回来，她想扇他一巴掌，但她不能。她需要他的帮助，所以她把怒气压了下来。

"如果你想帮助我，那就真的帮我，帮我离开这里。我想我知道该如何找出那晚发生的事情。或者你可以继续像个傻瓜一样假装关心我。"

他站直了身子:"躲进后备箱里。"

"我还不能那么信任你。"

"你不能把我的车熏臭了。"

"我想让你带我去特雷弗那里。"

他摇了摇头:"这不是个好主意。我听见有人说要跟踪他,因为你可能到他家里去。"

我能多相信你呢?她想。可眼下她并没有太多的选择。"好吧。"然后她告诉了他要去的地方。

"为什么要去那儿?"

"我自有原因。当这一切结束后,你和我可以谈一谈……我们的事情。"没有"我们",永远也不会有,但是他不知道。她为自己的冷漠感到惊讶,但她不得不这样做。

他点点头。

她带着自己的全部意愿钻进后备箱,他关上了箱盖。他可以把她直接送到她妈妈那里。也许他已经对自己之前的行为感到了后悔,也许他没有。为什么一个人会变成这样?

她安静地躺在臭气熏天的环境中,当他再次打开箱盖的时候,她怀疑自己是否回到了家里。她爬了出来。这里并不是她家。按照她的要求,她被带到了霍尔家的湖边别墅。

"你究竟想来这里做什么?"亚当问。

"在湖里洗个澡,然后进屋去。我知道那是犯罪,所以你不能待在这儿。你需要忘记在刚刚二十分钟里经历的事情。"

"简。"他向前一步。

她举起了手:"谢谢你带我来这儿。但我现在还不能和你促膝长谈。"

"我很抱歉，对不起。"亚当的声音哽咽了，"你必须明白，我已经努力为你做了很多事情。我以为……我以为我伤害了你爸爸。我给了他黑客驱动盘，也许他发现了一些他不应该接触的事情，他自杀了，或者……我不知道。所以我想我唯一能做的就是照顾好你。我试过了，这很难，因为我们离得很近，但你根本不记得我。你小的时候，就认识了卡玛拉、大卫和特雷弗，但我是你最近的朋友，我被你的大脑遗忘了。"他稳住呼吸，"我只是想关心你多一些，比以前还要多，我想念我认识的那个简。我不时能看到她的影子，但并不是完整的她。"

"没有人比你对我更好，没有人。这就是为什么你所做的事情会伤害我这么深。"那些话是真的，她的话语里隐藏着一种刺耳的声音。

"你也伤害了我，"亚当说，"但我不会站在这里哭泣。我只是想和你在一起。"

她什么都没说。

"把你一个人留在这儿，我很不放心。别做傻事，简。"

"如果你不做，我就不会做。"她说，"但你必须知道这一点。如果你告诉我妈妈我在哪儿，我就再也不会跟你说话了。"他点了点头。她说："我可以把你的毛毯带走吗？"

"当然。我会想办法帮你的。你不必怀疑我。"他把毛毯递给她，似乎准备说些别的话，但最终还是开车走了。她看着他离开，打了个寒噤。

在离奥斯汀湖不远的一棵橡树后面，她脱去了胸罩和短裤，跳进冰冷的湖水里，哆哆嗦嗦地把皮肤上的浮渣和垃圾擦洗干

净。虽然没有彻底洗净，但确实舒服了不少。她用亚当的毯子擦
干身体，一边试着把衣服上的脏东西洗掉，一边小心地保护着口
袋里的文件不受损坏。衣服闻起来并没有好到哪里去，但她还是
捏着鼻子穿上了它们。

她绕着房子走了一圈。希望能刺激自己回想起更多的东西，
告诉她这里发生过什么。

53

即使没有特雷弗和卡玛拉告诉她，这一切现在也都变得合
理了。

他们买了一根撬棍。为什么需要这样一种工具？为了闯入一
个被锁住或木板封住的地方。霍尔家的湖边别墅是孤立的，空
的，没有人会立即想到去那里寻找他们。

它距离奥斯汀湖几百英尺远，草坪平坦翠绿，一直倾斜到湖
面。在她看来，奥斯汀湖看起来更像一条河流，而不是湖泊，它
蜿蜒地穿过了德克萨斯州丘陵地带的小山。她可以看到湖对面的
房子。有一个看起来很普通的牧场房子，好像是上世纪70年代
的，没有翻新过。沿着湖岸更远的斜坡下面是一栋托斯卡纳风格
的房屋，全新的建筑，高端而迷人。

她来过这里几次，在生日聚会上，那时他们还是孩子。大卫

的生日在夏初，他喜欢这个湖。她想起来他差点儿淹死在了这里，佩里在那之后就开始讨厌这栋房子，但是卡尔不同意卖掉它。那是他们上小学三年级时的事情：有她、卡玛拉、特雷弗、大卫和其他孩子。她想起了冰淇淋和蛋糕，他们从码头上跳进湖里游泳，父母们都放下手中的鸡尾酒，紧张不安地看着他们。她奔跑的时候，草叶轻抚着她裸露潮湿的脚掌，带来一股凉爽的愉悦感。他们曾经最爱玩儿"冻结标签"游戏，一种最蠢的游戏，但是那时候他们玩儿得很开心。她记得自己被特雷弗冻结了，尽管他块头很大，但速度很快，然后大卫又给她挂了标签救了她，但特雷弗在他还没来得及跑到那棵安全的树下之前，抓住了他并把他冻住了。在那场游戏中，为了救她，大卫牺牲了自己。

这本来应该是一段甜蜜而有趣的回忆，却让她感到五味杂陈。她的脸和头受伤了。她绕着房子走了一圈。这片土地，这所房子，一定值一大笔钱。但它安静而私密，有时在这里可以隐藏一些东西。

要是她知道那是什么就好了。就好像存在于她脑子里的鬼魂，难以捉摸，不可触及，这让她很恼火。

接着，阿玛丽的一句随意的评论在她脑海中浮现：卡尔·霍尔来到了Happy Taco。当时她没有多想，但他在晚上早些时候曾和卡玛拉有过接触，短信上有他们的聊天记录。是否因为她在这里找到了大卫和简并被激怒了，所以才给特雷弗发了短信？是的，卡玛拉承认了，她还给卡尔发过短信。有这种可能，她出于愤怒发了条短信：看看你完美的儿子干了什么好事。

她透过窗户往屋里看。也许这就是卡玛拉看到他们接吻的那扇窗户。卡玛拉曾说，我透过窗户看着你们，你在哭，大卫把你抱在怀里。他吻了你，但他从未吻过我。他把你抱了起来，你开始吻他，将腿缠在他腰上……他把你靠在墙上……吻你，就像你是他的一切，而我什么都不是。

她听到一辆汽车驶来，停在了房子的另一边。她从房子的拐角向对面窥视。

佩里·霍尔。她愣住了。她看见佩里停下车，然后，打开她的后备箱，拿出一根撬棍。它是钢制的，很光滑，异常干净。

简从房后走出："霍尔太太？"

佩里惊愕地差点儿扔掉手里的撬棍："简，你为什么会在这里？"

"我妈妈想把我送到精神病院去。她雇了几个暴徒来追我，她甚至让我最好的朋友背叛了我。他们殴打了特雷弗·布林。我只好躲在这里了。"

佩里沉默了一会儿，对她的悲惨遭遇只字未提。"呃，你真难闻。"简想她会说，你就像一个疯子。

"我为了躲开他们藏在了垃圾桶里。我的衣服不重要。我妈妈……我妈妈在我爸爸去世前，和你丈夫有了外遇。我很抱歉。"

佩里用撬棍轻轻拍打着自己的腿。"这对我来说并不算什么打击。我刚和兰迪·富兰克林谈过。"他们彼此分享了信息。简对这一发现感到很难受。

"你为什么带着撬棍来？"简问。

"因为那天晚上你们都在这里，并带着一根撬棍。我们进去说吧，也许会勾起你的回忆。"

佩里打开门锁。

简跟着佩里检查了一遍房子。这是他们的第二个家，但家具不是从主屋拿来的二手货。这是一个装饰豪华、美丽的家，但是它毫无生气。简查看了房间，没有门是锁着的，没有需要用撬棍打开锁头才能进入的房间。她找到了一间跟大卫有关的房间，里面有大卫的一些照片，有哈文湖足球的海报，还有一个木制的哈文湖走鹃队的棒球棒挂在床上。一扇大窗户面向着车道。

"想起来什么没有？"佩里问。

简摇摇头。

"我讨厌这个房子。"佩里说。

"因为大卫差点儿淹死在这儿？"

"哦，是的，但是卡尔不肯卖掉它。在我们还难以负担的时候，我们就买了它，即使我们需要钱，他也不会卖。虽然我们现在不缺钱，但我还是不明白他为什么喜欢这栋房子。也许他认为这是一个可以远离我的地方。或者他只想和大卫在一起，把我关在门外。"最后那句话脱口而出。

简什么也没说。她没法安慰她。

她们搜索完楼下，便上楼去了。楼上有更多的卧室，方便霍尔家举办大型聚会。看起来大多数都没用过。有一间主卧，面向湖泊，景色壮观。

"这些年我从未在这里睡过觉，"佩里说，"你认为这里是……你妈妈和……卡尔？"

"不要去想它了，你们已经离婚了。"

"我依然爱他。"她说话的口气就好像她不知道一样。

简想要伸手去摸摸她，但是她没有。

简回到了楼下大厅。大厅的尽头有一扇门。简在门框和墙壁上都发现了轻微的损坏痕迹，也许这里曾被撬棍用力撬动过，它是锁着的。

佩里用手指摸着那些痕迹。"重新刷了一遍漆。你们俩来过这里之后，又重新油漆了一遍。"她说话的样子就像她体内的某些东西正在崩塌。

简从她手中拿过撬棍。在没有征得同意的情况下，就开始撬动门锁。这是一件很辛苦的工作，佩里也抓住了棍子，她们合力撬拉。门上的锁头断开了。佩里紧紧抓住撬棍，简放开手，走进房间。那是一个小房间，除了一张小椅子、一台电视机和一张牌桌之外，没有什么引人注意的东西。她抬起头，看到了一扇阁楼的门。

"你知道这里有扇门吗？"简问。

佩里摇了摇头。

简拉开阁楼门，一个小折叠梯伸了出来。她爬进阁楼，在她左侧是一个空调箱，在她的右边，靠近房子前面的地方是一堵墙和一扇门，它们把这个小房间和阁楼的其余部分隔开了。门上扣着挂锁，有先前撬棍留下的痕迹，但没有被刷上油漆。因为没有人会看到它。

"哦。"简惊呼道，几乎将撬棍丢掉。

"你想起来了？"

简捂着脸，"我不想待在这儿。"恐惧像火一样在她的五脏六腑、脊椎和大脑中灼烧。

佩里在她身旁转过身，从她手里接过撬棍，走到第二道门前，她的呼吸急促起来。这扇门更硬，当佩里把锁砸开时，她的脸都被汗水湿透了。

"我很难受。"简说。仿佛肚子上突然挨了一拳，她单膝跪在了地上。

"你想起这个地方了？"佩里跪在她旁边问。

"没有……我们必须离开这里。"

"不，简，现在还不行，或许你应该到外面去喘口气。"

"不。"简努力想站起来，"不，我得看看。"

佩里伸手扶住她的肩膀，帮她站起身。

两个女人互相看了一眼，然后简推开了房门。

第一个让人吃惊的地方是，这部分阁楼是一个占据了整个房子长度的巨大空间，还装着空调。房间里很冷，里面有一张桌子、四台电脑、一个服务器阵列。它看起来像是一个为小型企业设置的网络。佩里心想，这有什么可怕的呢？

简走向其中一个系统的键盘那儿，她把佩里找到的黑客驱动盘插进了端口。

"它需要知道你可能使用的密码的常见元素。"简说。她的生日、卡尔的生日、他们的结婚纪念日、他们的宠物名字。

"任何其他日期？"她在提示中读道。

"事故发生的日期，"简突然说。她想到她妈妈的保险箱，在那里她发现了她的枪，发现了她隐藏的医疗档案，"试试。"

她照简说的输了进去。电脑密码不到三分钟就被破解了，屏幕打开了。佩里坐在屏幕前。桌面上的图标似乎是服务器管理应用程序的链接，以及其他地方的远程服务器的链接，标记为在冰岛。

浏览器窗口在默认的情况下打开了。她从口袋里掏出那张写有字母和数字的纸，把它摊平以便认清楚。在网址栏中，她开始输入R34D2FT97S，这是她在她爸爸的档案里发现的冗长而荒谬的代码，在她妈妈电脑前尝试过的奇怪网址。最后，她又添上了".com"。

她仿佛看到大卫的手指敲打出同样的字符，在眼前一闪而过。她闭上眼睛，幻象消失了。

"兰迪说，他看到了一张纸，上面有长长的数字和字母。那不可能是一个网站，"佩里看着她打出的字符，"没有人会记得这个地址。"

"没有人会不小心把它作为地址输入，这就是问题所在。在我妈妈的电脑上无法操作。它只接受来自预先激活的计算机IP地址列表的访问。她的电脑不行，但是这个……"

简敲击回车。屏幕上出现了一条横幅，上面写着：欢迎来到巴比伦。并跳出一个用户名和密码提示。

那张纸上的地址栏下面有一串杂乱的数字和字母。一个标记为"U"，一个标记为"P"。她将纸上写的"U"代码输入用户名一栏，将"P"代码输入密码一栏。

简敲了一下回车键。

网站登录成功。

"不。"佩里惊叹，"这不可能。"

这个网站的前半部分看起来很陈旧，好像早期那种简单的老式版面。只有点击进入分类选项时，版面设计才会变得更加精致复杂。

因为这是一个市场。

性奴隶、非法毒品、非法武器、黑客服务。在第一个标签里，目前显示的是一个可以买到的，从柬埔寨绑架来的13岁女孩儿。简又换了一个标签，里面有一长串的人名，大部分是可用于竞拍的女人和孩子。佩里忍不住怒骂起来，再也看不下去了，而简开始哭了起来。她把鼠标箭头移动到非法药物标签上。页面上提供了很多信息，分门别类地列出处方药和非法药物。从奥昔康到海洛因，从可卡因到止痛药，一应俱全。

在另一页上，则是要求黑客攻击各种机构、个人和公司的帖子，从美国到欧洲、非洲，再到中国，支付形式是用数字货币。更糟糕的是，还有一个死亡论坛，可以提供雇佣杀手服务。不过他们的服务是有限制的，他们不会杀死未成年人或政治人物。简看到最后已经失去知觉了。

"这是什么？"佩里说，"这不可能是真的。"

简把浏览器页面最小化，说道："别看了。"她在桌面上找到了一个电子表格应用程序，打开了它。她从口袋里拿出那张电子表格的复印纸，把它摊平。然后把电子表格中的名字和缩写按照对应的文件目录输进去——HFK、Alpha。在相同日期对应的条目下，她找到了列表。款项来自于——她妈妈的慈善机构。"伸出援助之手"机构只是一个幌子，其实是用来给这个网上市场洗钱的众多渠道之一。

她妈妈也参与其中。

"我爸爸在找证据时一定发现了这个。之后，我们也找到了它……"简嘶声道。

"你是说卡玛拉跟卡尔说你在这儿的时候，卡尔就来了……知道你们俩发现了这个？"佩里用手捂住了嘴。

"不。"卡尔·霍尔的声音突然响起。他出现在了门口，"并不完全正确。"

54

"离电脑远点儿。"卡尔说。他的裤子口袋塞着一把手枪，手里拿着一把电击枪，朝她们两人比划着。

"不要用那东西指着我们。"佩里说，"我需要一个解释。"

卡尔从口袋里掏出一个便宜的橙色手机。橙色，很像车祸中失踪的那个手机。当时布伦达跑去跪在地上帮助大卫时压到的那个手机。卡尔按了一个按钮，听着，说："没关系。我们现在面对着相同的麻烦，但可以解决好。不过，我需要你有心理准备。"然后他挂上电话，把橙色的手机放在他的夹克里。

简盯着他，仿佛无数的记忆碎片突然刺进了她的大脑。这个房间，可怕的房间。大卫把黑客驱动盘插入电脑，找到一个密码，发现远程服务器，输入用户名和密码。然后出现了黑暗市场可怕的真相。

"大卫浏览了日志和黑客闪存驱动盘上的数据记录。他找到了我爸爸找到的线索痕迹。我爸爸是通过我妈妈电脑上的电子邮件或短信证据来证明你们俩有外遇。但是他发现电子表格上的钱远远超过任何人能够想象得到的我妈妈慈善账户上流动的钱。所以，作为一名会计，他去找了资料来源……"

"他发现了巴比伦。我不知道他是怎么做到的……我曾经以为是劳雷尔向他泄露的。我当时没有意识到他有一个黑客驱动盘，等我发现的时候已经太迟了。她后来告诉我她把他所有的东西都扔了。我不知道她曾把其中的一些给了大卫。她没有意识到她给别人带来的伤害。"

"我们的儿子。你让我们的儿子看到了这个？你为什么要这么做，卡尔，为什么？"佩里问道。

"我没有做任何事情。"他说，"我只是帮助他们转移资金。就这么多。我没有……我没有做任何违法的事情。"

"的确，你只是让它成为可能……"简说。她跟跟跄跄向后退去，犹如看见恶鬼冲出了地狱。"你，哦，你，这是连锁反应。大卫找到了黑客工具包。也许这牵扯到你和我妈妈有什么关系。然后他又在你的电脑上发现了洗钱的踪迹？这是我爸爸曾经做过的事情。我们的父母都违反了法律。我们能做什么呢？谈谈跑到加拿大的事。这样我们就不用面对你们了。然后我们就想，这些东西会藏在哪里？我们在湖边别墅里发现了一扇锁着的门，也许我们之前曾经一起去过那儿，也许是某些证据把我们引到了那里。这些证据能让我们找到可以保护我们的东西。保护我、大卫还有佩里不受你们的伤害。我们买来撬棍，闯进了房子。我们发现了这些东西。这比简单的洗钱更可怕。然后……"

"然后怎样，简？"

简摇了摇头，盯着卡尔："你强迫我们进到我的车里。你让我开车，你拿枪指着我，对着我的头。你……你和我们在车里！你就在那里！！"她的声音变得尖锐起来。

卡尔扣动电击枪，电针射中了简·诺顿，她尖叫一声倒在地上。当简在地板上抽动的时候，佩里惊愕地站在那里，愣怔了几秒钟。她忽然扑向卡尔，卡尔把她推倒在地板上，从她手里夺走撬棍。当她再次扑向他时，他痛殴了她。

这是难以想象的。她儿子的父亲，那个曾对她说过"我愿意"的男人会对她做出这种事。

55

夏洛驾车穿过哈文湖，心中充满了复仇的怒火。在肾上腺素从昨晚的攻击中渐渐褪去之后，他感到很不舒服，很懒散，很不安。他曾打电话给咪咪，尝试挽回他们破裂的关系。但她告诉他去死，不要再给她打电话。她在很长一段时间里一直是他心里最美好的存在，是他每天早上爬起来的动力，是他不去追求其他女人的理由。而现在她不见了。

愤怒需要发泄。他把那个和简·诺顿谈过话的漂亮黑妞，以及跟她有过接触的男记者牵了出来……他们都在他的名单上，这些人都曾出现在记录简的车祸和失忆症的系列文章里。接下来的故事是关于简和霍尔的。即使简不是丽芙·丹吉尔，但如果她没有开车那么不小心，也就不会有什么灾难了。他也不会做出急救反应，这样悲剧就不会发生了。他试图告诉自己他是为了可怜的布伦达和她那烧毁了的房子。

但是现在简失踪了，佩里·霍尔也不见了，他开车绕过环形路，看见一辆警车停在诺顿家门前。警察一定在询问劳雷尔各种问题，或者在寻找简，了解鲍曼和瓦斯奎兹被袭击的事情。这并不是他的计划，也许他需要发动另一次袭击。他的名单来自于马特奥·瓦斯奎兹在车祸发生之后采访过的那些相关人员。有一个律师，基普·伊万德，但是他经常陪在妻子和孩子们身边，很少去他的办公室。有一个卡玛拉·格雷森，简最好的朋友。是的，也许就是她。她很漂亮，但他还没有弄清楚她住在哪里。

不过他确实有他们这些人中的一个地址，一个容易找到的目标，那就是简和大卫的朋友，一个金发男孩，特雷弗·布林。他在其中一篇文章中接受了采访，他和卡玛拉·格雷森的合影显示他是大卫和简共同的朋友。根据新闻报道，阿玛丽·鲍曼曾经参加过一个派对，他打电话给一个警察朋友，并得到了那个派对的举办地址，在派对结束之后，一个侦探曾找那个男孩谈过话。夏洛不安又好奇。第二天，当他开车经过这所房子时，他看到了新闻里提到的那个男孩儿穿着一件"安保T恤"，走进了一辆黑色的卡车。他是个个头高大的男孩，比夏洛高，但他并不强壮。你可以看出他很弱，他能打得他站不起来。夏洛为自己能够看穿别人的能力而沾沾自喜，这是很少有人能做到的。

夏洛有根撬棍。一根撬棍就可以快速解决那个金发男孩。在新闻里鲍曼和瓦斯奎兹名字的感叹号下，将填上那个金发男孩的句号。他现在疲倦、懒散到快要垮掉了。但他很快就要进入到丽芙·丹吉尔的攻击角色中了。

他之后决定去拜访一下金发男孩。如果金发男孩奋起反击，那他求之不得。如果他像阿玛丽·鲍曼或马特奥·瓦斯奎兹那样不堪一击，那么他就不得不克制自己停止攻击。他最享受的是那种从钢筋传递到他大脑里的力量感。

这种感觉要比和咪咪接吻更加刺激。

好吧，金发男孩。他驱车直奔他家而去。

* * *

他不太明白接下来发生的事情。他把车停在金发男孩的房子旁边，耐心地坐在车里等待时机，十分钟后，一个黑发男孩儿来到了金发男孩儿的家。他不认识那个黑头发的男孩儿。那个金发男孩儿在院子里遇见了他，他们开始交谈，似乎起了争执。

金发男孩儿摇晃着那个瘦小的黑发男孩儿。他摇下车窗，等了两个多小时，假装在发短信，夏洛听到他在喊："她在哪里，亚当？"

另外一个男孩儿似乎回答了他。

那个金发男孩儿朝他的卡车走去，黑发男孩儿开始对他大喊大叫："别傻了，简根本不喜欢你。她不喜欢你，她也不需要你。我才是应该为她去的人，不是你。毕竟，我是她选择一起生活的人。我只是需要你的帮助，仅此而已。但我们应该按照我的方式去做。"

那一刻，夏洛可以看出这句话击中了要害，那个高个儿男孩儿停了下来。哦，瞧瞧到底谁爱上了简。黑发男孩儿朝卡车走去，他刚要进去时，那个金发的大个子把他拽了回来，摔倒在院子里。然后，那个金发男孩儿钻进他的卡车，咆哮着离开了，留下他黑头发的对手站在草坪上。夏洛开车跟着那个金发男孩儿。

* * *

金发男孩儿开车去了奥斯汀湖边一栋两层的大房子。夏洛跟在后面，但那孩子似乎没有注意到他。没有什么比一个坠入爱河的人更愚蠢了，夏洛想，他知道这是千真万确的。当那个金发男孩儿在车道上猛踩刹车时，另一辆车已经停在了那里，那是一辆雷克萨斯。夏洛认出那是佩里的车。

特雷弗跑进屋里。后门半开着，好像有人匆匆离开了。

真有意思，夏洛想。他拿出他买的第二根撬棍，在门口等着，他需要确保那个金发碧眼的大笨蛋独自一人出来时才能动手。

56

警察离开了。简显然不在那里，一想到警察走进她的房子，劳雷尔就不寒而栗。她用卡尔给她的廉价的橙色手机给卡尔发了一条短信，她通常会把这个手机锁在她办公室的抽屉里，只有在与他联系时才会用到它，他会每个月给她一部新手机。他告诉她，这是他在街头买的，因为这手机太丑了，所以没人会去偷它。

"警察来过这里！找简！我派了几个人正在寻找她。我该怎么做？"她按下"发送"键，心里想，这在我的书里可不是一个好章节。

短信回道："来车祸现场。"

她看着那些字。"为什么？"她回复道。

"你女儿在这里。"

"和你在一起？"

"是的。她全想起来了。"

劳雷尔的心怦怦跳了起来。"请不要伤害她。"她的手不住地颤抖，"她需要帮助。没有人会相信她说的话。"

"你知道这不取决于我。快过来。如果我不在就等我一会儿。"

"不要伤害她。"她又发了一遍。但是没有回复。

劳雷尔打开保险箱，找到了手枪。那不是她常放的地方。她装好子弹，把枪放进钱包里，然后走出了大门。

劳雷尔跑向她的车。她害怕会有警察待在外面，等简回来，不过好在没有警车。她几乎要拨通了她雇佣的那两个肌肉男的手机，这些人现在都在圣迈克尔学院，围绕简待过的地方和南国会大街寻找她。她可能会试图融入她的旧圈子。他们已经确定了她没有去特雷弗·布林和亚当·凯斯勒的家。但是如果劳雷尔叫他们赶去卡尔那儿，说简在他那儿……那她就必须解释为什么她的女儿和这个男人在一起。那就难免会牵扯到太多的私人问题。

57

佩里想，他要杀了那个女孩儿。

卡尔拿出一副柔软的塑料手铐，想把昏过去的简绑起来，她震惊地想，他好像早有准备一样，他还命令佩里帮忙把简的双手拿出来放在身上。她站在曾与她一同宣誓过的这个男人面前，她曾经与这个男人每天晚上在床上亲热，与这个男人在一座巴黎的大桥上刻上他们的名字并忘情拥吻，与这个男人共同孕育出一个儿子。

"快点儿。"他挥舞着电击枪威胁道，"立刻。"

"卡尔……"

"快点儿佩里。你一直说她杀了我们的儿子，你为什么不让她付出代价？"

"你才是丽芙·丹吉尔。是你，你入侵了我的电脑，你策划了那场火灾，你把那个疯子夏洛当成了目标。"

他用力推搡她："我不想伤害你，照我说的做。"

"你想对她做什么？"对我们做什么，她在心里更正了她的想法。

"不对你做什么，亲爱的，也不对她做什么。她是不会出卖自己的妈妈的。"

佩里跪在简面前，给她戴上了塑料手铐，但绑得很松。

"绑紧。快点儿。"他的声音很强硬。

她只好照做："我不明白。我就是不明白。你当时真的和我们的儿子一起在车里……"

"别这样。"他一脚踢向电脑线，硬生生把电源插头拔了下来。然后把简扛在肩上，用枪威胁佩里说，"你去开我的车。按照我的说的去做，一切都会没事的。"

"卡尔。"他们曾经共同生活的全部情感都包含在这声恳求中。

"我不得不那样做。"

"大卫死的时候你在车里吗？"她抬高了嗓音。因为那意味着他抛弃了他们的儿子，在他最困难的时候，卡尔离开了垂死的大卫。这不可能。

卡尔压低了声音，说："事情不是看起来的这么简单。等到这次危机一过去，我会向你解释一切的。我现在不想谈这个问题。如果你不按我说的做，我怕我会伤害你。我不想，但是我会的。"

"我是你妻子。"她几乎喊出了这几个字。

"是你离开了我，你抛弃了我。"

他的话比殴打她更令她心寒："卡尔……"

"两年了，我一直听你说讨厌这个婊子，把我们生活中所有的错误都怪到她头上，可是现在你却站在她那边。"

"卡尔，这不是你。"

"闭嘴。走在我前面。如果你敢跑，我就开枪打死简，我发誓我会的。"

她相信他会这么做的。在那一刻，她终于相信布伦特·诺顿的死并非偶然，卡尔杀死了他最好的朋友。他也会杀了简，甚至会杀了她。她对他来说什么都不是，也许只是给他生了一个儿子的工具。"大卫死的时候你和他在一起吗？"

"我现在不想谈这个。"

他笨拙地关上了房门，她回头一看，发现门并没有关严。她什么也没说。他慌乱而愤怒地打开了汽车的后备箱，把虚弱的简扔进车里，然后砰的一声关上箱盖。

"开车。"他命令佩里，把钥匙扔给她。

"你要去哪儿？"

"去发生车祸的地方。"

"为什么？你给谁打了电话？"

他没有回答。

"你不能这么做，卡尔！"她尖叫道。

他用枪指着她，命令她上车。她只能服从。他们开到老特拉维斯路上，大约走了四分之一英里，这时她看见一辆黑色卡车从他们身边疾驰而过。随后，还有一辆卡车在远处尾随着，但这辆车是夏洛开的。她瞥了一眼后视镜，她认识夏洛的车牌号，没错，就是他，夏洛。不，她猜想夏洛要去湖边别墅。这一切都错了。

"听我说，"她说，"我犯了一个错误。我知道袭击阿玛丽·鲍曼和马特奥·瓦斯奎兹的人不是你，而是夏洛。他想让简和她妈妈背黑锅。他就在那儿，卡尔，他会伤害别人的。"

"开车。"

她只好照做，随后，她意识到，她的儿子和简也曾被迫走了一条同样的路。在他的指引下，她开上了高橡树路。但是，就在她快要到达车祸地点时，他说，"在这里转弯。"这里正好是路边的三幢大房子之一，大门敞开着。

有一个人听到了车祸声，并报了警。他叫什么来着？詹姆斯·马克林。她拐进院子，大门在她身后关上了。

58

夏洛听到那个跑进湖边别墅的金发男孩儿，一次又一次地呼唤简的名字。哦，是啊，在这里可以宣泄一些感情。所有需要夏洛去做的就是等待，等这个白痴出门，他就可以挥出一记精彩的全垒打把他放倒。他在手里掂量着撬棍的重量。咪咪已经被带走了，如果这个男孩儿是简的"咪咪"，是她关心的那个人，那么他就会把他从简身边带走。

他一直在想，如果佩里·霍尔怀疑到他插手此事，她会作何反应。应该没有问题。关于鲍曼和瓦斯奎兹遇袭的事情，她没有叫警察来调查自己。她不是白痴，当他明确表示这件事与她有利害关系时，她就会马上闭嘴，和他一样成为一个对抗诺顿家的同谋者。他很好奇这种女人在床上会是什么样子。

他在手里拍打着撬棍，想象着那个金发男孩儿的脑袋会像甜瓜一样被打烂。

房子里面的声音停了下来，他没有再呼喊简。这让夏洛踌躇了一下。也许房子里有什么有趣的东西？他忽然有种想要冲进去的冲动。他强迫自己等待着。他头顶上是二楼的窗户。那个金发男孩儿看见他或他的卡车了吗？他固执地等待着。

他侧耳细听：湖面上泛起了柔和的涟漪，远处传来狗叫，在湖泊的拐弯处有小船的发动机发出的嗡嗡声。但是他听见房子另一边的门开了。他立刻转身，绕着房子跑过去……他抢起撬棍，可是撬棍却弹了回来。那个金发男孩儿手里拿着一个木制棒球棍，用同样的力量挥向他。当球棒猛撞到他的脸上时，夏洛几乎没有及时挥起撬棍。他感到自己的嘴角裂开了，他强忍住疼痛，就像他在为病人缝合伤口时告诉他们的一样。他又把撬棍打向那个男孩儿。金发男孩儿很高大，但夏洛很强壮，很矮，而那个大孩子并不想伤害他。

这是个错误，夏洛想，这就是他为什么会赢的原因。

他们俩都摔倒了，金发男孩儿开始大叫："她在哪儿？"声音充满了愤怒。但他已经倒下了，夏洛站在他头顶，挥舞着撬棍，扫中男孩儿的肩膀，男孩儿号叫起来。夏洛再次举起撬棍，咧嘴一笑，男孩儿用力踹了他一脚，夏洛又跌倒在了泥土上。

这个金发男孩儿，他受伤的右臂已经使不上力气了，他摇摇晃晃地站了起来。

情况不妙。他已经看清楚了夏洛的脸。这不在他计划之中。夏洛曾想过，这次行动会像收拾瓦斯奎兹和鲍曼那样轻而易举，那两人都没来得及看到他英俊的面庞。好吧，既然这样的话，他瞬间做出决定，要杀了这个男孩儿，他并没有感到多少抱歉。咪咪对他来说就跟死了一样，不是吗？

夏洛又一次挥起撬棍。这孩子把球棒移到了左手，显然不是他惯用的手，他勉强能用球棒招架。夏洛笑了，就像一个乡下人在耍剑。这将是一个伟大的故事，除非他真的不能告诉任何人。他挥棍打中了男孩儿的臀部，听到了类似于玻璃或塑料碎裂的声音。他又挥出一棍，男孩儿的球棒断了，他停止了打斗，手中握着一块长而锋利的碎片。

"她在哪儿？"金发男孩儿质问夏洛，就像他仍然有武器，仍然在战斗一样。

夏洛决定跟他玩一玩，把游戏延长一点儿，让这个金发男孩儿的红脸涨成紫茄子色。"失忆到底是什么感觉？做过的事情第二天她还记得吗？五分钟后呢？"

男孩儿什么也没说。夏洛自己笑了起来，再次挥动撬棍，但那孩子的动作比一般大个子快得多，他突然跨前一步，阻止了他，并趁机朝他的肚子上狠狠给了一拳。很重的一拳。这让夏洛想到了他在高中时讨厌的所有足球运动员。那个金发男孩儿再次打中他，迅疾、猛烈的上勾拳把他打翻在地，牙齿咬进了舌头，他顿时被打得蒙头转向。他崩溃了，简直无法相信他被痛扁了。脖子和脑袋阵阵剧痛，他感觉到撬棍的尖端压在他喉咙的凹陷处。

"简在哪里？"

他吐出一口血："我不知道。"

"你为什么要袭击我？我从窗户里看到你在等我。"

夏洛没有回答。

"她在哪里？房子里吗，你闯进过那些房间了吗？"

"我不知道她在哪儿。"

"两年前也发生过这样的事情吗？当他们离开这里的时候？遭遇了相同的事情吗？"男孩儿说道，声音越来越大。

夏洛不明白这个金发男孩儿的意思。他现在遍体鳞伤，他没有咪咪，他什么都没有了。他躺在草地上，等着那个男孩儿打他。这本应是他做的。

金发男孩儿把撬棍从夏洛的喉咙上拿开，打向了他的右臂，将它敲断了。夏洛疼地嘶声号叫。金发男孩儿钻进他的卡车开走了。

夏洛躺在冰凉的草地上，痛苦地扭动着身子，心中充满了愤怒：他错估了那个金发男孩儿。他从口袋里掏出手机，打电话给她，"咪咪？请，请等一下。我需要去医院，帮帮我。是的，我真的受伤了。你能来接我吗？"他听着，凝视着天空，"不，不要叫救护车。请勿必过来一下，求求你。我不知道地址。"他开始哭了起来，"我不是在开玩笑，请帮帮我。"然后他听见她说："我不会再替你收拾烂摊子了，别再打来了。"然后他听着湖上宁静的水波声，远处的鸟鸣声，意识到他将永远孤独地生活下去。永远。

59

"简？"

简颤抖着苏醒过来，口水从她的嘴角流出。她枕在佩里的大腿上。"我们这是在哪？"

"高橡树路上的一所房子里。在车祸地点的坡上。"佩里喃喃道。

"卡尔在哪儿？"

"他离开了。"

"我们必须离开这里。"简慢慢抬起头。

"我们被锁在房子里了。"

"你为什么让他把我们关起来？"简说着，仍然显得很震惊。

"他拿着手枪，"佩里停顿了一下说，"还有一把电击枪。"

"你觉得他会伤害你？"

"是你。"

简哆嗦了一下。

"我可以劝说他，"佩里试图安抚她，"我比任何人都了解他。他不会伤害我或者你。但我们必须离开这里。"

"你是说我们在一所房子里？在路边吗？"

"是的。我想这是那个在车祸后拨打了911的男人的家。"

"詹姆斯·马克林？我和他谈过话。为什么他会在这儿？"

佩里咬着嘴唇："我想……在你们发生车祸的时候，如果卡尔也在车里和你们在一起，他当时可能是胁迫你们把车开到这里的，在你和大卫发现真相之后。这是最合理的解释。"

"我当时并不只是想躲开特雷弗……我是被带到这里来的。"她集中精力驱散了脑中的阴霾，"詹姆斯·马克林和卡尔都处在这场混乱中，所以……一定是这样……如果卡尔当时在车里，马克林听到撞车声，一定会跑下山坡，把卡尔弄出车，然后叫来了警察。"

佩里感到一阵深深的战栗："难道他会丢下我们的儿子，让他死去……"她的双手紧紧握成拳头。

简深吸了一口气，集中思想："如果他把我带到这儿来，就是想除去我，或是威胁我。假如我妈妈也涉身其中，那么她现在就是在通过她的慈善机构帮他洗钱，然后……我妈妈……如果我妈妈也牵涉其中，他们是不会伤害我的……"她的声音越来越小，变得无法确定。

佩里仔细打量着这个房间。这是一个小杂物间，放着洗衣机、烘干机和橱柜，在瓷砖地面的一角摆着狗食和水盆。她记得卡尔打开门让她们进去，对她说："和她待在一起，拜托，稍等一会儿。"好像他没有拿枪似的。

"卡尔，"她对他说，"我要跟你谈谈，心平气和地谈谈。求你了。"她曾告诉简，她仍然爱着他。她一想到这个就觉得恶心。

"让她保持安静。等我回来我们再谈。不要尝试做任何事。"然后他把她们锁在了房间里。什么样的地方会准备一个可以从外面锁起来的杂物间？是有人想要用它来关押"囚犯"吗？

如果他要杀了我们，佩里想，他本可以在湖边别墅动手的。不过当然，他不想在房子里留下DNA或者血迹。他绝不会想要警察去那所房子。

佩里站了起来。她看了看橱柜，有洗衣粉、柔顺剂片、去污剂、用来去除污渍的瓶装喷雾清洁剂，这可以用来做武器。她开始意识到，当眼睛接触到它时，将会有多糟糕。

"简，我们可以战斗，你明白吗？"

简点点头。她从佩里手中拿过那瓶喷雾剂，"我们不能跟他们讨价还价，"她说，"如果他们回来，就会杀了我们，或者把我们带到别的地方杀了。"

"简，那是卡尔。"

"他已经不是你认为的那个人了。他杀了我爸爸，或者他是共犯。他还抛弃了大卫，任由他死去。"

"他一定是认为大卫已经死了。"

简推了佩里胸口一把："不要再替他找借口了！他抛弃大卫，只是为了保护他自己。不管你怎么想，这都是事实。"

"也许他当时昏迷了，马克林把他带到了自己家里。"

"但是他从来没有告诉过你？"简说，"当你赶到车祸现场时，他就在这里，难道不是吗？"

"他没有。"

"你看见过他的车吗？"

她眨了一下眼："不，不。那天晚上我们是开着我的车回去的。我没办法开车，是他开的车。"

"他并不是那个你曾经爱过的男人。那个人已经不存在了。"

佩里急促而艰难地呼吸着。简转向门口,手里拿着喷雾器,等待着。她准备瞄准对方的眼睛下手。

60

他们在事故现场相遇。卡尔·霍尔首先到达,劳雷尔·诺顿随后赶到。她把车停在了街道边,匆匆走下山坡,发现他站在陡峭的坡地上看着前方,盯着她女儿两年前撞毁的那辆车。那把枪在她的手提包里,包是打开的,包带挎在她肩上。她不能拿着枪走向他,但如果她不得不用它的话,她可以迅速把枪掏出,甚至隔着挎包皮革直接开枪。当她走到他近前时,稳住了呼吸。她不喜欢站在悬崖边上。

"你有一天不去想它吗?"他问她,声音有点儿颤抖,但他深吸了一口气,就像在上瑜伽课一样。

"没有。"她回答,"简在哪里?"

"她很安全。但她已经知道你在为我洗钱了。"

"只要把她送到精神病院里,就没有人会相信她的话,卡尔,别做傻事。我们现在只能开车送她去医院,给她做检查。这是一种我既可以保证她安全,又不会带来麻烦的办法……直到我劝服她为止。"

"你没有办法解决这个问题，劳雷尔。"

"我们已经达成过一致了。"她脸上露出惊恐的表情，"你来构建丽芙·丹吉尔的威胁，然后陷害佩里，让她消失。简将会被送进医院，然后我们在一起。"

"我们可以好好筹划，这样简就会因为佩里的失踪受到人们的指责。"他说。

"不要这样对我的女儿。不，她已经够痛苦了。我也受够了……"他一把抓住她的衬衫，将她拖到山下。把她从悬崖边推下。她想要抓住手枪，但他动作太快，而恐惧让她行动僵硬。她先是碰到了坚硬的泥土，下一刻就只有空气和重力了。她坠落的身体压断了橡树枝，她试图用手牢牢抓住其中的一根，但她感觉手指被下坠的力量扯破了，之后，她穿过一根根橡树枝，撞在无情的大地上。她看见他那张遥远冷漠的脸正俯视着她。

但是她爱他。她爱他。他们曾一起参与了这件事。她仍然望着他，已经无法尖叫，只是发出微弱的喘息。他的脸从悬崖边消失了。

她试图打电话呼救。她想要移动双手，但是失败了。似乎一切都是徒劳的，情况非常糟糕。她甚至不确定自己的嘴是否张开了。但是她的眼睛闭上了，她能感觉到，黑暗正在笼罩她。是因为她闭上了眼睛吗？她想到了布伦特，温柔、愚蠢的布伦特，还有简，她既不温柔也不愚蠢，现在……她只剩下恐惧，不是因为她自己，也不是因为黑暗，而是因为简。

61

特雷弗开着卡车，沿着他在两年前那个宿命的夜晚所走过的路前进。他飞快地驶过一间大房子，看到劳雷尔的红色沃尔沃停在路边，他放缓车速，然后转到山坡上，朝着悬崖的方向继续往前走，寻找着简。他忽然停下车思索，没有发现劳雷尔的踪迹，也没有发现简的踪迹，更没有发现劳雷尔派出的那几个人把简挟持到精神病院的迹象。这是在浪费时间。

但马上他又问自己，简的妈妈在哪里？她的车还在这儿。

他从卡车里出来，沿着山坡一路走下去。"简？"他呼喊着。"诺顿太太？"他希望劳雷尔雇来的肌肉男不在附近。他的肩膀疼痛难忍，自从被撬棍砸中以后，他就感觉情况很不好。他也打不动了，他未受伤的那只胳膊和手也因为在湖边别墅痛扁那个疯男人而感到阵阵疼痛。

他似乎听到了声音，一丝微弱的呼喊声。

他走到悬崖边，往下看，只看见迷宫般杂乱的树枝和突出的石头。什么也没发现。但是他又听到了那个声音，正在向他的右侧移动。

然后，他看到了劳雷尔·诺顿。她跌到了四十英尺外，显然是因为碰到了峭壁上的树枝，所以减慢了她下坠的速度，但让她伤痕累累。她挥动着手臂，当她看到特雷弗时，发出了一声呻吟。

"诺顿太太！"特雷弗大叫。她努力向他靠近。她伤得很重。

她身旁放一个手提袋，还有一把枪。

他把手伸进牛仔裤口袋里掏出手机，发现它被那个疯子用撬棍彻底打坏了。

"我去附近房子那儿找人帮忙，"他喊道。她现在可能就要死了，他心里充满了恐慌。

劳雷尔摇摇手，又摇摇头。

"不？"他叫道，"为什么？简在哪里？"他不能离开她去找简。他感到无比恐惧，"简和你在一起吗？"他看不出劳雷尔周围还有什么。

他必须找一个手机。"那是你的包吗？"他叫道，"你的手机在包里吗？你能拨号吗？"

她想原原本本告诉他，但是她做不到。她勉强用一只手从上衣口袋里掏出了手机。看起来还完好无损，但她似乎没办法按下键。

他听到一个声音传来，一个男人的声音。听到这个声音，劳雷尔·诺顿呻吟着，发出微弱的喘息般的尖叫，恐惧扭曲了她的脸。他瞬间想到，不管是谁，最好不要让那个人发现他。特雷弗强忍着肩头的疼痛，利用唯一能动的一只手，沿着悬崖边缘往下走，双脚小心翼翼地寻找着落脚点。

他需要那个手机。他需要那把枪。

62

门打开的一瞬间，简喷出了清洁剂。

但进来的并不是卡尔，而是她曾走进大门与之交谈过的那个男人。事故发生后，有目击者给警察打了电话，这个人就是詹姆斯·马克林。清洁剂喷进了他的眼睛，他跟跟跄跄地后退了几步，咆哮起来。她试图从他身边挤过去，猛然间看到了卡尔·霍尔。他挥拳打在她脸上。她向后栽倒，马克林的咒骂声传入她耳中。站在她身边的佩里奋力想从卡尔手中夺过那把格洛克手枪，但卡尔制服了她，把她重重推倒在地。

"起来。"卡尔说着，抓住简的头发。她整个脸都受伤了。他把枪顶在她的下巴底下。

"卡尔，不要这样做。不要。"佩里大叫。

马克林捂着眼睛，喘着粗气，他绕过佩里，打开水龙头冲洗他的脸。

"我只是带她去见她妈妈，"卡尔说，"一切都会好起来的，佩里。你只需要闭上嘴，让我处理好这一切。你留在这里帮他。"马克林还在冲洗他的眼睛，痛得嘶嘶直叫。

卡尔从架子上拿起一块布塞进简的嘴里，用胶布在外面缠绕了一圈，"我要带她去劳雷尔那儿，然后我就回来。我会给你一个解释的。"

当卡尔把她推走的时候，简看了一眼佩里，流露出恳求的目光。

"那个该死的喷雾剂。"马克林喘着气，眯着眼问，"说明书上说它需要多长时间才能从眼睛里洗掉？"

她拿起喷雾器，读了一遍，这样他就能相信她了。"十五分钟。"她说。他们认为她一无是处。对卡尔来说，她并不危险，没有任何威胁，是那种对他言听计从的人。在马克林眼里，她是一个蠢笨的妻子，一个死去男孩儿的哑巴妈妈。她退到他身后，"我告诉她不要这样做，这只会让卡尔发疯。"她仔细听着，房子很大，她需要听到一些特别的声音。

她听到了前门被关上的声音。她悄悄走出杂物间，"砰"地一下关上门，摸索着插销。当马克林觉察出来，吼叫着扑向门口时，她已经把插销插上了。

报警。立刻，马上。卡尔拿走了她的手机，但家里肯定有一部固定电话。她检查了隔壁房间，是一间空卧室，没有电话。另一个隔壁房间是图书室，也没有电话。

她听到洗衣房传来了枪声。马克林一定在他的夹克衫下面放了一把枪，他正在打断门锁。

佩里逃跑了。

63

缠在嘴上的胶布让简无法说话，卡尔催促她走下街道，直奔车祸现场。她看到她妈妈的沃尔沃停在路边。简想，他只想把我交给她，寄希望于没有人相信我的话吗？然而，当他们走近后，她发现她妈妈并不在驾驶座上。

简隔着塞进嘴里的东西发出尖叫，试图挣脱他的手。卡尔用枪抵在她头上。"记忆消失了，对吧？很快一切都会过去的。你杀了我的儿子。他……他想让你远离这些，远离我。他向我乞求。你开车的时候，你们都在哭。"

残酷的记忆冲击着她。他的手枪指着她的头，就像当初，就像现在。她强忍住眼泪。"别让他伤害我，大卫，别让他伤害我。让我走，霍尔先生，求求你，我不会说出去的。"

大卫的声音在她的脑海里回响："爸爸，让她走，让她走，她不会告诉任何人。爸爸，求求你。你不是认真的，你不可能伤害简。你难道要把她交给那些人吗？你不能。求求你，爸爸，求求你。"

"他解开了安全带，从你手里夺过方向盘。你冲我喊着'我恨你'，他尖叫着'我爱你'。然后就发生了车祸。他想帮你逃跑。我的儿子，我那么优秀完美的儿子。你把他从我身边带走了。都是因为你。"他揪住她的头发，用力拉扯。她撕扯着嘴上的胶带，脸被粘得很痛。

"我带你去找你妈妈。"他说，他们绕过一排雪松和橡树，沿着遍布石头的山坡向下走。她看见特雷弗的卡车停在离悬崖边二十英尺远的地方。她的眼睛一下子睁大了。

哦，不，特雷弗不能来这儿，他不能，卡尔会杀了他的。她妈妈又在哪儿？

卡尔绕到卡车旁边，用枪指着驾驶室，发现里面空无一人。他低声咒骂着，开始急匆匆地把她拖向悬崖边，"下去陪她吧，"他说，"你和她先死，然后是佩里。你们毁了我的生活，我要摆脱你们，开始新的生活，而你这个疯狂的女孩儿，一直把目标锁定在与车祸有关的人身上，你受到了谴责。所有人都将付出代价。这就是结局。"

大卫去世的责任在他身上发生了扭曲。与劳雷尔的婚外情导致了她爸爸的死，导致了车祸，导致佩里离开了他。一颗本应受到指责的种子变成了一株绞杀的藤蔓。一个将责任全部归到她身上的男人。

她用力打了他，撕扯着嘴上的胶带，想要呼叫。

"继续，把胶带扯掉。"他说。她忽然意识到，在他把她从悬崖上扔下去时，他不想让她嘴上粘着这种东西。妈妈。下去陪她。哦，不，不，不。他做了什么？他把胶带从她脸上和头发上撕下来。他把她拉到悬崖边，朝下看了看，像是在选择从哪儿把她扔下去好。忽然他说："怎么回事？"简看到了他所看到的，她奋力想要挣脱。

是特雷弗。特雷弗正在半山腰，被一块凸出的岩石和一根粗大的橡树枝半掩着。她看不到她妈妈。卡尔试图把枪口对准特雷弗开火。简把他从悬崖边打了回去，她的胳膊仍然紧紧勾在他的手腕里。如果她把他推出悬崖，他们会一起摔下去。

很好。她不能再让他伤害任何人了。无论如何，她永远也不会再成为一个完整的自己了。她意识到他不会向她开枪，因为他想让她看起来像是自杀，当然也包括佩里和她妈妈。这给了她短暂的优势。她个头小，他个头大，虽然没有特雷弗那么大，却很结实，不过他现在并不希望她往悬崖边跳。

她开始往悬崖边推他。他意识到了她的意图，他的脸因震惊而变得扭曲起来。他向特雷弗开了一枪，简听到一声痛苦的喊叫。

然后他把枪口转向她，他的眼中充满了仇恨。

不。

64

佩里跑了出去。她根本来不及找电话或手枪，她只想离开这栋房子。她好不容易逃了出来，但没有卡尔和简的踪迹。卡尔的车在那里，但她没有电子钥匙。她跑过敞开的大门，来到空旷的马路上。

如果她向左拐，她就能跑下山坡，跑到老特拉维斯路上，拦下一辆车。她觉得卡尔没有朝那个方向去。

他要带简去车祸现场。她很清楚地知道这一点。他那见不得光的工作败露了，他会把房子清理干净。他会杀掉简·诺顿，那个她在过去的两年里一直怀恨在心的女孩儿。

她犹豫了一下，然后转身向右跑去。

她听见受伤的马克林一边号叫着一边追赶她。他有枪，而她什么也没有。她沿着马路一直跑，劳雷尔那辆停在路边的红色沃尔沃出现在了视野里。

她听到一声低沉的尖叫，远处传来一声枪响。

她想，大卫，大卫，我来了。

她转过头，看见她丈夫和简在悬崖边搏斗。她面前停着一辆黑色的人卡车。

卡车。她打开了没有上锁的车门。钥匙放在杯架上，她发动引擎，按响喇叭。简盯着她看了一秒钟，然后试图把卡尔推到一边。但是，他抓住她的胳膊把她抱了起来，向悬崖边走去，他朝佩里大喊，让她从卡车里出来，他会向她解释所有的事情。

他打算把简从悬崖上扔下去。佩里想到了劳雷尔的车，他一定已经把她杀了。布伦特·诺顿肯定也是他杀的。他用她的电脑，陷害她是丽芙·丹吉尔。而她却正中他的下怀，让他利用了她对简的仇恨。

不要再继续害人了。她启动了卡车，让它运转起来，然后把车头转向他，开始滑下陡峭的岩石斜坡。

* * *

卡尔把简拉到悬崖边上，轻而易举就能把她扔下去。她不住地挣扎。心里想，不是这样的，不是这样的，这不是我应该死的地方。他站在悬崖边，低头向下看去，正看见特雷弗跪在地上，举着一把手枪，准备射击，那是劳雷尔的枪。卡尔急忙后退，跌跌撞撞地缩回去，简趁机挣脱了，跑向右边，朝着距离悬崖最近的那簇粗糙、干渴的雪松跑去。

他抬头看着轰鸣的卡车。当佩里猛踩刹车时，卡车直接撞到了卡尔身上。

卡尔从悬崖上飞起，脸上露出一丝震惊，然后带着呜咽的尖叫声，坠入了杂乱的树枝中。

特雷弗的卡车在斜坡上滑行，佩里整个人站在刹车上，轮胎剧烈地摩擦着地面。简跌跌撞撞地抓住一棵树，透过挡风玻璃，她看到了佩里的脸，一张听天由命的平静的脸，她回头凝视着简，卡车翻转着摔下悬崖，碰撞出震耳欲聋的轰鸣声。

简僵住了，在最靠近悬崖边缘，在那棵她疯狂攀爬中抓住的矮小雪松后僵住了。

不。佩里、特雷弗和她的妈妈。不。

她听到从石头上滑落下来的脚步声。是马克林，他双眼红肿，拿着枪，跌跌撞撞地下来查看厮杀的结果。她蜷缩在树后，捡起一块石头。他的注意力集中在他刚才看到的卡车上，卡车已经穿过了橡树和雪松的枝杈。

她从身后用力打中他，马克林跪倒地上。她接着又狠狠给了他一下，石头上沾着凌乱的血迹。他呻吟着，她又痛击了他的脸。两次，三次，他发出了窒息的声音。

她从他手里夺过枪，望向悬崖的另一边。

当佩里试图刹车时，那辆卡车翻车了，车轮朝上穿过了树枝，车尾落地，然后翻到了一侧。她看到了驾驶室里的佩里，静静地躺着，一动不动。透过压断的树枝露出的缺口，她看见了特雷弗和她妈妈，就在卡车旁边。当卡车呼啸着冲下悬崖时，一定是他把她妈妈拉开了。

"妈妈！"她大声喊道，"特雷弗！"

"你妈妈伤得很重。我们需要一辆救护车。"特雷弗喊。

简回到了奄奄一息的马克林身旁，从他口袋里掏出了一个橙色的手机。她拨通了911的电话，急救队伍第二次赶往高橡树路上那个孤立的悬崖。

简爬回悬崖边。特雷弗跑到卡车的驾驶室里，往里面窥视，想看看佩里是不是还活着。简望着这一切，急促地呼吸着，耳边听着急救接线员告诉她，救援队伍已经在路上了。她心中默念，请不要死。拜托，拜托。

65

"那么，你要回学校了？"医生说，"在经历了这样的磨难之后，你不应该把自己逼得太紧。"她的临床医生是一位年长的女性，穿着漂亮的西服，戴着非常时髦的眼镜。简觉得，她说不定为有她这样一个臭名昭著的病人而暗暗窃喜呢。

简点了点头："经过了这些磨难，我想回到生活中，回到常态。不管会面对什么。"

"你说你要卖掉你的房子。"

"是的。有个很友善的家庭已经出价了。而我妈妈，她不想待在奥斯汀。圣安东尼奥市离这里也不远。"她们谈了几分钟关于她未来生活的安排，然后医生问起她在新闻里看到的那些人，就好像她脑袋里有个清单。

"你妈妈……"

"联邦调查局正在让她配合，这样他们就可以追踪到更多卡尔·霍尔通过她的慈善机构为马克林和巴比伦网站洗钱的线索。有很多笔海外支付，很多银行和其他执法部门牵涉其中。"

"你对你妈妈的感情一定很复杂。"

"她说她并不确信是卡尔杀了我爸爸。"她斟酌着继续说道，"她说，当爸爸和卡尔的生意失败时，卡尔提出帮助她扩大她的慈善机构，这份收入能让她保住我们的房子，他仅仅需要她'控制'金钱交易就够了，她对此没有问过任何问题，她说她没有意识到她是在洗白用于购买毒品、性奴隶和武器的钱。即使是在我爸爸发现她洗钱并且死去的时候，她依然相信他是因为沮丧而自杀的。她坚信卡尔是在帮我们挽救将要失去的一切。"简看向别处，"她是我妈妈。我爱她。但是我现在很讨厌她，而且我也不是一个足够大度到能原谅她的人。她的形象对她来说实在是太重要了，完美的母亲，完美的博客，完美的筹款人……现在全被否定了。她今后不得不面对另外一个自己了。"

"她能重新走路吗？"

"会不会完全康复现在也只能听天由命了。她似乎在适应坐轮椅。"

"那么，你会照顾她吧。"

"是的，这是我该做的。"她双手握拳，"我会的。不过，她将不得不对自己的生活做出一些调整。我可能得让她在医院待一段时间。"她的声音很低，医生可能不喜欢这种讽刺的话。

"特雷弗·布林呢？"

她停顿了几秒钟后回答："我们是朋友。我觉得我还没准备好谈恋爱。我想依靠我自己，不用担心要谁来扶持我。"如果她今后觉得自己足够强大了，也许会和他尝试比朋友更亲近的关系。她觉得没必要这么匆忙，他给了她足够的空间和时间来接受严酷的考验，作为一个关键证人去对抗马克林的黑市网站，该网站已经赚取了数百万的非法利润，同时还要面对袭击了三个人的夏洛·鲁克。

"让我们谈谈你的父亲还有大卫吧。"

她们接下来继续交谈着。不过她现在可以更轻松地谈论他们以及她的母亲。她站在了更坚实的地面上，她知道这不是她的错。指责和内疚并没有让她感到自己被彻底抹黑，被烧焦了骨头。

"你知道的，你应该学会宽恕。"医生说。

"我妈妈？"

"这个么，事实上，我觉得……"

"卡尔？"这个名字突然出现在她脑海里，但是他已经死了。

"不。佩里·霍尔。你们这么长时间以来把所有的愤怒都投向了彼此。"

简没说话。

"我想问一下，她真的救了你吗？在她明知道会掉下悬崖时，她真的开着那辆卡车把她丈夫撞倒了吗？她是那个在大卫的坟墓前憎恨你，攻击你的女人吗？"

"是的，就是她。"

* * *

她们并没有突然成为彼此最好的朋友。完全没有。但是佩里很高兴简很快就来这里见她，在这个神圣的地方。

佩里拄着拐杖，站在大卫坟墓前方明亮的阳光下。卡车的驾驶室保护了她，但她的腿和手臂断了，背部受伤，肺部塌陷。康复需要时间。新闻报道中爆出了一对受人尊敬的哈文湖企业家，他们经营着一个国际性的非法市场，涉及金额数百万美元。劳雷尔全盘供认：雇用凯文·恩戈塔伪造承诺书，协助卡尔把佩里陷害成为丽芙·丹吉尔。卡尔发现了孩子们制作的卡通人物笔记本，认为能用它来陷害佩里。他在圣安东尼奥实施了纵火。他研究过夏洛，发现了他的嗜好并偷走了性爱视频。他通过用佩里的电脑发布丽芙·丹吉尔的帖子来陷害佩里，由于他是用另一种复杂的黑客技术进入她的电脑的，所以玛吉并没有发现。所有这些手段都是为了完成一个阴谋计划，除掉佩里和简，让她们一个被指责虐待，另一个被指责为谋杀和自杀。他显然没有向劳雷尔透露他所有的意图，他是否曾打算让劳雷尔在这一计划中幸存下来，目前还不得而知。劳雷尔曾说过她想让简住进精神病院，这样她就安全了。她母亲的本能无论多么迟钝，都曾试图保护简远离卡尔对于即将成为他前妻的佩里制定的诡计。

佩里承认她向警方隐瞒了有关夏洛·鲁克的犯罪信息，她缴纳了巨额罚款，并被判处数千小时的社区服务。鲍曼和瓦斯奎兹的家人已经起诉了，佩里用自己的钱支付了他们的医疗费用。卡尔的钱全被冻结了。夏洛被控三项谋杀未遂的罪名，关进监狱等待审判，等待永远不会来的咪咪。

佩里熟悉的世界已经荡然无存了，除了寂静的房子，只有坐在大卫房间里能给她带来些许安慰。

"你好，宝贝，"她坐在冰凉的草地上对着坟墓说。然后心里想道，他的死完全不是我所想的那样。她永远不会让自己的悲伤消失，但她必须找到一种方法继续生活，重新找回快乐，不被卡尔的谎言所欺骗。"我想你。我无法想象当你知道你爸爸的事和他的所作所为之后承受了什么……唉，我真希望你那时能告诉我，或许就不会变成今天这样了。但我不怪你。我爱你。"

一辆卡车停了下来。那是一辆新的卡车，尽管那个心地善良的男孩儿什么都没有要求，但她还是要为他买一辆新车。特雷弗·布林坐在驾驶座上，旁边的简走下卡车。简对他说了些什么，然后关上了门。特雷弗待在卡车里，向佩里点头致意，并挥了挥手，她也点了点头。

简手里捧着两束花。她没有径直走向大卫的坟墓，而是先走过几列墓碑，来到她爸爸的墓前，放下了第一束花。她摸着布伦特·诺顿的墓碑，然后转过身，朝卡车走去，有那么一刹那，佩里认为她可能不会过来了。她们最后一次出现在这里，是在大卫的墓前打架。这是低落而又苦涩的一刹那。但是，简经过卡车，向佩里走来。

佩里张开双臂，她们拥抱在一起。简跪在了她身旁的草地上。

"这些花真漂亮。"佩里说。

简把花束放在墓地上。"谢谢。"她们一时沉默无言。之后，佩里说："我看见你们院子里的'出售'标志了。"

"是啊，我不能再待在那个房子里了。"

"但是大卫的房间……"

"那座房子是我的羁绊。卡尔为了把它留给我们，做了所有能做的事，然后给了我们更多，更多，更多，但我并不需要它。他赚来的钱是建立在别人的痛苦之上的，而他已经为此付出了代价。但大卫与我永远都会在一起，不管有没有房子。"佩里清了清嗓子，"我真希望大卫当初能将你们俩的事告诉我。"

"我希望我记得为什么我们没有。我想他是为我们对卡玛拉的欺骗感到羞愧。也可能他不希望你轻看他。又或者是我没有让他说，因为我欺骗了特雷弗，我为此感到羞愧。"

"特雷弗是一个好孩子，简。"

"是啊，从一年级起他就对我很好。我必须承认他很忠诚。"

"你觉得他怎么样？"佩里意识到，如果她们两家没有陷入悲剧，她和简可能会自然而然地聊起这样的话题。第二个妈妈，一个值得信赖的朋友，给她一些生活的建议。

"我可能想要他成为我的一切。我就是这样一个什么都想做的人，很难让别人去尝试，因为他可能会放弃。"

"那个男孩儿根本就不知道什么叫放弃。你也没有放弃，一点都没有。"她碰了碰她的肩膀，"如果你想和他在一起，就和他在一起。去实现你想要的生活吧，简，不要再被这些乱七八糟的东西困扰了，"佩里对着卡车和特雷弗点了点头说，"经历过所有这些事情之后，你应该得到你想要的幸福。"

"你也一样，佩里。"

她尝试着点了点头。幸福，或许会有那么一天……现在她只是满怀感恩，因为对大卫的回忆，因为她还活着，因为她能从曾经的责备与憎恨中获得解脱。

"这个给你，"佩里说，"大卫会希望由你来保管它的。"她递给她一个笔记本，"这是丽芙·丹吉尔存在的地方，一个精彩的故事，你和大卫共同拥有的绝妙想法。"简一页页翻过故事和插图。她看着笔记本的背面。Tayami，日本品牌。她那张写满愤怒的自杀遗书，就是从这里撕掉的。纸张很华丽，大卫的画也很棒。

"完成它吧。"佩里说，"找一个能够分享大卫想象力的艺术家，写完丽芙·丹吉尔的故事。我想你现在知道如何成为一个英雄了。"

简合上笔记本。也许动动脑子是件好事，她可以把她和大卫创造的作品从它糟糕的经历中解放出来。

"佩里？"

"嗯？"

"我想起了一些事情。很多事，但不是全部，不过……那天晚上，当我们发现这一切可怕的事情时，实在是太令人难以承受了，但是……大卫不知道如何告诉你。我也不知道，我们想让你远离它，远离卡尔。我们想保护你。我想起来了。"

眼泪涌出佩里的双眼："哦……"

"大卫太爱你了，很爱很爱……"

佩里抹去眼睛里的泪水，深吸了一口气。她握住了简的手。简惊奇地抬起头。"一切都会好起来的，真的会更好的。这就是生活，它永远在向前走。我们必须跟上它的脚步，不断前进。"

她永远不会想起她失去的生活，但她知道她现在是谁。她曾经是谁，她可能会成为谁。这就足够了。

"我会想起来的。"简说，"我会的。"

特别鸣谢

对于那些支持我创作这本书的朋友们，我想要特别感谢：杰米·拉伯、大卫·雪莱、林赛·罗斯、艾德·伍德、彼得·金斯伯格、雪莉·斯图尔特、霍莉·弗雷德里克、乔纳森·莱昂斯、莎拉·佩利奥、伊莉安·贝尼斯蒂、约翰·q·史密斯、凯利·库尔特、基普·埃文斯、梅丽莎·格林维尔、马修·普拉斯纳、托德·普拉斯纳和史蒂夫·巴西勒。一如既往地，对莱斯利、查尔斯和威廉的爱与支持，报以由衷地感谢。

你不会在地图上找到哈文湖，也不会在奥斯汀找到圣迈克尔学院，更不会找到"Faceplace"这个在书里被广泛使用的社交网站。

任何错误或出于戏剧性目的对事实的再加工都是我的个人行为。

宏泰恒信 HOT·RIGHTSON

出　版　人：姚雪雪

出　品　人：连　慧

责任编辑：陈　园　　胡艳辉

策划编辑：李　艳

封面设计：力　珲

本书在全国各大实体书店和网络商城均有售

阿伯特的又一部出色作品……这个故事被一名真正的惊悚大师玩弄于股掌之中。与此同时，收益也是十分不菲的。

——《美联社》

这是一部扣人心弦的心理惊悚小说……不同寻常的情节设计，接连不断的令人惊叹的转折，尤其是其对人物内心世界的深层剖析，都使这部小说跻身于一流之列。

——《科克斯书评》

引人入胜……曲折的情节里充满了复杂的情感，猝不及防的转折令人惊叹，无处不在的伏笔仿佛障眼法一般兜得人晕头转向。

——《出版者周刊》

上架建议：畅销·外国文学

ISBN 978-7-5500-2953-8

9 787550 029538 >

定价：46.00元

购买好书敬请关注　　新书咨询敬请关注